KB137425

선시의 이해와 마음치유

지은이 **백원기**

동국대학교 및 동 대학원 영문과 졸업(문학박사)
동국대학교 문화예술대학원 졸업(문화재전공)
전 동방문화대학원대학교 불교문예학과 교수
전 한국동서비교문학회 부회장
전 대한불교 조계종 국제포교사회 2대 회장
전 한국숲과문학명상협회 회장
현 동방문화대학원대학교 명상심리상담학과 석좌교수 겸 미래교육원장

● 저 서: 『명상은 언어를 내려놓는 일이다』『하디 시의 이해』『하디의 삶과 문학』『불교설화와 마음치
유』『숲명상시와 마음치유』『자연관조와 명상, 시가 되다』『생명존중과 마음치유의 문학』(공
저)
● 번역서: 『아시아의 등불』『라이오니스로 떠나는 날에』『시골집에 새가 있는 풍경』『직관』
● 논 문: 「마음치유의 고향: 숲과 명상시의 치유적 상관성」「만해의 심우장 시대와 문학의 특징」「화
엄적 생명사랑의 실천: 하디와 만해의 시학」「초의선사의 선다시와 마음치유의 시학」「원감
국사 충지의 구도와 깨달음의 시학」「허응당 보우의 사상과 시적 표현」「영산재의 미학적 세
계와 게송의 의미」「진각국사 혜심의 선시: '색심불이'의 시적 미학」「추사의 '세한도'에 나
타난 불교적 미학의 세계」「정관일선의 사상과 그 시적 형상화」「심우장의 정체성 확립과 보
존관리 방안에 관한 연구」「근대 아시아 불교중흥의 기수: 다르마 팔라와 만해」「문화재활
용을 통한 국제포교방안」 외 다수

선시의 이해와 마음치유

개정판 1쇄 발행일 ● 2024년 7월 12일
지은이 ● 백원기 / 발행인 ● 이성모 / 발행처 ● 도서출판 동인
주소 ● 서울시 종로구 혜화로3길 5 118호 / 등록 ● 제1-1599호
Tel ● (02) 765-7145 / Fax ● (02) 765-7165
E-mail ● donginpub@naver.com / Homepage ● www.donginbook.co.kr

ISBN 978-89-5506-979-2   정가 32,000원

개정판

선시의 이해와
마음치유

백원기 지음

도서출판 동인

오늘날 선은 우리에게 무엇을 생각하게 하며, 선과 시는 어떻게 만나 우리의 마음을 적시는가? 이에 대한 사유와 담론이 이 책의 주된 관심사이다. 선은 맑고 밝고 간결하고 소박하고 탈속함을 그 특징으로 한다. 아울러 선은 고요하며, 자연스럽고, 인위적이지 않으며 군더더기가 없고 겉치레나 불필요한 것이 일체 없다. 옛 선사들을 비롯해 지금까지 많은 수행자들이 선을 통해 깨달음의 경지에 이르기 위해 치열하게 정진해 왔던 것도 이런 연유이다. 인도에서 시작된 선이 중국에 유입되어 새로운 토양을 바탕으로 선종을 형성하는 과정에서 선과 시가 만나게 된다. 즉 게송의 형식으로 구도의 과정과 깨달음의 순간을 노래하는 선시가 출현하게 된 것이다.

탈속 무애한 직관적 사유와 시적 영감으로 발아된 선시는 은유와 대위법 등의 표현을 통하여 미혹한 중생을 깨우치기 위한 한 방편으로 존재한다. 시문학이 그러하듯 선시는 무엇보다도 극도로 절제된 언어로 구도와 깨달음의 순간 절정을 노래한다. 특히 깨침을 노래하는 언어는 유한한 언어로 무한한 진여의 실상을 직절하게 드러내려고 하다 보니 형식적 언어나 논리적 사유를 거부한다. 따라서 파격적이고 역설적인 경우가 많다. 선시에는 깨달음의 순간을 노래한 오도송, 산에 살면서 산의 경계를 노래한 산거시, 선의 공부 길을 드러낸 선리시, 임종에 즈음해 읊은 임종게, 일상 속에서 선취를 느낄 때 읊은 선취시 등이 있다.

최근 선이 대중화되면서 일상생활의 모든 분야에 선적인 요소가 담겨 있다. 음식에도 선식이라 하고, 글씨도 선서, 그림도 선화, 춤도 선무禪舞, 무술도 선무禪武, 아파트의 구조도 선 스타일이다. 오늘날 선적인 사유가 빚어낸 최고의 압권은 고 스티브 잡스의 아이폰이다. 즉 혁신의 아이콘이라 불렸던 스티브 잡스가 만들어낸 제품 디자인도 '선'에서 비롯됐다 할 수 있다. 우리가 손에서 잠시도 놓지 못하는 아이폰의 저변에는 '선'이 녹아 있었다는 말이다. 이처럼 선의 매력과 특징은 간결과 스마트함, 그리고 고정관념을 뛰어넘는 번득이는 사유의 향연에 있다.

선시라고 할 때, 선은 경전이나 문자의 알음알이 밖에 존재하는 것인 반면에 시는 언어의 자장 안에 발을 들여놓지 않을 수 없는 속성을 지니고 있다. 그래서 시와 선에 대해 원호문의 "시는 선객에게는 비단 위의 꽃이요, 선은 시인의 옥을 다듬는 칼"(詩爲禪客添花錦 禪是詩家切玉刀)이라는 비유적 표현이 회자되기도 한다. 선객은 좌선 중에 깨달은 오묘한 소식을 시의 형식을 빌려 쓴다. 시인은 선의 사유방식을 익혀 자신의 생각을 이미지로 전달한다. 그러니 금상첨화요 절옥도가 따로 없다. 물론 이와 같은 비유의 문면을 경전과 문자 그물망의 인과 밖으로만 규정하는 것은 표면적 차원의 이해일 것이다. 그렇다면 문자 그물망의 안과 밖이 '백척간두'의 이편과 저편의 삶과 죽음, 선과 악, 탐욕과 소유의 분별들로 에워싸인 현실이라면, '진일보'한 이후의 저편은 시공을 초월한 절대 자유와 무위의 땅이 된다 할 수 있다.

아울러 최근 선시는 아름다운 선율로 만들어져 모성의 숨소리 같은 울림과 감동으로 우리의 영혼을 일깨우고 마음속에 따뜻한 감성을 발효시킨다. 그로 인해 우리의 억눌린 가슴, 불안, 스트레스, 우울 모두가 씻겨나간다. 가령, 나옹선사의 「청산은 나를 보고」는 탐욕, 성냄, 어리석음의 삼독三毒으로 찌들고 힘들게 살아가는 현대인의 마음을 위로하고 치유하는 전형적인 선시라 할 수 있다. 따라서 '웰빙'의 시대를 넘어 '힐링'의 시대에 주옥같은 선시를 소리 내어 읽고 감상하는 것은 탐욕, 성냄, 어리석음을 버리게 하며 밝은 지혜와 순수함으로 지상과 우주에 교감하는 우주의 귀를 열어줄 뿐만 아니라 텅 빈 충만의 세계를 보듬게 함으로써 마음치유의 새로운 장을 열어 줄 것으로 믿는다.

청산은 나를 보고 말없이 살라 하고
창공은 나를 잡고 티 없이 살라 하네
사랑도 벗어놓고 미움도 벗어놓고
물같이 바람같이 살다가 가라 하네

세월은 나를 보고 덧없다 하지 않고
우주는 나를 보고 곳 없다 하지 않네
번뇌도 벗어놓고 욕심도 벗어놓고
강같이 구름같이 말없이 가라 하네

● 「청산은 나를 보고」

사실, 보다 많은 선사들의 작품들을 포함시키려고 했으나 여의치 않아 누락된 부분이 많다. 이에 대한 것은 차후의 과제로 남겨 두고자 한다. 무엇보다도 이 책을 펴냄에 있어 많은 분들의 훌륭한 저서와 논문을 비롯한 참고 자료에 크게 도움을 받았음을 밝힌다. 일일이 다 밝히지 못함을 송구스럽게 생각하며 널리 양해를 구할 뿐이다. 그분들에게 거듭 깊은 감사의 말을 전한다.

끝으로 출판 환경이 대단히 어려운 시기임에도 불구하고 선뜻 출판을 허락해 주신 도서출판 동인 이성모 사장님과 박하얀 선생님, 관계된 모든 분들에게 깊은 감사를 드린다. 아울러 물심양면으로 많은 도움을 주신 동방문화대학원대학교 후학들에게도 진정으로 감사의 말을 전하고 싶다.

2014년 1월
성북동 금당연구실에서 저자

글 담고 순서

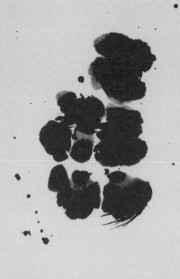

제1부 선시의 기원과 특징

선시의 기원 / 선시의 특징 / 한국 선시의 발달과정

선시의 기원

일반적으로 선의 기원은 부처님 당시 영산회상에서 있었던 '염화미소'에서 찾아진다. 한 송이 연꽃을 들어 올린 부처님의 마음을 제자 마하가섭이 미소로 알아차렸음을 표현한 사건이 곧 선의 출발이라 할 수 있다. 그래서 부처님과 마하가섭의 마음이 통하는 이심전심以心傳心은 선의 기원이요 핵심이라 할 수 있다. 이러한 선의 궁극적인 목표는 누구나 원래부터 가지고 있는 '본 성품'을 찾는 것, 곧 깨달음을 얻는 것(성불)이다.

고대 인도에서 있었던 명상을 의미하는 선은 선나의 준말로, 산스크리트어 디야나dhyana를 음역한 말이다. 이 말은 dhyani, 즉 '생각하다'라는 어근에서 파생되었으며, '사유수' '정려' 등으로 번역되기도 한다. 그 후 불교의 발전과 함께 선의 의미는 '한 곳에 마음을 고정시켜 가라앉히는 명상'의 의미에서 '어디에도 머무르지 않고 행하는 좌선'을 의미하게 되었다. 그런데 인도에서 시작된 선이 6세기 초에 인도 스님 보리달마에 의해 중국으로 전해지면서 새로운 독특한 선사상이 생겨났다.

선에서 중심이 되는 사상은 '불립문자 교외별전 직지인심 견성성불'(不立文字 敎外別傳 直指人心 見性成佛)이다. 깨달음은 문자에 의지하지 않고 별도로 법을 전하는 것이며, 오직 수행을 통해 깨달음을 얻어야 한다는 것이다. 이러한 선의 중심 사상은 첫째 선이 본래 교리적인 면과는 달리 수행을 중시하고, 둘째 사람의 본래심이 청정하여 부처와 다름없기 때문에 선 수행을 통해 부처와 같은 경지에 이를 수 있으며, 셋째 그 선수행에 관련된 가르침은 논리적인 체계보다는 직관을 중시한다는 것이다. 이러한 사상은 기존의 인간에 대한 이해의 틀을 완전히 새롭게 해석한 것으로 선가만의 독특한 사상을 전수하는 방법을 낳게 했다.

선사상이 중국에서 유행된 이후로 많은 문장가들이 시와 참선에 관심을 가지게 되었다. 선시의 출발은 게송에서 찾아지는데, 게송은 산스크리트어 가타gatha의 음역인 게偈와 중국어 풍송諷誦의 송誦의 합성어로 운율의 형식을 지닌다. 당대 초기와 중기에 많은 문인들이 선종의 영향을 받아 선의 오묘한 경지를 수용하여 선미가 짙은 시를 창작하였다.

본격적인 선과 시의 만남은 중국 선종의 5조 홍인弘忍이 문도들에게 게송을 짓게 하여 그들의 깨달음의 경지를 파악함으로써 의발을 전하고자 한 데서 비롯되었다 할 수 있다. 즉 6조 혜능慧能과 신수神秀의 남북종으로 갈리게 될 당시 깨달음을 표현하거나 법통을 전수할 때의 시법시示法詩가 그 전형이다. 이처럼 시를 통하여 깨달음의 세계를 표현하는 것은 신수와 혜능의 시법시 이후로 많은 선사와 선객들에게 하나의 전범이 되었다. 그러나 이들의 시는 깨달음의 세계 자체가 언어로 표현될 수 없다는 점에서 여타의 시와는 전혀 다른 어법과 이미지들을 함축하고 있다. 그 후 남종이 5파로 나뉘고 임제와 조동의 2종으로 통일되면서 선시는 더욱 발전해 갔다. 특히 당나라에 이르러 근체시가 성행하자 불교적인 게송이 근체시의 압운과 격식을 따르게 되면서 높은 단계로 발전하였다.

중국의 선시는 처음에는 선승들에 의해 창작되었으나 시간이 지나면서 점차 일반 문인들의 시에까지 영향을 미쳐 선취를 보이는 시를 낳게했다. 당나라 말기 절의를 숭상하고 시문에 뛰어난 사공도(837~908)의 '운외지치'韻外之致와 '미외지미'味外之味의 시론은 동시대의 사람들에게 '시와 선이 다르지 않고 하나'詩禪一如라는 사실을 심어주었을 뿐만 아니라 훗날 중국 시문학의 발전에도 지대한 영향을 끼쳤다. 뿐만 아니라 남송 말기에 엄우는 『창랑시화』에서 선과 시가 하나라는 '선시일여'를 주장하였는데, 이러한 주장은 청나라의 왕어양으로 이어져 신운설神韻說의 제창으로 나타났다. 송대에 이르러 선종은 황금기를 맞으면서 더욱 유행했으며, 심지어 사대부들까지도 선을 시문학에 담아냈다. 그 대표적인 시인이 당의 왕유, 두보, 백낙천, 한산, 그리고 송의 소동파, 황정견, 엄우, 청의 왕사정 등이다. 그들은 선사상에 심취하여 많은 격조 높은 선시를 노래했음은 물론 당시 한국과 일본 시단에 큰 영향을 미쳤다.

선시의 특징

마음의 깨달음을 중시하면서 자아와 세계의 본질을 깊이 있게 탐구하고 풍부한 상상과 심도 있는 투시력을 발휘하여 깊고 미묘한 경지에 이르고자 하는 선이 강조하는 것은 분별, 조작, 시비를 떠나는 평상심이고, 이 평상심이 무심이고 무상이며 무념이다. 임제의 '할'이 강조하는 것도 완전무결한 자기 망각이고, 남전의 암자를 찾아와 그가 없는 사이 밥을 해 먹고 집안 살림을 모두 부수고, 남전이 오자 평상에서 벌떡 일어나 떠난 도인의 행위는 걸림 없는 대승의 경지이다.

선의 세계를 시로 표현할 때 그 양상은 두 가지로 구분된다. 하나는 선의 역설적인 면을 표현한 것이고 다른 하나는 '평상심시도'平常心是道라고 하는 선의 세계이다. 평상심시도는 아무런 선입견 없이 사물을 바라보는 텅 빈 마음의 세계이다. 그러기에 '배고프면 밥 먹고, 졸리면 잔다'라는 말로 궁극적인 진리를 담아내기도 하며, '매일 매일이 좋은 날'日日是好日이라는 말도 생겨났다.

따라서 선시의 언어는 직관의 언어로, 의미를 해체하고, 사물로 말한다. 이러한 선의 입장은 시적 영감을 통하여 사물과 인생의 본질을 추구하고자 하는 시 창작의 원리와 일치한다. 시를 의지하여 선지禪旨를 드러내는 선시는 지극히 압축적이며 비약적이고 고도의 상징적인 언어를 지닌다. 이와 같이 시와 선은 직관을 중시하고 언어를 초월하기 때문에 그 초월적 언어가 상징으로 나타날 경우, 선사들의 게송은 시문학의 형식을 갖는다 할 것이다. 이러한 특징은 언어의 절제와 응축, 그리고 이미지를 중시하는 점에서 시적 언어의 특징과 아주 유사하다.

물론 선사상을 산문으로 표현할 수도 있지만, 직관을 통해 표현되는 힘은 선시에서 강하게 느낄 수 있다. 특히 선정을 통하여 얻게 되는 고요한 마음은 물심일여物心一如의 경지에서 사물의 본질을 직관으로 파악하여 시적으로 묘사하는 데 중요한 동인이 된다. 뿐만 아니라 돈오의 선적 사유는 시 창작에 있어 번득이는 영감을 제공해 준다. 그래서 선을 통해 얻은 무한한 정신세계와 정제된 심리상태는 묘오妙悟와 여유, 함축 그리고 의경意境을 표현한다. 아울러 상징성과 함축, 그리고 논리구조를 초월한 선구와 선어는 언어의 한계를 극복하고 기존 관념을 넘어 무의식 세계, 깨달음의 세계까지 정신세계를 확장하는 창조적이고도 혁명적인 언어구조로 재구성된다. 그리하여 선이 시로써 문학이 되었고, 시가 선으로써 사상과 깊이를 더해 갖춘 격조 있는 시 세계를 낳았다. 원호문이 "시는 선객을 위하여 금상첨화의 격을 이루고, 선은 시인의 옥을 다듬는 보도가 되어준다"(詩爲禪客添花錦 禪是詩家切玉刀)라고 말했듯이, 선은 시인에게 좋은 칼을 다듬어 주었고, 시는 선객에게 비단 꽃을 덮어 주었다.

주지하듯이 선은 깨달음을 추구하고 그것을 대상으로 한다. 깨달음은 어떠한 말이나 기호로도 설명이 불가능한 세계이기 때문에 불립문자를 표방한다. 때문에 언어문자를 거부할 뿐만 아니라 어떠한 분별적 사유와 감정도 배격한다. 하지만 선은 언어문자를 완전히 떠날 수 없다. 선사들이 법을 제자들에게 보여주고 나타내기 위해서 사용해야 할 것이 문자밖에 없기 때문이다. 불립문자를 표방하고 있으나 결국 언어로 표현해야 한다는 모순으로 인해 선가의 언어는 지극히 비약되거나 압축되고 고도의 상징과 은유, 그리고 역설적인 반상反常의 언어를 사용하게 된다. 때문에 선시에는 모든 분별을 넘어선 상황에서 일순간 부처의 경지에 들어간다는 돈오의 가르침이 명징하게 나타난다. 따라서 홀연히 깨닫는 순간에 터져 나오는 오도송은 언어의 한계를 뛰어넘을 수밖에 없다. 그렇다면 말하되 말하지 않으며, 쓰되 쓰지 않으면서 본래 모습을 찾는 과정을 묘사한 선시는 수행자의 삶을 비추는 거울이라 할 수 있다.

한국 선시의 발달과정

　　한국에 처음 선을 전한 사람은 법랑이다. 그는 신라 선덕여왕 때 당나라에 들어가 중국 선종 제4조 도신의 선법을 받아 왔다. 하지만 본격적으로 선이 도입된 것은 신라 말에서 고려 초에 개설된 구산선문九山禪門을 통해서이다. 이때 선과 관련된 많은 책이 들어오면서 선시가 소개되었을 것으로 진단되며, 또 많은 선승들이 직접 중국에 유학을 가서 공부했던만큼 이러한 영향도 다분히 있었을 것이다. 물론 지금은 전하는 것이 없어 자세한 사정을 알 수 없으나 당시 선종이 오랫동안 안정된 교단을 유지하지 못했던 것으로 보아 선시의 창작이 그렇게 왕성하지는 못했을 것으로 추측된다.

　　본격적이고 체계적인 한국 선시의 발흥과 전개는 고려 중기 보조지눌(1158~1210)의 조계종 개창 이후 지눌의 선사상에 그 정신적 모태를 두고 전개되었던 진각국사 혜심(1178~1234)의 선시로부터 비롯된다. 지눌의 후계자로서 스승의 선사상을 이어받아 다음 대에 전한 혜심은 선의 경지를 시로 표현하는 데 각별한 힘을 쏟았다. 특히 혜심은 『선문염송』이라는 선문학의 총서를 엮어냄으로써 선시의 발흥을 가져왔다. 이렇게 발흥된 선시는 당시 수선사(현재 송광사)를 중심으로 일연(1206~89) · 충지(1226~92) 등으로 이어졌다. 일연의 시문집은 전해지지 않으나 그의 저서 『삼국유사』에 실려 있는 49수의 찬시讚詩를 통해 시인으로서의 그의 면모를 엿볼 수 있다. 충지는 처음에 유학에 입문하여 19세(1244)에 장원급제하고 여러 관직을 거친 다음 10년 후인 29세에 수선사 제5세인 천영天英에게 출가하여 득도하였다. 그의 탁월한 문학적 재능에서 빚어진 시문학은 유림들의 찬사를 받기도 했다. 고려 말에 와서 경한(1298~1375) · 태고(1301~82) · 나옹(1320~77) 등이 선시를 발전시켰으며, 그것은 조선으로 계승되었다.

백운경한은 조사선을 강조하면서 많은 선시를 지었고, 한국불교 태고종의 종조로서 원나라 석옥청공(1272~1352)의 인가를 받고 임제 정맥을 계승했으며, 공민왕의 부름으로 왕사를 지낸 태고보우는 선기자재禪機自在의 입장에서 진경을 시로 즐겨 표현하는 한편, 「태고암가」 · 「잡화삼매가」 · 「백운암가」 · 「운산음」 · 「산중자락가」 등의 시를 지었다. 나옹이라는 호로 알려진 혜근 역시 수많은 선시 외에 「서왕가」 · 「심우가」 · 「낙도가」 등의 가사를 지었다.

조선시대에는 척불승유 정책으로 불교가 위축되었으나 선승들에 의한 선시 창작의 전통은 지속되었다. 조선 전기의 중요한 선시 작가로는 기화(1376~1433) · 일선(1488~1568) · 영관(1485~1571) · 휴정(1520~1604) · 선수(1543~1615) · 보우(?~1565) 등을 들 수 있다. 서산 휴정의 『청허당집』에서 체재를 갖춘 어록이 간행되었다.

조선 후기에 선시를 많이 남긴 선승으로는 경헌(1544~1633) · 인오(1548~1623) · 태능(1562~1649) · 언기(1581~1664) · 수초(1590~1668) · 처능(1617~80) · 수연(1651~1719) · 지안(1664~1729) · 해원(1691~1770) · 최눌(1772~95) · 의순(1786~1866) 등이 있다. 근현대에 많은 선시를 남긴 선승으로는 경허, 만공, 한암, 만해, 경봉, 오현, 성우 등을 들 수 있다.

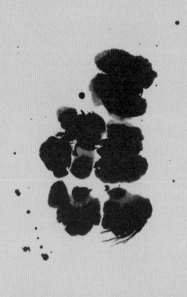

제2부 고려시대의 선시와 깨달음의 미학

진각국사 혜심, '걸림 없는 삶'의 시적 미학 / 원감국사 충지, '천지는 둘이 아닌 하나의 법신향' / 대각국사 의천, '법화'는 윤회를 벗어나는 묘약 / 백운경한, '무심무념'의 걸림 없는 원융의 미학 / 이규보, 우물에 비친 달 / 나옹선사, 청산은 나를 보고 물같이 살라 하네 / 태고보우, 맑은 바람이 '태고'에 불어오네

진각국사 혜심, '걸림 없는 삶'의 시적 미학

한국 선시를 발흥시킨 진각국사 혜심(1178~1234)은 속성이 최 씨이며, 전라도 화순현 출생이다. 그는 24세에 사마시에 합격하고 태학관에 입학하였으나, 이듬해 홀어머니가 별세하자 보조국사 지눌(1158~1210)에게로 출가하여 득도했다. 혜심은 치열한 수행정진을 하여 지눌의 인가를 받고, 33세에는 스승의 뒤를 이어 수선사(현재 송광사) 2대 법주가 되어 선풍을 진작시켰다. 최 씨 정권의 부름에도 끝내 응하지 않은 채 산문을 굳게 지킨 그는 몽고의 침입으로 나라가 위기에 처하게 되자, 전쟁의 종결을 기원하는 진병도량을 설치하여 국태민안을 기원하기도 하였다. 1234년 6월 26일 월등사에서 세수 57세로 입적하자 고종은 선사에게 진각국사라는 시호를 내렸다. 제자로는 몽여·진훈·각운·마곡 등이 있으며, 몽여는 그의 뒤를 이어 수선사 제3세 법주가 되었다. 혜심은 선시의 보고라 할 수 있는 『선문염송』과 『무의자시집』『금강경찬』『선문강요』 등을 남겼다.

혜심은 출가 후 3년간의 고행정진을 마친 어느 가을날, 몇몇 도반들과 함께 억보산(현 전남 광양의 백운산) 백운암에 머물고 있는 스승 지눌을 찾았다. 지눌은 중국의 유명한 설두중현(980~1052) 선사가 절에 들어오는 꿈을 꾸고 이상하게 여겼는데 이튿날 혜심이 찾아온 것이다. 산 정상 부근에 있는 암자를 앞에 두고 땀을 식히고 있던 혜심은 지눌스님이 시자를 부르는 소리를 듣고 다음의 시를 읊는다.

시자 부르는 소리 송라의 안개 속에 울려 퍼지고
차 달이는 향기는 바람결에 돌길을 따라 내려오네
흰 구름 드리운 산 아래 길에 접어들었을 뿐인데
이미 암자 안의 노스님을 몸소 뵈었네

呼兒響落松蘿霧　煮茗香傳石徑風
才入白雲山下路　已參庵內老師翁

● 「친견」

스승 지눌을 찾아뵙고 예배를 한 뒤에 꺼내 놓은 향기로운 이 게송은 현재 포항의 오어사 주련으로 눈길을 끌고 있다. 멀리서 스승의 시자 부르는 소리가 들리고, 절에서 차를 달이는 향내가 바람을 타고 번져 오는 것만으로 이미 노사를 뵈었다고 말하는 것은 그야말로 염화시중의 한 소식이다. 이 게송을 본 스승은 크게 웃으며 들고 있던 부채를 혜심에게 주었다. 이에 혜심은 다시 다음과 같은 게송을 지어 올렸다.

옛날엔 노스님의 손에 있더니
지금은 이 제자의 손에 있네
만약 들끓는 번뇌 있거든

맑은 바람 일으켜도 좋으리

昔在師翁手裏　今來弟子掌中
若遇熱忙狂走　不妨打起淸風

● 「부채」

지눌은 이 게송을 보고 "너는 불법을 소임으로 삼아 처음 뜻한 바를 결코 바꾸지 말라"라고 하였다. 혜심의 법기法器를 직관적으로 간파한 지눌이 던진 이 메시지에는 혜심에게 도를 전하고 있음이 함축되어 있다. 사실상, 부채를 주고받음은 곧 도를 주고받음, 즉 이심전심의 전법이 이루어진 것을 의미한다. 비록 하찮은 부채이지만 여기에서는 심법수수心法授受의 선적인 매개물이 되고 있다. 특히 삼독(탐·진·치)에 얽매여 있던 마음의 번뇌를 더위를 쫓듯 부채로 날려버린다는 표현에는 짙은 선취가 그대로 묻어난다. 아울러 어느 날 지눌은 혜심에게 "그동안 수행은 어떠했으며, 불법은 무엇이고, 우주는 무엇인가?"라고 묻는다. 혜심은 그 순간 돈오하여, 화엄선의 대각을 이루게 된다. 이 깨달음의 순간을 묘사한 시가 「불각화(佛覺華)」이다.

보광명전은 그대로 나의 집이요
삼법의 한 근원에 첫잠이 깨었네
멀고도 먼 거리 한 생각에 거둬들이니
세간의 시간이야 하찮은 것이네

普光明殿是吾家　三法一源初睡起
百十由旬一念收　世間時劫徒爲爾

● 「불각화(佛覺華)」

이 게송을 본 지눌은 "내 이미 너를 얻었으니 죽어도 한이 없다"라고 말하였다. 화엄론을 강하던 차에 읊은, 옮겨 온 시는 그의 깨달음이 시공을 초월한 절대의 세계에 이르고 있음을 보여 준다. 보광명전은 불타가 화엄경을 설하던 집인데, 여기가 "나의 집"이라 함은 화자가 그 경지에 이르렀다는 것으로 볼 수 있다. 즉 만유의 근원인 절대적 세계眞如가 바로 나의 집이요, 나는 절대 자체이므로 시간과 공간을 아울러 초월하는 존재라고 말하는 것이다. 혜심의 깨달음의 세계를 보여줌과 동시에 그렇게 깨달아야 된다는 가르침을 동시에 함축하고 있는 시편이다.

혜심은 간화일문看話一門이 깨달음에 이르는 첩경임을 천명하고, 화두의 묘의를 짧은 시 형식에 담아내고 있다. 본래 마음은 형체가 없으므로, 다음의 시에서 '본래인'으로 표현하여 이 마음의 본성과 깨달음에 관한 그 자신의 사유를 그려낸다.

텅 비어 의지할 곳도 모양도 없는 몸이여!
선가에선 본래인이라 부르네
다만 능히 스스로 허명지를 비추면 될 것을
어찌 다시 타인에게 괴로이 나루를 묻는고?

廓落無依無相身　禪家喚作本來人
但能自照虛明地　何更從他苦問津

● 「차응율사구법운(次膺律師求法韻)」

응율사가 법을 구하는 시에 차운하여 답한 시이다. 자신의 근본 마음 자리를 비추어서 아는 것만이 깨달음의 길로 나아가는 것이며, 자신의 마음 바로 그것이 부처이므로 마음 밖에서 따로 구할 필요가 없음을 강조하고 있다. 구름 한 점 없는 허공과 같이 맑고 텅 빈 몸은 진여자성의 체로서 본래인이다. 즉 본래인은 본래면목, 본지풍광이라고도 하는 마음의 근본자리로서 자연 그대로 있는 모습이다. 텅 비었다는 것은 모든 것을 수용할 수 있는 무한히 넓고 청정하다는 것을 뜻하며, 또한 '의지함이 없음' 無依은 그 스스로 독립적이어서 어떠한 상황에도 흔들리지 않음을 뜻한다. 따라서 "텅 비고 밝은 땅"虛明地은 결국 마음의 근본자리를 말하며, 이것을 '스스로 비추는' 것이 선수행의 중요한 덕목이다. 마지막 행의 "나루가 있는 곳을 묻다"라는 뜻인 '문진'은 '길을 묻다'의 뜻으로, 여기에서의 나루는 생사의 강을 건너는 나루로서 피안에 이르기 위한 길목이며, 나루를 묻는 것은 생사해탈의 길, 즉 깨달음에 대한 질문이라 할 수 있다.

또한, 마음이 고요한 선정에 들어 걸림 없이 당당한 경지에 노닐며, 초연히 살아가는 혜심의 삶은 자연과 조화를 이룬 평화로움 그대로이며 무심의 세계이다. 이럴 경우, 자연은 감각적 물질적 대상인 색이면서 또한 색이 아닌 역설을 지니며 궁극적으로는 정신적 귀의처이다. 따라서 혜심의 시적 세계에서도 자연은 단지 대상이 아니라 궁극적으로 자연과 합일을 추구하는 이상이며 그 자신의 해탈의 경계이다. 이러한 자연 합일의 경지가 「야좌시중(夜坐示衆)」에서 시적 아름다움으로 표현되고 있다.

바람은 소나무에 소소히 불고
떨어진 돌에 물이 잔잔하도다
게다가 다시 달은 기울어 새벽인데
두견새 해맑게 산에서 우는구나

吟風松瑟瑟　落石水潺潺
況復殘月曉　子規淸叫山

●「야좌시중(夜坐示衆)」

시의 제목에서 '밤에 앉아'는 시를 지은 정황이고, '대중에게 보임'은 설법으로 들려준다는 의미를 지니고 있다. 스님은 한밤중에 홀로 가만히 앉아 소나무 사이를 지나가는 솔바람 소리와 시냇물의 잔잔한 소리를 듣고 있다. 어느 것 하나 부처의 법문이 아님이 없다. 그야말로 우주만상의 무정설법을 듣고 있는 것이다. '낙석'은 '수락석출'水落石出의 줄임말로, 물이 줄어 수면 위로 바위가 드러난 상태이다. 여느 때 같으면 여울져 콸콸 소리를 내며 빠르게 흐를 시내가 물이 줄자 숨을 죽이고 잔잔히 흘러가는 모습이다. 아울러 희미한 새벽 달빛 속에 두견새의 해맑은 울음소리가 산에서 들려오는 순간, 화자는 이 깊은 밤 자신 말고도 깨어 있는 존재가 있어 해맑은 울음을 밤새 토하고 있음을 노래한다. 그렇다면 시인은 이 시를 왜 대중에게 보여 주고자 했을까? 어쩌면 잠들지 않고 깨어 우주에 충만한 부처의 말씀에 귀를 기울이라는 뜻을 말하고 있는지도 모른다. 다시 말하면 바람 소리, 물소리, 새벽달, 새소리 등 모두 실상을 이야기하는 '반야'를 나타내는 것으로 시인은 보고 있기 때문이다.

　　불교에서의 정관正觀은 어리석음을 여의고 실상을 보는 것을 말한다. 사물에 대한 정밀한 관찰과 정관의 자세는 고요한 선정의 상태와 연관된다. 선정의 상태는 망념이 배제된 순수한 마음의 상태로서 무심의 경지이기에, 허상을 배제하고 사물을 있는 그대로 대하게 된다. 이러한 자세로 혜심은 스스로 말없이 존재하는 자연으로부터 진여의 오묘한 세계를 관조하고 있다. 흔히 맑은 못은 선시에서 즐겨 다루는 소재로서 마음의 상징성을 띠는데, 연못가를 거닐며 쓴 그의 시에도 이러한 정서가 한결 잘 드러나 있다.

　　산들바람 솔바람 불어오니
　　소소하여 맑고도 구슬픈데

밝은 달 물결 가운데 떨어져
맑고 깨끗해 티끌 한 점 없네
보고 들음이 유달리 상쾌하여
시를 읊조리며 배회하다
흥이 다하여 고요히 앉으니
찬 마음 마치 식은 재와 같네

微風引松籟　蕭蕭淸且哀
皎月落心波　澄澄淨無埃
見聞殊爽快　嘯詠獨徘徊
興盡却靜坐　心寒如死灰

● 「지상우음(池上偶吟)」

　　미풍과 솔바람 소리, 그리고 물속에 떨어진 달은 티 없이 맑음과 구
슬픈 정서, 그리고 청정무구한 모습의 이미지이다. 이러한 자연의 모습을
보고 들음으로써 시적 화자는 시흥을 일으키고 달 밝은 밤의 고요 속에서
배회하게 한다. 그런데 이러한 자연 속의 시흥은 청정한 경계에서 촉발된
것이어서 흥이 다하게 되면 마음 상태는 본연의 상태로 돌아가 "식은 재"
와 같은 차갑고 고요함으로 바뀐다. 선사가 추구하는 마음자리의 상태가
맑고 차가움이라 할 때, "식은 재"는 모든 생각이 끊어진 상태로서 분별
을 초월한 무분별의 세계이고, 번뇌 망상의 열기가 없음의 비유이다. 다시
말해, 흥취가 다한 뒤에 찾아드는 고요한 선정의 마음 상태를 상징한다.
　　선시에서 '거울' 혹은 '물'의 이미지는 자성에 비유되고 있다. 자성의
본래 모습은 청정한 것이어서 '주객'과 '생멸'과 '더러움과 깨끗함'과 '증
감'이 없다. 우리가 느끼는 일체의 생멸과 더러움과 깨끗함 그리고 증감
의 이항대립은 모두 무명에 의해 생긴 망념이 빚어낸 것이다. 바꾸어 말

해, 그 모두가 허망한 사량 분별심에서 비롯된 헛된 것이다. 사실상, 법계의 만상은 미혹한 중생의 눈으로 보면 차별적인 현상 그대로이지만, 깨달은 자의 눈으로 보면 고금의 구별이 없고, 처소의 차별이 없어진다. 이는 곧 온갖 사물을 상즉상입의 존재 관계 속에서 파악하는 '일즉다 다즉일'(一卽多 多卽一)의 화엄세계 인식이다. 「그림자를 마주보며」는 선사의 그러한 사유를 잘 담아내고 있다.

연못가에 홀로 앉았다가
물속의 스님을 우연히 만났네
말없이 웃으며 서로 바라보고는
그대를 안다 해도 대답이 없네

池邊獨自坐　池底偶逢僧
默默笑相視　知君語不應

●「그림자를 마주보며(對影)」

시의 화자가 물에 비친 자신의 그림자를 보고 쓴 시다. 연못가에 혼자 앉아 있는데, 연못 속에서 웬 스님 하나가 나를 물끄러미 쳐다보고 있다. 하지만 아무런 표정이 없다. 멋쩍어 내가 씩 웃자 그도 따라 웃지만 입을 열지 않는다. 내가 나를 모르는데 그 사람인들 자신을 알겠는가? 두 사람은 그저 바라볼 뿐이다. 물 위에 비친 나는 내가 보는 내 모습이다. 그것은 일렁이는 물결에 지워지고 말 허상이 아니다. 내가 맑은 수면 위로 떠오른 나와 맞대면을 한 것이다. 그렇다면 나는 누구인가? 대답할 수 없다. 그렇다면 너는 누구인가? 그저 씩 웃을 뿐 입을 열지 않는다. 그렇지 않으면 달아나고 말 것이다. 선이란 때로 이렇듯 무심한 자기 응시이기도 하다. 일체의 이런저런 분별 사량을 없애고 나면 그 안에 텅 빈 물건이 하나 남는다. 그렇다면 도대체 그 텅 빈 물건은 무엇인가? 선시는 그 텅 빈 물건을 앞에 두고 부지런히 닦도록 하고, '본래 한 물건도 없는' 데 닦을 먼지가 어디 있겠느냐고 역설하기도 한다. 단순한 자연에 대한 감상을 뛰어넘어 선적인 관조의 묘사로 격조 있는 시적 경지를 보여주는 훌륭한 시편이다.

혜심은 「죽전자전」을 통해 수행자를 절개를 꿋꿋이 지키는 대나무에 비유했으며, 또한 「빙도자전」에서는 얼음의 청정한 기상을 빌려 참선 수행자들에게 부처의 도를 깨닫게 하고자 한다. 이는 결국 자신을 두고 하는 말이다.

온몸이 맑아 신령의 빛이요
표면을 관통하는 투명함은 숨김이 없도다
한순간에 물로 변하는 것을 의아해하지 말라
무상하게 보이는 것에 진리가 있으니

通身不昧箇靈光　透身穿皮絶諱藏
莫訝須馬成水去　示無常處是眞常

● 「빙도자전(氷道者傳)」

겨울과 서리를 뜻하는 이름을 가진 부모님 밑에서 태어난 '빙도자'는 얼음처럼 몸이 빛나는 사람이었다. 그의 청렴함을 얼음의 투명함으로 나타냈으며, 불과 더위를 싫어하며 얼음처럼 녹는 모습을 물로 표현했다. 얼음이 녹아 물이 되고 증발되어 사라지는 현상은 자연스러운 세상의 이치를 나타내며 또한 인생의 덧없음을 말하고 있는 것으로 보인다. 그렇다면 수많은 고승들이 투명한 얼음 속에서 보았던 진리는 무엇이었던가? 끊임없는 변화에 지혜롭게 적응하는 물과 견고하면서도 투명한 의지를 견지하는 얼음의 특성을 아우르는 '물 같은 얼음'의 삶을 살아야 한다는 메시지를 담고 있는 시편이다.

죽음의 문제는 삶의 문제를 포괄하고 있으며 죽음에 비추어 삶을 돌아보게 되는 동시성을 갖는다. 혜심은 스승인 지눌스님이 입적한 날, 스승의 죽음에 대한 슬픔을 억누르고 죽음과 법의 불멸함을 아름다운 시로 표현한다.

> 깊은 봄 산사는 깨끗하여 먼지 하나 없고
> 푸른 이끼 위에 꽃잎이 분분히 지네
> 그 누가 소림 소식이 끊겼다고 하는가
> 저녁 바람 가끔씩 그윽한 꽃향기 실어 오는데

> 春深院落淨無埃　片片殘花點綠苔
> 誰道少林消息絶　晚風時送暗香來

> ●「국사원적일(國師圓寂日)」

깊어가는 봄날 먼지 하나 없는 깨끗한 아름다운 산사의 고즈넉한 풍경이 그려진다. 푸른 이끼 위에 분분히 지는 낙화는 단순한 낙화가 아니라 스승의 죽음을 비유한 것이다. "소림 소식"은 달마 이래의 선풍을 말한다. 스승께서 가신 후 끊긴 줄만 알았던 깨달음의 한 소식이, 해거름 경내를 서성이던 선사의 마음에 바람결을 타고 불현듯 날아든다. 비록 육신은 갔지만 법신의 불멸함이 마지막 행에서 "그윽한 꽃향기"로 묘사되고 있다. 낙화는 스승의 죽음을, 소림 소식은 달마 이래 선의 흐름을, 꽃향기는 스승의 법신향으로서 시적 화자에게 닿아 있음을 나타낸다. 스승의 숙음과 선맥의 불멸함이 선미와 자연미와 절묘한 조화를 이루어 서정적으로 묘출되고 있다.

구름과 산, 그 산이 머금고 있는 물, 그리고 달은 선승에겐 삶 그 자체와 하나가 되는 자연물이다. 자연과 동화되는 선승들의 이와 같은 정신적 초탈은 깨달음을 지향하는 선의 세계에서는 일상사에 지나지 않는다. 스승 목우자牧牛子와 같이 스스로의 호를 무의자無衣子라 한 혜심 역시 일체의 집착을 놓아 버리고 자연 속에서 걸림이 없이 유유자적하게 살아가는 선승의 모습을 보여 준다. 다음의 시는 그러한 세계를 지극히 청정하고 담연한 심정으로 상징화하여 정갈한 미학적 정서로 그려내고 있다.

산을 즐기는 사람 인자함을 알아
산을 바라보니 진정 새로워진다
눈의 푸름은 깨끗함에 있어야
가슴 속에는 풍진이 생기지 않는다
구름이 일 많음을 조용히 웃어주고
떠오르는 달이 이웃됨을 한가히 맞는다
구구한 이익과 명예의 길을
쫓아 달리는 저 사람들은 누구일까

分得樂山仁　看山眞轉新
眼綠當在淨　胸次不生塵
靜笑雲多事　閑邀月作隣
區區利名路　馳逐彼何人

●「한가히 살다(幽居)」

지리산에 숨어들어 살며 계곡물에 발을 씻고 산을 보면서 눈을 맑히며, 부질없는 영욕을 꿈꾸지 않으니 이 밖에 다시 무엇을 구하겠느냐고 노래했던 벽안의 혜심이다. 그야말로 한적한 산사에 묻혀 탈속한 삶을 살아가는 선사의 성성한 모습을 잘 담아내고 있는 시편이다. 산을 좋아하면 인자함이 생기고, 푸른 산을 바라봄으로써 마음이 청신해지며, 그 청청한 마음으로 살아가니 자연스럽게 눈이 밝아진다는 게 선사의 생각이다. 이어 무심하게 흘러가는 구름이 번다한 세상사를 잊게 해 주고, 환하게 떠오르는 달이 허허로운 산승의 벗이 되어 주기에 더 이상 바랄 게 없다. 무욕의 한가로운 산중 생활의 즐거움이 잘 그려지고 있다. 그런데 한가로운 산중 생활의 즐거움을 알고 있는 시적 화자는 세월이 덧없이 흐르는데 구차한 명리를 좇아 부질없이 살다가 어느덧 백발이 성성해지는 무상한 인간사를 묘출함으로써 무소유 정신으로 살아가는 삶의 자부심을 은연중에 드러내 보인다. 여기에 깨달음의 바탕을 자연에 투영하고 있는 선시가 지닌 심오한 서정 미학이 있다.

선사들은 마지막까지 자유자재한 열반의 모습을 통해 중생들에게 생사가 다르지 않음을 일깨워 주고자 한다. 나고 죽음에 집착하지 않고 자유스러워야 자신의 죽음도 그렇게 자유스럽게 표현할 수가 있기 때문이다. 말년에 단속사(산청군 단성면 소재)에 주석하다 56세에 수선사로 다시 돌아와 지친 몸을 추스른 혜심은 이듬해 화산 월등사로 가 제자 마곡에게 '임종게'를 남기고 원적에 든다. 임종에 들기 전 제자 마곡이 방에 들어오니, 국사는 말하기를, "늙은 내가 오늘 고통이 몹시 심하다"라고 하였다. 마곡이, "무엇 때문에 이러합니까?"라고 물으니, 국사는 다음과 같은 게송으로 답하였다.

온갖 괴로움이 이르지 않는 곳에
따로 한 세계가 있으니
거기가 어디냐고 묻는다면
아주 고요한 열반의 문이다

衆苦不到處　別有一乾坤
且問是何處　大寂涅槃門

● 「임종게」

사바세계를 살아가는 한 고통이 미치지 않는 곳은 없다. 고통이 미치지 않는 곳, 그곳은 오직 열반문을 열고 들어갈 수밖에 없다. 반야심경에도 설하고 있듯이 그 문에 들어서면 일체의 고액苦厄을 건너게 된다. 즉 열반문 안의 세계는 모든 괴로움이 없어 고요한 즐거움만이 존재한다. 선가에서는 자성을 깨닫는 그 순간, 고통에서 벗어남을 강조한다. 때문에 선사들에게 죽음은 극복해야 할 과제도 아니고 삶의 마지막 모습인 것도 아니다. 그것은 그들의 일상을 그리는 또 하나의 사건 이외 다른 것이 아니기 때문이다. 오고 감이 본래 없는 것이기에, 삶을 마무리하는 찰나에도 선사들은 늘 서 있던 바로 그 자리에 그대로 남아 있을 뿐이다. 본질과 현상을 하나로 보는 '색심불이'色心不二를 깨달은 경지는 곧 온갖 괴로움을 여읜 큰 적멸의 열반임을 보여 주고 있다.

　　요컨대 진사과를 합격하고 출가한 혜심의 시적 세계는 깊은 사상과 폭넓은 선승으로서의 체험을 바탕으로 한 걸림이 없고 무심한 삶의 관조를 담아내고 있다. 그러한 관조의 세계에서 배태된 맑고 투명한 언어로 된 그의 시편들은 한 줄기 청량한 솔바람 같아 잃어버린 '참 나'를 뒤돌아보게 하고 전광석화 같은 깨달음을 주기도 한다. 뿐만 아니라 조화롭게 펼쳐진 자연과 그 속에서 선승으로서의 본분사를 지키며, 한가롭게 지낸 그의 삶은 꾸밈이 없기에 담박하고, 욕심이 없기에 소박하고 청신한 미적 정서를 불러일으키기에 충분하다. 몸에 옷을 걸치지 않아서 무의자라 했던가, 아니면 마음에 허위의 옷을 걸치지 않아서 무의자라 했던가. 아무튼 마음에 번거로운 옷을 걸치지 않고, 깨달음의 경지에서 일심의 근원으로 돌아간 혜심의 시심은 자연과 조화를 이루어 주옥같은 선시를 낳았던 것이다.

원감국사 충지,
'천지는 둘이 아닌 하나의 법신향'

고려 후기의 원감국사 충지(1226~92)는 장흥 출신으로, 속명은 위원 개魏元凱, 법명은 법환, 후에 충지로 했으며, 조계산 수선사(현재 송광사)의 제6세 국사이다. 선사는 17세에 사마시에 합격하고, 19세에는 장원급제하여 여러 관직을 지낸 후 29세에 선원사의 원오국사(1215~86)에게로 출가하여 득도하였다.

선사의 출가 동기는 전쟁과 민란 그리고 질병 등으로 민중들의 고귀한 생명이 허무하게 사라져 가는 시대적 혼돈 속에서 겪었던 삶에 대한 고뇌에서 찾아진다. 선사는 출가 후 41세가 될 때까지 두타행頭陀行을 멈추지 않았으며, 생사를 초월한 깨달음을 얻기 위해 용맹정진을 거듭했다. 지리산 상무주암上無住庵에서 홀로 선정삼매에 들 때 그의 모습은 마치 허수아비 같았고, 거미줄이 얼굴을 덮고 새 발자국이 무릎에 찍힐 정도였다 한다.

1266년 여름, 선사는 원오국사의 교유敎諭와 조지朝旨로 인하여 김해

감로사의 주지가 되어 부임하였다. 그러던 어느 날 그의 법력을 시험하고자 하는 한 선덕이 찾아와 "무엇이 부처님입니까?"라고 물었다. 이에 선사는 천지를 꿰뚫는 걸림 없는 사자후를 다음과 같이 토했다.

> 봄날 계수나무 동산에 꽃이 피었는데
> 그윽한 향기는 소림의 바람에 날리지 않네
> 오늘 아침 열매 익어 감로사를 적시니
> 무수한 사람과 하늘이 단맛을 함께 하네

> 春日花開桂苑中　暗香不動小林風
> 今朝果熟沾甘露　無限人天一味同

> ●「무애(無碍)」

옮겨 온 시는 삽시간에 퍼지면서 대중에게 회자되고, 전국 각지의 운수납자들이 선사의 설법을 듣기 위하여 감로사에 구름처럼 몰려왔다고 한다. "봄날 계수나무 동산에 핀 꽃"은 지난날 벼슬길에서의 득의를, "그윽한 향기는 소림의 바람에 날리지 않"는다 함은 대중교화에 아무런 도움이 되지 못했음을 비유하고 있다. 하지만 "오늘 아침 열매 익어 감로사를 적시"는 시구에서 보듯 이제 선문에 들어 보시의 큰 보람을 느낀다. 결구의 "무수한 사람과 하늘이 단맛을 함께 한"다는 대목에서 하화중생의 큰 보람과 다선일미의 기쁨을 노래하고 있다.

그 후 감로사를 떠나 순천 정혜사에 주석하게 된 충지는 45세 되는 어느 봄날, 유달리 푸른 산색을 보고 시냇물 흐르는 소리를 들으면서 부처님의 법이 자연 자체이며, 시냇물 소리 또한 부처님의 설법이라는 것을 깨닫고서 이렇게 표현한다.

계족산 봉우리 앞 옛 도량
이제 와 보니 유달리 푸른 산 빛
물소리 그대로 부처님 말씀이니
도를 일러 무어라 설할 것인가

鷄足峯前古道場　今來山翠別生光
廣長自有淸溪舌　何必喃喃更擧揚

● 「청천(聽泉)」

　　산사 주위를 감싸고 있는 푸른 산 빛, 계곡을 흘러내리는 시냇물 소리는 모두 진여의 모습과 소리가 아님이 없어 이미 불법을 완벽하게 설하고 있다. 그러니 새삼 구차스럽게 도를 논할 말이 없다는 것이 선사의 생각이다. 사실 깨달음의 경지에서 보면 산과 물, 초목, 이 모두가 도 아님이 없고 불성 아님이 없다. 그래서 부처님 법이 자연 자체이고, 시냇물 소리가 부처님의 설법인 것이다. 이처럼 자연이 전해주는 무정설법을 통해 우리는 마음을 맑히고 사물을 보는 푸른 눈을 가짐으로써 번다한 생각을 내려놓고 치유의 순간을 보듬을 수 있다.

　　한편, 충지의 끝없는 구도행각은 여러 지역을 순력하는 데서 잘 드러나고 있다. 이것은 항상 도를 얻고자 53선지식을 찾아다닌 『화엄경』 속의 선재동자를 본받고자 함이었다. 거미줄이 얼굴을 덮고, 무릎에 먼지가 쌓여 새 발자국이 찍힐 정도로 미동도 하지 않고 용맹정진하며 선정에 들어 있던 어느 날, 선사는 천지가 둘이 아닌 하나의 법신향임을 깨달았다. 티끌과 정토가 둘이 아니라 하나라는 그 깨달음의 순간을 선사는 이렇게 표출하고 있다.

티끌과 정토가 모두 한 암자에 있어
방장실을 떠나지 않고도 남방을 두루 순방했네
선재동자는 왜 그리도 심한 고생을 자처하여
53선지식을 찾아 110성을 차례로 찾아갔던가

塵刹都盧在一庵　不離方丈遍詢南
善財何用勤劬甚　百十城中枉歷參

• 「천지일향(天地一香)」

깨달음을 얻은 선승의 눈에는 자연법과 깨달음의 법이 둘이 아니라 하나임이 갈파된다. 번뇌와 보리, 예토와 정토가 둘이 아님을 알고 방장실, 즉 한 장의 공간을 벗어나지도 않고 110성이라는 수많은 곳을 순방한다는 것은 활안(活眼)한 선승의 오도의 경지를 보여 주고 있다. 깨닫고 보니 선재동자처럼 선지식을 찾아다녔던 수고로움이 더 이상 필요 없으며, 천지가 동근이고 하나의 법신향임을 선사는 역설하고 있는 것이다.

선승들은 예로부터 산과 물을 벗하며 살아간다. 사는 곳이 산속이니 의당 그럴 수밖에 없다. 무심한 자연 속에 무심으로 한가롭게 살아간다. 여기의 한가로움이라는 것은 망중한(忙中閑)의 넉넉함과 여유로움이다. 막연히 아무 일도 하지 않고 살아가는 것이 아니다. 어쩌면 한(閑)은 망(忙)이 있어서 한가로운 것이며, 선사의 한가로움 역시 그런 것이다. 이렇듯 산사의 수행자가 배고프면 밥 먹고 목마르면 차를 마시는 생활은 무소득의 청정심을 보여 준다. 아무런 탐욕이 없는 청정무구한 그 마음자리를 선사의 일상생활을 통해 엿볼 수 있다.

배고파 밥 먹으니 밥맛이 더욱 좋고
잠에서 깨어 차 마시니 한결 맛이 좋네

사는 곳 외져서 찾는 사람 없고
암자는 비어 기쁘게 부처님과 같은 방에 있네

飢來喫飯飯尤美　睡起啜茶茶更甘
地僻從無人扣戶　庵空喜有佛同龕

● 「한중우서(閑中偶書)」

　　아직 덜 깨달은 자는 밥 먹고 차 마시는 일이 뭐 그리 어려운 일이
고, 깨달음의 길이냐고 반문할 수 있다. 하지만 자고 싶어 자고 차를 마시
고 싶을 때 마시는 일이 그리 쉬운 일도 아닐 것이다. 선사는 배고파 밥
먹고 그 맛을 음미하니 일미임을 깨닫고, 잠에서 깨어나 차를 마시고 싶
어 차를 마시니 차 맛이 한결 좋다고 말한다. 좋은 차 맛에 빠져 다선일
미의 경지에 이르니, 조주의 "차나 한잔 마시게"라는 화두가 충분히 이해
된다. 아울러 외진 곳에 있어 찾아오는 사람마저 없어 더욱 한적한 암자
이다. 텅 비어 적막한 암자에 오직 부처님과 한방에 있게 되니 그 인연이
참으로 소중하고 기쁘게 느껴지는 시인이다. 무심 자적하면서도 불심 깊
은 선사의 이러한 일상의 깨달음은 현상계와 진실의 조화로운 모습을 보
여 준다 할 것이다.
　　이와 같이 선사의 무심 자적한 산사 생활은 조요로운 자연의 질서가
있을 뿐 사사로운 욕심이 없는 일상생활에서 한결 극화되고 있다. 즉 벽
안의 귀 밝은 선사의 물외한인의 선적 서정이 일상생활 속에 그대로 담기
게 된다. 여기에서는 선미 속에 일상의 정취를 담고 있으므로, 승과 속의
경계가 허물어진다.

발 걷어 산 빛을 끌어들이고
홈통 이어 개울물 소리를 나눠 오다
아침 내내 찾아오는 이 없고
두견새만 제 이름 부르며 우네

卷箔引山色　連筒分澗聲
終朝少人到　杜宇自呼名

● 「산수를 노래하다(雜詠)」

선취에 잠긴 선사의 한가로운 산사 생활의 모습이 잘 묘출되고 있다.
끌어들인다고 끌어들여지는 산 빛이 아니며, 나눈다고 나누어지는 물소리
가 아니다. 일상의 논리를 초월한 극도의 상상이고, 반상합도이기에 선의
언어도단이 바로 그것이다. 발을 걷어 올려 산 빛을 끌어들이고, 홈통을
이어 개울물 소리를 나눠 들이는 선사의 담박하면서도 소박한 물외한인의
선취는 반논리의 논리화, 몰상식의 상식화를 이끌어 내어 가히 황금결의
선미를 자아낸다. 그리고 아침 내내 찾아오는 이 없고, 두견새만 홀로 울
어대는 정경은 고요하고도 적적한 산사의 모습 그대로가 진여 자성임을
말해 준다.

　눈을 뜨면 사방이 산이고, 그것을 아무리 보아도 싫지가 않으며, 때
때로 들려오는 물소리, 그 소리에 짜증을 내 본 적이 없는 것이 산승들의
삶이다. 오히려 산을 보니 눈이 맑아지고 물소리 들으니 귀가 시원해진다.
여기에서 구도심이 깊어지고 사는 일이 번다하지 않고 조용해진다. 흘러
가는 시냇물과 솔바람소리보다 아름다운 음악이 어디 있으며, 산 빛보다
아름다운 색상이 어디 있겠는가. 늘 깨어 있는 투명한 영혼이 되도록 일
깨워 주는 것이 산이요, 또한 물이다. 귀를 통한 물소리로 세속의 부질없

는 생각을 씻고, 눈을 통한 산 빛으로 번뇌를 식히는 산사 생활의 한가함 속에서 스스로 기뻐서 지은 것이 「한중자경(閑中自慶)」이다.

날마다 산을 봐도 볼수록 좋고
물소리 늘 들어도 싫지 않네
저절로 눈과 귀 맑게 트이니
물소리 산 빛 속에 마음 편하네

日日看山看不足　時時聽水聽無厭
自然耳目皆淸快　聲色中間好養恬

- 「한중자경(閑中自慶)」

늘 보는 산이지만 산은 늘 새롭고, 또한 늘 듣는 물소리라 싫증이 날 법도 하지만 들을 때마다 개울물이 들려주는 선율은 색다르다. 그것은 산의 모양이나 물소리에 집착하지 않기 때문이다. 이처럼 분별심이 사라진 상태에서 자연을 대하면 자연은 언제나 나와 하나가 된다. 때문에 귀와 눈도 내 마음을 여는 창이 되어 항상 맑고 시원한 산과 물소리를 전해 준다. 말하자면, 자연은 번뇌의 씨앗이 아니라 오히려 한가롭고 편안한 마음과 휴식의 자양분이 되기에 한가로운 산사 생활은 텅 빈 충만의 기쁨을 주는 것이다. 우리가 마음을 모아 귀 기울여 관조해 보면, 아득한 생도 다 보이고 들리는 듯한 자연 만물의 색상이고 속삭임이다. 그래서 바쁜 일상을 멈추고 자연과 함께할 때 번다한 생각과 불안을 떨쳐버릴 수 있고, 고요한 마음을 보듬게 되며 마음이 한결 가벼워짐을 느끼게 될 것이다. 이는 곧 자연의 무정설법이 주는 '힐링'의 메시지이다.

선사들은 봄 여름 가을 겨울로 순환하는 자연의 이법 속에서 '본래

면목'의 깊은 뜻을 감응하곤 했다. 때문에 선사들의 가을 노래는 모든 것이 본래 환영임을 일깨우고, 또한 모든 것은 본래 제자리에 있음을 가르쳐 준다. 충지선사 역시 가을날의 감회를 나뭇잎이 지고 귀뚜라미가 처량하게 우는 달 밝은 밤 자신의 고독한 심사와 잘 융합하여 표현해 내고 있다.

> 서늘한 바람 불어와 가을나무 가지 흔들고
> 나무에 가을이 깊어 비단 같은 단풍 바람에 날리네
> 달 밝은 가을밤 바람은 불고 이슬은 흰데
> 달빛 아래 가을심사 귀뚜라미는 알고 있다네

> 凉風吹動秋木枝　庭樹秋深錦葉飛
> 風輕露白月明秋　月光秋思候蟲知
>
> ● 「한중잡영(閑中雜詠)」

일상생활 속에서 선사의 심경을 가을 풍광에 비유해 설한 선지禪旨가 아주 깊고 분명하다. '체로금풍'體露金風이라 했다. 이는 가을이 되어 차가운 바람이 불면 비단 같은 단풍잎들이 떨어져 나무줄기가 적나라하게 드러난다는 뜻이다. 속살을 헤집는 스산한 바람에 낙엽이 뒹굴고 있고, 달빛은 곱고, 차디찬 이슬이 내리는 가을밤에 선사는 외로이 홀로 선정에 들고 있다. 이토록 고요하고 적막한 밤 선정에 든 선사는 우주가 돌아가는 음향으로 들리는 귀뚜라미의 울음소리에서 '번뇌 망상'을 떨쳐 버린 '본래 모습'을 보고 있는 것이다. 그대로 한 폭의 그림이다.

선사는 1274년 원나라 세조에게 몽고 침입 때 환수되었던 사찰의 땅을 돌려 달라는 장문의 편지 '상대원황제표'上大元皇帝表를 올려 세조를 감동케 해서 땅을 돌려받은 적이 있었다. 그 당시 선사는 전국 각지를 순력하는 구법여행 길에 겪었던 민중들의 피폐한 삶과 아픔을 안타까워하는 심정을 이렇게 그려내고 있다.

팔은 있어도 모두 묶여 있고
채찍 받지 않은 등짝이 없네
원나라 관리를 맞이하고 보내는 일은 관례이고
밤낮으로 계속되는 물자운송에
소와 말의 등은 다 부르텄고
사람들 어깨는 쉴 새가 없구나
처자식은 땅에 주저앉아 울어대고
부모는 하늘 보고 통곡하네
생사가 갈라지는 걸 뻔히 알 거니
어찌 목숨이 온전하기를 바라겠나
남은 이는 오직 늙은이와 어린애뿐
억지로 살자니 오히려 애타는구나
고을마다 절반은 도망가 비어 있고
마을마다 전답은 다 황폐해졌네

有臂皆遭縛　無爾不受鞭　尋常迎送慣　日夜轉輸連
牛馬無完脊　人民鮮息肩　妻孥啼僻地　父母哭號天
自分幽明隔　那期性命全　子遺唯老幼　强活尙焦煎
邑邑半逃戶　村村皆廢田

● 「영남간고상(嶺南艱苦狀)」 부분

고달픈 삶에 대한 공감과 연민은 고통에 민감할수록 더욱 깊어지는 법이다. 선사가 김해의 감로사 주지로 있으면서 목격한 당시의 참상이 그대로 묘출되고 있다. 원나라는 1274년과 1281년 두 차례 일본을 정벌하면서 우리나라를 전략기지로 삼아 온갖 물자를 징발하였는데, 그 참상이란 이루 말할 수 없을 정도였다. 허울 좋은 정벌이라는 미명하에 악순환만 거듭되는 현실이 그대로 고발되고 있다. 얻어맞은 등짝, 쉴 새 없는 노역, 땅을 치며 울부짖는 처자식, 하늘을 보고 통곡하는 부모, 남은 이는 늙은이와 어린아이뿐이다. 또한 백성들이 전역에 나가 고을은 비었고, 농사지을 시기를 놓쳐 황폐해진 전답이다. 이러한 상황에서 알 수 있듯이 민중들의 고통과 원성이 그대로 들려오는 듯하다. 중생구제를 위해 출가했음에도 아무것도 할 수 없는 현실에 대한 무력감과 죽어가는 수많은 민중들 앞에서 눈물밖에 흘릴 수 없는 당시의 아이러니한 상황을 통탄하고 뼈저리게 느끼는 선사의 마음이 그대로 드러나 있는 시편이다. 하지만 자연에만 묻혀 유유자적하게 홀로 살아가는 선승이 아니라 나라를 걱정하고 도탄에 빠진 백성의 고통과 애환을 외면하지 않았던 선사의 애틋한 자비심을 읽어 낼 수 있다.

선사는 수선사를 떠나 지리산 상무주암으로 옮겨 선정을 닦고 있던 중, 1286년 2월에 원오국사가 그를 수선사의 사주社主로 추천하는 장문을 왕에게 올리고 입적하자 원오국사의 뒤를 이어 수선사의 제6세가 되어, 이후 입적 때까지 7년 동안 보조국사의 조계선풍을 크게 드높였다. 1292년 1월 10일, 선사는 문도들에게 "사람이 우주공간에 산다는 것은 잠시 여인숙에 머무는 것이요, 본래 오고 가는 것이 자연의 섭리이니 죽음을 슬퍼하지 말라"라는 말을 남기고, 분향하고 축원을 올린 뒤 선상禪床에 앉아 '설본무설'說本無說이라 설하고, 원적에 들었다. 법랍 39세였다. 충렬왕은 선사에게 원감국사라는 시호와 함께 보명寶明이라는 탑명을 내렸다. 임종을 앞두고, 진여본체의 섭리와 자연의 이법을 깨우치려 하였던 선사는 존재의 부름에 귀의하는 즐거움을 '고향에 돌아가는' 즐거움으로 표현하고 있다.

> 살아온 세월 돌아보니 육십칠 년인데
> 오늘 아침에서야 만사가 끝나도다
> 고향으로 돌아가는 길 훤하게 열렸으니
> 앞길은 분명해 헤맬 일이 없겠구나
> 손에 겨우 지팡이 하나 들었을 뿐이지만
> 가는 길에 다리가 덜 피로할 것 같아 또한 기쁘네

> 閱過行年六十七　及到今朝萬事畢
> 故鄉歸路坦然平　路頭分明曾未失
> 手中纔有一枝筇　且喜途中脚不倦

● 「임종게」

선사들은 죽음을 '고향으로 돌아가는 것'이라고 했다. 그것은 깨달음을 통해 영혼의 긴 여정을 마치고 원래 있던 곳으로 돌아감, 즉 '환지본처'를 말한다. 세속의 길을 버리고 올곧게 열심히 살아온 출가자의 삶이 결코 헛되지 않음을 담담하게 노래하고 있다. 수중에 있는 지팡이 하나가 그의 일생을 통해 얻은 깨달음의 징표임을 암묵적으로 표현하고 있다. 저승의 길을 마치 소풍 가듯 떠나가고 있는 선사의 담대한 모습에서 고향을 향해 가는 가벼운 발걸음 소리를 듣는 듯하다. 아울러 비록 지팡이 하나이지만 가는 길에 다리도 덜 피곤하고, 훤하게 뚫린 길 헤매지 않겠다는 언설에는 아낌없이 자신을 불태워 구법을 해 온 선사의 치열하고도 걸림 없는 모습이 드러난다. 생사의 두려움이 없는 경지에 이르지 않고서는 도저히 나올 수 없는 기쁨의 노래다. 어느 누가 삶의 끝자락에서 이토록 아름답고 담대한 모습을 보여 줄 수 있겠는가. 속인의 금의환향이 허황된 자기 과시적이라면 선사의 귀향은 일체를 초극한 탕탕하고 걸림이 없는 깨달음의 모습일 수 있다. 요컨대 고향으로 돌아가는 선사의 탈속한 모습은 올곧은 삶에서 배태되고 획득한 깨달음의 경지의 묘출이고, 또한 삶과 죽음, 번뇌와 보리, 티끌과 정토가 둘이 아니라 하나라는 '천지일향'의 깨달음의 전형이라 할 수 있다.

대각국사 의천,
'법화'는 윤회를 벗어나는 묘약

　　고려 초기의 고승이며, 문종의 넷째아들인 대각국사 의천(1055~
1101)의 이름은 후이고, 자는 의천이다. 송나라의 철종의 휘가 후였으므
로 이름을 피하고 자인 의천을 썼으며 대각국사는 시호이다. 국사는 선교
의 대립을 융화하고 통합종단을 구현하고자『법화경』의 '회삼귀일'1) 사상
에 근거한 교관겸수의 사상을 제창하고, 천태종을 창종하였다. "아들 넷이
면 한 아들은 출가시켜야 한다"라는 국법에 따라 문종이 네 왕자의 의중
을 묻자 11세의 어린 의천이 자청하여 출가, 난원스님의 제자가 되었다.
국사는 개성 영통사에서 난원스님으로부터 화엄을 배우고 30세에 중국으
로 건너가 여러 절을 찾아다니며 구법을 했다. 귀국 후 흥왕사 주지가 되
어 그곳에 교장도감을 두고 송, 요, 일본 등에서 수집해 온 불서 등 4,700
여 권을 간행했다. 한편,『속장경』을 간행하기도 한 의천은 형 숙종에게

---

1) 부처가 방편으로 설한 성문聲聞 · 연각緣覺 · 보살菩薩인 삼승三乘이 궁극적으로 일승一乘
　에 귀착된다는 가르침이다.

"여래께서 국왕, 대신에게 불법을 외호하라 하시던 유훈을 봉행하시오면 죽어도 유감이 없다"라는 유언을 남기고 세수 47세, 법랍 36세로 입적하였다.

출가 후 송나라에 유학한 의천은 숱한 어려움을 무릅쓰면서도 구법행각을 멈추지 않았다. 그의 이러한 헌신적인 구법의 자세에는 생사윤회의 고뇌와 삶의 무상에 대한 절실한 인식과 이를 해탈하고자 하는 의식이 강하게 깔려 있었다. 따라서 진리를 구하지 않을 수 없는 현실상황을 국사는 이렇게 노래한다.

정처 없이 삼계를 떠돌아다니는
나그네 인생길 어느 누가 한가하리
애석하다 가난을 달게 여기는 자여
칠보산을 눈앞에 두고 빈손으로 돌아오다니

微茫三界間　旅泊有誰閑
可惜甘貧者　寶山空手還

●「우감(偶感)」

삼계를 윤회하는 삶에는 고통이 따르기 마련이다. 그럼에도 불구하고 중생들은 앞길이 험난하다 하여 보배가 가득한 칠보산을 눈앞에 두고 돌아오는 걸인처럼, 구법의 길이 순탄하지 않다하여 윤회를 벗어나고자 하는 생각을 저버린다. 보산은 『열반경』의 보산의 비유에서 차용한 것이다. 나그네와 같은 인생이 윤회로, "가난을 달게 여기는 것"이 생사의 고뇌로 이어져 불교적인 서정으로 시화되고 있다. 이러한 윤회와 무상에 대한 절박한 인식은 구도의 길을 가는 데 한결 더 큰 자극제가 된다. 그러나 칠보산으로 가는 길은 여전히 멀고도 험난하다. 때문에 깨달음을 향한 구도의 올바른 자세가 어떠해야 하는가를 선사는 다음의 시에서 이렇게 설파하고 있다.

> 한가로이 살며 올바른 뜻 세우지 않고
> 촌음의 시간을 아낄 줄 모르며
> 말로는 경론을 닦는 양 하지만
> 담을 보고 서 있음을 그 어찌 알리?

> 悠悠無定志　不肯惜光陰
> 雖日攻經論　寧知目面墻

● 「스스로 경계하다(自誡)」

바른 뜻을 세워 각고면려 하지 않는 한, 형식적으로 경과 논을 연구하는 체하는 것은 아무것도 모르고 만다는 것을 경책하고 있다. 방대한 양의 경론 모두가 도를 가리키는 지남指南은 아니다. 그러므로 수행자가 뜻을 바로 세우고 깨어 있지 않으면 길을 잃고 방황하게 되며 그릇된 견해에 빠지고 만다는 것이다. 눈을 들어 "담을 보고 서 있음"目面墻은 아무것도 볼 수 없다는 것을 이르는 말이다. 이러한 과오를 범하고 있는 줄조차 깨닫지 못한다는 말은 참으로 정곡을 찌르는 울림을 준다. 하지만 의천이 이러한 의문과 갈래 길에서 한 줄기 광명이 되는 지남을 발견한 것은 원효의 『금강경소』를 만난 덕분이다.

> 그 말씀 꾸미지 않아도 불심에 들어맞거니
> 분황의 과문이야말로 연구할 만하도다
> 몇 생을 캄캄한 어둠 속에 홀로 헤매다가

오늘에야 희귀한 이 疏를 만났네

義語非文契佛心　芬皇科敎獨堪尋
多生孤露冥如夜　此日遭逢芥遇針

● 「해동소(海東疏)」

원효의 『해동소』에 의거해 『금강경』을 강의하고 나서 기뻐하며 지은 시다. 갈 길 몰라 캄캄한 어둠 속을 헤매던 과거와 이제 『금강경』에 대한 원효의 희귀한 주석을 읽음으로써 비로소 진리의 빛을 찾은 기쁨이 분명한 대조를 보이고 있다. 의천은 원효의 위대함을 가장 먼저 발견한 사람으로, 원효를 '해동교주 원효보살'로 극찬하고 있다. 형 숙종이 원효에게 '화쟁국사'란 시호를 내리게 한 것도 의천이었다. 의천은 "방대한 교리의 지식으로 불법을 회통시켰고, 민중 속으로 뛰어들어 중생을 교화하고 불법을 진작시킨 보살의 화현이셨으니 어찌 그분을 내 삶의 모델로 삼지 않을 수 있었겠나"라고 하였다. 이렇듯 의천의 원효에 대한 찬탄과 흠모는 어둠 속에 광명이 되어 준 그의 위대한 가르침에서 연유한다 할 수 있다.

구도의 시가 구도 과정에서의 고뇌와 법열을 읊은 것이라면 교화시는 불법홍포의 난관이 되는 말세인식에서 오는 갈등과 호법의 의지가 시화되어 있는 것이라 할 수 있다. 의천의 교화에 대한 사명감과 의지는 그러한 시에서 그대로 나타난다. 몸을 던져 불법의 씨를 심고자 했던 그의 강한 전법의 의지를 다음의 시에서 확인할 수 있다.

천 리 길 남쪽으로 내려와 성사께 문안드린다
청산은 적막한데 몇 번이나 봄이 지났던가
만약 말세에 법이 어지러울 때를 만난다면

나 또한 당신과 같이 몸을 아끼지 아니하리라

千里南來問舍人　靑山獨立幾經春
若逢末世難行法　我亦如君不惜身

● 「염촉사인묘(厭髑舍人廟)」

경주 백률사 이차돈성사(506~527)의 사당을 참배하고 난 후 신명을 아끼지 않고 불법을 펴겠다는 국사의 호법에 대한 굳은 결의가 잘 드러나 있다. 1, 2행은 찾아 주는 이 없이 오랜 세월 동안 외로이 서 있는 성사의 쓸쓸한 사당을 묘사한다. 순교 후 5세기가 지난 의천의 시대에 불교는 찬란하게 꽃을 피우고 있었다. 그러나 그는 5세기라는 시공을 초월하여 옛 시절의 법난을 회상하며 감회에 젖는다. 이차돈과 같은 상황을 만난다면 국사 자신도 불법수호를 위해 기꺼이 신명을 바치겠다는 맹세와 성사의 거룩한 순교에 대한 추모의 생각이 가득하다. 염촉은 이차돈의 자이며, 사인은 염촉의 벼슬이다. 종교 편향이 심각하게 대두되고 있는 오늘날, 굳건한 호법의지를 가져야 함을 상기시켜 주는 시편이다.

왕자의 자리를 버리고 스님이 되어 '상구보리 하화중생'의 보살도 실천을 위해 인생의 부귀영화를 풀잎의 이슬같이 여긴 의천은 수행생활에서 단순한 산수의 경계 범위를 넘어 출세간의 법열을 추구하고자 했다. 아무리 생각해도 부처의 길을 찾는 것밖에 할 일이 없다는 선사의 지극한 구도의 일념이 다음의 시에서 잘 묘파되고 있다.

부귀영화는 모두 봄날의 꿈이요
모였다 흩어지고 살다가 죽는 것도 물거품일 뿐
안양에 깃들일 마음 제외하고는

아무리 생각해도 추구할 게 없구나

榮華富貴皆春夢　聚散存亡盡水漚
除却栖神安養外　算來何事可追求

● 「부귀영화는 모두 봄 꿈(榮華富貴皆春夢)」

국사가 해인사에서 지은 이 시는, 왕자였던 그가 왜 출가하였는지 그
동기를 엿볼 수 있게 한다. '버리면 얻는다'는 말처럼 출세간의 도는 세속
의 영화를 버림으로써 얻어지는 것이다. 부귀영화가 일장춘몽이고 흥망성
쇠가 물거품 같다는 말은 금강경의 "모든 행동을 하는 법은 꿈과 환상과
물거품과 그림자와 같고 이슬과 같으며 또한 번개와도 같다"(一切有爲
法 如夢幻泡影 如露亦如電)라는 사구게를 생각나게 한다. 속세가 허
망무실하다는 인식에서 국사는 더 이상 세속의 일에 연연하지 않으리라는
결의를 다진다. 그리하여 정토에 인연을 맺어 내생을 기약하고자 한다.
'안양'은 불교의 '극락정토'에서 유래된 즐거움이 가득하고 자유로운 이상
향의 세계를 말한다. '안양에 깃들일 마음 제외하고 / 아무리 생각해도 추
구할 게 없'다는 대목은 오직 부처의 길을 찾는 것이 수행자의 유일한 본
분사라는 지극한 구도의 일념을 함축하고 있다.

　문종의 둘째 왕자이자 의천의 형인 선종이 즉위 11년 만에 붕거하고
열한 살인 아들이 왕위를 계승하여 헌종이 되자 어머니인 사숙태후가 섭
정하기 시작했다. 사숙태후의 섭정이 일 년 되던 해에 문종의 비였던 원
신궁주의 아들 한산후를 왕으로 책봉하기 위한 음모가 치밀하게 진행되기
시작했다. 이자연의 손자인 이자의가 누이동생인 원신궁주의 아들 한산후
를 왕으로 책봉함으로써 권력을 손에 쥘 작정이었다. 이것을 눈치챈 사숙
태후는 문종의 셋째 아들이자 의천의 바로 위의 형인 계림공을 불러들였

다. 어린 헌종은 계림공, 즉 숙종에게 왕위를 선위하고 물러났고 숙종의 등극으로 인한 후유증은 역모의 무리를 징계함으로써 그 명목을 찾게 된다. 실로 상상 밖의 일이 하룻밤 사이에 일어난 것이다. 이런 권력찬탈의 소용돌이를 보아야 했던 의천은 벌떡 일어나 서울을 등지고 멀리 가야산으로 들어갔다. 의천이 가야산의 천성사에서 머무르며 읊은 시는 당시 고려왕실의 살벌함과 시대의 혼란상 그리고 불법에 귀의한 자연 속 삶의 정황을 짐작할 수 있게 한다.

세상길은 위험이 많아도
산문만은 언제나 적요하다
원래 한가함을 좋아하니
하물며 이 말세를 만났음에랴

世路多危險　山門鎭寂燿
從來愛淸散　況復値時攪
　　　　　　　　　　● 「가야산 천성사에 묵으면서(宿伽倻山天城寺)」

산문은 산사 또는 불법을 은유한 말이면서 동시에 자연의 다른 표현이다. 세속의 위험과 산문의 적요함이 대구가 되어 산사의 고요하고 적막함이 한결 돋보인다. 3, 4행에는 산사가 세속의 위험과는 멀리 떨어진 적절한 은거처란 뜻과 함께 머물고 싶다는 소망이 담겨 있다. 세속과의 단절과 맑은 한가로움은 의천의 산사 삶에 대한 일관된 인식이다.

　'체로금풍'의 가을이 지나고 겨울 풍광이 차츰 짙어가는 겨울 초입, 따뜻한 차 한 잔이 그리워지는 계절이고 보면, 선사들의 맑은 다향 시가 우리의 마음을 건드린다. '화경청적'和敬淸寂과 '명선'茗禪의 수행을 바탕으로 하는 다담선을 우리나라에 처음으로 들여온 스님이 의천이다. 고려시대에 승려나 문인들 사이에는 차가 중요한 선물의 하나였고, 차 선물을 받은 이들은 흔히 다시를 써서 화답하곤 했다. 의천은 「화인사다(和人謝茶)」라는 시에서 달밤에 차를 끓여 마시며 세속 근심을 잊고자 했던 모습을 잘 형상화한다.

이슬 내린 봄 동산에서 무엇을 구할 건가
달빛 아래 차 끓여 마시며 세상 걱정 잊는다
가벼워진 몸 삼동 유람도 힘들지 않고
뼛골 속 으쓱하니 가을에 들어온 듯하네
좋은 품격은 선문에도 합당하고
맑은 향기는 시 읊고 술 마시는 일을 허락하네
영단이 오래 산다는 걸 누가 보았는가
그대를 향해 그 이유 묻지 말게나

露苑春峯底事求　煮花烹月洗塵愁
身輕不後遊三洞　骨爽俄驚入九秋
仙品更宜鍾梵上　淸香偏許酒詩流
靈丹誰見長生驗　休向崑臺問事由

● 「화인사다(和人謝茶)」

자연 속에서 수도하는 스님들의 삶에 있어 차는 빼놓을 수 없는 생활의 일부였다. 국사는 이슬 내린 봄 동산, 달빛 아래 차를 끓여 마시며 시름을 달래고, 또한 좋은 차는 수행하는 절간에 잘 어울린다고 하였다. 아울러 맑고 그윽한 향기는 술과 시를 낳은 동인임을 말하고 있다. 차를 선물하는 마음씨도 곱고 아름답지만 차갑고 맑은 샘물을 길어 차를 달이는 그 마음에는 한 점 티 없는 맑음이 존재함을 읽어 낼 수 있다.

구례 화엄사의 각황전 뒤편 언덕에 있는 '효대'孝臺는 화엄사를 세운 연기조사가 속세의 어머니가 그리워 차를 봉양한다는 전설이 서린 곳이다. 이곳에는 4사자 3층 석탑이 있는데, 3층 석탑을 떠받친 네 마리 사자 중 가운데 있는 분이 연기조사의 어머니고, 무릎을 꿇고서 어머니에게 차를 올리고 있는 분이 연기조사이다. 어머니와 자식 간의 애틋한 사랑과 효가 형상화된 것이 석탑과 석등이다. 어느 날 의천은 화엄사를 참배하고 경내의 '효대'에서 연기조사의 효심을 생각하며 상념에 잠겼을 터이다. 그 감회의 서정이 이렇게 묘사된다.

적멸당 앞에는 빼어난 경치가 많고
길상봉 높은 봉우리 티끌조차 끊겼네
종일 서성이며 지난 일 생각하니
날 저문 효대에 슬픈 바람 몰아치네

寂滅堂前多勝景　吉祥峰上絶纖矣
彷徨盡日思前事　薄暮悲風起孝臺

● 「효대(孝臺)」

불교는 출세간적인 종교로 효와 거리가 있는 가르침으로 잘못 인식되어 왔다. 그러나 불교가 얼마나 인간적인 가르침이며, 효를 강조하고 있는지를 이 '효대'를 통해 잘 알 수 있다. 쓸쓸한 가을바람에 낙엽이 지나간 세월의 잔해처럼 '효대'에 쌓일 시기에, 의천이 절창한 이 시를 새긴 시비 '효대'는 지금도 많은 사람들의 발걸음을 멈추게 하고 효심을 일깨워 준다.

의천이 남긴 별리시나 추도시는 대부분 의례적이거나 종교적으로 여과된 시들이 많다. 하지만 그중에는 별리의 정한을 곡진하게 묘사한 시편들이 있어 수행자로서 세속 인정에 대한 애착을 느낄 수 있게 한다. 속리산 법주사로 돌아가는 아우 도생대사를 보내면서 지은 다음의 시는 국사의 따스한 인간애를 그대로 드러내 보인다.

> 수레 세워 놓고 하루 종일 헤어지기 싫어서
> 갈림길에서 소매를 잡으니 한을 둘 데가 없네
> 무슨 일로 지난날 같이 노닐던 생각만 자꾸 나고
> 수정산 아래엔 흰 구름만 자욱하네
>
> 政驂竟日情無倦　攝袂臨岐恨莫任
> 何事舊遊偏挂意　水晶山下白雲深
> ● 「송도생승통귀속리사(送道生僧統歸俗離寺)」

많은 형제 중 세 살 아래 아우이면서 법주사에 주석하는 도생에게 의천은 남다른 우애를 지녔으리라 여겨진다. "갈림길에서 소매를 잡으니 한을 둘 데가 없네"라는 시행에는 수행자이기 전에 한 인간으로서 멀리 떠나는 아우의 소매를 잡고 헤어지기 싫어하는 의천의 따뜻한 인간적인 우애의 정한이 진하게 배어난다. 아마도 국사의 뇌리에는 출가 이전에 아우와 함께 놀던 추억들이 자꾸만 떠올라 석별의 정을 아프게 했으리라 진단된다. '물이 맑다'는 의미가 내재된 수정산은 속리산의 별칭이다. 마지막 행의 "흰 구름만 자욱하네"라는 시구는 아득히 먼 곳을 뜻하나 반드시 거리만은 아니다. 이제 헤어지면 언제 다시 만날 날을 기약할 수 있을까 하는 국사의 애틋한 정감의 표현이기도 하다. 출가승으로서 별리의 아픔이 잘 그려진 시편이다.

아름다운 산수는 수행자들을 유혹하여 은거를 꿈꾸게 한다. 그러나 "머리털이 이다지도 희었는가. 학업의 수고로움 쌓이고 또 쌓인 탓인가"라는 국사의 언급이 말해 주듯이, 국사는 백발이 될 때까지 사명감을 가지고 교화에 전념했다. 단순히 육체적인 노쇠 현상을 탄식하기보다는 아직도 할 일이 많이 남았는데 벌써 머리카락이 하얗게 세어버렸다는 대목은 국사의 자책적인 심경을 말해 준다. 다음의 시는 국사가 입적하기 1년 전인 46세에 쓴 시로, 생을 뒤돌아보며 정리한 느낌이 든다.

24년을 부지런히 강의에 힘쓰고
300권의 경전을 방언으로 번역했네
과로에 전등의 힘이 부족함을 부끄러워함은
노산에서와 같이 연사의 씨앗이 될까 한 것이네

二紀孜孜務講宣　錦鬮三百貫花詮
憔勞愧乏傳燈力　祇合匡盧種社蓮

첫 행은 교화의 열정을 말하고, 2행에서는 경전을 방언으로 풀어 유통한 일을 말하고 있다. 3행에서는 자신의 몸조차 돌보지 않는 불법 전파에 대한 의지를 밝히고, 마지막 행에서는 이러한 열의가 저승 영혼의 구제로 이어지고 있다. 연사결성의 희망은 의천이 가진 폭넓은 교화의 의지를 말해줄 뿐만 아니라 그의 입적 후 1세기가 지난 뒤에 문도인 요세(了世, 1163~1245)에 의해 '백련사'라는 염불단체의 결성으로 실현된다.

신라통일의 원동력이 된 원효의 화쟁사상은 『법화경』의 중심사상인 '회삼귀일'에서 비롯되며, 의천 역시 고려의 통합을 위해 원효와 『법화경』

이 추구한 통합과 조화를 주장했다. 이는 분열되어 있던 고려 불교계를 일신하려는 움직임으로써 법화사상이 중요함에도 불구하고, 국사는 학인들이 이에 대한 공부에 힘쓰지 않는 우둔함을 경책하고 있다.

> 법화는 본래 윤회를 벗는 길
> 요즈음 사람, 이것에 힘쓰지 않네
> 곁길로 명성 구함 경계 되지만
> 끝끝내 잘못인 줄 모르는구나

> 圓經本是出離緣　末學區區未勉斾
> 依傍求名深有誠　可憐終日不知衍

'원경'은 원만하고 완전한 경의 의미로 『법화경』을 가리킨다. 국사는 『법화경』이야말로 부처님께서 출세의 본의를 밝힌 경전이며, 윤회를 벗는 묘약이라는 신념을 가지고 있었으므로, 방편설에 불과한 다른 종파에 매달려 명성을 구하려는 학인들의 어리석은 모습을 안타깝게 여겼다. 진리 탐구 자세는 지금도 그 빛을 잃지 않았기 때문이다.

요컨대, 이른 나이에 출가하여 입적할 때까지 오직 구법과 전등을 발원하며 수행과 학문, 그리고 강학으로 일생을 살았던 대각국사 의천은 고려의 통합을 위해 원효의 화쟁사상과 『법화경』이 추구한 통합과 조화를 내세웠다. 아울러 그는 법화사상이야말로 중생들이 생명의 자양분을 얻고, 윤회를 벗어날 수 있는 묘약임을 확신하고 경전의 다양한 비유와 상징을 서정적으로 묘사함으로써 불교문학의 새로운 지평을 열었던 것이다.

백운경한,
'무심무념'의 걸림 없는 원융의 미학

백운경한(1298~1375)은 태고보우(1301~82), 나옹혜근(1320~76)과 더불어 고려 말의 대표적 선승이다. '직지심경'으로 알려진 세계 최고의 금속활자본 『불조직지심체요절』을 저술한 경한은 임제선의 계승자임을 자처하면서도 간화선 수행을 넘어선 '무심무념'無心無念의 선을 강조했다.

경한은 어려서 출가하여 일정한 스승이 없이 전국의 명찰을 다니면서 수행하다가 1351년 53세 때 원나라에 들어가 지공화상(?~1363)에게 법을 묻고, 최후에 하무산 천호암에 주석하는 임제종의 거장 석옥청공(1272~1352)화상을 찾아가 오직 무념의 진종을 배우고 여래의 더없는 묘도妙道를 깨달았다. 석옥에게서 임제종의 선법을 전해 받은 경한은 귀국하여 해주 신광사에서 크게 선풍을 드날렸다.

1352년 1월, 석옥을 다시 찾은 경한은 깨달음의 큰 전기를 맞이하게 된다. 조석으로 석옥을 만나 의심을 품던 어느 날, 혼자 '무심무념'의 참뜻을 깨닫자 석옥이 찬탄하며 그를 인가하였던 것이다. 당시의 심경을 경한은 "곧 내 마음에 맺혔던 의심은 얼음 녹듯이 풀리고 무심의 위없는 참뜻을 깊이 믿게 되었다"라고 표현하였다. 공안에 의한 조사선을 거부하고 무념무심의 수행을 강조하는 경한은 "일체의 행하는 마음을 놓는 무심의 경지가 적극적인 참학參學이고, 이러한 무구무착 무념무심의 상태가 그대로 진경에 이른다"라고 설파했다. 때문에 자연에 순응한 깨달음의 경지를 통하여 그 진경에 이르고자 하는 그의 많은 자연시나 산거시들은 단순히 자연을 노래한 것만이 아니라 '무심무념'의 깨달음의 경지를 노래하고 있다. 경한은 이처럼 자연에 계합하는 무심무아의 깨달음의 경지를 '흰 구름'이라는 자연을 소재로 하여 시적으로 담아내고 있다.

> 흐르는 물은 산에서 흘러도 산을 그리워하지 않고
> 흰 구름은 골짜기를 감돌아도 또한 무심하네
> 이 한 몸 가고 옴도 운수 같아서
> 몸은 오고 가지만 눈에는 처음인 듯 새롭구나

> 流水出山無戀志　白雲歸洞亦無心
> 一身去來如雲水　身是重行眼是初

> ● 「출주회산(出州廻山)」

경한이 원나라에 갔을 때 하무산에 주석하던 스승 석옥선사의 곁을 떠나 강남의 여러 산으로 운수행각 길에 오르면서 지은 것이다. 한 폭의 동양화를 연상시키는 아름다운 시이다. 걸림 없이 흘러 다니는 자연물, 즉 '유수' '백운' '운수'와 같은 시어들이 대조를 이루며 의인화되어 시적 화자와 하나가 되고 있다. 오고 감이 본래 공한 것이고 보면, 그 본질에 있어서는 흐르는 물이나 흰 구름과 다를 바가 없다. 따라서 경한은 자성의 공함과 자재함을 나타내면서 무심의 경지를 이렇게 시적으로 표현하고 있다. 무엇보다도 '백운'은 흰 구름이라는 일반적인 의미와 자신의 법호라는 주체가 되면서, 그가 늘 강조한 무심으로 표현하여 함축미를 더해 주고 있다.

경한이 자신의 호를 백운白雲이라 지어 준 데 감사하는 마음으로 지은 시편이 「사도호백운(謝道號白雲)」이다.

원래 우뚝하고 당당한 청산의 늙은이가
걸림 없이 떠도는 흰 구름을 보고 웃노라
비록 자취 없이 표연히 떠돌지만
마음은 청산과 더불어 항상 고요하네

元來卓卓靑山父　下笑白雲隨處飄
跡雖隨處飄然去　心與靑山常寂寥

● 「사도호백운(謝道號白雲)」

첫 행의 '청산의 늙은이'는 경한선사 자신을 객관화한 것이며, 시적 화자이다. 2행에서 백운을 보고 웃는 웃음은 무심경의 선열이며, 물론 웃는 주체는 시인 자신이다. 3, 4행은 흔적 없이 표연히 떠돌지만 늘 푸른 산과 더불어 마음이 항상 고요한 선사의 물아일여의 무심한 경지가 잘 표현되어 시적 묘미를 더해 준다. 여기의 무심의 상태란 단순히 아무런 생각을 하지 않는 것이 아니라 번뇌 망상을 끊어 모든 것이 원만하게 이루어짐을 말한다. 그런 경지에서 모든 경계는 있는 그대로 이미 이루어져 있기 때문에 무심한 생활 그 자체가 선사의 본분을 지키는 일이 된다. 이와 같이 선사의 삶을 지탱해 주는 맑은 그리고 때로는 태연 자적한 마음결이 자연의 상징을 통해서 응축된 이미지로 변주되고 있다.

한편, 경한선사의 선시에 있어 물아일체 진속불이의 자연은 이러한 선적인 깨달음의 표상으로 나타난다. 여기에는 자연을 객관적 대상으로 보지 않고 물아일체 주객일여라는 우주적 자각을 바탕으로 한 선적인 자연의 관조가 근간이 되고 있다. 선의 목적이 마음의 깨달음을 통한 자성의 확인이라 할 때, 이때의 자성은 본체와 현상, 주관과 객관이 조화롭게 합일되는 우주적 자아라고 할 수 있다. 이는 곧 영원불멸의 절대아를 말하며, 이 경지에서는 일체중생과 산하대지가 모두 자아가 된다. 그 대표적인 시가 선사가 산에 머물며 자연과의 합일을 노래한 연작 시편 「거산(居山)」이다. 즉 경한선사 자신이 무심한 선적 경지에서 본 물아일체의 시심이 잘 묘사되고 있다.

국화와 푸른 대나무 남의 것 아니고
밝은 달 맑은 바람 티끌 아닐세
세상 만물 그 모두가 다 내 것이니
마음대로 집어다 쓰면서 살아가네

黃花翠竹非他物　明月清風不是塵
頭頭盡是吾家物　信手拈來用得親

● 「거산(居山) 5」

대상의 본질을 꿰뚫어 보며 자아와의 합일을 시도하는 도인의 세계가 잘 드러나 있다. 꽃과 나무, 달과 바람 등 자연이 이미 대상이 아니기에 나의 것 아닌 것이 없어 걸림이 없다는 선사의 자연관을 보여 준다. 말하자면 자연을 벗 삼아 일평생을 고고하게 학처럼 살고자 했던 경한선

사의 자연을 법계와 동일하게 보고, 자연과 깨달음의 세계가 둘이 아님이
잘 표출되고 있다. 2행의 "티끌"은 일체의 대상을 말한다. 그러기에 "국
화와 푸른 대나무" 그리고 "밝은 달과 맑은 바람"은 이미 대상이 아니라
는 것이다. 세상 만물 그 모두가 다 내 것이니 임의대로 쓸 수 있다는 마
지막 시행은 이미 우주와 하나가 된 선사의 무심의 경지를 그대로 보여준
다. 이와 같은 무심의 세계가 다음의 시에서는 달을 통해 아름답게 극화
되고 있다.

　　내 마음 가을 달과 같아서
　　온 세상 차별 없이 두루 비추네
　　삼라만상 제 그림자 절로 나타나
　　눈부신 광명이 온통 드러나네

　　吾心似秋月　任運照無方
　　萬相影現中　交光獨露成

• 「우작십이송정사 6」

　　경한선사가 원나라에서 지공화상에게 지어 올린 5언 절구 12송 중
제6수에 해당되는 게송이다. 달로 비유된 선사의 마음은 이미 달처럼 분
별없이 세상만물에 두루 통해 있고, 또한 어느 것에도 얽매임이 없다. 무
심의 선사에게는 달빛조차 도의 현현으로 여겨지고, 이것이 시적으로 극
화되고 있다. 1행과 2행은 선사가 깨달은 마음의 세계를 가을 하늘에서
온 세상을 비추는 달빛으로 형상화하고 있다. 즉 달빛이 밝아 온갖 사물
의 모습이 천차만별의 모습으로 제각각 드러나지만, 달빛은 허공에 뚜렷
하면서도 하나라는 의미이다. 또한 "온 세상 차별 없이 두루 비추네"라는

구절은 곧 깨달은 마음은 어디에나 자유자재하다는 뜻으로 선기禪機가 자재한 경지를 상징한다. 그리고 '임운'2)은 『마조록』과 『임제록』에 나오는 말로, 상황에 따라가고 싶으면 가고, 앉고 싶으면 앉는 '평상심'의 자유를 누리는 삶을 의미한다. 그리고 3행과 4행은 온갖 삼라만상을 마음이 남김 없이 수용하여도 사물의 모습은 그대로 분명한 가운데, 마음의 달이 가장 투명하게 빛나고 있음을 말해 준다. 이처럼 선사의 선적 직관을 통해 본 자연은 물아일여의 경지를 열어 보이면서 미적 정서를 자아내기에 충분하다. 궁극적으로 이러한 물아일체의 시적 경지는 치열한 수행을 통해 얻어진 분별과 차별을 뛰어넘은 무심의 경지에서의 존재에 대한 인식이며 우주적 자각이라 할 수 있다.

불가에서 말하는 '선기'란 깨달음을 얻은 선승의 마음을 자유자재로 쓰는 것을 말한다. 이러한 기발한 선기는 경한선사가 신광 총장로로부터 부채를 선물 받고 감사하는 마음으로 쓴 다음의 시에서 한결 잘 표출된다.

둥그런 부채가 내 손에 들어오니
시원한 바람이 분에 넘치게 불어오네
찌는 무더위와 치성한 번뇌는 사라지고
가을날 동정호반에 나를 앉히네

圓扇落吾手　淸風分外吹
煩蒸熱惱滅　坐我洞庭秋

● 「답신광총장로 선자서」

---

2) 물이나 달처럼 언제 어디서나 자연 그대로에 맡길 뿐 아무런 작위 없이 무애자재의 활동을 선가에서는 '임운무작任運無作의 묘용'이라고 한다.

선승의 걸림 없는 마음 상태가 자유로운 선취로 그려지고 있다. 다시 말해, 둥근 부채를 선물로 받고, 이를 매우 소중하게 여기는 경한선사의 마음이 담백하게 그려진다. 마음 달은 외로이 둥글고, 마음 꽃은 찬란히 피어 부채의 바탕이 장엄함을 강조하는 선사는 그 부채의 시원한 바람이 자신에 분에 넘친다고 표현함으로써 감사하는 마음을 전하고 있다. 무엇보다도 무더웠던 시기에 부채의 효용이 의미심장하게 묘사되고 있다. 부채질을 하면 더위는 사라질지 모르지만 치성한 번뇌까지 사라지게 할 수는 없다. 하지만 선사는 부채질을 하면 더위가 사라지듯이 마음의 지혜를 터득하면 번뇌가 사라진다는 깊은 선취를 읊고 있다. 마지막 행의 가을날 중국의 동정호반에 앉아 있는 듯한 선사의 심경은 선열의 경지에 소요하고 있음을 의미한다.

스승 석옥과 이별한 후 잠시 휴휴선암에서 머물렀던 경한은 1352년 3월 귀국하여 보법사에서 태고를 만났고, 또한 성각사에서 대중들과 함께 정진하던 중 1353년 1월 17일 드디어 대오의 경지를 얻게 되었다. 영가대사의 「증도가」중 "망상을 버리려 하지도 말고 진실을 구하려 하지도 말라. 무명의 실성實性이 곧 불성이요, 환화幻化의 공신空身이 곧 법신"이라는 대목에 이르러 선사는 갑자기 눈이 뜨이고 무심이 되었다 한다. 한 생각도 일어나지 않고 전과 후가 아주 끊어져 조금도 의지할 곳 없이 망연한 경지에 이르게 되자 갑자기 삼천세계가 온통 하나, 자기 자신임을 보았던 것이다. 선사가 대오를 이룬 다음 해인 1354년(공민왕 3년) 6월, 석옥의 제자인 법안이 석옥화상의 전법게인 「사세송(辭世頌)」을 가지고 와서 해주 안국사에 머물고 있던 경한에게 전하였다. 다음은 그 유명한 「사세송」이다.

백운을 모두 사서 청풍을 팔았더니
온 집안이 텅 비어 뼛속까지 가난하다
마침 한 칸의 초옥이 남아 있어
떠나는 길에 이르러 불 속에 던져버리리라

白雲買了賣淸風　散盡家私徹骨窮
留得一間芽草屋　臨行付與丙丁童

● 「사세송」

　　석옥이 백운경한의 호인 '백운'을 시어로 사용하여 지은 열반송이다.
첫 행의 흰 구름은 백운선사를 상징하고 맑은 바람은 석옥의 가풍, 나아
가 임제종의 종풍을 상징한다. 첫 행의 요지는 백운을 제자로 삼기 위하
여 석옥의 가풍을 온전히 다 넘겨준다는 의미이다. 2행은 일체의 번뇌망
상이 소멸된 경지를 의미하며, 3행의 한 칸의 초옥뿐이라는 것은 아직 생
명이 붙어 있는 육신을 두고 한 말이다. 이마저 떠날 적에 불에 태워 화
장하고 말 것이다. 불을 '병정동'이라 한다. 그리고 '얻은 바'는 수행을 통
하여 깨달은 법인法印을 상징하며, 마지막 행의 "불 속"의 그대는 번뇌의
불길이 치성한 속세를 교화해야 할 백운선사를 지칭하는 것으로 생각된
다. '부여'라는 말에는 석옥이 백운에게 법을 부촉하는 의미가 함축되어
있다. 눈 열린 제자 하나를 위해 모든 것을 바치는 스승으로서, 법을 잘
지키고 이어가기를 바라는 간절함이 우리의 심금을 적시고 울린다.
　　한편, 공민왕 18년(1369) 72세 때 경한선사는 경기도 김포 망산에
위치한 고산암에 머물면서 자연과 동화된 삶을 연작시 「거산」에서 이렇게
읊고 있다.

산은 푸르고 물은 초록색이며
새들은 지저귀고 꽃은 우거져 있네
이 모두가 무현금의 가락이거니
벽안의 호승도 원만히 보지 못했네

山靑靑水綠綠　　鳥喃喃花蔟蔟
盡是無絃琴上曲　碧眼胡僧看不足

●「거산 4」

　　산과 물, 새와 꽃은 모두 자연의 빛과 형상들로서 범부에게는 자연의
모습일 뿐이지만, 깨달음을 얻은 이에게는 모두 진여의 모습으로 법음을
노래하고 불법의 꽃을 피우는 존재로 여겨진다. 선사는 눈앞에 전개되는
자연물이나 사물을 대하면서 그것들이 우주를 감싸고 있는 도, 즉 '일심
원'의 묘용으로 이루어졌다고 본다. 선사는 이를 '줄 없는 거문고'無絃琴란
시적 표현을 사용한다. "벽안의 호승"은 바로 선을 전한 달마를 말한다.
화자는 '줄 없는 거문고'의 오묘한 곡조로 인하여 조사선의 창시자 달마
를 보고 있는 것이다. 따라서 거문고의 곡조는 선의 세계로 인도하는 곡
조인 셈이다. 선을 왜 줄 없는 거문고라 했는가? 우리는 거의 무한대의
소리를 우리 나름대로 어떤 틀로 구분하고 경계 지어 음으로 만들고 그
묘미를 느끼며 감동한다. 무한대의 소리에 이르려면 구분과 경계를 넘어
서야 한다. 그러니 줄 없는 거문고야말로 궁극의 소리에 이르는 최상의
악기이다. 이처럼 선의 세계는 언어와 인간의 이해를 뛰어넘어 깨달음에
이르는 것이다. 줄 없는 거문고가 방편이라면 자연 그대로의 소리는 깨달
음의 세계이다. 자연을 자연 그대로 보고 느끼는 것, 그것이 바로 선이다.
소리와 빛 속에서 경한의 선지가 달마와 연결되면서 섬광처럼 빛난다. 선

사의 이러한 시적 세계에는 초월적 직관미로 승화된 자유자재한 선기가 강하게 농축되어 있다.

　세상의 번잡스러움을 피하여 아무런 걸림 없이 한가롭게 사는 사람을 물외한인物外閑人이라 한다. 세속의 욕락에서 벗어나 마음을 비우고 사는 사람들의 생활은 세상 물정 밖에서 한가로이 여유자적한다. 하지만 사람들이 번다하게 이것이 좋다 저것이 나쁘다고 마음을 낸다. 경계에 부딪혀도 마음이 구름이나 물의 뜻과 같으면, 세상에 살면서도 모든 것이 걸림이 없고 자유로워 아무 일 없다. 말하자면 번다한 마음을 잊으면 경계가 저절로 고요해지고, 경계가 고요해지면 마음은 저절로 움직이지 않는다. 이것이 곧 무심의 진종이고, 최고 힐링의 순간이며 선열의 경지이다.

　무심의 진종, 이것은 경한선사의 일생의 화두였다. 선사가 임종 직전에 스승이었던 석옥의 「사세송」을 생각하면서 『불조직지심체요절』을 저술한 것도 그러한 맥락에서 이해된다. 그로부터 2년 후 선사는 여주 혜목산 취암사鷲巖寺에서 후학들을 지도하다가 "곳곳이 모두 돌아갈 길이요, 만나는 곳이 모두 고향"이라는 「임종게」를 남기고 77세에 입적하였다.

인생이 칠십을 산다는 것은
옛부터 드물다 말해 오지만
칠십칠 년 전에 와서
칠십칠 년 되어 떠나가는구나
곳곳이 모두 돌아갈 길이요
모두가 바로 고향이로다
그 어찌 배와 노를 마련하리
나는 그저 나대로 고향엘 갈 뿐
이 몸 본래 있지 않았고

마음 또한 머무는 곳 없나니
재로 만들어 사방에 뿌리고
남의 땅을 점하여 묻지 말아라

人生七十歲　古來亦希有
七十七年來　七十七年去
虛濫皆歸路　頭頭是故鄕
何須理舟楫　特地欲歸鄕
我身本不有　心亦無所住
作灰散十方　勿占檀那地

● 「임종게」

선사는 속세에서 몸을 버리고 진여의 세계로 돌아감을 '귀향'으로 노래하고 있다. 어딘들 고향 아닌 곳이 없기에 곳곳이 귀향길이다. 이는 곧 열반의 경지에서 본, 깨달음을 이룬 진정한 수행자의 자세이다. 모든 집착을 버리고 몸과 마음이 공함을 알면 그곳이 바로 '불생불멸'의 경계이다. 나고 죽음이 없는 까닭에 무덤이나 사리탑, 비석 모두가 부질없는 일이다. 때문에 마지막 구절 "재로 만들어 사방에 뿌리고 / 남의 땅을 점하여 묻지 말아라"라는 당부는 철저하게 공을 체득한 선사의 무소유의 면모를 보여준다.

요컨대, 백운경한 선사는 불법이란 붉은 산꽃, 푸른 산 등 자연 그대로 만물 속에 완연히 드러나 있고, 새의 지저귐이나 계곡물 소리, 짐승의 울음까지도 모두 실상을 이야기하고 반야를 드러내는 것으로 파악한다. 이러한 자연에 순응한 '무심무념' 깨달음의 경지를 통하여 진경에 이르고자 한 데서 그의 선시문학은 격조 있고 유현한 깊이를 지닌 '시선일여'의 경지를 열어 보인다. 물론 여기에는 선사의 직관적 자연 관조를 기조로

한 자연과 합일에 이른 깨달음의 세계가 다분히 내재되어 있다. 따라서 법호 그대로 흰 구름같이 유유자적하면서 조화롭게 펼쳐진 자연과 그 속에서 수행자의 본분을 지키며 고고한 선승으로서 일생을 마감한 경한선사의 시편들은 '무심무념'의 선적 사유가 빚어내는 물아일여의 청신하고 걸림 없는 원융의 미학을 상기시켜 준다 할 수 있다.

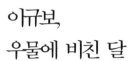

이규보,
우물에 비친 달

이규보(1168~1241)는 고려 중기 여주에서 태어나 생애의 대부분을 강화도에서 보냈다. 자는 춘경春卿, 호는 백운거사白雲居士이며 시와 술과 거문고를 좋아하여 삼혹호 선생三酷好 先生으로 불렸다. 불교문화가 절정을 이루던 자양과 풍토에서 그는 경전과 사기와 선교를 두루 섭렵하였고, 또한 명문장가로서 고구려의 시조 동명성왕의 이야기를 서사시로 엮는 등 민족정신에 바탕을 두고 우리 것을 글로 썼으며, 『동국이상국집』 『백운소설』 『국선생전』 등은 그 대표적인 저서이다.

글재주가 남다르게 뛰어나 신동이라 불렸던 이규보는 15세 때 과거에 실패하고 19세 때 다시 응시했으나 또다시 낙방하고 만다. 이는 그가 워낙 술과 시를 좋아하고 친구들과 어울려 다니면서 딱딱한 과거 시험에 맞는 문장을 익히는 데 게을렀기 때문이라고 한다. 22세 때 비로소 사마시에 장원으로 합격했지만 오랫동안 벼슬을 하지 못하였던 그는 24세 때 부모님이 돌아가자 개경의 천마산에 들어가 시와 글을 지으며 지냈다. 이

때 '백운거사'라는 호를 얻게 되었다.

　고려를 지배해 온 귀족문화가 무신의 난으로 급격히 붕괴되면서 일어난 백가쟁명의 문화적 분위기는 이규보와 같은 신흥사대부의 등장에 큰 영향을 주었다. 특히 지눌과 혜심으로 이어진 선사상은 당대를 대표하는 기둥이었고, 이와 함께 요원의 불길처럼 일기 시작한 선시는 이규보의 사상과 정서는 물론 시 창작 방법론에까지 깊은 영향을 주었다. 이러한 시대적 상황에서 이규보의 불교에 대한 지식과 상상력은 선적인 정취가 빼어난 선시를 짓는 데 큰 자양분이 되었다. 그는 선의 방편으로 시를 활용하기보다는 시작에 선적 소재와 상상력을 적극 도입함으로써 그 나름의 독특한 선시를 창작할 수 있었다.

　과거 급제 후 7, 8년 동안 벼슬을 제수받지 못한 상태로 지내던 시절, 산사는 이규보에게 세상의 번거로움과 현실의 시비분별을 떠난 공간으로 위치한다. 즉 자신을 의탁해서 마음의 한가로움과 탈속한 정신세계를 지향하는 공간으로 놓이게 된다. 현실로부터 '거리두기'라는 고뇌의 해소 방법이 다음 시에서 모색된다.

　　단청 입힌 누대는 오색의 꿩이 나는 듯하고
　　푸른 산, 맑은 물이 겹겹이 감돈다
　　서리에 햇빛 비치니 가을 이슬이 맺힌 듯하고
　　바다 기운 구름을 찌르니 저녁 안개 흩어진다
　　기러기 날아가는 것은 문자를 써 놓은 듯
　　백로의 날갯짓은 절로 그림이 되었네
　　실바람도 일지 않는 강물은 거울 같고
　　행인은 물에 비친 그림자를 보며 돌아간다

金碧樓臺似翥翬　靑山環遶水重圍
霜華炤日添秋露　海氣干雲散夕霏
鴻雁偶成文字去　鷺鷥自作畫圖飛
微風不起江加鏡　路上行人對影歸

　　번거로운 세상으로부터 한 걸음 물러나서 일정한 거리를 두고 자신의 삶을 객관적으로 바라보고자 했던 시인의 정신적 고뇌와 그에 대한 해소 방법 중의 하나가 산사를 찾는 것이었다. 푸른 산 맑은 물이 겹겹이 감싸고 도는 곳에 위치한 사찰에 꿩이 날개를 펼친 듯 날렵한 추녀를 가진 누대는 나그네의 발길을 멈추게 한다. 기러기는 저녁 안개 흩어지는 하늘 끝으로 글자를 쓰듯이 날아가고, 백로의 날갯짓은 저절로 그림의 한 부분이 된 듯하다. 이렇게 호젓한 분위기의 산사에서 내려다본 강은 거울처럼 맑다. 이 아름다운 정경 속에 시인은 하나의 시적 장치를 더한다. 강에 비친 그림자를 마주하여 걸림 없이 길을 가는 행인을 삽입하여 놓은 것이다. 이러한 구도는 시를 읽는 사람으로 하여금 마치 자신이 한 폭의 그림 속에 들어가서 행인이 되어 있는 듯한 착각을 불러일으키게 한다. 다분히 그 평화로움을 한층 더 부각시키고자 하는 시인의 의도적 장치이다. 제3의 인물은 주변의 경관에서 느끼는 편안함을 시를 읽은 이와 공유하게 하는 역할을 한다. 결국 사찰은 그곳을 찾는 이로 하여금 세상일의 번거로움에 찌든 마음을 누그러뜨리고 세상을 돌아보게 하는 심리적 거리를 두게 함으로써 위안을 받는 공간으로서의 힐링적 기능을 하고 있다.

　　해 저물녘에 절에 도착하여 술 한 잔을 마시고 피일휴의 시를 차운하여 각자 짓는다는 시 「일만도사소작용피일휴시운」에서 이규보는 한가로움을 얻지 못하고 '광기'에 시달리는 모습을 고요한 승방과 뚜렷한 대조를 보이며 이렇게 묘사하고 있다.

줄지어 늘어선 푸른 기와 나무 끝으로 보이고
인적 드문 입구에는 소나무만 서 있네
눈 쌓인 숲속에 원숭이 뛰놀고
벽에 걸린 노을에 새 소리 잦아든다
고요한 승방엔 향불 꺼진 재가 싸늘하고
차가운 창가에 풍경소리 맑다
나의 광기가 점차 사라지면 선을 닦을 만도 하니
당년의 사냥꾼으로 여기지 말아주오

碧瓦鱗差出樹端　洞門入靜立蒼官
滿林白雪猿跳破　半壁紅暉鳥喚殘
香爐冷堆山室寂　磬聲淸斷石窓寒
我狂漸息堪禪縛　莫作當年獵將看

● 「일만도사소작용피일휴시운」

　　사찰이란 공간은 그 적막감으로 인하여 세속으로부터 벗어나 있는
듯이 보이지만, 문밖으로 이어져 있는 길은 세간과 출세간과의 뗄 수 없
는 연관성을 암시한다. 나무 끝으로 보이는 기와지붕은 저녁 무렵의 파르
스름한 이내 속에 푸른빛을 띠고 있어 더욱 어스름한 분위기를 자아내고
있다. 아울러 먼발치에서 바라보는 사찰 입구에는 사람의 발길이 끊기고
푸른 나무만 외로이 서 있다. 오랜 세월을 속세와 떨어져서 어슴푸레한
저녁 무렵의 고요만큼이나 정적을 지닌 그윽한 공간이다. 이 그윽함 속으
로 찾아드는 시적 화자의 모습은 쌓인 눈 속을 뛰는 원숭이처럼 곤궁하
고, 산새들이 둥지로 돌아간 뒤의 적막감만큼이나 생기 없는 이미지로 그
려진다. 세파에 시달려 이득 없이 바쁘기만 한 시인의 현실 모습이다. 향
불이 다 타고난 뒤에 쌓여 있는 차가운 재는 일체의 번뇌가 사라진 승방

의 공간을 의미하며, 또한 서늘한 기운이 어려 있는 창가에 맑게 들려오는 풍경소리는 고요한 승방 안에서 참선을 익히고 있는 납자의 맑은 기운으로 읽힌다. 이 고요하고 맑은 공간에서 시적 화자의 '광기'는 차츰 진정되고 사그라진다. 산사에서 느끼는 그윽하고 맑은 기운에 힘입어 자신의 번뇌를 정화시킬 수 있었고, 그 힘들었던 시절을 감내하고 극복할 수 있었던 시인의 마음치유 과정이 잘 그려지고 있는 시편이다.

이규보는 현실 속에서 누리지 못했던 정신적 여유를 주로 산사에서 스님들과 어울리면서 찾았던 경우가 많았다. 비록 그러한 경험이 일시적인 위안이고 자신의 여유로 삼는 데까지 이어지지는 못했지만, 한가로움을 통하여 자신의 번뇌를 불교적 정서로 해소하고 있는 경우를 찾아볼 수 있다. 그 대표적인 시가 그가 영수좌의 족암足庵을 방문하고 득도한 선승들의 내면을 실감 나게 표현한 「영聆수좌를 방문하여 밤에 방장에 누워 영공의 운에 차운하다(訪聆首座夜臥方丈次聆公韻)」이다.

족암은 푸른 바위 아래 우뚝 기대어 섰고
향로에 향을 사르고 밤이면 문 닫네
연꽃도 필요 없는데 공연히 물시계가 필요하랴
주리면 밥 먹고 곤하면 눕는 것이 일과라네

足庵高寄碧巖根　銀葉燒香夜閉門
不用蓮花空作漏　飢飡困臥是朝昏
　　　　● 「방영수좌야와방장차령공운(訪聆首座夜臥方丈次聆公韻)」

당대를 대표하던 문인 이인로와 이규보 사이의 우정과 신심이 잘 나타나는 시이다. 영수좌는 이인로가 무신난을 피해 입산했을 때 사용하던 법명이다. 족암은 속세와 유리된 한적한 물리적인 공간인 동시에 화자가 속세를 초월하여 살아가는 정신적 경지를 상징하는 공간이기도 하다. 그래서 그곳에 사는 영수좌가 하는 일은 은향로에 향을 사르는 일과 해 지면 문 닫고, 주리면 먹고, 피곤하면 쉬는 일이다. 즉 모든 속박과 작위에서 벗어난 일상의 일일 뿐이다. 이러한 일상은 남전南泉의 '평상심시도'平常心是道에 부합하는 행위이고, 또한 "평소에 일 없으니 밥 먹고 졸리면 잠을 잔다"라는 임제의 일상적인 삶이 도라는 법문과도 상통한다. 분별 망상이 없는 그 속에 깨달음의 경지가 그대로 수용되고 있음을 함축하고 있다. 이처럼 유유자적하고 탈속적인 삶을 사는 영수좌가 고결성과 불성을 상징하는 연꽃에 대한 집착까지 버린 것은 당연한 일이다. 그러니 세인들이 재는 물시계가 무슨 필요가 있겠는가? 임제의 '도'나 '법'도 인용 시의 연꽃과 같이 무용할 뿐이며 다만 먹고 자는 일상적인 삶이 도라는 법문을 시적으로 변용하여 영수좌의 탈속적이고 고상한 정신세계를 아름다운 시어로 재창조하고 있다. 불교적인 언어를 사용하지 않으면서도 선적인 코드를 재생하여 득도한 선승들의 내면을 묘사하듯이 시화해 내는 이규보의 탁월한 시적 능력을 보여주는 시편이다.

한편, 산골에 흐르는 개울물의 고요하면서도 쉼 없는 흐름에 마음을 맡겨 마음의 번뇌를 씻고자 했던 이규보로 하여금 정신적 한가로움을 누릴 수 있게 한 중요한 매개물이 '차'이다. "향기로운 차는 참다운 도의 맛"(香茶眞道味)이고 "한 잔의 차는 바로 참선의 시작"(一甌卽是參禪始)이라고 했던 이규보는 단순히 차를 마시는 일뿐만 아니라 차를 달이는 과정 자체를 번뇌에서 벗어나는 길로 인식하고 있다. 손수 차를 끓이고 그 일에만 몰두하면, 즉 점다삼매點茶三昧에 들면 자신도 잊는 좌망坐忘의 경지, 무아의 경계에 이르게 된다는 것이다. 다음의 「천화사에서 놀며 차를 마시고 동파의 시운(遊天和寺飮茶用東坡詩韻)」이라는 시는 그 전형적인 예이다.

> 대나무 칼로 굳은 녹태전 떼내는 소리에
> 시냇가에서 졸던 오리 놀라 깨어나네
> 차 달이는 삼매경의 솜씨에 힘입어
> 눈 같은 차 반 사발로도 들끓는 번뇌 씻어지네

> 一節穿破錄苔錢　驚起溪邊彩鴨眠
> 賴有點茶三昧手　半甌雪液洗煩煎
> > ● 「유천화사음다용동파시운(遊天和寺飲茶用東坡詩韻)」

차는 각성효과가 있어 심신을 맑게 하고 졸음과 번뇌 망상을 벗어나
게 한다. 대나무 칼로 굳은 녹태전을 떼내는 것과 시냇가에서 졸던 오리
가 놀라 깨었다고 한 것은 다 같이 각성의 이미지이다. 졸음에서 깨어나
맑은 정신으로 돌아온다는 앞부분의 내용은 뒷부분에서 차를 달이는 삼매
경의 솜씨로 들끓는 번뇌를 해소하는 것으로 변주된다. 이 말은 차를 제
대로 우려내는 데는 찻물을 준비하는 데서 차를 마시는 데 이르기까지 다
선일여茶禪一如라는 마음의 여유와 안정이 반드시 필요함을 의미한다. 이렇게
점다삼매點茶三昧에서 얻은 한두 잔의 차로 들끓는 번뇌를 정화하는 것, 이것
이 이규보가 생각하는 차를 통하여 번뇌를 해소하는 심신치유 방법이다.[3]

　앞서 언급한 것처럼, 이규보는 방황 시기에 절을 자주 찾았고 그곳에
서 자연스럽게 스님들과 함께 차를 마실 수 있었다. 그에게 있어 현실적
불우함의 울분을 달래는 것이 술이었다면, 현실에서 한 걸음 물러나 자아
의 내면을 성찰을 하는 매개로 차를 가까이한 것으로 진단된다. 어쩌면

---

3) 백원기(2014), 78.

이러한 생각은 맑은 물이나 그윽한 차 맛이 주는 이미지가, 흐린 이미지의 술보다 품격 있다고 느꼈기 때문일 것이다. 설봉산雪峰山 노규老珪선사로부터 조아차早芽茶를 선물 받고 남긴 「유다시(孺茶詩)」는 맑은 물이나 그윽한 차 맛이 주는 격조를 한결 잘 묘사하고 있다.

> 돌화로의 센불에 손수 차를 달이니
> 찻잔의 차 빛깔과 맛이 자랑스럽네
> 향긋한 맛 입속에 부드럽게 녹으니
> 내 마음 어머니 젖내 맡는 아이 같도다
> 고요한 방안에 아무것도 없고
> 오직 차 솥 물 끓이는 소리 기쁘네
> 차 이야기 물 고르는 것은 이 집의 가풍
> 어찌 천세의 영화를 바라겠는가

> 塼爐活火試自煎　手點花甕誇色味
> 黏黏入口脆且柔　有如乳臭兒與稚
> 簫然方丈無一物　愛廳笙聲壺鼎裏
> 評茶品水是家風　不要養生千世榮

●「유다시(孺茶詩)」

화롯불에 차를 손수 달이는 것은 자득자각의 수행심을 표현한다. 또한 차 맛이 입속에 녹으니 "내 마음 어머니 젖내 맡는 어린아이 같도다"는 차를 끓여 마시니 편견이 없어지고 마음이 밝아 생각에 그릇됨이 없음을 묘사한다. 고요한 방안에 아무것도 없고, 오로지 차 솥 물 끓이는 소리가 환희심을 내게 한다는 것은 청허정적淸虛靜寂한 마음자리를 묘출한 것이다. 차의 등급을 정하고 물의 등급을 정하는 것을 가풍으로 삼으며 천세의 영화를 버린다는 것은 육우(?~804)의 행실이 바르고 단정하며 검소하고 겸허한 정신, 즉 정행검덕의 정신과 상통하는 정신이라 하겠다.

이규보의 한가로움의 정서는 선적인 청정심에 연결되기도 하는데, 「연묵당(燕默堂)」은 그 대표적인 시이다. 연묵당은 글자 그대로 한가하여 몸과 마음이 편안한, 그리하여 담담히 심신의 편안함을 누리는 집이라는 뜻이다. 이 시에서 이규보는 기상서奇尙書의 집에 있는 퇴식제退食齊 안의 한 건물에 대하여 '연묵'이라는 당호의 의미를 선적으로 설명하고 있다.

방이 비어 밝음은 산 빛의 밝음이 비쳐 듦이요
안석에 기대고 명상에 들어 세속 정을 씻누나
골짜기의 새 울음인들 어찌 고요함을 깨뜨리랴
마음이 공하면 만물은 본래 소리가 없는 것을

一堂虛白映山明　隱几冥觀滌世情
谷鳥那能啼破寂　心空萬物本無聲

● 「연묵당(燕默堂)」

텅 비어 있는 방은 시적 화자의 내면이 허심의 상태에 있음을 의미하고, 방에 비쳐 들어오는 밝은 빛은 그 고요한 마음에서 일어나는 지혜를 의미한다. 선적인 시각으로 보면 '고요하면 맑아지고 맑아지면 통한다'는 것이다. 비록 골짜기에서 새 울음소리가 들려오긴 하지만 그것은 주위를 시끄럽게 하는 소리라기보다는 고요한 가운데 간간히 들려오는 소리로 고요함을 확인시켜 주고 적막감마저 느끼게 하는 소리이다. 방 안팎의 고요하고 편안한 분위기는 시적 화자의 심적 상태를 반영한다. 이는

---

4) '淨極光通達　寂照含虛空', 『능엄경』 제6권.

곧 "마음이 공하면 만물이 본래 소리가 없다"라는 것을 함축한다. 마음을 비우고 고요해졌다고 해서 공적하기만 하고 아무 작용이 없는 상태는 '무기공'無記空에 지나지 않을 뿐, 깨달음으로 나아갈 수 없다. 이것을 이 시에서는 텅 빈 방과 그 방에 비쳐 들어오는 밝은 빛, 그리고 고요함 속의 새소리로 묘사하고 있다. 마음이 고요하기만 한 것이 아니라 고요한 가운데 또렷하고, 또렷하면서도 고요한 상태, 즉 성성적적惺惺寂寂의 상태에서 자기 본래의 모습을 비추는 지혜의 광명이 생겨난다는 것이다. 고요히 마음을 비우고 앉아 선정에 든 맑은 마음에서 나오는 광명으로 세속의 허망한 생각을 씻어 내고자 하는 시인의 치유적 심사가 잘 묘출되어 있다.

뿐만 아니라 한편 이규보는 자신의 선에 대한 관심을 실행으로 옮겨 실제로 선사를 찾아가서 참선을 구하기도 하였다. 「응선사의 방장을 심방하다(訪應禪師方丈)」에는 선적인 청정심의 경계를 지향하는 모습이 산사를 배경으로 잘 그려지고 있다.

방석 위에 졸음이 깊어 두건은 벗겨지고
빈방은 고요하여 인기척도 없네
고쳐 앉아 마음을 관하니 온갖 잡념 사라지고
휘영청 밝은 달 티끌 한 점 없네

蒲團睡熟落冠巾　空室寥寥不見人
更坐觀心融萬想　炯然明月自無塵
　　　　　　　　　　• 「응선사의 방장을 심방하다(訪應禪師方丈)」

방안의 풍경은 선사를 찾아 방장실에 갔다가 벌어진 일이다. 선정에 든 스님을 따라 방석 위에 좌선을 한다고 앉아 보았지만, 자신도 모르는 사이에 그만 잠이 들었다가 문득 깨어난 정황이 묘사되고 있다. 선방에 앉아서 화두니 선정은 오간 데 없고 정신없이 졸고 있는 이 모습이 선 수행자가 아닌 화자에게는 마냥 한가로운 모습으로만 비치고 있다. 세속에 얽힌 번뇌로부터 벗어난 잠깐 동안이나마 누려보게 된 한가로움의 극치이다. 참선 수행에 있어 마음의 거친 번뇌가 조금씩 사라지면서 먼저 찾아오는 것이 졸음이다. 그러나 여기 방석 위에서의 졸음은 화자에게 갈등을 일으키는 요인이 아니다. 아무런 부담 없는 한가로움이 고쳐 앉아 밖으로 향하는 마음을 다잡고 고요히 내면을 관조하는 모습으로 진행된다. 즉 졸음을 떨치고 단정히 앉아서 모든 잡념도 사라진 선정의 상태에서 투명하게 자신의 속마음을 들여다본다. 선종에서 말하는 '회광반조'廻光返照에 해당하는 이때의 마음 상태를 '한 점 티끌 없이 밝은 달'에 비유하고 있다.

연꽃은 인간의 내면에 존재하는 자성 그 자체이며, 차가운 호수 위로 솟아오르는 연꽃은 자성을 깨친 득도의 경지에 비견된다. 아무리 자성을 갖추고 있어도 깨치지 못하면 범부이듯이 연못 밖으로 나오지 않은 연꽃, 즉 미개한 연꽃은 미오의 경지이다. 그러므로 청정한 가을 호수에서 '연꽃이 수면 위로 솟구치는 상황'은 진여자성을 깨치는 오도의 순간이요 번잡한 사유와 현상에서 해탈한 열반의 경지임을 시인은 이렇게 설파한다.

새 한 마리 물속에 들며 푸른 비단 물결을 가르니
네모난 연못에 이는 작은 파문이 연잎을 감싸안네
선심이 원래부터 스스로 청정한 것임을 알고자 하니
희디흰 가을 연꽃이 찬 물결 속에서 솟아오르네

幽禽入水擘靑羅　微動方池擁蓋荷
欲識禪心元自淨　秋蓮濯濯出寒波
　● 「차운혜문장노수다사팔영(次韻惠文長老水多寺八詠), 하지(荷池)」

「혜문 장로의 수다사 팔영에 차운한 시」 가운데 '연꽃 핀 못'이라는 시이다. 화자는 연꽃에서 마음의 본질을 읽어 낸다. '조용한 곳에 사는 새'幽禽 한 마리가 먹이를 찾기 위해 물속으로 뛰어들자, 푸른 물결에 작은 파문이 생기고, 이 파문은 연잎을 살짝 흔든다. 다시 말해, 새가 물에 뛰어드는 행위가 연못에 파문을 일으키고 희디흰 가을 연꽃이 찬 물결 속에서 솟아오르는 절정의 상황을 이끌어 낸 것이다. 연못에 이는 '파문'은 어리석은 중생의 흔들리는 마음을 상징하지만 결국에는 연꽃의 개화를 이끌어 내는 이미지이기도 하다. 가을 연꽃이 수면 위로 막 피어나는 상황을 보고 마음이 원래부터 청정함을 깨쳤다는 사실은 연꽃이 수면 위로 솟아오르는 바로 그 상황에서 용맹정진하던 선승이 대오하는 순간을 포착한 것이다. 자연현상과 조사의 공안을 자신의 것으로 체화하여 오도의 상황을 명징하게 포착하는 시인의 시선에 날카롭고 번뜩이는 선기가 넘친다. 이처럼 언어와 의미를 떠나 자연의 이미지에 젖는 경우, 자연의 모습이 진경이고, 진경이 곧 선이다. 이미지를 통하여 선에 다가가는 것이다.

이규보의 선시에서 읽어 낼 수 있는 또 다른 코드는 '자재로움'이다. 헛된 욕망은 물론 진리에 대한 집착까지도 벗어나서 걸림 없이 사는 모습은 달관의 경지에 이른 도인의 마음과 같은 경지이다. 산승의 일상사뿐만 아니라 본분사까지도 자신의 생활로 삼아보고 싶어 하는 그의 탈속에의 지향은 다음의 시 「외원에 있는 가상인을 방문하여 벽 위에 걸린 고인의 운으로 짓다」에서 간결하게 극화된다.

고목나무 옆 한적한 방장실
감실엔 등불이 빛나고 향로에는 연기 이네
노승의 일상사 물어볼 것 있으랴
객이 오면 청담 나누고 객이 가면 조는 것을

方丈蕭然古樹邊　一龕燈火一爐煙
老僧日用何須問　客至淸談客去眠

　●「방외원가상인용벽상고인운(訪外院可上人用壁上古人韻)」

　　산승의 걸림 없는 삶에 대한 시인의 놀라움이 간결하게 그려지고 있
다. 세속의 인연에 매여 시달리고 바쁘기만 하던 객의 눈에 들어온 산승
의 살림살이와 일상이 화자에게 너무나 신선하게 다가왔던 것이다. 그 절
의 최고 어른 스님이 기거하는 방장실에 들렀을 때 객의 눈에 들어온 것
은 등잔 하나와 향로 하나뿐이었다. 이 순간 숱한 번뇌 망상도 자신의 참
모습을 찾는 데 아무런 도움이 되지 않았던 것임을 시인은 인식한다. 이
와는 반대로 산승의 살림살이는 어둠을 밝히는 등잔과 마음을 가라앉히는
향로일 뿐이지만, 텅 빈 마음의 여유는 텅 빈 그 자체로서 번뇌로 꽉 찬
세속인의 마음을 비우게 하고 있다. 길손의 왕래에 따라 청담을 나누거나
낮잠을 자는 노승의 일상사는 '자재함' 바로 그것이다. 아무리 참선이 수
행자의 일상이고 자성 탐구가 불가의 본분이라 하지만 그것에 얽매이면
이미 속박일 뿐이다. 따라서 이 시의 가상인에게서 우리는 종교적 권위와
형식까지 완전히 떨쳐버린 내려놓기와 비움의 치유적 요소를 발견하게 된
다.

　　이규보가 젊은 시절 관직에 진출하지 못하는 현실적 고뇌를 산사를
찾아 시를 짓는 것으로 달랬다면, 70세에 관직에서 물러난 그는 선 수행
을 통한 맑은 정신의 획득에서 오는 건강함을 추구하고자 했다 할 수 있
다. 백거이의 문학뿐만 아니라 삶의 자세와 불교에 대한 믿음의 영향을
많이 받고 있는 이규보는 불도를 닦는 데는 굳이 출가와 재가의 구별이
있을 수 없다고 생각한다. 불법을 체득하는 데는 승속을 분별할 필요가
없다는 그의 자유로운 선적 사유는 단정히 앉아 실상을 관하여 공한 것임

을 알고 불조의 혜명을 이을 수 있으리라 하는 생각에서도 잘 드러난다.

> 단정히 앉아 공을 관찰하여 온갖 생각 맑아지니
> 기골은 늙은 선승인데 머리카락만 남아 있네
> 속세에 있어도 성불하기에 거리낌이 없건만
> 무엇 때문에 가사를 입고 중노릇을 하겠는가
> 처음 허리에 찬 정승의 인장을 버렸을 때부터
> 조사의 등불을 돌이켜 볼 마음이 있었네
> 그런 중에 꼭 한 가지 웃지 못할 일은
> 술상 차렸다는 아내의 소리에 나도 모르게 대답하네

> 端坐觀空萬慮澄　老禪肌骨髮惟仍
> 在家未碍先成佛　披毳何須要作僧
> 自始腰抛丞相印　廻看心有祖師燈
> 箇中一段堪嘲事　妻置盃呼忽錯應

- 「차운백낙천재가출가시(次韻白樂天在家出家詩)」

전반부에서 시적 화자는 자신의 노년 생활이 머리만 길렀을 뿐, 외모와 내면의 정신세계에 있어서는 출가한 선승의 경지와 다름이 없음을 내비친다. 이러한 자부심은 정승의 자리에서 물러났을 때 이미 마음속에는 조사의 법등이 켜져 있었다는 데서 확인된다. 재가자로서도 마음이 청정하면 성불할 수 있다고 믿는 화자는 굳이 머리를 깎고 출가하여 가사를 입어야만 성불할 수 있다는 논리를 고집하지 않는다. 즉 마음이 청정하고 번뇌를 일으키지 않으면 도인인데, 구태여 출가라는 요식적인 행위가 필요하지 않다는 것이다. 이러한 사유는 혜능이 『육조단경』에서 언급한 바처럼 출가·재가에 관계없이 스스로 마음이 청정하면 곧 극락정토에 이른다는 생각과 다르지 않다. 그런데 가부좌를 하고 단정히 앉아 선정에 들어있는 모습과 술을 반기는 모습은 일견 매우 이질적이어서 시의 긴장감을 낳는다. 시금주詩琴酒를 너무 좋아하여 삼혹호三酷好 선생이라 자호한 이유에서 볼 수 있듯이 이규보는 술과는 뗄 수 없는 불가분의 인연을 가졌다. 바로 이러한 반전에서 반상합도反常合道의 논리를 통해 화자의 정신적인 경지가 탈속과 자재로 이어지고 있음이 드러난다. 노년에 이른 그의 모든 행동이 자재한 정신에서 우러나오는 탈속적인 성향은 「겨울밤 산사의 소연(冬夜山寺小酌)」에서도 한결 잘 그려지고 있다.

화려한 집 따뜻한 방에서 밤마다 잔치하니
부귀 가운데서는 운치 없기 십상이네
어찌 백설이 쌓인 밤 깊은 산사에서
한가로이 모닥불에 막걸리 데워 마시는 맛에 비기랴

華堂煥室宴連宵　富貴中間味易銷
何似山齋深夜雪　閑燒柮榾暖寒醪

　　　　　　● 「겨울밤 산사의 소연(冬夜山寺小酌)」

시적 화자는 눈 쌓인 깊은 밤 산사에서 한가롭게 모닥불을 피워 막걸리를 데워 마시는 흥취가 가장 좋다고 했다. 고관들의 집이나 화려한 주루에서 매일 마시는 고급스러운 술자리보다 눈 쌓인 깊은 산사에서 모닥불에 데워 마시는 몇 모금 막걸리의 맛이 최고라는 언급은 그의 자재로운 품성과 낭만적 취향을 잘 말해 준다. 산사라는 금주의 공간에서 마시는 소박한 술자리가 가장 흥취 있는 일이라는 이 언설은 아무리 산사가 개방적인 고려시대라 하더라도 대단한 파격이 아닐 수 없다. 하지만 이 시에서 이규보가 불가의 불음주계를 어기고, 사찰이라는 성스러운 공간을 어지럽혔다 비난하지 않는다. 그에게 음주는 자연스러운 본성이었기 때문에 음주계를 지켜 스스로를 반연攀緣에 얽매이게 할 필요는 없기 때문이다. 그의 이러한 걸림이 없고 탈속한 모습은 오히려 성과 속의 분별조차 잊고 사는 원만한 도심과 자재한 정신세계를 보여준다 할 것이다.

이규보는 중국에서 시불詩佛이라 불리는 왕유와 백거이의 신행과 불교적 사유의 시적 세계에 큰 영향을 받았다 할 수 있다. 그는 때로는 홀로 앉아 적요의 시간을 즐기거나 사색을 위해 차를 마시기도 했지만, 그의 차시 대부분이 절에 가서 차를 마시고 쓴 것을 보면 다른 사람과 함께하는 차 자리를 더 좋아한 듯하다. 그런가 하면 풍류적인 차 생활에 만족하지 않고, 차 생활을 고매한 정신적 수준으로 올려놓기도 했다. 그의 이러한 차를 마시며 선정에 드는 모습은 세속적인 얽힘과 인간적인 고뇌를 벗어나 자성의 본질을 체득하는 법열과 여유를 보여 준다.

> 밤은 깊어 물시계 딩동 할 때
> 그대에게 삼어와의 차이를 묻노니 말해다오
> 나는 긴 세월 정진했으나 스스로 구하기 어려웠고
> 그대들 잠시 보고 나니 모든 것이 공함을 알겠네
> 한퇴지의 쌍조부는 싫증 나고 장자의 소요유는 구미에 맞구나
> 타오르는 불에 끓인 향기로운 차는 바로 도의 맛이며
> 흰 구름과 밝은 달은 곧 나의 가풍이로다

> 夜深蓮漏響丁東　三語煩君別異同
> 多劫頭燃難自求　片時目擊摠成空
> 厭聞韓子題雙鳥　深喜莊生說二蟲
> 活火香茶眞道味　白雲明月是家風

• 「부화(復和)」

깊은 밤 물시계의 '딩동'하는 소리가 바로 여래의 삼어와 같다는 인식을 보여주는 시인은 "타오르는 불에 끓인 향기로운 차는 바로 도의 맛"이라고 하여 차에서 도를 발견하고 있다. 여래의 삼어는 부처님이 자의대로 증득한 법을 설한 것随自意語, 부처님이 중생의 근기에 따라 방편으로 설한 것이며随他意語, 그리고 부처님이 중생을 위하여 설법하실 때 절반은 자의에 따라 설하시고 절반은 타의 근기에 따라 설하신 것随自他意語을 말한다. 물시계의 소리가 여래의 삼어와 차이가 없다는 것은 모든 중생에게는 부처의 성품이 있음을 표현한 것이다. 오랜 세월 정진하였으나 스스로 구하기 어려웠는데 차를 만나고 나니 공한 것을 알았고, 장자의 소요유를 한퇴지의 쌍조부보다 좋아하게 되었다는 것은 현실적인 세계관보다 비움과 고요의 노장사상에 맞닿아 있음을 말해 준다. 아울러 차의 맛을 도의 맛으로 승화시키는 청정한 마음가짐은 흰 구름과 밝은 달을 가풍으로 한다는 묘사에서 극치를 보인다. 어디에도 머물지 않는 자재한 백운과 세상을 밝게 비추는 달은 걸림 없는 청정무구한 선승의 모습을 닮아 있다.

신라시대 이래로 달은 매우 친숙한 불교적 소재로 사용되어 왔다. 진여의 상징인 달빛에서 공空을 읽어내는 시인의 감수성과 선사의 오도적인 각성의 융합된 경지는 격조 있는 깨달음의 시로 형성되고 있다. 이규보는 맑은 물과 밝은 달을 택하되 물에 비친 달빛이라는 허상에 주목하여 허상 속의 본질을 포착하며, 불교의 핵심인 공사상과 연기사상을 그려낸다. 나아가 그는 그것에의 집착을 경책함으로써 불교의 진리에 대한 이해와 그것의 실천을 위한 수행의 자세까지 담아낸다. 그러한 공사상과 시적 서정이 절묘하게 어우러져 있는 전형적인 시가 「저녁 무렵 산사에서 우물에 비친 달을 노래하다(山夕詠井中月)」라는 두 편의 시이다.

바위틈 잔물결 이는 맑은 우물에
방금 떠오른 예쁜 달이 또렷이 비쳐 있네
물 길은 항아리에도 떠 있는 반쪽 그림자는
둥근 달을 반쪽만 건져 가는 건 아닌지

漣漪碧井碧巖隈　新月娟娟正印來
汲去瓶中猶半影　恐將金鏡分半廻
　● 「저녁 무렵 산사에서 우물에 비친 달을 노래하다(山夕詠井中月) 其一」

　시인은 달의 본질적인 모습으로서의 둥근 모양과 때에 따라 다른 모습으로 달라 보이는 현상과의 벌어짐을 물동이 속의 반달로부터 파악해 내고 있다. 저녁 무렵 산사의 앞산에 달이 떠올랐는데, 마침 반달이었던 것 같다. 이 달은 절에서 물을 길어다 쓰는 맑은 우물에도 그대로 비쳐서 고운 자태를 보이고 있다. 이처럼 달은 하늘에도 떠 있지만 우물에도 떠 있다. 그런데 그 물을 긷고 보니 이번에는 물동이에도 달이 떠 있지 않은가. 그 순간 시인은 물 길은 항아리 속에 비친 반달로 옮겨가고, 시인은 그로부터 달의 원래 모습인 둥근달을 떠 올린다. 즉 그것은 곧 본질에 대한 자각이다. 달의 모습은 언제나 실제로 둥근 원형이다. 달이 모습을 바꾸어 초승달로 떠오르든 반달로 떠오르든 달의 모양은 달라질 것이 없다. 그런데 시인에게는 문득 물동이에 비친 달이 반쪽만 비친 반달이라는 것이 새삼스럽다. 시인의 생각은 바로 이 점에 미치게 되고 물항아리에 비친 이 반달도 원래는 온전히 둥근 것이라는 사실을 잠깐 잊고 눈에 보이는 형상에만 매달려서 반쪽으로 보고 있는 것은 아닌지 의심해 보는 것이다. 눈에 보이는 사물 너머에 있는 본질을 파악해 내는 시인의 직관은 우물 속에 비친 달을 보고 달빛이 그 자체로 존재하는 실체가 아니라 물에 의지하여 존재하는 것일 뿐이라는 사실에서 한결 잘 묘사된다.

산사의 스님 달빛을 탐내어
한 항아리 가득 물과 함께 길어 갔네
절에 도착하면 응당 깨달으리라
항아리 비우면 달빛 또한 비게 되는 걸

山僧貪月色　幷汲一瓶中
到寺方應覺　瓶傾月亦空
　●「저녁 무렵 산사에서 우물에 비친 달을 노래하다(山夕詠井中月) 其二」

　불교적 사유의 핵심이라 할 수 있는 공과 연기의 문제를 물에 비친 달빛을 들어서 형상화하고 있다. 산승이 우물에 비친 달빛을 진상으로 오인하고, 항아리에 물과 함께 병 속에 담아 가지만, 암자에 이르러 항아리의 물을 비우면 달도 함께 텅 비어 공이 된다는 것, 즉 달빛이 허상이었음을 깨닫게 된다. 선가에서 산승의 본분은 탐욕을 버리고 마음을 비우는 것이다. 그래서 자연물인 달빛도 탐하는 마음으로 대하면 병통이다. 그런데 이 산승은 달빛이 너무 좋아 우물물을 달과 함께 항아리에 길어 돌아갔지만 절에 돌아와 항아리의 물을 쏟아버리면 그 달빛이 공함을 산승도 깨치리라는 것을 시적 화자는 간결하게 일깨워주고 있다. 산승은 도의 실체인 달은 놓치고 그것이 허상인 물 위의 달빛에 집착하는 것으로 그려지고 있다. 이것은 밖으로 구할 것이 아니라 자기의 마음에 이미 내재된 본유의 불성, 즉 청정자성을 깨닫는 수행정진이 있어야 함을 일러주는 준엄한 경책이다.

　요컨대 호탕하고 자유분방한 성격의 이규보는 자연을 사랑하고 시와 음악 그리고 술을 사랑한 시인이었다. 그는 하루라도 시를 짓지 않고서는 견딜 수 없어서 '구시마문'시(귀신을 몰아내는 글)까지도 지었던 천형의 시인이었다. 그의 일생과 삶의 흔적을 찬찬히 짚어보면 그에게 시는 여가나 풍류가 아닌 삶 그 자체였다. 문관으로서 임금을 위해 글을 쓰는 것은 그가 지향했던 삶의 목표였고, 병중과 노년에도 시 짓기를 멈추지 않았다 하니 그에게 시는 생명줄이었다. 무의자 혜심이 본격적으로 선시를 도입하고 수준 높은 선시를 창작하였다면, 이규보는 불교적인 사유와 세계관을 자신의 시문학에 도입함으로써 불교문학을 한 차원 높인 선시의 거장이었다 할 수 있다.

나옹선사,
청산은 나를 보고 물같이 살라 하네

나옹선사(1320~1376)는 경북 영해 출신으로 백운경한, 태고보우와 더불어 고려 말의 위대한 선승이자 시문학가였다. 어머니 정 씨가 하루는 꿈속에서 황금빛 새 한 마리를 보았는데 그 새가 날아와 머리를 조아리면서 입에 물고 있던 알을 품속에 떨어뜨렸다. 그 뒤로 어머니에게 태기가 있어 고려 충숙왕 7년(1320) 정월 15일에 나옹을 낳았다 한다. 선사는 20세(1340)에 절친한 친구의 죽음을 보고 삶의 무상을 느껴 공덕산(현재 문경의 사불산) 묘적암 요연선사에게 출가하였다. 전국의 명찰을 찾아 정진한 후, 양주 회암사에서 4년간 피나는 용맹정진의 수행을 통해 크게 깨달았다. 선사는 28세에 원나라로 구법 길에 올라 연경의 법원사에 주석하던 인도 스님 지공화상을 만나서 인가를 받았다. 이어 평산처림을 통해 임제종의 법맥을 이어받고 원나라에서 10년 동안 머물며 거침없는 대기대용을 발휘하여 고려인으로 선풍을 드날렸다.

공민왕 7년(1358) 귀국, '임제정종'을 제창하여 고려의 선풍을 더욱 진작시킨 나옹은 참선이 어려운 사람들에게는 염불을 권하여 교화하였다. 오대산 상두암에 있다가 왕명으로 상경하여 내전에서 설법하고, 황해도 해주 신광사 주지를 지냈으며, 특히 양주 회암사 주지를 맡아 대규모 중창불사와 전법활동에 전력하였다. 하지만 선사의 설법을 듣기 위해 수많은 사람이 생업에 지장이 있을 정도로 회암사로 몰려들자 우왕의 명으로 밀양의 영원사로 처소를 옮기게 된다. 그 도중에 5월 15일 세수 57세, 법랍 37세로 여주 신륵사에서 원적에 들었다. 현재 신륵사에는 선사의 지팡이가 싹터 자랐다는 은행나무가 위용을 자랑하고 있다. 선사의 탑비명은 선사와 친분이 있던 목은 이색 선생이 썼다. 이색은 "보제(나옹선사의 법호)가 살아있는 것 같다. 신륵사는 보제께서 크게 도를 펴던 곳으로 장차 영원히 무너지지 않으리라"라며 흔쾌히 응했다는 일화가 전해진다.

오대산 북대암에서 수도하던 나옹은 매일 월정사로 내려가 부처님께 콩비짓국을 공양 올렸다. 어느 겨울날 나옹이 비짓국을 받쳐 들고 눈길을 조심스레 가고 있는데 소나무 가지 위에 쌓여 있던 눈이 떨어져 나옹을 덮쳐 비짓국을 쏟고 말았다. 그때 어디선가 나타난 산신령이 공양을 망친 소나무를 꾸짖고 대신 전나무 아홉 그루에게 절을 지키게 했다 한다. 그 후 1,000년이 넘는 세월 동안 전나무가 월정사를 지켰기 때문에 월정사 전나무 숲은 '천년의 숲'으로 불리게 되었으며, 오늘날 최고 명상 치유의 숲길로 우리를 불러들이고 있다.

나옹이 양주 회암사에서 용맹정진하던 때의 일이다. 어느 날 일본 스님 석옹화상이 승당에 내려와 선상을 치면서 "대중은 이 소리를 듣는가?"라고 크게 소리를 쳤으나 이에 대답하는 사람이 없었다. 그러자 선사는 홀연히 일어나 "선불장 안에 앉아 / 정신 차리고 자세히 보라 / 보고 듣는 것이 다른 물건이 아니요 / 원래 그것은 옛 주인이다"(選佛場中坐 惺着眼看 見聞非他物 元是舊主人)라고 대답하였다. 선사의 이러한 대기대용적 선은 화두에만 전념하는 것이 아니라 화두를 통하여 성성해져 깨달음을 얻게 됨을 보여 준다. 선사의 이러한 깨달음은 「대원(大圓)」이라는 시에서 한결 구체화된다.

허공을 꽉 싸안은 그 모습 뛰어나
온갖 형상 머금었어도 몸은 항상 깨끗하다
눈앞의 참 경계를 누군가 능히 헤아리니
구름 걷힌 푸른 하늘에 가을 달은 밝네

包塞虛空絶影形　能含萬像體常淸
目前眞景誰能量　雲卷靑天秋月明

• 「대원(大圓)」

허공을 감싸고 있는 것은 다름 아닌 청정한 마음이다. 이 청정한 마음에서 빚어진 삼라만상이 곧 법계이다. 그러한 참 경계를 깨닫고 나니 구름 걷힌 푸른 하늘에 가을 달이 밝게 비치고 있는 것이다. 선사는 그 깨끗한 "몸"이 바로 "가을 달"임을 깨닫고, 그 환희심을 노래하고 있다.

깨달음을 얻은 후 나옹은 스물여덟 살 되던 해에 원나라에 건너가 법원사의 인도 스님 지공화상을 찾아가 불도를 물었다. 당시 지공은 인도 마가다국 출신으로, 원나라에 와 머물고 있었다. 지공은 낯선 젊은 구도자의 모습을 훑어보며 물었다. "그대는 어디서 왔는가?" "고려 땅에서 왔습니다." "배를 타고 왔느냐 육로로 왔느냐 아니면 신통神通으로 왔느냐?" "신통으로 왔습니다." "그렇다면 지금 내 앞에서 신통을 보여라." 하지만 나옹은 그저 한 손으로 다른 한 손목을 움켜잡고 서 있을 뿐이었다. 지공이 다시 물었다. "누가 그대더러 여기까지 오라고 하던고?" "스스로 왔습니다." "무슨 일로 왔는가?" "후세 사람들을 위하여 왔습니다." 그때서야 지공은 나옹을 다른 대중에게 소개를 하고 절에 머물게 하였다.

선문답을 하고 난 뒤 나옹은 지공에게 "산과 강, 대지는 눈앞의 꽃이요 / 삼라만상 또한 이와 같으니 / 자성이 원래 청정함을 비로소 알면 / 티끌처럼 많은 세상 모두가 법왕신이네"(山河大地眼前花 / 萬象森羅 亦復然 / 自性方知元淸淨 / 塵塵刹刹法王身)라는 게송을 지어 올린다. 이 게송을 보고 지공은 "서천에 스무 명의 깨달은 이가 있고, 동토에 72명의 도인이 있다고 했는데, 나옹이야말로 일등이로다" 하면서 극찬하였다. 나옹은 그곳 법원사에서 며칠간 묵으며 지공과 선문답을 계속하였는데, 지공은 다음의 게송을 법어로 나옹에게 내린다.

선은 선방 안에 없고 법은 마음 밖에 없나니
정전백수 화두는 아는 사람이 즐겨하네
청량한 누대 위에 밝은 태양 빛나고
동자가 세는 모래 동자만이 아느니라

禪無堂內法無外　庭前栢樹認人愛
淸凉臺上淸凉日　童子數沙童子知

"정전백수"는 선가에서 잘 알려진 조주선사의 "뜰 앞의 잣나무"라는 화두를 말한다. 지공이 법어로 내린 이 게송에 대하여 나옹은 '평상심이 곧 도'임을 명쾌하게 화답한다.

집 없는 안으로 들었다 밖이 없는 곳으로 나오니
무한의 시공간 부처 뽑는 곳이었네

뜰 앞의 잣나무 다시 분명한 모습이니
오늘이 초여름 4월 5일이로다

入無堂內出無外　利利塵塵禪佛場
庭前栢樹便分明　今日夏初四月五

나옹의 거리낌 없고 탕탕한 기개가 그대로 드러나 있다. 무한한 시공
간이 부처를 이루는 도량이 아님이 없는 경지를 표현하고 있다. 한 소식
했으니 현실을 부정하지 않는다. 화두로 붙들었던 "뜰 앞의 잣나무"는 산
하대지 그대로의 모습이다. 그러기에 오늘도 일상적인 하루인 사월 초닷
새일 뿐이다. 진리란 멀리 있는 것이 아니라 중생과 더불어 사는 이 순간
이곳에 있음을 분명히 보여주고 있다.

깨닫고 보면, 모든 분별과 망상이 없고 얽매임 또한 없다. 진속일여,
물아일체의 경지 그대로다. 삼라만상은 진여일심의 표상이기에 일체가 상
호조응하며 하나로 된다. 이러한 자연 속에서 자신과 합일된 수행자의 삶
이 「산거」에서 잘 묘사된다.

흰 구름 떠도는 산속의 삼간초옥
앉고 눕고 거닐다 보니 스스로 한가하네
맑은 계곡물은 차갑게 반야를 설하고
달빛 실은 맑은 바람 온몸에 차갑네

白雲堆裏屋三間　坐臥徑行得自閑
磵水冷冷談般若　淸風和月編身寒

● 「산거」

산승의 심산유곡 암자에서의 수행이 잘 그려지고 있다. 흰 구름이 유유히 흘러가는 산속 작은 암자에서의 '행주좌와 어묵동정'은 수행자의 일상적인 생활 그 자체이다. 그 결과로 '자한'自閑의 경지를 얻게 된다. '자한'은 본성 자리를 찾는 데 중요한 경지이다. 이 경지에서 나옹은 흐르는 계곡 물소리에서 반야의 무정설법을 듣고, 달빛 실은 맑은 바람에서 법왕신의 원음을 듣는다. 실로, 자연물을 게송에 담음으로써 격조 있는 서정성과 법음의 향기를 멋지게 묘출하고 있다.

한편, 불교에서 강조되는 지혜는 번뇌 망상의 근원인 어둠을 일소하고 밝음을 가져온다. 때문에 청정심에서 나오는 지혜의 칼날은 무명을 자를 때는 날카로운 칼이지만, 번뇌를 자르고 나서는 밝은 빛을 수반하는 보배로운 칼이 된다. 이러한 지혜의 칼의 이미지를 나옹이 한때 고려에 와서 양평 용문산에 머문 적이 있는 원나라 강남지방의 유력한 임제종 고승 고담선사에게 보낸 시 「행장」에서 찾아볼 수 있다.

임제의 종지가 땅에 떨어지려 할 때
난데없이 고담선사가 돌출하였네
삼 척의 취모검을 높이 뽑아 들고
정령들 모두 베었으나 자취가 없네

臨濟一宗當落地　空中突出古潭翁
把將三尺吹毛劍　斬盡精靈永沒蹤

● 「행장」

여기서 주목을 끄는 것은 '취모검'이다. '취모검'이란 칼날이 매우 예리하여 머리털 같은 것을 갖다 대고 입으로 '혹' 불기만 해도 잘리는 것을 의미한다. 이 예리한 칼날은 번뇌 망상을 한순간에 베어버리는 칼이란 뜻에서 선적 지혜를 상징한다. 결구의 '취모검'에 잘려 버린 '정령'은 음계를 맴도는 죽은 자의 영혼을 말하는 것으로, 끈질기게 달라붙는 번뇌를 상징한다. 번뇌의 구름을 제거하고 나면 본래 청정한 자성의 지혜는 스스로 빛을 발한다. 그야말로 순일 무잡한 원음의 세계가 된다. 나옹은 이 시에서 지혜의 칼을 고담선사의 몫으로 돌렸으나, 사실은 자신이 쓰고 있음을 은근히 내비치고 있다.

나옹의 아름다운 시가詩歌, 즉 『나옹삼가』로 불리는 「완주가」·「백납가」·「고루가」는 보배스러운 구슬, 누더기 옷, 해골 같은 몸을 노래하고 삶에 집착하지 말고 불성을 찾을 것을 강조하고 있다. 완주는 구슬을 가지고 논다거나 구슬을 감상한다는 의미가 있다. 「완주가」에서는 상주불변하는 '불성'이 '구슬'의 이미지로 잘 표현되고 있다.

신령한 이 구슬 너무나도 영롱하여
그 자체는 항하사 세계를 감싸 안팎이 비었는네
사람마다 육신(포대) 속에 당당히 들어 있어서
오고 가며 가지고 놀아도 끝이 없구나

這靈珠極玲瓏　　體徧河沙內外空
人人佾裏堂堂有　弄去弄來弄莫窮

● 「완주가」

영롱한 '구슬'(마니주 혹은 영주)로 불리는 '불성'이 각자의 마음속에 감추어져 있건만, 중생은 그걸 깨닫지 못하고 어둠 속을 헤맨다. 마니주는 있는 곳에 따라 각각 다른 색깔을 비춰 준다. 때문에 마니주 본래의 색깔이 무엇인지 알 수 없다. 하지만 마니주 자체의 색깔이 없는 것은 아니다.

그것은 바로 근기에 따라 자재하게 응하는 그 청정한 속성이다. 즉 각자에게 들어 있는 '불성'이다. 그러기에 각자에게 내재된 그 신묘한 힘, '불성'을 찾으면 더없이 밝은 달이 가을 강에 충만하리라는 것이 나옹선사가 전하는 깨달음의 메시지이다.

누덕누덕 헝겊 조각을 누벼서 만든 누더기 옷이 '백납'百納이다. 겉으로 보기에는 누더기 옷이지만, 걸림 없이 살아가는 선승들이 철저한 무소유 정신으로 두타행을 몸소 실천하며 만족을 얻었던 삶의 표상이다. 이러한 청빈한 수행자의 삶이 「백납가」에 잘 나타나 있다.

때론 자리로 쓰다가 옷으로 삼으니
철 따라 때에 따라 어김없이 쓰이네
이로부터 두타행에 만족할 줄 아노니
가섭 존자 끼친 자취 지금도 살아있네

或爲席或爲衣　　隨節隨時用不違
從此上行知己足　飮光遺跡在今時

●「백납가」

'백납'은 수행자의 일상생활에 있어 다양한 용도로 두루 쓰인다. 자리로도 쓰이고, 옷으로도 삼으며, 철 따라 때에 따라 알맞게 쓰인다. 나옹은 한때 원나라 황제로부터 금란가사와 상아불자象牙拂子를 선물로 받고, 황제를 위하여 개당법회를 열었다. 이때 선사는 사자使者에게 자기 가사를 들어 보이며, "산하대지와 초목 총림이 모두 하나의 법왕신인데, 이것을 어디에 입혀야 하느냐?"라고 물었다. 사자가 모른다고 하자 자기 왼쪽 어깨를 가리키며 "여기에 입혀야 한다"하고 외쳐 고려인의 기개를 한층 드높였다 한다. '물욕이 온갖 고통의 근원'임을 간파한 수행자에게는 한 잔의 차와 일곱 근의 장삼이면 족한 삶이기에, 편리한 누더기 옷이 현란한 금란가사보다 소중함을 나옹은 강조하고 있다. 마지막 시구 '음광유적'은 가섭존자에게서 시작된 선맥이 나옹선사 자신에게 그대로 이어져 계승되고 있음을 암시한다. 몇 해 전 입적한 법정선사의 검박하고 철저한 무소유의 삶 역시 비운 가슴으로 한 바리때의 삶이 넉넉함을 보여 준 나옹선사의 삶과 다르지 않다 할 것이다.

여름이 되면 모기가 기승을 부린다. 모기는 피를 빨아 먹고 사는 존재이다. 세상에는 모기처럼 남을 괴롭히거나 피를 빨아 먹으며 사는 것을 업으로 삼는 사람이 있다. 그러나 어리석어 나쁜 짓을 하면 반드시 과보를 받게 되어 있다. 어느 고을 사또가 고을을 바르게 다스리는 법문을 청하자 이에 시 한 수를 써주었는데, 그 시가 「모기(蚊)」이다. 모기가 피를 빨아 먹다가 그것이 죄가 되어 목숨을 잃는 것처럼, 선사는 모기의 비유를 통해 수행의 게으름을 경책하고, 또한 당시 고을 수령들의 허물을 일깨워 선정을 펴 주기를 바라는 메시지를 이렇게 설파하고 있다.

어리석어 제 힘을 헤아리지 못하고
남의 피를 많이 빨아 날지 못하네
남에게 빌린 물건은 갚지 않을 수 없는 것이니
반드시 본래 주인에게 갚아야 할 날이 있으리라

癡心自己不量力　他血飮多不自飛
他物從來難不報　必當本主報還時

• 「모기(蚊)」

그야말로 선기가 번뜩이는 '모기 법문'의 시이다. 지금 행하고 있는 행위(업)는 다시 내게 과보로 돌아오는 인과응보의 가르침을 전하고 있다. 즉 남의 물건을 빌렸으니(피를 빨아 먹었으니) 반드시 갚아야 하지만 어리석어 인과의 도리를 깨닫지 못하여 인과응보를 받게 됨을 강조하고 있다. 물론 인용 시가 남의 피를 빨다가 그것이 죄가 되어 결국 목숨을 잃는 모기를 인과응보의 비유로 들고 있지만, 다른 한편으로 미물에 불과한 모기 한 마리가 알몸의 피를 빨아 먹는다면 견딜 수가 있겠지만 수많은 모기떼가 굶주려 힘을 잃은 알몸에 까맣게 붙어서 피를 빨아 먹다 배가 불러 날지 못할 정도로 된다면 어떻게 될 것인가를 말하고 있다. 말하자면, 선사는 알몸으로 내동댕이쳐진 몸과 다를 바 없는 당시 위기의 국가 상황을 파악하고, 하찮은 미물인 모기 한 마리의 행위를 비유로 들며 고을 수령과 탐관오리들에게 서민들의 혈서를 빨아 먹는 모기가 되지 말고 그들을 위해 선정을 베풀도록 하는 사자후를 던지고 있다.

인생은 어느 곳으로부터 와서 어느 곳으로 가는가. 이에 대한 문제는 동서고금을 막론하고 모든 사람들의 화두이다. 나옹선사에게는 누님이 한 분 있었는데, 누님은 틈만 나면 동생 나옹을 위해 밑반찬을 만들어 나옹이 칩거해 있는 암자로 찾아와 함께 공양을 들며 혈육지정을 나누곤 돌아갔다. 그런 누님에게 나옹은 경전도 읽고 염불도 배워 마음공부를 열심히 하라고 청했으나 누님은 말하길 "자네가 이미 득도하여 높은 경지에 있으니 자네의 누나인 나는 공부를 안 해도 저절로 득도한 게 되는데 내가 왜 새삼스럽게 공부를 할 것인가"라며 한사코 불법 닦기를 게을리했다. 어느 날 누님이 맛깔스러운 반찬을 만들어 나옹을 찾아왔더니 그때 나옹은 점심공양을 혼자 들고 있었다. 평소와 다른 나옹의 태도에 누나는 내심 이상한 생각이 들었지만 나옹이 공양을 끝내기를 기다린 후에 퉁명스럽게 물었다. "나옹, 이 누나는 배가 고픈데 왜 자네는 같이 먹자는 말도 없이

혼자만 드시는가?" "누님, 누님의 동생인 내가 배부르면 누님은 안 자셔
도 저절로 배가 부르는 게 아니오?" 나옹의 당기일구에 홀연 깨달은 누님
은 그 후 마음공부를 게을리하지 않고 열심히 수행정진하여 마침내 득도
하게 되었다 한다. 누님은 동생에게 염불을 배우고 난 후 그를 위해 다음
의 훌륭한 시를 읊었다.

빈손으로 왔다가 빈손으로 가는 것, 이것이 인생이다
태어남은 어디서 오며 죽음은 어디로 가는가
태어남은 한 조각 구름이 일어남이요
죽음은 한 조각 구름이 사라지는 것인데
뜬구름 자체는 본래 실체가 없나니
태어남과 죽음도 모두 이와 같다네
여기 한 물건이 항상 홀로 있어
담연히 생사를 따르지 않는다네

空手來　空手去　是人生
生從何處來　死向何處去
生也一片浮雲起　死也一片浮雲滅
浮雲自體本無實　生死去來亦如然
獨有一物常獨露　澹然不隨於生死

● 「뜬구름(浮雲)」

불교는 언제나 그렇듯이 궁극에는 생사해탈 문제가 초미의 관심사이
다. 빈손으로 왔다가 빈손으로 가는 것이 인생이다. 그러한 인생을 한 조
각 구름이 일어나고 사라지는 것起滅에 비유하고 있다. 그런데 구름 그 자
체는 본래 실체가 없다. 그러니 태어남과 죽음, 오고 감도 또한 이와 같이

실체가 없는 것이다. 이처럼 인생이란 곧 있음과 없음이고, 세상사 또한 있음과 없음이다. 이러한 있음이 없음이고 없음이 있음의 가르침이 반야심경의 색즉시공色卽是空 공즉시색空卽是色이다. 그런데 오직 한 물건이 홀로 드러나 있어서 맑고도 고요하여 생사를 따라가지 않는 것은 무엇인가? 그 것은 각자의 마음속에 감추어져 있는 영롱한 구슬, 곧 상주불변하는 '불성'이라 할 것이다.

무엇보다도 철저한 무소유의 수행자로서 나옹의 시적 세계는 시공을 초월하여 사물을 직관하고 삶을 관조하는 태도를 지향한다. 물론 그 바탕은 일상생활 속에서 자기를 철저히 확신하고, 그 무엇에도 얽매이지 말고, 주체적으로 자기를 깨치려는 철저한 선가의 삶이다. 이런 삶을 통해서 선사는 "탐욕도 벗어 놓고, 성냄도 벗어 놓고, 말없이 티 없이 바람같이 물같이 살다 가라"라는 시로 자연에 화답하면서 가섭존자의 가풍을 면면히 계승하며 신령한 '구슬'을 찾을 수 있었으리라 생각된다.

청산은 나를 보고 말없이 살라 하고
창공은 나를 보고 티 없이 살라 하네
사랑도 벗어놓고 미움도 벗어놓고
물같이 바람같이 살다가 가라 하네

靑山兮要我以無語　蒼空兮要我以無垢
聊無愛而無惜兮　　如水如風而終我

청산은 나를 보고 말없이 살라 하고
창공은 나를 보고 티 없이 살라 하네
성냄도 벗어놓고 탐욕도 벗어놓고
물같이 바람같이 살다가 가라 하네

青山兮要我以無語　蒼空兮要我以無垢
聊無怒而無惜兮　　如水如風而終我

●「청산은 나를 보고」

절창의 시편으로, 탐 진 치 삼독三毒으로 찌들고 힘들게 살아가는 현대인의 마음을 위로하고 치유하는 전형적인 선시라 할 수 있다. 누구나 한 번쯤은 모든 것을 비우고 내려놓으며 구름같이 바람같이 살고 싶은 꿈을 꾸며 이 선시를 염송했을 것이다. 하루 종일 온갖 기계음과 소음 속에서 인간적인 감정이 메말라 가고 있는 오늘날, 선시를 염송하는 것은 잠자고 있는 오감을 일깨우고 내면의 자아를 움직여 가슴속에 맺힌 상처를 치유하는 효과가 다분히 있을 것이다. 자연의 진경이 그대로 다가옴을 느낄 수 있게 하고, 마음속에 한줄기 시원한 감로수와 같은 청량함을 주는 것이 이 선시가 주는 묘미이다.

요컨대 당당하면서도 걸림이 없고, 그러면서도 조화롭게 존재하는 자연과의 만남을 노래한 나옹선사의 시편들은 우리 시대를 맑게 하는 화엄의 시심을 표현한 것이라 할 수 있다. 망상이란 속으로 온갖 분별과 시비를 일으키는 것이고, 모든 취趣는 겉으로 받아들이는 온갖 세계의 일들을 반영하는 것이다. 그래서 달마 대사는 "안으로 헐떡거리는 마음을 쉬고 밖으로 모든 인연을 쉬라"라고 했다. 따라서 '웰빙'의 시대를 넘어 '힐링'의 시대에 선시를 염송하고 감상하는 것은 탐욕, 성냄, 어리석음을 버리고 밝은 지혜와 순수함으로 지상과 우주에 교감하는 우주의 귀를 열어 줄 뿐만 아니라 텅 빈 충만의 세계를 보듬게 함으로써 마음치유의 새로운 장을 열어 줄 것으로 믿는다.

태고보우,
맑은 바람이 '태고'에 불어오네

백운경한(1298~1374), 나옹혜근(1320~1376)과 더불어 고려 말 삼대 화상으로 불리는 태고보우(1301~1382)는 한국불교 태고종의 종조로서 중국 원나라 선불교의 거장 석옥청공(1272~1352)으로부터 인가를 받고 임제 정맥을 계승한 임제의 제19대 법손이다. 태고보우는 수선사(현 송광사) 제2세 진각국사 혜심(1178~1234)에 이어 고려 말에 간화선을 적극적으로 널리 유포하고 확산함으로써 이를 정착시키는 데 주도적인 역할을 하였다. 하지만 태고국사는 임제의 방법을 그대로 수용하지 않고, 간화의 방법으로 참구하였으며 특히 '무'無자 화두를 즐겨 사용함으로써 기존의 선사상과는 다른, 임제의 정통성을 내세웠다. 이와 같이 태고보우국사는 임제의 선풍과 화두를 통하여 깨달음에 이르는 간화선 수행법을 수용하여 그 나름의 독자적 수행체계로 확립하였다.

당시 불교계 상황은 9산5교의 다양한 종파들이 서로 자기 종파의 우월성을 주장하며 반목과 갈등으로 극심한 대립을 보여주었다. 이에 태고는 종파 통합의 필요성을 절감하고, 공민왕 5년 왕사에 책봉되면서 광명사에 원효의 화쟁과 회통사상을 계승하여 원융부를 설치하여 구산원융九山圓融 오교홍통五敎弘通을 주장함으로써 9산5교의 통합에 나섰다. 공민왕의 적극적인 성원으로 태고의 이러한 노력은 헛되지 않아 불교의 난립된 종파들이 통합되었으며, 이는 곧 한국불교가 선과 교를 겸수하는 통불교사상 형성에 상당한 영향을 미쳤다. 아울러 태고보우는 당시의 문란한 승단의 기풍을 바로잡기 위하여 "하루 일하지 않으면, 하루 먹지도 말라"(一日不作 一日不食)라는 자급정신과 노동의 필요성을 강조한 '백장청규'百丈淸規를 채택할 것을 강력히 주장하였는데, 이는 승가공동체의 청정한 생활에 지침이기도 했다. 그의 이러한 주장 역시 공민왕의 적극적인 후원에 힘입어 결실을 맺기도 하였다. 이러한 원융회통의 사상은 태고의 시문학 세계에도 다분히 투영, 변용되고 있다.

13세 때 회암사 광지선사에게로 출가했던 태고보우는 19세에 구산선문의 하나인 가지산문의 종풍에 따라 '만법귀일'의 화두를 참구했다. 이후 국사는 33세에 수행처를 감로사로 옮겨 7일간 먹지 않고, 자지 않으며 치열한 용맹정진을 하였다. 그런데 어느 날 저녁 선정 삼매에 들었는데 푸른 옷을 입은 두 어린 동자가 나타나 더운물을 권하였는데, 이것을 받아 마셨더니 감로수였다. 그때 홀연히 깨달음 얻고, 그 깨달음을 노래한 것이 「감로심(甘露心)」이다.

무엇 하나 얻을 것 없는 곳에서
집안의 돌 밟아 깨뜨렸네
돌아보니 깨뜨린 흔적도 없고
본 사람마저 없어 고요하다.
그대로 드러나 둥그런 그것

그윽하여 광명이 더욱 찬란하니
부처와 조사, 산하대지를
입 없으되 모두 삼켜 버렸네.

一亦不得處　踏破家中石
回看沒破跡　看者亦己寂
了了圓陀陀　玄玄光爍爍
佛祖與山河　無口悉呑却

● 「감로심(甘露心)」

　　태고보우는 이 한 물건의 본체를 찾는 치열한 참구 끝에 고요 속에
생동하는 생명과 하나가 된 자신의 본래 모습을 보았다. 무시 이래 지녀
온 온갖 것, 생의 뿌리마저 뽑아서 죽여 버리니 본지풍광本地風光이 확연해
졌던 것이다. 도의 깨침이란 도를 얻는 것이 아니라 '무'無를 깨뜨림이었
다. 깨져버린 집안의 돌이 흔적도 남아 있지 않고, 그 자신마저도 없고 고
요하다고 한 큰 깨달음大覺의 자리에는 광명이 더욱 찬란하다. 부처도 조
사도 산하대지 그 어느 것도 입을 대지 않고 삼켜버렸으니 세상이 본래와
같이 고요해진 것이다. 이후 국사는 1337년 가을 불각사에서 『원각경』을
읽다가 "모든 것이 다 사라져 버리면 그것을 부동"(一切盡滅　名爲不
動)이라고 한 대목에서 다시 한번 깨달음을 얻었다. 이어 그해 10월 그는
채홍철의 추천으로 송도의 전단원에서 겨울 안거를 맞아 정진한 끝에, 이
듬해 38세 되던 1월 7일에 크게 깨달았다. 그 두 번째 깨달음의 시가 다
음의 「오도송」이다.

趙州古佛老　조주의 고불 늙은이가
坐斷千聖路　앉아서 천성의 길을 끊고

吹毛覿面提	취모검을 얼굴에 늘이댔으나
通身無孔竅	온몸에 빈틈이 없네
狐兎絶潛踪	여우와 토끼 자취를 감추더니
翻身師子露	몸을 바꾸어 사자가 뛰쳐나오고
打破牢關後	철벽같은 관문 쳐부수니
淸風吹太古	맑은 바람이 태고에 불어오네.

• 「오도송」

투철한 수행 자세야말로 태고선의 특질을 가장 잘 두드러지게 보여주는 것으로, 선가에서 수행 요건으로 말하는 대신근大信根 대분지大憤志 대의정大疑情 그 자체이다. 태고는 화두참구를 통하여 근본무명을 타파해서 자신의 진여자성을 철견할 수 있으리라는 신심에서 한 치도 물러선 일이 없었다. 화두를 참구하는 경지가 오매일여寤寐一如에 이르러서도 구경각究竟覺을 향한 정진을 멈추지 않았다. 국사는 서릿발 같은 취모검吹毛劍으로 번다하고 산란한 생각머리心頭를 절단하고 무생의 이치를 깨달았다. 여우와 토끼가 자취를 감추고 사자의 위엄이 드러난 것은 눈앞에 어리는 사건을 취모검으로 자르듯이 단절한, 즉 이치를 헤아리는 알음알이의 경계를 뛰어넘어야 사자와 같이 불조佛祖의 세계에 이를 수 있음을 보인 것이다. 마지막 구절 "철벽같은 관문 쳐부수니 맑은 바람이 태고에 불어오네"는 의정疑情이 뚫려 부서지고 활연 대오한 경지에서 느끼는 자신의 심경을 노래한 것이다. 결국 국사는 현상에 집착하지 않고 걸림이 없는 원융무애의 깨달음에서 얻는 법열을 "맑은 바람"으로 상징하여 탕탕한 선적 아름다움으로 묘사하고 있다.

선사들은 자연과의 친숙한 교감을 통해 자신의 본모습을 반조하고 확인한다. 모든 존재를 있는 그대로 보고 깨달으면, 모든 분별과 망상이 없고 얽매임 또한 없으며, 진속일여, 물아일체의 경지 그대로이다. 삼라만상은 진여일심의 표상이기에 일체가 상호조응하며 하나로 된다. 태고국사의 시적 세계에서도 자연은 단지 대상이 아니라 궁극적으로 자연과 합일을 추구하는 이상이며 그 자신의 해탈의 경계로 표현된다. 국사의 이러한 가르침은 흘러가는 구름과 물처럼 걸림이 없이 유유자적하며 깨달음을 구가하는 시에서 선명하게 드러난다. 그 대표적인 시가 「태고암가」이다.

    내가 사는 이 암자 나도 몰라
    깊고 은밀하나 옹색함이 없구나
    천지를 뒤덮어 앞뒤 없으니
    동서남북 어디에도 머물지 않네.

    吾住此庵吾莫識　深深密密無壅塞
    函盖乾坤沒向背　不住東西與南北

    구슬 누각 옥전각도 비길 수 없고
    소림사의 가풍을 따르지 않데
    팔만 사천 번뇌의 문을 쳐부수니
    저편 구름 밖 청산이 푸르구나.

    珠樓玉殿未爲對　少室風規亦不式
    爍破八萬四千門　那邊雲外靑山碧

　　　　　　　　　　　　　　　　•「태고암가」 1, 2수

　　태고국사 본분의 선지禪旨를 '태고'라는 어취를 빌려 표현하고 있다. 국사는 41세 때 삼각산 중흥사 동쪽에 암자를 짓고 자신의 호를 따서 그

현판을 '태고'太古라고 붙였다. 이곳에서 5년여 동안 유유자적한 삶을 보내며 선수행자들에게 귀감이 되는 중국 당나라 영가현각대사의 <증도가>를 모델로 20수의 「태고암가」를 지었다. 첫 구절에 "내가 사는 이 암자 나도 몰라"라고 말한 것은 분별을 초월한 본분 선지를 드러내 보인 것이다. 여기에 '이 암자에 소요하지만 암자가 천지를 다 담더라도 넘치지 않고, 동서남북 사방 어디에도 걸림이 없다'는 국사의 탕탕한 기개가 잘 나타나 있다. 시공을 초월한 세계가 근본진리이므로 여기에 머물면서도 이때에 머물지 않기 때문에 국사는 태고암에 그렇게 걸림 없이 머물고 있었던 것이다. 이어 태고국사의 본분 선지는 어디에도 국한되지 않고, 무엇과도 비길 수 없으며, 어떠한 격식을 따르지 않음을 근본으로 하고 있음을 노래한다. 즉 '왕이 머무는 궁궐도 부럽지 않고, 달마 대사가 수행하던 소림사의 가풍을 본받을 것이 없다'는 주체성이 그대로 드러난다. 향상종승 向上宗乘의 종지가 곧 격외格外 선지임을 태고는 "팔만 사천 번뇌의 문을 쳐부수니 / 저편 구름 밖 청산"이 나와 둘이 아니라, 하나로 조화되는 경지로 표현하고 있다. 즉 현실의 암자를 출세간의 경지와 자신의 삶과 절묘하게 융합하여 표현하고 있다.

태고국사는 46세(1346)에 원나라 연도에 들어가, 이듬해 호주 하무산 천호암으로 임제선사의 18대손인 석옥청공을 참문하고 「태고암가」를 보여드렸다. 그 순간 석옥선사는 태고국사가 명안 종사임을 알아보고 임제 정맥의 적자로 인가를 했다. 당시 76세의 석옥선사는 "이별할 때가 되어 「태고가」를 읊어보면 순박하고 두터우며, 그 글귀를 음미해 보면 한가롭고 맑았다. 이는 참으로 공겁空劫 이전의 소식5)을 얻은 것이다. 날카롭고 과장된 요즘의 글에 비할 바가 아니니 '태고'라는 이름이 헛되지 않았

---

5) 아득한 옛적 공겁 때 제일 먼저 성불했다는 위음왕불威音王佛 이전의 최초 진리를 말한다.

다. 나는 오랫동안 화답하는 일을 끊고 지내왔는데, 붓이 갑자기 날뛰어 얼떨결에 종이 끝에 쓰고, 아울러 노래를 짓는다'6)라고 크게 찬탄하고 발문까지 써 주며 이렇게 화답하고서 의발을 전했다.

이 암자가 먼저 있고서야 비로소 세계가 있었으니,
세계가 무너질 때에도 이 암자는 무너지지 않으리.
암자 속의 주인은 있고 없고가 없으니
달은 먼 허공을 비추고 바람은 온갖 소리를 내네.

先有此菴方有世界　世界壞時此菴不壞
菴中主人無在不在　月照長空 風生萬籟

• 「호주 하무산 석옥노사 76세 씀」

천하의 선객들을 제접하던 석옥선사가 중국의 수많은 선객을 제쳐두고 고려에서 와 보름 남짓 그와 함께 머문 태고에게 의발을 전한 것은 충격적이었다. 여기에는 그럴 만한 사연이 있다. 석옥선사가 법담으로 "시간과 공간이 생기기 전에도 태고가 있었느냐"라고 태고에게 묻자, 태고가 "허공이 태고에서 나왔다"라고 답했다. 그러자 석옥선사는 그의 법기法器를 알아보고, 그에게 법을 전했던 것이다. '태고'는 시작을 알 수 없는 아득한 옛날을 의미할 뿐만 아니라 오늘의 존재 원인이다. 이러한 진리는 시공을 초월해서 일체 속에 있다. 따라서 석옥선사는 시공을 초월한 '태고'라는 암자는 무너지지 않는다고 표현했던 것이다. 결국 '태고'는 암자의 이름이 되었지만, 태고의 선풍을 담지한 절 이름 이상의 의미가 있다 할 수 있다. 따라서 국사가 인식한 자연은 감각적 외경으로서 단순한 즐

---

6)『태고화상어록』, p. 64.

김의 대상이 아니라 그 자체가 바로 해탈의 경지로서의 의미를 지니게 된다 할 수 있다.

『태고화상어록』 하권에는 122수의 선시가 수록되어 있다. 그중 91수는 스님이나 거사들의 아호에 대한 송시(頌詩)로, 태고국사가 불제자들에게 법명이나 법호를 지어주면서 그에 걸맞은 수행을 독려하고 있는 시편들이다. 일찍이 구산선문을 하나로 통합하려고 노력했던 태고로서는 많은 수행자가 하루속히 깨달음을 얻기를 바라는 마음이 누구보다 간절했을 것으로 짐작된다. 그러므로 찾아오는 수행자들에게 그 사람의 근기와 수행 정도에 걸맞은 명호로 선시를 지어주었던 것으로 생각된다. 가령, 운산, 석계, 혹은 고송, 철우, 죽암 등의 명칭은 순수한 자연의 한 소재가 아니라 불제자들의 명호이다. 따라서 그 시의 내용도 자연히 당사자의 법명이나 법호에 대한 찬사의 의미는 물론, 명호에 대한 상징성을 담지하고 있다.

중도는 불교의 중심 사상인 동시에 깨달음의 세계관이다. 중도를 깨달은 경지에서는 삼라만상 그대로가 바로 진리의 실상이라는 원융의 세계를 지향한다. 때문에 산, 구름, 달, 산이 머금고 있는 물 등은 선승의 삶에 있어 하나 되는 친숙한 매개물이 된다. 그 매개물로 선심을 노래한 전형적인 시가 '운산'이라는 법호를 가진 자에게 지어준 명호시 「운산(雲山)」이다.

흰 구름 구름 속에 푸른 산 거듭되고
푸른 산 산 가운데 흰 구름도 많구나.
해와 구름과 산은 오랫동안 친구 했는데
너희가 내 집이라 이 몸 편안하구나.

白雲雲裏靑山重　靑山山中白雲多

日與雲山長作伴　安身無處不爲家

　　　　　　　　　　　　　　　　● 「운산(雲山)」

　흰 구름과 푸른 산을 벗 삼아 살아가는 운수납자의 유유자적한 모습을 '운산'이라는 자연으로 투영하여 상징적으로 그려내고 있다. 청정지심으로 객관 세계를 관조하고 있는 화자는 '운산'이라는 법호의 주인공이 백운과 청산의 모습처럼 살아가기를 바라고 있다. 아무런 걸림이 없는 이른바 부주심不住心, 혹은 무상심無常心의 선적 상징인 흰 구름은 때로는 청산과 어울려 대자연의 아름다움을 묘출하기도 한다. 여기에서 흰 구름은 자연을 벗 삼아 일평생을 무심하게 살고자 했던 태고의 자연과 깨달음의 세계가 둘이 아닌 무심합도無心合道의 선적 표현으로 변주되고 있다.

　태고는 62세에 양산사(희양산 봉암사)의 주지가 되어 절을 중수하고, 63세에 출가본사인 가지사(현, 장흥 가지산 보림사)의 주지가 되어 선풍을 드날렸다. 이 무렵, 여름 안거를 마치고 떠나는 종서宗西스님에게 '철우'鐵牛라는 법호를 지어 주며, 법호의 의미대로 치열하게 수행할 것을 간절히 당부하였다.

　　몇 번이나 봄가을을 지냈건만
　　한결같이 여여한 그 바탕 고금이 없네.
　　활활 타는 겁화도 불사르지 못하니
　　꽃다운 풀에 지는 빗발에 그 뿔은 아련하다.

　　幾度春風幾度秋　一如如體無古今
　　劫火洞然不燒伊　頭角依俙芳草雨

　　나는 지금 소 치는 이에게 권하노니

갈 때는 빨리 타고 뼈가 사무치게 채찍질하라
뼈가 저리도록 땀 흘리고 피를 내면
가주의 큰 불상이 와서 구원을 청하리라.

吾今勸進牧牛子　進步蕘騎鞭徹髓
痛徹髓出汗血　嘉州大像來傑救

• 「철우(鐵牛)」 1, 3수

　　늘 한결 같으며 고금古今이 없는 본래 자성의 부동함과 깊어 가는 수
행이 상징적으로 표현되고 있다. 소가 먹을 풀을 싹트게 하는 '빗발'은 수
행자의 땀과 노력을 상징하고, '아련한 뿔'은 송아지로서 아직 뿔이 쑥 솟
아나지 못한 상태를 상징한다. 이러한 것은 수행정진 과정에 있는 납승衲
僧의 모습을 의미한다. 이어지는 3수에서는 투철하게 화두를 참구해 나가
면 반드시 도를 이룰 수 있다는 선지식의 후학들을 지도하는 내용을 담고
있다. 선가에서 소는 '심우송'에서 보듯이 자성의 본체를 상징한다. 여기
에서 묵묵히 수행하는 수행자들을 분발시켜 증득해야 할 오도의 세계를
소를 찾는 것으로 표현하고 있다. '철우'라는 명호는 쇠가 단단하다는 속
성을 빌려 활활 타는 번뇌의 겁화劫火도 태울 수 없음을 함축하고 있다.
그래서 선사는 무쇠소鐵牛에다 채찍질해서 땀이 나게 하면 곧 조주스님과
만나게 될 것이니 열심히 정진할 것을 당부한다. 바로 여기에 오로지 진
리를 깨닫고자 하는 수행승이나, 불자들에게 선적인 사유와 방편으로 깨
달음의 세계를 열어 주고자 하는 태고의 뚜렷한 교육관이 함축되어 있다
할 수 있다.
　　'죽암'은 대나무로 둘러싸인 암자이다. 태고는 시 「죽암(竹庵)」에서
암자의 고요함을 노래하면서도 각 구는 대나무의 특성을 말함으로써 '죽

암'이란 호를 지닌 납자의 인품을 암묵적으로 드러내 보이고 있다.

> 속에 아무것도 없이 원래가 맑아서
> 온 세상 누구도 이 뜨락 넘볼 수 없다
> 봉의 휘파람 용의 울음으로 선적을 깨친다면
> 온 대숲엔 밝은 달만 강마을에 가득하리라

> 中無一物本來淸　擧世無人窺戶庭
> 鳳嘯龍吟破禪寂　一竿明月滿江成

• 「죽암(竹庵)」

"속에 아무것도 없이 원래가 맑아서"라는 구절에서 우선 대가 속이 비었음을 알 수 있다. 또한 암자의 맑고 차가움과 주인공의 청빈한 삶을 연상할 수 있다. 아무리 대의 속이 비었다 하더라도 속을 들여다볼 수 없다. 암자가 텅 빈 것 같아도 충만함이 있음을 알 수 없고, 넓고 깊은 인품의 주인공의 속내를 짐작할 수 없음이 "세상 누구도 이 뜨락 넘볼 수 없다"로 묘사되고 있다. 그렇다고 항상 조용하고 비어 있는 것만은 아니다. 비어 있기에 소리가 난다. 그 소리는 보통의 소리가 아니라 "용봉"의 울음이다. '죽암'이라는 명호를 지닌 자의 인품도 바로 "봉의 휘파람이고, 용의 울음"인 것이다. 마지막으로 대나무의 한가함, 주인공의 조용함, 주인공의 물외한인의 모습이 "밝은 달만 강마을에 가득"한 정경으로 묘사되고 있다. 도가 높은 선승답게 각 시편에 내려주는 호에 걸맞은 법리들이 태고의 뛰어난 시적 상상력 속에 한 폭의 산수화처럼 담겨 있다. 바로 여기에 오로지 진리를 깨닫고자 하는 수행승이나, 불자들에게 선적인 사유와 방편으로 깨달음의 세계를 열어 주고자 하는 태고의 다양한 상징성과 자비심의 미학이 함축되어 있다 할 수 있다. 따라서 국사의 명호名號에 내재된 수행자의 자세에 대한 가르침과 맑고 텅 빈 충만의 가르침은 공空과 색色 또는 허虛와 실實이라는 이분적 사유를 극복하고 원융의 세계를 지향하게 하며, 특히 오늘날 탐욕에서 비롯된 뉴노멀의 시대적 상황에서 불안과 갈등을 치유하고 상생의 삶을 살아가게 하는 대안으로 중요한 의미를 지닌다 할 수 있다.

선승들은 '본심이 곧 부처'라는 사상을 강조하여, 일체의 번뇌 망상과 세속적인 속박에서 벗어날 것을 요구한다. 그래서 선사들이 남긴 이승의 마지막 법문에는 일체 번뇌와 집착에서 벗어나 영원한 대자유의 삶을 사는 방법이 함축되어 있는데, 그 입멸의 순간에 던지는 깨달음의 노래가 '임종게'이다. 여기에는 생사의 걸림이 없는 자유자재함과 아주 깊고 미묘한 선의 세계가 담겨 있다. 태고국사는 양산사에 머물며 중창불사를 크게 이룩한 후 가지산, 속리산 등으로 옮겨 수행하다 1382년 여름 다시 소설산으로 돌아왔다. 이곳에서 잠시 머물다 법랍 69세, 세수 82세를 일기로 다음의 「임종게」를 남기고 원적에 들었다.

인간의 목숨은 물거품 같고
팔십 평생 봄날 꿈속 같았네
임종 맞아 가죽자루 놓으니
붉은 해가 서산을 넘는구나.

人生命若水泡空　八十餘年春夢中
臨終如今放皮帒　一輪紅日下西峰

• 「임종게」

이 게송에는 국사의 철저하게 대오한 맑고 텅 빈 원융무애의 실천적 삶의 궁극적인 순간이 잘 묘출되고 있다. 국사는 자신의 죽음을 지는 해를 보는 것처럼 거리두기를 하며 바라보고 있다. 돌이켜보면 치열한 수행과 거기에서 얻은 깨달음, 그 모든 것을 하나의 '유위법'有爲法으로 본다면 물거품과 같고 그림자 같아서 실체가 없는 꿈속의 일에 불과하다. 불교에서는 불과 백 년이면 사라질 몸뚱이에 집착하는 것을 경계하여 흔히 육신을 피고름이 가득한 가죽 주머니에 비유한다. 하지만 그 주머니야말로 법을 담는 소중한 법기法器이기도 하다. 국사는 이 육신과의 이별을 두고 자신의 삶을 반조해 본다. 피고름으로 뭉쳐진 삶이건 법이 담긴 삶이건 그것은 한바탕 꿈속의 일일 뿐, 이제 그 일조차 해처럼 세상에서 사라지려 하고 있다고 생각한다. 여기에는 일체에 걸림이 없는 생사를 벗어난 청정 자성의 적멸세계에 들어가는 국사의 탈속 무애한 가르침, 즉 원융무애의 생사관이 함축되어 있다 할 수 있다. 이처럼 공과 색, 또는 허와 실이라는 이항대립의 통합이 바로 선이 지향하는 깨침의 미학이다.

요컨대, 태고보우가 선승으로서 자신의 깨달음을 시적으로 표현하고, 그것을 널리 알림으로써 타자들의 깨달음을 열어 주고자 한 것은 다분히 '상구보리 하화중생'의 두타행 실천이라 할 수 있다. 아울러 국사는 대중들의 깨달음을 보다 효과적으로 유도하기 위해서 무엇보다도 시교詩教의 중요성을 인식하고, 사물을 있는 그대로 관조하고 그 진여의 세계를 형상화하여 격조 높은 시적 미학으로 승화시키고 있다 할 수 있다.

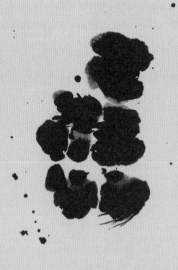

제3부 조선시대의 선시와 마음치유

청허휴정, 눈 내린 들판을 걸어갈 때 함부로 걷지 말라 / 함허득통, 한 잔의 차에 한 조각 마음이 나온다 / 허응당 보우, '그대의 본성을 알고 싶거든' 잠시 생각을 쉬라 / 백곡처능, 비방과 칭찬, 시비는 '세 치 혀' 휘두르는 것에 불과 / 설잠선사, 매화와 달, 차를 벗 삼은 만행의 법향 / 정관일선, 허공을 보아도 허공이 아니다 / 소요태능, 그림자 없는 나무를 베어다 물거품 태우다 / 부휴선수, 백척간두에서 진일보하면 제불은 눈앞의 꽃 / 편양언기, 구름 흐르나 하늘은 움직이지 않고 / 초의의순, 옥화 한 잔 기울이니 몸 가볍고 맑은 곳에 올라

청허휴정,
눈 내린 들판을 걸어갈 때 함부로 걷지 말라

오랫동안 묘향산에 주석하여 묘향산인 또는 서산대사로 알려진 청허휴정(1520~1604)은 조선시대 최고의 선승으로, 법명은 휴정이고 호는 청허이다. 고려의 혜심, 태고, 나옹 그리고 조선 전기의 함허, 보우의 사상과 선시를 계승, 발전시켜 온 휴정은 우리 선시문학의 대가이다. 사실, 휴정 이전의 우리의 선시는 전반적으로 중국 임제풍 선시의 영향권에서 크게 벗어나지 못하고 있었다. 하지만 휴정에 와서 우리 선시는 비로소 임제풍을 완전히 벗어나 은둔적이며 서정적인 경향으로 바뀌게 되었다.

휴정의 어릴 때 이름은 운학雲鶴이다. 아홉 살에 어머니를 잃고 다음해에 아버지마저 잃었다. 그런데 그는 안주 목사 이사증李思曾과 지중한 인연을 맺게 된다. 어느 날 이사증은 운학을 불러 멀리 눈 덮인 소나무를 가리키며 斜비낄 사와 花꽃 화라는 운자를 주고 시를 짓게 하였다. 운학은 즉석에서 다음과 같은 시를 지었다.

향기 어린 높은 누각에 해가 비끼려는데
온 누리를 덮은 눈이 꽃처럼 곱구나

香凝高閣日初斜　千里江山雪若花

'소나무'를 '향기 어린 높은 누각'으로 비유한 운학의 탁월한 시적 재능에 놀란 이사증은 그를 양자로 삼고 성균관에서 수학하게 하였다. 운학은 15세에 진사시에 응시했으나 낙방하고, 그 뒤 친구들과 지리산의 화엄사, 연곡사, 칠불암 등을 순례하다 화개동 의신사義神寺의 원통암圓通庵에 이르러 부용영관(芙蓉靈觀, 1485~1571)의 설법을 듣고 불법을 연구하기 시작하였다. 이곳에서 3년간 경전의 깊은 교리를 탐구하던 중, 어느 날 밤 문득 깨달은 바 있어 다음과 같은 게송을 읊었다.

홀연히 두견새 우는 소리 창밖에서 들려오는데
눈에 가득한 봄빛 물든 산은 모두 다 고향이네
물을 길어 돌아오다 문득 머리 돌려 보니
청산은 무수히 흰 구름 속에 있네

忽聞杜宇啼窓外　滿眼春山盡故鄕
汲水歸來忽回首　靑山無數白雲中

●「지리산 원통암에서」

휴정의 출가시라 할 수 있는 시편이다. 감수성이 예민한 휴정의 사춘기 행자 시절, 물 긷고 나무하며 밥을 지으면서 산속 암자에서 불법을 배울 때의 심경과 풍광이 한 폭의 그림 같은 시로 묘사되어 있다. 문득 두견새 울음소리를 듣고 눈에 보이는 봄빛 물든 모든 산이 고향임을 깨달았던 휴정은 이튿날 아침에 스스로 삭발하였다. "차라리 평생을 멍청한 천치가 될지언정 결코 문자법사는 되지 않으리라'라고 결심한 그는 숭인장로를 스승으로 모시고 출가하여, 『전등록』, 『화엄경』, 『법화경』 등을 배우고, 21세에 부용영관의 법을 계승하였다.

숭인노사로부터 "마음을 비우는 공부를 해라"라는 가르침을 받아 용맹정진하던 중 휴정은 어느 날 용성(지금의 남원)의 친구를 찾아갔다 돌아오는 길에 역성촌歷星村이란 마을을 지나다가 한낮의 닭 울음소리를 듣고 홀연히 깨달아 다음과 같은 오도송을 남겼다.

머리는 희어도 마음은 늙지 않는다고
옛사람들 일찍이 말했네
이제 닭 우는 소리 한 번 듣고
대장부의 할 일 다 마쳤네
홀연히 고향에 이르니
모든 것이 이것일 뿐
수많은 말씀의 경전도
원래 한낱 빈 종이로다

髮白心非白　古人曾漏泄
今聞一聲鷄　丈夫能事畢
忽得自家低　頭頭只此爾
萬千金寶藏　元是一空紙

●「오도송」

문득 대낮에 닭 울음소리를 듣고 모든 사물이 그대로 진리의 세계임을 깨달은 휴정은 본래 자기의 집(마음)에 이르러 대장부가 할 일을 마쳤다고 설파하고 있다. 이처럼 선사들은 삼라만상의 두두물물을 통해 사물의 본질을 통찰하고 깨닫는다. 내 집이니 고향이니 하는 말은 깨달음의 세계, 즉 본래 마음의 세계를 상징한다. 따라서 깨달은 사람에게는 팔만대장경은 휴지조각에 불과한 것이다. 깨달음을 얻은 후 휴정은 끊임없이 보임保任을 하게 되는데, 신라 때 창건된 절경 화개동천의 내은적암을 중수하고 '청허원'淸虛院이라 당호를 짓고 그곳에 주석하게 된다. 그곳에서『선가귀감』등의 저술활동을 했던 10년이 그에게 가장 빛나는 시기였다. 그래서 이곳은 곧 휴정의 사상이 완성된 곳이라 할 수 있다. 그는 자연에 무심히 귀를 기울이고 교감하며, 자연과 하나 되는 숱한 시를 남겼는데, 그 대표적인 시가 마음을 비워서 맑게 산다는 「청허가(淸虛歌)」이다.

> 거문고 안고 큰 소나무에 기대었으니
> 큰 소나무는 마음을 바꾸지 않는다
> 길게 노래 부르며 푸른 물가에 앉았으니
> 푸른 물은 맑고 빈 마음이로다
> 마음이여, 마음이여
> 나와 그대뿐이로다

> 君抱琴兮倚長松　長松兮不改心
> 我長歌兮坐綠水　綠水兮淸虛心
> 心兮心兮　我與君兮

● 「청허가(淸虛歌)」

눈 밝은 휴정의 수행의 심사를 잘 보여 주는 시편이다. 그의 깊은 선지가 자연에 그대로 투영되고 있다. 거문고는 줄이 없는 거문고인 심금心琴, 즉 마음을 상징한다. 소나무는 변하지 않는 마음인 자성을 상징하고,

푸른 물은 휴정의 눈 밝은 모습碧眼이며, 맑고 빈 마음을 상징한다. 어쩌면 긴 노래는 깨달음의 노래로, 해탈가 혹은 환향기還鄕歌일 수도 있다. 그리고 "그대"와 "나"는 바로 휴정 자신의 마음과 육신의 이미지이다. 실로 한가하고 맑고 깨끗한 휴정의 진면목을 노래하는 거문고 소리를 듣는 듯한 분위기를 자아내는 시편이다. 휴정의 이러한 자연과 합일된 수행자의 모습은 다음의 시에서 한결 깊이를 더한다.

낮이면 차 한 잔
밤이면 잠 한숨
푸른 산 흰 구름 더불어
생사가 없음을 함께 설하네
흰 구름은 옛 벗이 되고
밝은 달은 내 생애로다
깊은 산속 봉우리에서
만난 사람에게 차 대접하네

畫來一椀茶　夜來一場睡
靑山與白雲　共說無生死
白雲爲故舊　明月是生涯
萬壑千峰裏　逢人則勸茶

● 「다선일여」

말 없는 자연에서 무정설법을 듣고 있는 휴정의 선다일여禪茶一如의 모습이 선연히 그려진다. 자성을 찾은 도인의 생활은 바쁠 것이 없고 유유자적하기만 하다. 출가 수행자에게 푸른 산, 흰 구름, 밝은 달은 수행을 돕는 기연機緣으로 작용한다. 첩첩산중에서 유유히 흘러가는 흰 구름과 밝은 달을 벗으로 삼고, 혹여 산사를 찾아오는 이가 있으면 차를 대접하는 선승으로서의 휴정의 산사생활이 잘 드러나 있다. 실로 고요함과 한가함이 묻어나는, 세속을 떠난 산사를 배경으로 한 선사의 맑고 깨끗한 시적 상상력이 돋보인다. 묘길상妙吉祥 향기가 자욱한 산중에서 부단한 선정의 일과를 보내는 휴정의 수행모습에서 배태된 시적 세계가 여전히 우리의 지친 마음을 달래주고 힐링해 주는 이유가 바로 여기에 있다.

선가에서 정처 없이 떠다니는 구름과 물의 속성은 고정된 실체가 없고 집착을 여의었음을 의미한다. 그래서 운수행각은 출가승의 상징이기도 하다. 선수행자들은 음력 7월 보름, 3개월간의 여름철 안거를 끝내고 만행萬行에 나선다. 휴정은 여름철 안거를 해제하고 선방을 떠나 운수행각에 나서는 섬스님에게 부디 감호의 풍광을 한껏 즐기되 결단코 그것의 주인이란 소유의식을 가지지 말라고 당부한다.

　　물이 맑아 밝은 달빛 훔치고
　　구름 말아 푸른 산에 이슬 내렸네
　　맑고 텅 빈 손님은 감호의 주인이거늘
　　아! 손님일 땐 한가해도 주인되면 한가하질 않네

　　水澄偸白月　雲捲露靑山
　　淸虛賓子鑑湖主　長賓閑主不閑
　　　　　　　　● 「감호로 가는 섬선자를 보내며(送蟾禪子之鑑湖)」

참으로 일상의 송별시와 다른 선지禪旨가 번뜩인다. 감호는 금강산 해금강이 내려다보이는 명승으로 '선녀와 나무꾼 이야기'로도 유명한 곳이다. 그런데 이 시의 묘미는 감호 풍광의 정적인 이미지를 동적인 이미지로 묘사하고 있는 데 있다. 달의 입장에서는 빛을 비추는 것이지만 호수의 입장에서는 달로부터 빛을 훔친다고 표현한 것과 산에 내리는 이슬을 구름이 뭉쳤다가 뿌리는 것으로 표현한 의상意象이 그것이다. 그러한 정경 묘사에서 불교적 사유로 바뀐 이어지는 7언 2구는 손님일 때는 한가롭기 그지없었지만 주인이 되니 한가롭지 않음을 묘사하고 있다. 이는 한가로움에 빠져 자기 것으로 소유하고 나니 지난날 밖에서 보던 흥취가 사라졌음을 말한다. 즉 소유와 집착은 그것을 이루는 순간 소멸되고 만다는 의미이다. 모름지기 수행자는 집착을 벗어나 걸림 없이 무소유의 정신으로 청정하게 살아가야 함을 휴정은 강조하고 있다.

눈처럼 고운 손 어지러이 움직이니
가락은 끝났으나 정은 남아있네
가을 강 거울 빛으로 열려서
푸른 산봉우리 두셋 그려내네

白雪亂織手　曲終情未終
秋江開鏡色　畵出數靑峯
● 「저택을 지나다 거문고 소리 듣다(過邸舍聞琴)」

거문고 타는 솜씨가 얼마나 현란했던지 마치 흰 눈발이 날리는 것처럼, 부지런히 움직이는 희고 흰 손끝이 거문고 줄을 뜯는 것으로 묘출하고 있다. 가던 길을 멈추고 한참 거문고 소리를 듣다 보니 어느새 곡이 끝나 버렸다. 하지만 아름다운 선율에 매혹되던 선사의 마음속에는 그 거문고 소리의 여운이 여전히 남아 있었다. 아직도 귓가에 들리는 듯한 청아한 거문고 소리를 생각하며 강가를 걸어가고 있는데, 거울 같은 맑은 강물 속엔 푸른빛이 감도는 몇 개의 산봉우리가 비쳐 있다. 휴정의 맑고 텅 빈 선미는 자연과 더불어 선정에 잠길 때는 물론이요, 한 인간의 솜씨 곧 예술품을 대할 때도 이처럼 동일하게 드러난다. 거문고 소리에 일으킨 정취의 아름다움이 가을 강에 비친 푸른 봉우리로 그려져 맑은 선심에 닿아 있다. 강물이 거울이 되어 맑은 소리를 비춘다는 것은 선율의 색채화이다. 이러한 선심은 선사들의 격식을 넘어선 서정이다.

선사들은 차를 마시는 것이 선과 다르지 않다고 하여 '다선불이'茶禪不二 또는 '다선일여'茶禪一如라 했고, 그 때문에 차 한 잔을 마시는데도 정성을 다했다. 찻물을 잘 끓이는 것은 좋은 차 맛을 내는 비법 중에 하나이다. 물론 좋은 물을 얻는 것이 무엇보다 중요하지만 그 물을 잘 끓이는 일도 중요하다. 아무리 좋은 물을 구하였다고 해도 끓이는 데 실패하면 맛있는 차를 우려낼 수 없다. 그러므로 찻물을 끓일 때도 너무 급하지도 않고 너무 약하지도 않은 불로 알맞은 온도로 끓여야 한다. 비록 차 한 잔을 마시는 것이지만, 모두가 자신의 깊은 선심을 드러내는 일이기 때문이다. 다음의 시는 휴정의 좋은 차 맛을 얻는 비법과 그 묘미를 잘 언급하고 있다.

송풍회우 소리처럼 찻물이 끓기 시작할 때쯤
동병을 곧바로 내려 죽로에 옮겨라
저 물소리와 듣는 내가 함께 고요해지면
한 잔의 춘설차 맛을 제호에 비기랴

松風檜雨到來初　急引銅瓶移竹爐
待得聲聞俱寂後　一甌春雪勝醍醐

● 「한 잔의 춘설차」

좋은 차를 마시려면 먼저 동병에 좋은 물을 떠다가 물을 끓여야 하고, 그 물 끓는 소리가 마치 소나무에 바람이 쏴쏴 불 듯하다가 다시 전나무에 후두둑 비가 내리는 듯해야 한다. 그 이상을 끓이면 안 된다. 그때를 기다려서 곧바로 물 끓이던 동병을 곧장 죽로에 옮겨야 하고, 이어 막 법제한 춘설차의 찻잎을 넣는다. 그러고는 물이 끓던 소리가 잦아들고 그 소리를 듣던 사람의 마음도 함께 고요해지면 천천히 찻잔에 부어 마신다. 맑은 물을 사용했으니 빛깔도 곱고, 향기 또한 그윽한 한 잔의 춘설차는 바로 선심이 젖어 든 선차禪茶이다. 그러기에 한 잔의 춘설차 맛은 세상의 어떤 맛과 비교될 수 없는 선차의 맛을 지니는 것이다. 휴정의 이러한 차 생활에는 다분히 다선일미의 수행이 잘 드러난다. 그렇다면 차를 마심으로 집중과 통찰을 높이고 마음을 비우고 자신을 관조하며 깨달음에 이르렀던 수행방법은 현대인들의 번다한 마음과 불안, 스트레스, 우울증을 극복할 수 있는 마음치유의 한 방법일 수 있다.

초나라 회왕懷王은 장의張儀의 세 치 혀에 놀아나 연횡을 깨며 스스로 망국을 자초하였다. 회왕은 장의가 진나라부터 600리 땅을 준다는 말에 속아 연횡을 깨고 진나라와 합종을 수락한다. 이때 합종이 망국의 길이라며 반대한 이가 굴원屈原이다. 결국 목숨을 바쳐 반대하였으나 그 뜻을 이루지 못하고 강에 몸을 던져 세상을 떠난다. 외롭고 고달픈 신세가 되어서도 굽히지 않는 모습은 굴원이 「이소(離騷)」에서 말했듯이, 오직 임금을 위해 일신의 재앙을 무릅쓰면서도 충언을 마다하지 않는 자세를 말한다. 이러한 맥락에서 휴정은 굴원의 삶과 「이소」를 읊조리며 충직하고 유능한 자가 도리어 홀대받는 불의의 현실을 개탄하고 고발한다. 「초당(草堂)」은 휴정의 이러한 현실 인식을 극명하게 보여 주는 시편이다.

달이 기우니 서쪽 바다가 어두워지고
구름 사라지니 북쪽 산이 높아지네
어디에 청포 입은 손님이 있어
향 사르며 초소를 읽는가

月沈西海黑　雲盡北山高
何處靑袍客　焚香讀楚騷

● 「초당(草堂)」

　　시인은 달이 기울어 서쪽 바다가 어둑해지고 구름이 사라지며 북쪽
의 산이 선뜻 다가서는 듯한 저녁 무렵에 초당에 앉아 깊은 시름에 잠겨
초시楚辭를 읊조리고 있다. 첫 행은 밝은 임금이 없는 암흑의 세상을 연상
시키고, 2행은 삿된 생각이 없는 훌륭한 인품을 연상시킨다. 그 인품의
주인공은 누구인가? 향 피우고 초사를 읽고 있는 '청포객'이다. 그 사람은
곧 굴원이기도 하고, 작자인 휴정 자신이기도 하다. 휴정이 이처럼 굴원의
삶이나 초사에 관심을 가지고 노래한 것은 현실에 대한 불만과 갈등의 표
현이다. 여기에서 굴원의 비운은 휴정 개인에게만 연민과 동류의식으로
작용하는 것이 아니라 불의와 부당한 지배질서 때문에 소외되고 핍박받는
민중의 불행과 연계되어 확대되고 있다. 다시 말해, 비록 휴정 자신은 개
입하지 않으면서 굴원을 연결시켜 세상의 불의를 탄식하며 현실을 등지고
출가하지 않을 수 없었던 당대의 왜곡된 사회현실에 대한 날카로운 비판
의 메시지를 전달하고 있다.
　　승과고시에 합격하여 교종판사와 선종판사를 겸임했던 휴정은 승직
을 버리고 금강산에 들어가서 삼몽사三夢詞를 짓고 지냈다. 이곳에서 머물
면서 향로봉에 올라가 세상을 응시하고 지은 「향로봉에 올라(登香爐峯)」

에는 그의 호연지기와 세상에 대한 경멸이 잘 나타나 있다. 그렇지 않아도 휴정의 눈에 비친 세상은 경멸의 대상인데, 향로봉 정상에서 바라보는 인간세상이야 더 말할 나위가 없었을 것이다.

> 만국의 도성은 개미집이요
> 일천 집의 호걸은 초파리 같네
> 창에 비친 밝은 달 아래 청허하게 누우니
> 솔바람 운치가 별미로다

> 萬國都城如蛭蟻　千家豪傑似醯鷄
> 一窓明月淸虛枕　無限松風韻不齋

• 「향로봉에 올라(登香爐峯)」

향로봉의 높은 위치에서 조망할 때 세인들이 자랑삼아 축성하고 꾸며 놓은 도성은 개밋둑처럼 작은 존재에 불과하고, 그 속에서 호걸이라고 자랑삼는 이들도 미물인 초파리에 지나지 않는다. 당나라의 이백李白은 "하늘과 땅은 만물이 깃드는 주막이요, 세월은 백대를 흘러가는 나그네"라고 했으며, 송나라의 소식蘇軾은 "사람의 한평생은 마치 하늘을 날던 새가 눈벌판에 남기고 간, 발자국과도 같다"라고 했다. 하지만 휴정은 이런 세상과는 대조적으로 창에 비친 밝은 달빛을 받으며 맑고 깨끗한 마음을 품고 유유자적하게 살아가는 자신의 삶을 표출하고 있다. "청허침"淸虛枕은 '맑고 텅 빈 베개'지만, 휴정의 당호가 청허淸虛임을 상기하면 그 자신의 베개가 된다. 즉 창밖에선 끊임없이 솔바람이 높고 낮은 가락을 연주하고, 교교한 달빛이 비치는 방에서 자는 잠은 맑고도 깊어 번뇌 망상이 일어날 수 없음을 생각하는 시인이다. 걸림 없는 탕탕무애한 선심의 표현이지만 그 내면에는 승속간의 상호 대비적인 묘사를 통해 속세를 극도로 경멸하며 다소 거만함을 보이는 태도가 엿보인다. 결국 이 시는 정여립의 역모 사건에 연루되어 고초를 겪는 단초가 되기도 하였다. 또한 휴정의 부귀영화와 공명을 멀리하고 탈속하게 살아가는 모습은 다음의 시에서 한결 극화된다.

뜬구름 같은 부귀에 뜻을 두지 않거늘
달팽이 뿔 같은 공명에 어찌 마음을 더럽히랴
화창한 봄날에 늘어지게 잠자면서
산새들 온갖 소리 누워서 듣네

浮雲富貴非留意　蝸角功名豈染情
春日快晴春睡足　臥聽山鳥百般聲

●「박상사의 초당(朴上舍草堂)」

부귀와 공명을 떠난 박상사의 삶에 동조와 찬사를 아끼지 않는 시편이다. 자연 속에 묻혀서 봄 잠과 온갖 새소리를 들으며 만족해하는 휴정의 모습에서 헛된 명리를 극복하고 득도의 경지에서 침잠하는 의연함을 느낄 수 있다. 내 것이라는 욕심을 내려놓는 그 순간 내 것 아님이 없어지는 것이다. 이것이 선사가 언제나 변치 않는 송죽松竹과 인월烟月을 한없이 누리되 그것에 경도되지 않고 자유자재할 수 있는 까닭이다. 누구든지 부질없이 명리만을 추구하다 결국 헛된 이름과 쓰라린 상처만을 떠안게 될 것이라는 교훈을 일깨워 주며 참다운 삶의 의미가 무엇인지를 생각하게 한다.

나아가 휴정이 오늘날 우리에게 주는 중요한 가르침은 주체의식과 평등의식이다. 조선의 성리학자들은 조선을 소중화국이라 자처하며 상당한 모화사상慕華思想을 지니고 있었다. 하지만 민족의 주체성을 찾아보기 어려웠던 당시, 휴정은 민족에 대한 뚜렷한 주체의식과 역사의식을 가지고 있었다. 그의 그러한 정신을 잘 보여주는 시가 「탐밀봉(探密峯)」이다.

산마다 나뭇잎 떨어지고
온 세상 달이 밝을 때
푸르고 푸른 하늘은 한 빛인데
어찌 중화와 오랑캐를 구분한단 말인가

千山木落後　四海月明時
蒼蒼天一色　安得辨華夷

● 「탐밀봉(探密峯)」

탐밀봉은 묘향산의 한 봉우리이다. 낙엽이 지고 달은 환하게 세상을 비춘다고 묘사되는 정황만 보면 전형적인 자연의 아름다움을 담아내고 있는 것처럼 보인다. 그러나 휴정은 이 시에서 '화이일색론'華夷一色論을 역설하고 있다. 다시 말하면, "일체 중생 모두가 불성을 지니고 있다"(一切衆生皆有佛)는 사실과 "중생이 곧 부처"(衆生卽佛)임을 시적으로 표현하고 있다. 달이 밝으면 하나의 빛이 되고 하나의 세계가 된다. 교교한 달빛으로 밤이지만 하늘이 푸르게 보인다. 그 하늘은 푸르기만 할 뿐만 아니라 온 하늘이 차별 없이 한 빛을 띠고 있다. 그런데 중국의 하늘이나 우리의 하늘이나 푸르기는 한 가지인데 어찌하여 화이華夷의 차별이 있을 수 있는지를 선사는 반문하고 있다. 깨달음의 세계에서 보면 중화도 오랑캐도 없고, 양반과 상민의 구별이 없는 모두가 평등한 불이不二의 존재이다.

이러한 물음은 단순히 화이의 차별만을 문제 삼은 것이 아니라, 당시 지배와 피지배의 이분법적인 사고로 온갖 차별과 갈등을 초래하는 현실에 대한 비판을 동시에 담고 있다.

휴정은 세수 85세 법랍 67세가 되던 해, 선조 37년 1월 묘향산 원적암圓寂庵에서 마지막으로 설법을 하고 임종게를 남긴다. 주위의 시자들에게 거울을 가져오도록 하여 거울에 비친 자신의 모습을 들여다보면서 다음과 같은 최후의 게송을 읊었다.

팔십 년 전에는 그대가 나였더니
팔십 년 후 오늘에는 내가 그대로구나
천 가지 계획 만 가지 생각
붉은 화로 위의 한 조각 눈
진흙소가 물 위를 가나니
대지와 허공이 갈라지도다

八十年前渠是我　八十年後我是渠
千計萬思量　紅爐一點雪
泥牛水上行　大地虛空裂

● 「임종게」

"붉은 화로 위의 한 조각 눈"은 무상하고 덧없음을 비유한 것으로 볼 수 있지만, 선의 입장에서는 아주 미묘하고 깊은 뜻을 지니고 있다. 그 것은 화로를 불성에, 눈은 번뇌 망상에 각각 비유될 수 있기 때문이다. 따라서 활활 타고 있는 화로 위에 한 조각 눈을 놓으면 즉시 사라지는 것처럼 우리에게 내재된 불성의 달이 밝고 환하게 빛나고 있다면 어떤 망상이나 분별심도 한순간에 흔적도 없이 사라져 없어진다는 의미이다. 화로와 같은 불심 앞에서는 한 점의 미망도 남김없이 태워져서 청정무구한 본래의 모습으로 돌아가 빛나기 때문이다. 불교에서 '소'는 인간 본성의 마음 자리에 비유된다. 그래서 '진흙소'는 말과 생각으론 미치지 못하는 깨달음의 자리를 말한다. 여기에서 "진흙소가 물 위를 간다"라는 것은 일체에 걸림이 없는 생사를 벗어난 청정 자성의 적멸의 세계에 들어감을 의미한다. 참으로 철저하게 대오한 맑고 텅 빈 휴정의 무애 자재한 실천수행의 궁극적인 순간이 이 시에 잘 묘출되고 있다.

본래 맑고 항상 나타나서 어둡지 않은 것이 정진이며, 밝고 고요해서 어지럽지 않은 것이 선정이다. 이와 같이 밝고 고요하며 명료하게 법을 깨달아 비우는 것이 본래의 어리석음이 없음이다. 맑고 어둡지 않으며 고요한 선정의 마음을 다독여 주는 휴정의 여러 시편 가운데 많은 사람들이 공감하며 애송하는 시가 「눈 내린 들판을 걸어갈 때」이다. 눈 덮인 길을 걸어갈 때 내가 남기는 발자국이 뒷사람의 이정표가 될 수 있기 때문에 발걸음 하나라도 어지럽게 해서는 안 된다는 의미심장한 메시지를 강하게 던져 주고 있다.

눈 내린 들판을 걸어갈 땐
모름지기 함부로 걷지 말라
오늘 남긴 내 발자국은
뒷사람의 이정표가 될 것이니

踏雪野中去　不須胡亂行
今日我行跡　遂作後人程

● 「눈 내린 들판을 걸어갈 때」

새로운 세계를 열어가는 선각자들이 느끼는 심경을 잘 피력한 시이다. 백범 김구 선생은 이 시를 하루에 세 번씩 낭송하고 실제로 몸소 실천했으며, 1948년 남북협상을 위해 38선을 넘으면서도 이 시를 읊었다고 한다. 그의 가슴에 늘 지녔던 고독감과 책임감이 얼마나 비장했는지를 알 수 있다. 한편, 고 김대중 전 대통령은 이 시를 휘호로 즐겨 썼으며, 최근 모 방송 연말 연기대상 수상에서 어느 연기자가 이 시를 인용하면서 배우 인생이 끝나는 날까지 깨끗한 눈길을 함부로 걷지 않도록 노력하겠다던 다짐 등은 우리가 어떻게 '지금, 여기'를 살아야 하는가를 단적으로 잘 말해 준다. 참으로 성성惺惺한 선의 지남指南을 보여주는 휴정의 시적 상상력이 도드라져 보이는 시편이라 할 수 있다.

요컨대 휴정은 자신의 득도와 선정에만 몰입하는 수행자가 아니라 중생의 아픔을 함께 나눈 진정한 원력과 실천을 몸소 보인 선사요, 선시문학의 거장이라 할 수 있다. 훌륭한 그의 시문학에는 당시의 현실에 대한 고뇌 어린 번민과 한탄, 중생들의 무지몽매함을 일깨워 주고자 하는 마음, 그리고 선승으로서의 탈속한 마음의 경계가 잘 담겨 있다. 그의 이러한 고귀한 사상과 정신은 사명유정·편양언기·소요태능·정관일선 등 그의 4대 제자가 이어받아 조선 후기의 불교계와 시문학을 주도하게 된다.

함허득통,
한 잔의 차에 한 조각 마음이 나온다

고려 말 조선 초, '유불융합'으로 배불에 맞선 함허득통(1376~1433)은 고려 우왕 2년(1376) 충주에서 태어났다. 속성은 유劉 씨이며 본래의 법명은 수이守伊, 법호는 무준無準이었으나 훗날 오대산 영감암에서 꿈에 한 신승이 "그대의 법명을 기화己和, 법호를 득통得通이라 하라"라고 한 말에 따라 명호를 바꿨다. 함허는 그의 당호이다.

함허는 어린 나이에 성균관에 입학하여 수학할 정도로 명석했으나, 21세 때 절친한 친구의 죽음을 보고 발심하여 관악산 의상암에서 출가 득도했다. 1397년 양주 회암사에서 지공·나옹의 법맥을 이은 선사는 무학대사의 제자가 되어 수행하였으며, 1406년 문경의 공덕산 대승사에 들어가 4년간 세 차례 『반야경』을 설하고, 1410년 개성 북쪽 천마산 관음굴에서 크게 선풍을 떨쳤다. 아울러 1412년 황해도 평산의 성불산 연봉사烟峰寺에 '함허당'涵虛堂을 짓고 수행에 정진하면서 세 차례 『금강경오가해설의』를 강의하였다.

1420년 오대산에 들어가서 오대의 여러 성인들에게 공양하고, 영감암에 있는 나옹의 진영眞影에 자사한 뒤, 1431년 문경의 희양산 봉암사로 가서 퇴락한 절을 크게 중수하고 그곳에 머물렀다. 1433년에 대중들에게 자신의 행장을 정리하는 한마디를 남기고 세수 58세, 법랍 38세를 일기로 조용히 열반에 들었다. 문하에 문수, 학미, 달명, 지생, 해수, 도연, 윤오 등이 있으며, 저서로는 『원각경소』, 『금강경오가해설의』, 『현정론』, 『반야참문』, 『함허화상어록』, 『유석질의론』 등이 있다. 이 가운데 『현정론』과 『유석질의론』은 배불론자들의 불교에 대한 잘못된 연석을 바로잡고 유불의 회통을 바탕으로 불교를 지켜내고자 한 점에서 중요한 의미를 지닌다.

함허선사의 어록에 의하면 자신에게 유교경전을 배우던 스님으로부터 "천하 만물을 인자하게 대하라는 맹자가 왜 천하 만물 가운데 하나인 소와 닭을 죽여 칠십 노모를 공양했는가"라는 질문을 받고 한동안 해답을 찾지 못했다. 얼마 후 선사는 삼각산 승가사의 노스님에게 불교에 불살생계가 있음을 듣고 의문을 해결했다고 한다. 유교경서에 두루 통해 강론할 때면 학관들에게 "궁리지학"窮理之學이라 불릴 만큼 주자학의 이해가 심화되었고, 불교에 대한 비판의식이 적극적이었음을 생각했을 때 인仁에 관한 불합리성의 모순은 선사로 하여금 동료의 죽음만큼이나 자신을 회의에 잠기게 했을 것이다. 때문에 선사는 애당초 죽이지 않는 것이 진정한 인임을 간파하고, 불교야말로 철저한 인을 행하고 있다고 생각하고 유교를 버리고 불교의 길을 택하게 된 것으로 보인다. 이러한 생각은 그의 「출가시」에 응축되어 있다.

다만 경사와 정주의 헐뜯음만 들었지
불교의 옳고 그름은 알지 못했네
몇 해 동안 거듭거듭 곰곰이 생각하다가

비로소 진실을 알고 귀의하였네

但聞經史程朱毁　不識浮圖是與非
反復潛思年己遠　始知眞實却歸依

● 「출가시」

　　오로지 유학의 경전과 사서에서는 주자와 정자 등이 부처를 헐뜯는
글만을 배워서, 부처님의 말씀 가운데서 옳고 그름을 가릴 줄도 몰랐던
선사는 나름대로 깊은 고뇌와 성찰을 통해 '불살생'이 곧 인인仁人의 행이
며 깊이 인도仁道를 체득한 것임을 알고 또한 유교와 불교의 근본 가르침
이 다르지 않다는 것을 알았다. 그러던 차에 절친한 친구의 요절을 보며
인생무상을 느끼고 삶과 죽음의 문제를 근원적으로 해결하고자 불문에 귀
의했던 것이다. 여기에는 무학대사가 태조에게 "유학의 인仁과 불교의 자
慈는 서로 통한다"라며 "백성을 사랑하고 인자한 정치를 하라"라고 충고
한 것과 같은 맥락이 내재되어 있다. 그러나 이 같은 '유불융합' 사상은
조선왕조가 건국되고 배불정책이 본격화되면서 불교의 생존논리로 전환된
다.

　　함허선사에게서 빼놓을 수 없는 것은 '선다일여'禪茶一如의 수행이다.
한 잔의 차를 마신다는 것은 어울림을 의미한다. 곧 차와 물, 차와 다기,
차와 사람 그리고 사람과 사람의 어울림이다. 찻물을 끓일 때 물과 불은
분명 대립되는 성질을 가지고 있지만 물과 불이 어울리면 신묘한 찻물이
된다. 이러한 면에서 흔히 불가에서는 '다선일여'茶禪一如 혹은 '선다일미'禪
茶一味라고 한다. 때문에 '각성'을 의미하는 차는 수행자의 삶에 있어 중요
한 매개 역할을 한다. 중국의 고불 조주스님이 두 납자의 참문에 '끽다거'
喫茶去(차나 마시게)라고 한 이후 '끽다거'는 유명한 화두가 되었음이 이를

반증한다. 차를 직접 마시어 차 맛을 아는 것처럼, 차를 마시는 것은 일상 생활에서 본래심을 잃지 말아야 한다는 평상심에의 회귀요, 또 무심하게 마시는 차 한 잔에도 일생의 참학을 깨닫도록 자기 자신을 늘 돌아보라는 의미가 담겨 있다. 다인茶人이라고 불리는 함허선사는 수행의 삶에서 차 한 잔이 지니는 의미를 이렇게 멋지게 표현하고 있다.

한 잔의 차에 한 조각 마음이 나오니
한 조각 마음이 차 한 잔에 담겼네
자, 이 차 한 잔 마셔보시게
한 번 마셔보면 한없는 즐거움 솟아난다네

一椀茶出一片心   一片心在一椀茶
當用一椀茶一嘗   一嘗應生無量樂

• 「다게송」

함허선사가 사형인 진산과 옥봉의 영가 앞에 향과 차를 올리며 지었다고 하는 이 시는 차를 권하는 마음이 잘 드러나 있다. 한 잔의 차에서 한 조각의 마음이 나오고, 한 조각 마음이 차 한 잔에 담겨 있음을 노래하며, 차를 마시면 한없는 근심 걱정이 사라지고 즐거움이 솟아나니 차를 마실 것을 권하고 있다. 차를 마심으로 얻는 이로움은 스스로를 반조할 수 있는 여유를 가질 뿐만 아니라 타인과 함께 나누어 마심으로 얻는 즐거움이다. 그러니 차를 권하고 함께 마시는 행위에는 근본적으로 남을 배려하고 위하는 베푸는 마음이 내재하고 있다. 뿐만 아니라 잘 우려낸 차에는 향미가 그윽한데, 여기에는 수행자의 담백하고 소박하며 정제된 마음의 흔적이 그대로 담겨 있다.

함허선사가 주석했던 강화의 정수사는 신라 선덕여왕 8년(639) 회정선사가 창건한 절이다. 불제자가 가히 선정삼매를 정수精修할 곳이라 하여 정수사精修寺라 하였으나, 1426년 함허선사가 이 절을 중창하면서 법당 서쪽에 맑고 깨끗한 물이 흘러나오는 것을 발견하고는 정수精修에서 정수淨水로 고쳤다고 한다. 그러니 이곳의 물맛이 얼마나 좋은지 가히 짐작이 간다. 물가에서 맑은 물소리를 듣고 자란 오동나무로 만든 거문고를 최고로 친다고 했던가? 다인들이 물은 악기와 같아서, 달고 무거운 물맛을 거문고의 저음 같다고 표현한 이유도 여기에 있는 것 같다. 뿐만 아니라 선사가 정수사에서 수행 정진한 인연으로 그곳을 그의 당호인 함허를 따서 함허동천涵虛洞天, 즉 '구름 한 점 없이 맑은 하늘에 잠겨 있는 곳'이라고 한 까닭도 충분히 이해가 된다.

과거에 햇보리가 나올 때까지 서민들이 굶주리는 시기를 보릿고개라 했다. 겨울부터 점차 식량이 떨어지기 시작하여 여름에 햇보리가 나올 때까지 긴 날들을 먹을 것이 없어 산나물죽, 콩죽, 보릿가루죽, 송피(송기)죽, 송피밥 등으로 연명했던 시절이 있었다. 조선이라는 그 당시, 청빈한 산사생활을 했던 함허선사는 「송피밥(松皮飯)」이란 시편을 통해 자신의 대중교화의 실천을 잘 보여준다.

구름 잡고 돌에 앉아 청산에 늙어
온갖 잎 다 져도 혼자 견디는 겨울
네 몸 갈아서 세상맛에 섞었으니
그 맛 따라 이 맑은 추위 알게 하는 소나무

拏雲踞石老靑山　物盡飄零獨耐寒
知爾碎形和世味　使人緣味學淸寒

●「송피밥(松皮飯)」

송피밥은 소나무의 속껍질을 말려 갈아 쌀에 섞은 밥으로, 흉년의 끼니를 때우는 먹거리이다. 하지만 선사는 오히려 이러한 먹거리를 시적으로 미화시키고 있다. 그것은 먹거리의 소재가 소나무이기에, 소나무의 청청함이 먹는 이에게도 청정함을 줄 수 있음을 전하고 있기 때문이다. 첫 행과 그다음 행에서 늙은 소나무의 기상에서 배우는 겨울철의 고고함이 그려진다. 셋째 행의 "네 몸을 갈아서 세상맛에 섞었"다는 것은 진리의 깨달음으로 세속의 모든 맛을 깨달음의 맛으로 변화시키려는 선사의 높은 실천 덕목을 보여준다. 여기에는 선사의 자리에서 분연히 속인의 자리로 내려앉은 큰 자비의 몸짓이 은밀히 작동하고 있다 할 수 있다. 마지막 행에서 속인들에게 이 맑고 싸늘한 청빈을 맛보게 한다 함은 고고한 소나무의 향내음을 선미禪味로 변용한 것으로 여겨진다. 선사의 맑고 향기로운 뜻으로 자연을 대하니 정서와 풍경이 어우러져 새로운 아름다움으로 생성되면서 우리의 심신이 맑아진다. 여기에 선시를 염송하고 감상하면서 마음을 비우고 맑게 하는 치유의 묘미가 있다.

머리도 깎지 않은 23살의 나무꾼 혜능이 홍인대사로부터 의발을 전수받아 15년 동안 산속에 숨어 살다가 법성사法性寺에서 마침내 모습을 드러낸다. 법성사 학인들이 깃발이 펄럭이는 모습을 보고 "바람이 움직인다" "아니다. 깃발이 움직인다" 하면서 옥신각신하고 있었다. 이때 혜능이 "움직이는 것은 바람도 깃발도 아닌 당신들의 마음일 뿐"이라고 말하여 대중들을 놀라게 했다. 이것이 유명한 '풍번문답'風幡問答이다. 혜능대사의 '풍번'과 같은 이야기를 함허선사는 부채질이라는 평범한 행위를 얘기하고 있는 「허공의 딸꾹질」에서 멋지게 그려내고 있다.

옛날에는 하느님과 콧구멍을 쌓더니
지금은 산승과 친구 되어 허공을 치다

쳐가고 쳐올 때 절로 이는 허공의 딸꾹질
'후유'하는 소리 날 때마다 방에 가득한 바람

昔與桓因築鼻孔　　今伴山僧解打空
打去打來空自噫　　一噓噓出滿堂風

● 「허공의 딸꾹질」

부채 바람이 일어나는 것을 "허공의 딸꾹질"로 비유하는 점이 참으로 흥미롭다. 여름날의 부채질이라는 일상적인 행위를 언급하고 있지만, 선사가 보는 부채나 평범한 부채질은 우주질서의 한 부분이다. 그래서 바람은 자연의 조화이기 때문에 하느님 콧구멍에서 나온 것이라고 생각한다. 이것을 축적해 두었다가 지금은 산승의 손에 들린 부채를 인연으로 하여 때리며 허공에서 울려 퍼지고 있다. 즉 산승의 손끝에서 이쪽저쪽으로 허공을 때리고 있는 것이다. 이때 부는 바람을 선사는 "허공의 딸꾹질"로 표현했다. 이때 허공은 이미 없는 매 맞음에서 탄식할 수밖에 없다. 이 딸꾹질로 방안에는 바람이 가득 차고, 이 바람으로 해서 선사는 시원함을 느낀다. 모두가 마음작용이니 들끓는 번뇌를 부채로 날려 보내버리면 텅 빈 충만의 맑음과 청량함이 찾아오는 것을 깨닫게 해주는 마음치유의 멋진 시편이다.

사물에 마음을 빼앗기고 그 빈자리를 욕심으로 채우기 바빠서, 고요히 비어도 절로 충만한 본래 마음을 잊고 사는 것이 중생들의 삶이다. 하지만 선사는 산승으로서 '산중에 사는 맛'을 담박하게 노래한다.

산 깊고 골도 깊어 찾아오는 사람 없고
온종일 고요하여 세상 인연 끊어졌네

낮이면 무심히 산굴에 핀 구름 보고
밤이 오면 부질없이 중천에 뜬 달을 보네
화로에 차 달이는 연기 향기로우며
누각 위 옥전 같은 연기 부드럽다
인간 세상 시끄러운 일 꿈꾸지 않고
다만 선열 즐기며 앉아 세월 보낸다

山深谷密無人到　盡日寥寥絶不緣
晝則閑看雲出岫　夜來空見月當天
爐間馥郁茶烟氣　堂上氤氳玉篆烟
不夢人間喧擾事　但將禪悅坐經年

● 「산중미」

　　색色을 찾느라 공空을 등한시해 온 것을 되돌아보게 하는 시편이다. 깊은 산이 스스로 깊다고 생각하는 사람이 없고, 나무가 높이 솟았다 하여 생각하는 일이 없다. 여기에서의 그윽한 삶은 내가 그윽하려 해서가 아니라 그저 조용할 수밖에 없다. 보통 사람의 삶은 환경이 고요하고 오가는 사람마저 없으면 외로움을 느끼게 된다. 그러나 선사에게 있어서는 진여의 한결같은 맑음은 어디에나 있다. 나도 잊었거니와 대상의 고요함마저 잊어버렸기 때문이다. 한편, 숭유배불의 긴장된 분위기 속에서도 함허선사가 선열의 오롯한 시간을 잃지 않았던 것은 산중 생활 가운데 한 잔의 차가 있었기 때문일 것이다. 시비가 많고 힘든 세상을 살아가는 데 차 한 잔이 얼마나 큰 위로가 되는지 알 수 있다. 차 한 잔을 통해 맑음을 한껏 누려보는 산사의 경계는 대상과 나를 완전히 잊게 한다. 그야말로 모든 것을 잊고 난 뒤의 기쁨이다. 선정 속에서 향유하는 이러한 삶은 마음의 속박을 떠난 담박하고 안온한 심경이기 때문에 순수한 인간미를 느끼게 한다. 이것이 선승이 자연 속에서 얻는 법열이다.

　　꽃구름은 뭉실뭉실 산당을 지나고
　　나뭇가지 흔들리는 소리에 새들도 분주하다
　　깨어나 보니 껌껌한데 새벽 비는 뿌리고
　　향 사르고 단정히 앉아 창창한 광경을 바라보네

　　英英玉葉過山堂　　樹自鳴條鳥自忙
　　開眼濛濛橫雨脚　　焚香端坐望蒼蒼

　　　　　　　　　　　　　　　　　　　● 「우중」

　　비 오는 어느 날, 선사가 새벽녘 불현듯 잠을 깨고 문을 열어본다.
높은 산 암자 위로 구름이 뭉쳐 지나가고, 비바람에 숲이 일렁이자 놀라
잠을 깬 새들이 이리저리 분주히 날고 있다. 그런데 선사는 불교가 처한
암울한 시대적 상황에서 자신의 앞날이라도 생각하면서 향을 사루어 놓고
단정히 앉아 문을 열고 창창한 광경을 바라보고 있다.
　　'열반송'은 속박과 번뇌, 미망과 아집 속에서 살아온 일생을 더듬고
마지막 입멸의 순간에 던지는 '깨달음의 노래'이다. 그러기에 '열반송'은
유한의 세계가 아닌 손 닿을 수 없는 무한의 세계이며, 생사의 걸림이 없
는 자유 자재함과 결코 명명할 수 없는 선의 세계를 담고 있다. 함허선사
는 1433년 4월 "죽음에 이르러 눈을 들어보니 시방이 벽락碧落 하나 없는
데도 길이 있으니 서방극락이다"라는 「임종게」를 남기고 원적에 들었다.

　　텅 비고 고요하여 본래 한 물건도 없는데
　　신령스러운 빛 환하여 시방을 꿰뚫었네
　　다시는 몸과 마음이 생사를 받지 않아

오고 가고를 반복해도 걸림이 없네
죽음에 이르러 눈을 드니 시방이 푸른 하늘
중유의 길이 없는 서방극락이로다

湛然空寂本無一物　神靈光赫洞徹十方
更無身心受彼生死　去來往復也無罣碍
臨行擧目十方碧落　無中有路西方極樂

• 「임종게」

　　본래 한 물건이 없는 것, 즉 무일물無一物이 곧 무진장無盡藏이라고 한
다. 역설逆說 중의 역설이지만, 인류의 모든 스승은 그 점을 역설力說했던
것이다. 마음속에 허공을 담고 평생을 살았던 함허 역시 마지막으로 '한
물건도 없는' 가운데 한없이 '신령스러운 빛'이 가득 넘치는 '허공심虛空心'
을 그렇게 노래했던 것이다. '마음속에 허공을 머금는다'는 의미의 당호를
지닌 함허선사가 연봉사에서 3년간 보임保任에 힘쓰면서, 거처하던 방에
'함허당'이란 현판을 내건 뜻이 잘 헤아려진다. 자신의 마음속에서 허공을
발견하고, 그것을 밝혀나가는 것이 수행자의 본분사이다. 마음속에 허공을
머금을 때, 아름다운 향기가 나고 큰 지혜가 담기며, 마음이 비게 되면 샘
물이 솟듯 맑은 법열의 노래가 흘러나온다. 속이 빈 대나무만이 피리가
될 수 있는 것도 이러한 이치이다. 허공은 모든 것을 감싸기 때문에 한없
이 크고, 아무리 해도 깨지지 않기 때문에 한없이 단단하다. 아무것도 없
기 때문에 한없이 편안하며, 모든 곳으로 통하기 때문에 한없이 자유롭다.
그래서 허공을 머금고 탕탕한 기개로 살아온 선사는 죽음에 이르러 눈을
드니 시방 세계 푸른 허공은 중유中有의 길이 없는 서방극락이라고 했던
것이다. 선사가 남긴 이 지상의 마지막 법문에는 집착의 근거가 되는 육

신이 조건에 따라 잠시 일어난 뜬구름과 같음을 통찰하고 속박에서 벗어나 영원한 대자유의 삶을 사는 방법이 담겨 있다 할 수 있다.

요컨대, 조선 초기 배불정책이 극에 이르렀을 때 함허선사는 인과 불살생에 대한 이해로 천하가 둘이 아님을 알았으며, 상대적이고 대립적인 인식이 부질없는 것임을 깨닫고, 출가 후에는 『현정론』을 통해 유자들의 편협한 불교 비판의 부당성을 주장하고, '유불융합'의 호교론으로 불교를 지켜내려 했다. 무엇보다도 불교와 유교의 회통뿐만 아니라 도교까지 포함한 삼교일치를 제창하며 올곧게 살고자 했던 선사의 시공을 초월한 시적세계는 선의 직관을 통하여 체험한 정신세계의 투영이라 할 수 있다. 이러한 시적 세계는 중생을 이롭게 하려는 교화사상과 자연과 조화를 이룬 시심이 '붓끝에 좋은 광채 더함'으로써 아름다운 언어를 쏟아낸 결과물이며, 또한 '솔숲에 부는 바람, 솔 눈 걸린 달에 마음을 맑히려'는 수행에서 배태되고 빚어졌다 할 수 있다.

허응당 보우,
'그대의 본성을 알고 싶거든' 잠시 생각을 쉬라

    조선 중기 명종 때, 혜성처럼 나타나 꺼져가던 조선불교의 법등을 밝히고자 했던 허응당 보우(1509~1565)는 어린 나이에 부모를 잃고 15세에 지행선사를 따라 금강산 마하연에서 삭발, 출가하였다. 그 후 주로 금강산에서 수행정진한 선사는 금강산에서 나왔다가 극심한 폐불 장면을 목격하고는 다시 금강산으로 들어가 7년간의 수행정진을 마치고 고행길에 올랐지만 중도에 중병에 걸리고 만다. 그때 요양한 절이 양주의 회암사이다. 차안당에서 자리에 누워 사경을 헤매다가 소생하게 된 선사는 일어나자마자, 꿈을 깨고 난 후 깨달음의 순간 환희를 다음과 같이 읊어 마음을 아는 이에게 보여주었다.

    삼라만상 모두 내게 있음이니
    어찌 집을 나와 부질없이 헤매리오
    경계가 마음, 마음이 경계라, 경계는 다른 것이 아니니
    대지에 가득한 산과 강, 이 무엇인고?

성근 비 내린 가을 산 더욱 적적한데
바람 앞 푸른 풀잎 사바에서 춤추네

萬象森羅都自己　何須出戶謾馳行
境心心境境非他　滿地山河是什麽
寂寂秋岑疎雨過　風前靑草舞婆娑

● 「오도송」

　　선사는 도를 깨우치려 선방의 빗장을 걸고 일천의 화두 하나로 꿰뚫어 문득 실상의 묘체를 깨달으니 삼라만상 모두 내 것이라고 노래한다. 모든 것이 오직 마음에서 비롯되고 있음을 밝히고 있다. 깨달음을 얻어 새로운 혜안으로 보니 일체의 경계가 없다. 이 꿈을 깬 순간의 환희가 바람결에 하늘하늘 흔들리며 춤추는 초목들의 모습으로 형상화되고 있다. 선사의 이러한 깨달음의 본질은 마음의 묘용임을 역설하는데, 다음의 시가 그 대표적이다.

마음은 본래 허명하여 티끌조차 없으니
닦는다 생각하면 3천 리나 멀어지리
대 없는 고경 빛은 항상 빛나고
나무는 없어도 보리의 체상은 스스로 원만하네
가고 앉는 행동 속에 은은히 함께하며
담소하고 보고 듣는 속에서 밝게 빛나네
미혹한 사람은 이것을 정신이라 부르나
지혜로운 사람 최상선임을 깨닫네

心本虛明沒惹塵　纔懷修鍊隔三千
非臺古鏡光常照　無樹菩提體自圓
隱隱俯仰行坐裏　昭昭談笑視聽邊
迷人喚作精神會　識者還知最上禪

　　　● 「산중의 선객에 보임(示山中禪客)」

　산중에서 선객에게 지어준 시이다. 육조혜능의 「오도송」을 인유하여 자신의 마음에 대한 견해를 표현하고 있다. 선사는 마음의 실상을 '허명'으로 표현한다. 마음은 전 우주를 담아낼 수 있고, 일체를 창조해 낼 수 있다. '허'는 곧 '공'이다. 무한히 텅 비고 그러면서도 만물, 만심을 갖추고 있는 것(허), 그것이 곧 마음이다. 선사는 이 마음의 색상을 '명'이라고 말하고 있다. 따라서 '허명'은 바로 천성이며 불성이다. 허명한 자신의 본성을 깨닫고 드러내는 것, 이것이 곧 참선 수행자가 할 일이다. 2연에서는 혜능의 게송 중 '대'와 '경'을 상조시키며 마음의 빛나는 작용과 스스로 원만한 진리의 체상을 갖추고 있음을 표현하며, 3연에서 허명하며 고금을 통해 빛나고 원만한 진리의 체상을 구족하고 있는 이 마음은 멀리 있는 것이 아니라 일상 행위 속에 함께하고 있음을 밝힌다. 그리고 마지막 연은 어리석은 사람은 생멸의 현상적 마음을 참된 마음으로 알고 그 마음에 집착하지만, 현명한 사람은 그 현상적 마음이 허상임을 인식하며 허명하고 본래 지닌 본성을 깨달아 진정한 삶을 살아가는 인식의 차이를 강조하고 있다.

　한편, 선사는 참된 진리는 깊은 산사나 시정과 동떨어진 적막강산에 있는 것이 아니라 시끄럽고 번잡한 세상 한가운데 있어도 그 마음이 안정되고 적연하면 그 속에서 구현되는 것임을 역설한다. 근대의 고승으로 보우선사를 흠모했던 경봉스님(1892~1982)이 금강산 마하연에 도착하여 방부를 들이고 한숨 돌리고 있었다. 그때 그의 발걸음을 초라하고 부끄럽게 한 것은 객사 벽에 붙어 있는 보우선사의 절창, '세상을 피하려 말고 그 마음 고요히 하라'라는 구절이었다 한다.

세상사 피하려 말고 그 마음 고요히 하라
세상소리 모두 진리의 근원이네
번잡을 피하여 고요함을 찾는 것은 마음의 생멸이니
스님은 저 불이의 진리를 찾지 못하리

心靜何勞避世喧　色聲俱是本眞原
厭喧求靜心生滅　師必終迷不二門

● 「금강산 가는 스님에게(有僧欲向金剛以詩示之)」

도를 얻기 위해 시정의 번잡함을 피해 금강산으로 떠나고자 하는 한 스님의 행각을 경책하는 시편이다. 세상일에 있어 모든 것은 마음의 근원이 된다. 반대로 아무리 고요한 산사에 머물더라도 그 마음이 혼란하고 번뇌가 치성하면 그곳은 시끄러운 세상과 아무런 차이가 없다는 것이다. 진리를 증득하는 데 고요함과 시끄러움의 장소가 문제가 되는 것이 아니라 그 마음의 상태가 중요하다는 가르침이다. 마음에 대한 깨달음과 선수행의 진정한 의의는 다음 시 「그대의 본성을 알고 싶거든」에서 한결 극화된다.

그대의 본성을 알고 싶거든
잠시 동안 생각을 멈추게 하라
마음을 보되 그 본체가 없는 줄 알면
바야흐로 고향에 이른 것이라네

欲知汝本性　駐念少時間
見心無所體　方得到家山

• 「그대의 본성을 알고 싶거든」

선사는 본성을 깨닫기 위한 방법으로 끊임없이 생주이멸을 반복하고 있는 사량과 분별의 일상적인 마음을 잠시라도 쉴 것을 강조한다. 우리의 육근은 언제나 밖을 향해 열려 있어 한시도 멈추지 않고 밖의 경계에 대응하고 반응하여 인식작용을 일으킨다. 하지만 육근이 외경을 접하고 일으키는 마음이 본성 그 자체는 아니다. 바람에 이는 물결과 같은 잡된 생각을 쉬고 고요히 내면을 관조할 때, 허명한 본성의 실체가 드러나는 것이다. 단지 허명한 본성은 인연에 따라 다양한 모양과 형태로 조응할 뿐이다. 이러한 진리에 대한 인식이 곧 깨달음으로 다가서는 지름길이다.

차는 마음의 여유와 맑은 마음을 갖게 해준다. 그런 이유로 불가에서 선사들은 '다선일미'라 하여 차를 다루는 일을 일상사로 여겼다. 차를 마시며 선 수행을 하는 것을 '다담선茶湛禪'이라 하는데, 다담선의 수행 화두는 '명선茗禪'으로 이어져 왔다. '명선'이란 차를 마시며 선을 수행함에 있어 차나무에서 새순이 나오는 것처럼 선의 싹이 나온다는 뜻이다. 실제로 보우선사의 생애에서 가장 수행자답고 의미 있던 때는 차를 달이며 화엄학을 공부했던 마하연 시절이었다 한다. 다음은 선사의 걸림 없는 산중생활의 면모를 물씬 풍기는 다게송이다.

그 누가 나처럼 이 우주를 소요하리
마음 따라 발길 마음대로 노니네
돌 평상에 앉고 누워 옷깃 차갑고
꽃 핀 언덕 돌아오면 지팡이 향기롭네

바둑판 위 한가한 세월은 알고 있지만
인간사 흥망성쇠 내 어찌 알리
조촐하게 공양을 마친 뒤에
한 줄기 차 달이는 연기 석양을 물들이네

宇宙逍遙孰我當　尋常隨意任彷羊
石床坐臥衣裳冷　花塢歸來杖具香
局上自知閑日月　人間那識擾興亡
淸高更有常齊後　一抹茶煙染夕陽

• 「흥에 겨워(遣興)」

장엄하고 우뚝 솟은 푸른 산을 벗하며 깊은 계곡의 맑은 시냇물 소리 들으며 지내는 선사에게 누가 불법을 물으면 그저 땅을 보고 하늘을 보고 바보처럼 웃고자 했던 선사였다. 선사는 조촐한 저녁 공양을 마친 뒤 석양에 물드는 차 달이는 연기를 보고 인간사 흥망성쇠의 부질없음을 관조하고 있다. 한편, 선사는 화엄사상의 묘체를 잘 표현한 다시 「화엄불사의 묘용송」에서 '참다운 묘용을 알고 싶다면 일상에서 천연스러움을 따르라'라고 하여 차 마시고 잠 잘 자는 일을 모두 하늘의 이치에 맡겨 자연스러움을 잃지 않는다면 그것이 바로 묘용이라 했다. 이와 같이 선사의 수행과정의 시상들이 산중 생활 속에 그대로 묻어나고 있다. 이러한 시심은 운수납자로 어느 봄날에 산사를 찾아 느낀 감흥을 노래한 다음의 시에서 잘 묘출된다.

도반 없이 홀로 봄날 깊은 산사 찾아드니
길가의 복사꽃 지팡이에 스친다
부슬비 내리는 상운암의 하룻밤

선심과 시정, 두 마음 이슬히 인다

春山無伴獨尋幽　挾路桃花嚙杖頭
一宿上雲疎雨夜　禪心詩想兩悠悠

● 「상운암에서 자다(宿上雲庵)」

　　청계산의 상운암을 찾아 나서고 하룻밤을 묵으며 느낀 감흥을 노래
하고 있다. 수행승은 간단없는 조용한 자기 내면의 관조와 궁리에서 견성
성불을 체득한다. 동행한 도반도 없이 봄날 깊은 산자락에 위치한 상운암
을 찾아가는 길, 그 길가엔 복사꽃이 아름답게 피어 있고, 떨어지는 꽃이
손에 든 지팡이 끝에 날린다. 이렇게 찾은 상운암에서 묵은 하룻밤, 춘경
속에 놓인 암자에 소리 없이 부슬비가 어둠 속에 내리고 있다. 혼자만의
고독, 조용한 산과 암자, 그리고 어둠 속에 쓸쓸히 내리는 봄비, 이들은
자연히 시인의 마음을 흔들어 놓기에 충분하다. 그래서 시인은 시심과 시
상의 두 마음이 유유히 일어난다고 노래한다. 아울러 선사는 자연 속 존
재들의 움직임을 평등한 존재와 대상으로 인식하고 그것과 하나 되는 경
지를 고운 시어와 적절한 표현으로 시화한다.

　　바람 멎자 솔 울음 고요해지고
　　찌는 듯 어두워지는 산 기운, 비 오려나?
　　홀로 앉아 코끝에 스치는 향기에 놀라고
　　무수히 난간에 둘러 핀 바위 꽃들

松鳴自寂風初定　山氣蒸暝雨欲來
獨坐忽驚香撲鼻　巖花無數繞軒開

● 「우연히 읊다(偶吟)」

소나무 숲에 불던 바람이 갑자기 멈추고 소나기가 오려는지 하늘이 어두워지면서 무더운 기운이 산을 감싸고 돈다. 산중에 홀로 살아가는 수행자는 자연과 함께 느끼고 호흡하며 대화한다. 까닭에 자연이 일으키는 여러 가지 변화와 움직임에 민감하게 반응하고 체감을 맛보게 된다. 이미 본인 스스로가 맑고 깨끗한 자연적 존재가 되었기 때문이다. 이처럼 자연의 정과 동의 변화 속에 스스로 동화되어 앉아 있는 선사를 흔들어 깨우는 것은 문득 코끝에 풍겨 오는 이름 모를 난간 주변에 피어 있는 바위 꽃향기이다. 무거움에서 가벼움으로, 어둠에서 밝음으로 전환되는 순간이다. 그러나 이러한 꽃향기는 바위 꽃이란 표현처럼 바위 틈새 혹은 그 주위에 드러나지 않고 있는 듯 없는 듯 무수히 피어 있는 이름 모를 작은 꽃에서 풍겨 오는 꽃향기이다. 이 또한 맑은 마음과 눈 푸른 혜안을 얻은 산승만이 보고 느낄 수 있는 경계요 감흥을 함축적으로 그려내고 있는 것이다. 또한, 이와 같은 선사의 시적 감흥은 가을날 자연 풍경을 대하면서 어느 누구에게도 말할 수 없는 혼자만이 느끼는 시편에 잘 묘사되고 있다.

늘 빈 정자를 향하고 앉아 나 자신을 살피고
해가 뜨니 가을 흥취 끝없이 일어나네
이슬 맺힌 국화꽃 옥을 머금고
단풍나무 푸른 솔에 섞여 푸름과 붉음을 다투네
쌀쌀한 가을바람에 벌어지는 햇밤
찬 서리에 더욱 쓸쓸하고 벌레 소리 울리네
혼자만이 깨닫는 이 소식
어느 스님에게도 누설할 수 없네

每向虛樓坐省躬　日來秋興起無窮
露凝黃菊花含玉　楓雜靑松碧鬪紅
風勁自隤新罅栗　霜寒多寂舊鳴蟲
只堪獨許伊消息　難與師資暗洩通

● 「가을 누각에서 술회하다(秋樓述懷)」

　　선사는 깊어가는 가을날 선방에서 빈 정자를 바라보며 좌선을 통해 자신의 내면세계를 관조하고 있다. 눈앞에 펼쳐지는 아름다운 자연 풍경에 가을의 흥이 일어나지 않을 수 없을 것이다. 하지만 선사의 추흥은 바로 우주본체의 진리가 발현된 외경과 내면의 참된 자아가 하나로 융합하면서 일으키는 흥취이다. 선사는 새벽이슬이 맺혀 있는 국화가 구슬을 머금고 있다고 표현한다. 이는 국화가 머금은 구슬처럼 중생 모두가 영롱하고 아름다운 구슬 같은 불성을 지니고 있음을 넌지시 말하고 있다. 아울러 가을의 아름다운 단풍을 보면서 홍색의 잡목과 푸른색의 소나무가 서로 청홍을 다투고 있다는 표현은 아름다운 외경을 대하면서 감흥을 일으키고 있는 선사 자신의 마음속 갈등을 표출하고 있다. 가을의 찬바람에 햇밤이 벌어지고, 찬 서리가 내리고 적막 속에 풀벌레만이 처량하게 울고 있다. 이 모두는 자연의 이법에 따른 무위의 진리적 표현이다. 이처럼 진리의 깨침과 그 열반의 즐거움은 쉽게 남에게 전해질 수 있는 단순한 세계가 아니라 오로지 선사 자신의 체험과 마음결로만 전해질 뿐이다.

겹겹이 싸인 구름 속 암자
본래 사립문 두지 않았네
누대의 삼나무 늦푸름 머금고
뜰에 핀 국화는 석양빛을 띠었네
나무는 서리 맞은 열매 떨구고

스님은 여름 지낸 옷을 깁는다
고상하고 한가함, 내 본뜻이기에
읊고 즐기느라 절로 돌아가는 걸 잊었네

庵在雲重處　從來不設扉
臺杉含晚翠　庭菊帶斜暉
木落經霜菓　僧縫過夏衣
高閑吾本意　吟賞自忘歸

● 「진불암(眞佛庵)」

　　겹겹이 싸인 구름 속을 헤치고 해 질 무렵 깊은 산속의 진불암을 찾았을 때의 정경이 그려지고 있다. 사립문을 두어야 할 필요도 없는 산속 암자이다. 주관과 객관, 즉 이쪽과 저쪽의 경계인 문은 애초에 어디에도 없다. 그래서 그대로 부처임을 '사립문이 없다'는 말로 표현하고 있다. 가을이 되어 하나둘 잎이 지는데 삼나무는 푸름을 더해 간다. 뜰 안 국화의 노란색과는 사뭇 대조적이다. 가을을 모르는 삼나무나 국화는 세속을 벗어나 자신을 지키는 출가 사문의 표상이기도 하다. 봄, 여름 동안 꽃잎을 달고 있다가 가을 서리에 모든 걸 떨구는 것이 자연의 이법이듯, 스님도 나무가 서리 맞은 열매를 떨구듯 자연에 순응하며 여름을 지낸 옷을 깁고 있다. 단순한 바느질이 아니다. '침선일여'針線一如의 경지이다. 이러한 청한을 본뜻으로 삼고 있는 산승이기에 여기를 벗어나면 세속이니, 스스로 자연의 흐름에 순응하며 즐기며 살아가는 것이다.
　　물론, 조선의 유자들에게 선사는 요승妖僧이자 적승賊僧으로 비쳤겠지만, 수도자 본연의 자세를 지키며 종종 산천을 돌아보는 만행을 즐거움으로 삼던 선승이었다. 이때 선사가 머문 금강산의 절은 장안사, 유점사, 신계사, 표훈사 등이었다. 당시의 절들은 숭유배불 속에서 폐사에 가깝게 방

치돼 있었을 뿐만 아니라 신라와 고려에 이어 국교로 번성하던 불교의 전
등傳燈의 불이 꺼지려 하고 있었다. 선사가 장안사에 들러 훼불을 탄식하
며 비통한 심경을 읊조린 다음의 시가 이러한 형국을 잘 말해 주고 있다.

> 그 웅장하던 금조사 가람
> 아, 이미 반이나 기울었네
> 개울물 소리 쓸쓸하게 흘러가고
> 산그림자만 부질없이 서성이네
> 불전에는 향 등이 어둡고
> 법당문 여는 스님도 없네
> 높은 누각 종소리 홀로 멀리 퍼지니
> 그 소리 음미하니 더욱 아득하구나

> 可貴金朝寺　嗚呼半已頹
> 澗聲空浙瀝　山影唯徘徊
> 有佛香燈暗　無僧堂殿開
> 危樓鐘獨遠　吟賞轉悠哉

기울어져 폐사 직전의 모습을 하고 있는 천년 고찰 장안사를 사실적
으로 그려내면서 선사의 슬픈 감정을 담아내고 있다. '금조사'로 표현될
만큼 화려했던 장안사가 이미 반이나 기울어 퇴락해 가고 있음을 슬퍼한
다. 개울물 소리조차 쓸쓸하고, 산그림자도 부질없이 서성인다는 분위기의
묘사가 '공', '만', '암' 등의 단어로 극화되고 있다. 1·2연은 멀리서 바
라본 풍경이고, 3·4연은 도량을 둘러본 느낌이다. 부처님은 계시지만 향
로에는 차가운 재만 가득하고 등불은 캄캄하다. 법당 문을 열어 들여다보
니 예경을 올려야 할 스님은 없다. 불교 탄압에 대한 암울한 현실이 그대

로 그려지고 있다. 홀로 높은 종각에 올라 범종을 치니 장엄하고 은은한 종소리만 멀리 퍼진다. 그러나 그 소리 더욱 아득하고 마음을 비통하게 울린다. 장안사의 쓸쓸한 풍경을 보고 느낀 감회가 '더욱 아득하다'는 표현에 응축되어 있다.

선사가 명종 3년 봉은사 주지가 되어 제일 먼저 심혈을 기울여 추진했던 불교부흥의 불사는 연산군 10년에 폐지된 선교양종의 부활이었다. 명종 5년(1550), 선사의 헌신적인 노력으로 봉은사와 봉선사를 각각 선교와 교종의 본사로 삼게 하고, 육전에 있는 대로 승과와 도첩제도의 부활 교지가 내려지자 이에 대한 감격을 선사는 이렇게 표출한다.

하늘이 연산군을 시켜 우리 종문에 화를 주어
불법바다 흐름 멈춘 지 거의 50년
순임금의 태양 크게 밝아 먼 곳까지 비추니
그 빛 반드시 석천까지 미치리라

天教廢主禍吾宗　佛海洍流幾半百
舜日大明燭還幽　客光必照及石泉

● 「흠문흥종 소하유감」

연산군은 임금에 오른 지 9년 승과고시를 없애고, 즉위 10년에는 선종본산 흥천사와 교종본산 흥덕사를 폐하여 유흥장으로 만들었다. 세조가 창건한 원각사도 '연방원'이라 하여 기녀들의 가무 연습장으로 만들고 내불당도 없애버렸다. 이러한 극심한 훼불이 실행된 지 거의 50년이 지나 비로소 명종 3년 봉은사 주지가 되어 자신이 제일 먼저 이룬 불사였으니 그 감회가 참으로 컸을 것이다. 그러니 그러한 임금의 덕은 당시 선사에게 있어 순임금보다 어질게 느껴졌다. 마지막 행에는 불교의 부흥발단일 뿐만 아니라 온 산하대지까지 불법이 비추리라는 선사의 희망에 찬 의지가 드러나 있다.

선사는 노골적으로 불교중흥에 반대하던 유학자들의 의견에 반하여 불교중흥을 도모하고 회암사 중창불사에 나서 1565년(명종 20년) 4월 5일 낙성식을 겸한 성대한 무차대회無遮大會를 열었다. 하지만 공교롭게 선사로 하여금 회암사 중창불사를 맡긴 문정왕후가 이틀 뒤 사망하고 선사는 제주도로 유배되어 그곳의 목사였던 변협에게 죽임을 당하고, 회암사도 유학자들의 방화로 추정되는 불길에 휩싸여 폐사되고 말았다. 결국 불교중흥을 위한 헌신적인 노력을 하면서도 선사는 죽음을 예견하였던지 다음과 같은 「임종게」를 남기고 원적에 들었다.

허깨비로 와 허깨비 마을에 들어가
오십여 년 미친 놀음 하다가
인간 세상 영욕을 다 해 놀고
중 꼭두각시 탈 벗고 맑은 세계로 떠나네

幻人來入幻人鄕　五十餘年作戲狂
弄盡人間榮辱事　脫僧傀儡上蒼蒼

● 「임종게(臨終偈)」

선사는 자신의 50여 년의 인생을 오직 '허깨비'로 와서 한바탕 놀다가 '허깨비' 탈 벗고 떠난다고 하였다. 비참한 훼불의 현실에서 그 자신의 삶은 '꼭두각시 탈'을 쓴 삶이었을 뿐이다. 그러나 선사에게 죽음은 그 '허깨비' 탈을 벗어 던지고 맑은 원적의 세계로 떠나는 것이다. 신라 이차돈 성사처럼, 법난의 위기 속에 몸을 던져 법등을 밝히고 맑은 세계로 돌아간 것이다. 선사의 이러한 고결한 정신은 결코 헛되지 않고 불타의 혜명을 잇는 이정표로 남아 있다. 그것은 서울 법화정사 회주 도림스님의 원력으로 제주 조천의 바닷가 '조천동산'에 세워져 있는 선사의 순교비, '불멸의 법등'이 말해 준다.

백곡처능,
비방과 청찬, 시비는 '세 치 혀' 휘두르는 것에 불과

약 8,000여 자에 이르는 장문의 <간폐석교소>를 올려 불교탄압의 부당함을 조목조목 지적하고 시정을 간청한 백곡처능(1619~1680)의 법명은 처능이며, 호는 백곡이다. 15세에 출가한 선사는 속리산에서 불법을 배우다가 17~18세 무렵 한양에 올라가 신익성에게서 유가와 문학을 체계적으로 배워 사대부들과 교유할 정도로 시문에 탁월한 재능을 보였다. 그러나 선사는 어느 날 경사에 대한 지식이나 뛰어난 문장이 하잘것없는 것임을 깨닫고 지리산 쌍계사의 벽암각성(1575~1660)을 찾아가 그의 제자가 되어 20년간 수도에 전념한 뒤 스승의 법을 이어받았다. 그 후 선사는 1674년(현종 15년) 팔도선교십육종도총섭이 되었으나 곧 사퇴하고 속리산·청룡산·성주산·계룡산 등지에서 산림법회를 열어 후학들을 지도하였다. 대둔사의 안심암에서 가장 오래 머물렀던 선사는 1680년 금산사에서 대법회를 열고 그해 7월에 원적에 들었으며, 시문집『백곡집』을 남겼다.

시와 문사에 있어 아주 유려하고 호방 웅건한 면모를 보여 주는 선사의 시적 재능은 당시 선배들의 아낌없는 사랑과 칭찬을 받았음은 물론, 효종 임금 역시 세자로 있을 때 선사의 문덕이 탈속의 높은 경지에 있음을 극찬한 바 있다. 한편, 선사는 당시의 불교탄압에 굴하지 않고 홀로라도 우뚝 서 맞서겠다는 비장함을 다음의 시에서 잘 묘사하고 있다.

걸음걸음 산문을 나서니
시냇가에 꽃 지고 새가 우는구나
안개 자욱한 골짝 길 헤매다가
홀로 서서 빗속 천봉을 바라보네

步步出山門　鳥鳴花落溪
烟沙去路迷　獨立千峯雨

• 「산문을 나서며(出山)」

산문을 나서니 시냇가엔 꽃잎 지고 새가 울고 있다. 자욱한 안개 너머 갈 길은 아득하고, 비 내리는 산봉우리를 바라보며 선사는 홀로 외로이 서 있다. 임금과 관리는 불교를 탄압하지만 백성들의 간절한 부처 찾는 소리가 선사의 귓가에 들리는 듯하다. 척불의 부당성에 항의한 선사의 응결된 심경이 자연과의 절묘한 합일을 이루어 잘 드러나는 시편이다. 또한, 선사는 백제의 멸망을 회고하는 시편에서 도도한 역사의 흐름 앞에 죽어 없어져 흔적만 남은 인간의 덧없는 운명을 애달파하고 있다.

백마강 물결 소리 만고의 수심일세
사나이 눈물이 흘러내림을 견딜 수가 없구나
처음에는 위국산하 보배로 여기더니
끝내는 오강자제 수치를 당했구나

허물어진 성곽 석양에 울어대는 갈가마귀
황량한 누대 늦가을 춤추는 기녀 하나 없고
삼국을 할거하던 영웅들은 다 사라지고
서풍에 손님 떠나보내는 작은 배만 보이네

白馬派聲萬古愁　男兒到此涕堪流
始誇魏國山河寶　終作烏江子弟羞
廢堞有鴉啼落日　荒臺無妓舞殘秋
三分割據英雄盡　但看西風送客舟

●「백마강회고(白馬江懷古)」

　　오랜 세월 수심을 간직한 채 흘러가는 백마강의 물소리를 들으니 왠
지 모르게 눈물이 나오는 선사의 쓸쓸한 심경이 그려진다. 인간의 자만과
오만이 국가가 망하는 원인이 되었음을 역사의 사실로써 설명하고 있다.
중국 위나라 무후와 초나라 항우의 고사를 인용하고, 백제의 경우도 이와
같았음을 암시한다. 백제가 강성했을 때, 이 성에는 석양이면 저녁을 맞는
궁녀들의 환락의 밤으로 불야성을 이루는 장관이 있었을 테지만 지금은
지는 해를 아쉬워하는 갈가마귀의 울음소리만 있을 뿐이다. 삼국시대의
영웅들도 이제 역사의 뒤안길로 사라지고, 단지 서풍에 나그네 실어 보내
는 배만 떠 있는 것이 보인다.
　　흔히 사랑하는 이들의 이별에는 버들을 사이에 두고 애틋한 마음을
서로 교환하게 된다. 이별의 장소로 강어귀와 다리 위가 선택되는 것은
강물이라는 가로지름이 이쪽과 저쪽의 경계를 상징적으로 나누어 주고 있
기 때문이다. 그러기에 강가의 버들은 이별하는 이의 더할 나위 없는 심
경을 함축한 매개물이다. 선사는 버들을 이용하여 떠나가는 이를 보내는
여인의 심정을 여실하게 묘사한다.

다리 머리 버들은 실, 실
가는 님 손에서 한들한들
가는 이 오는 이 여기서 이별하고
이 버들 또 몇 사람에게 꺾였던가
원컨대 임이여 빨리 오실 기약일랑
이 버들 마르길 기다리지 마소

橋頭柳絲絲　裊裊征人手
來人去人此爲別　柳又堪經幾人折
願君早還須趂期　莫待此柳枯朽時

- 「임의 이별(古離別)」

스님의 시라고 보기 어려울 만큼 남녀 간의 이별이 애틋하게 묘출되고 있다. 이것이 바로 스님의 승속을 뛰어넘는 격외의 모습이다. 첫 행의 버들가지를 '실, 실'로 표현함으로써 한결 시각적 효과를 준다. 가지에 머물렀을 때의 실이 이제는 가는 이의 손에 들려 한들거리는 모습으로 변하였다. 두 사람의 흔들리는 정을 말없이 표현하여 읽는 이로 하여금 은근한 정에 매혹되게 한다. 버들이 꺾이는 것이 이별하는 이에게 하나의 정표가 되거나 애달픔의 상징이 되는 등 나름의 의미가 있을지 모르지만, 버들 자체로서는 이것도 괴로움이다. 시인은 바로 이 점에 착상하여 이별의 아픔을 버들의 괴로움으로 표현하고 있는 것이다. 이별이란 만남을 전제로 하기에 떠나는 이나 보내는 이는 늘 훗날의 기약을 묻게 마련이다. 이 시도 예외가 아니다. 그런데 그 약속은 되도록이면 짧아야 한다. 되도록 빨리 돌아오되 손에 쥐여 있는 버들가지가 마르기를 기다리지 말라는 것이다. 가는 걸음을 멈추고 되돌리라는 것보다도 더 촉박한 돌아옴의 약속을 재촉하는 별리의 아픔으로 읽힌다.

백곡이 당시의 명경대부와 격의 없는 사귐을 유지할 수 있었던 탁월한 시문의 재능을 호정 정두원재상의 초당에서 지은 「비에 취한 풀」에서 파악할 수 있다. 이 시에서 선사는 세속의 영화에 대한 언급 하나 없이 그저 봄날의 경치와 거기에 은거할 수 있는 자연인의 한 모습으로 그려진다.

> 좁은 길은 봄 지나도록 막히고
> 시냇가 초당 종일 비어있네
> 둑에 내리는 비에 풀은 취했고
> 꽃은 난간 바람에 미소 짓네
> 졸음 깊자 몸은 이내 평안하고
> 시가 되려면 글귀 또한 교묘하네
> 일 없는 한 잔의 술
> 누구와 함께 주고받을까

> 峽路經春沮　溪堂盡日空
> 草憾堤上雨　花笑檻前風
> 睡熟身仍穩　詩成句亦工
> 一樽無事酒　斟酌與誰同

● 「비에 취한 풀」

봄이 다 지나도록 막혀 있는 좁은 길이다. 오고 감이 없어서 막힐 수도 있고 산길이기에 봄 되어 숲이 우거져 막힐 수도 있다. 때문에 시냇가 초당은 종일 비어있다. 자주 만나지 못하는 두 사람 사이의 그리움이라 할 수도 있다. 비가 내리자 둑에 널린 풀은 취한 듯 비스듬히 누웠다. 봄비에 어울리는 표현이다. 꽃은 난간 위로 불어오는 봄바람에 살짝 웃고 있다. 꽃 피움이 웃음으로 비유될 수도 있지만, 여기서는 흩날림의 웃음으로 이해된다. 어쩌면 꽃에게는 봄바람은 헤살 짓는 존재일 수도 있다. 하지만 꽃은 오히려 웃는다. 모든 것이 고요 속의 생명력 넘치는 움직임이다. 이러한 정경 속에 시인은 평안함에서 오는 졸음을 맞게 된다. 이 순간 한 잔 술이 그리워진다. 일의 해결에 필요한 술이 아닌 일 없음의 술이다. 제일 바쁜 재상의 초당에 제일 한가로운 한순간이다. 다음의 시 역시 친구 김명부를 그리워하는 선사의 진솔한 마음이 잘 나타나 있다.

첩첩산중 가을구름 속 날이 새고
봉우리마다 달이 지는데
임 그리는 생각이 베갯머리 꿈속에서
기러기 따라 그대 곁에 있네

萬壑秋雲曉　千峯落月時
相思一枕夢　隨雁到江湄
● 「강양의 김명부에게 부침(寄呈江陽金明府)」

　　세속과 완전히 멀어진 듯한 산중에서도 새벽이 오고 달이 진다. 시간의 흐름이 의미가 없는 산중이건만 시간의 흐름이 느껴진다. 몸은 세속과 완전히 떨어져 있어도 산속까지 침투한 시간의 흐름처럼 벗에 대한 그리운 마음 역시 완전히 떨쳐 버릴 수가 없다. 새벽에 달이 질 때까지 잠 못 이루고 있다 보니 어느 사이엔가 기러기와 함께 저 멀리 강가까지 나가 있는 심경이다. 김명부와의 돈독한 우의를 그리고 있다. 한편, 물 긷고 나무하며 방아 찧는 것이 산중생활이다. 그런데 선사는 산중에서 행자생활을 무사히 마치고 다른 곳으로 구도행각을 나서는 해심행자와의 이별을 스승으로서의 심정이 아니라 어버이로서 자식을 떠나보내는 섭섭함과 안타까움으로 노래하고 있다.

> 오랫동안 물 긷고 나무 나르느라
> 얼마나 그 몸을 괴롭혔던가
> 다듬이 품팔이에 한 해 지나고
> 온갖 심부름으로 삼 년 지났다
> 오늘 밤에 내게 하직하는데
> 어느 산의 누구를 찾으려는가
> 부디 도중에 탈 없이 가라
> 이별에 이르니 더욱 섭섭하구나

> 運水搬柴久　　勞筋苦骨頻
> 砧傭經一臘　　柴役過三春
> 此夕還辭我　　何山欲訪人
> 途中善爲去　　臨別倍傷心

　　　　　　　　● 「해심사미를 보내며(送海心沙彌行脚)」

　서너 해를 함께 있다가 떠나가는 해심이라는 행자승에게 준 시편으로, 사제간의 깊은 정이 담담하게 그려지고 있다. 갓 출가한 사미승으로서 스승을 잘 시봉한 면이 잘 묘사되고 있다. 공양 준비를 위해 물을 길어오고, 나무해 나르느라 근육과 뼈마디가 얼마나 아팠을까를 생각하는 대목에는 제자에 대한 스승의 애틋한 마음과 자상함이 묻어난다. 방아를 찧고, 청소하며 보낸 세월이 삼 년이다. 이제 이 행자승은 고된 생활을 잘 마무리하고 새로운 법을 구하러 떠나고자 한다. 정든 노스님은 차마 보내기가 섭섭하다. 떠나보내려 하니 그동안 수고스러웠던 일이 새록새록 살

아나고 안타까이 여겨지는 것이다. 그러면서도 힘든 행자생활을 잘 견뎌
냈는데 이제 왜 어디로 가려 하느냐고 반문한다. 혹여 도중에 탈이나 나
지 않을까 염려하는 마음에는 선사의 따뜻한 제자 사랑의 깊은 정이 함축
되어 있다.

다음은 백곡선사가 개원사에 있을 때 새로 부임한 지방 관리와 하룻
밤을 지내며 정담을 나눈 인연을 아름답게 그려내고 있는 시편이다. 대경
의 경치가 아무리 아름다워도 아름다운 인정이 개입되지 아니하면 아름다
울 것이 없음이 잘 드러나 있다.

　　옛 절에는 싸늘한 삼나무 그림자
　　거친 성에는 저녁 알리는 나팔소리
　　마침 새 원님의 정치 소문 들으니
　　이 늙은 중의 마음 위로 되네
　　눈 덮인 계곡을 내려오는 초동들의 재잘거림
　　바람 이는 가지에는 놀라 깨는 까치의 꿈
　　등 밝혀 하룻밤 함께 하며
　　못가 누대에 앉으니 정신이 맑네

　　古寺寒杉影　荒城暮角聲
　　忽聞新尹政　聊慰老僧情
　　雪壑歸樵語　風枝睡鵲驚
　　懸燈共一宿　池閣夢魂淸

● 「원님과의 하룻밤」

첫 연에서 옛 절과 거친 성으로 대조되는 정경은 선사가 머무는 산사와 지방관리가 있는 관사를 대비시켜 서로의 그리움을 은연중에 나타내고 있다. 이어 새로 부임한 관리가 정치를 잘하여 늙은 산승의 마음이 놓이는 장면이 그려지고 있다. 눈 덮인 계곡을 내려오고 있는 초동들의 재잘거림과 바람이 이는 가지 위의 까치가 놀라 잠을 깨는 구절에는 동정이 교차되어 있다. 두 사람의 돈독하고 격의 없는 '금란지교'의 교우관계가 마치 한 폭의 그림처럼 떠오른다. 옛 절과 거친 성으로 떨어져 있던 두 경계의 거리가 하룻밤을 함께 불 밝히고 청담을 나누며 지샘으로 좁혀져 맑은 꿈으로 변하였다. 주변의 모든 것이 이 두 사람을 위해 존재하며 감싸주고 있는 분위기이다. 이것이 바로 두 사람 간의 정을 깊게 느끼게 하는 시적 장치라 할 수 있다.

창을 열면 다가서는 산빛이 좋고, 문을 닫으면 스며드는 개울소리를 듣는 산중 생활에 눈이 맑고 귀가 맑은 선사의 모습이 때로는 나이 들어 쓸쓸하고 외로운 심경으로 그려지기도 한다. 산비도 외로운 나그네의 심중을 아는 듯 보슬보슬 운무에 섞여 내리는 정황에서 그것을 포착할 수 있다.

병든 나그네 봄날에도 일이 없어
텅 빈 산속에 낮에도 사립문 닫고 있네
꽃잎은 실바람 앞에 분분히 떨어지고
제비는 보슬비 속에 쌍쌍이 날아드네
세상 밖이라 영욕은 적은데
인간 세상에는 어이 그리 시비가 많은가?
늙은 몸이라 쓸쓸함도 달갑게 여기지만
이 숲속으로 더디 돌아온 것은 한탄스럽구나

病客春無事　空山晝掩扉
細風花片片　微雨鷰飛飛
物外少榮辱　人間多是非
白頭甘寂寞　林下恨遲歸

● 「그윽한 곳에 사는 흥(幽居遣興)」

선정에 들어 홀로 앉아 있는 노쇠한 선사의 무심한 경지가 그려지고
있다. 청산이 깊고 깊어서 찾아오는 사람 없어 낮에도 사립문을 닫고 지
내는 선사이다. 살랑대는 봄바람에 꽃잎이 하염없이 분분히 지고 있고, 보
슬비 내리자 제비들이 쌍쌍이 주렴(발) 앞으로 날아온다. 덧없는 영욕을
쫓느라 인간세상은 시비가 그토록 많지만, 걸림 없이 탕탕하게 살아가는
선사의 삶은 그렇게 만족스러울 수 없다. 비록 나이 들어 쓸쓸하긴 하나
감내하면서 좀 더 일찍 세간을 떠나 산속으로 들어오지 못했음을 한스러
워하고 있다.

　무엇보다도 선사는 당시 억불 속에서도 많은 스님들이 계율 지키기
나 수행을 게을리하고 편을 갈라 비방하며 권력다툼을 하는 당시의 불교
계의 상황을 통탄했다. 선사는 수행을 열심히 하던 도반 처원이 산중을
떠나 한양으로 간다는 소식을 전해 듣고 이를 적극 만류하는 편지를 보낸
다. 한양에서 견문을 넓히고 육체적으로 편할 수는 있을지언정 깨달음을
구하기에는 적당하지 않다는 경험과 소신 때문이었다. 지금 세상에 눈 밝
은 스승이 없는데 그 누구를 좇아 스승으로 삼으려 하느냐고 반문하면서
참다운 스승을 얻으려거든 벽암각성 스님을 찾아갈 것을 권하고 있다.
'줄탁동시'啐啄同時라는 말이 있다. 알 속의 병아리가 밖으로 나오기 위해서
는 자신의 노력뿐 아니라 밖에서 쪼는 어미 닭의 노력이 있어야 하듯, 처
원이 훌륭한 선지식을 만나야만 큰 깨달음을 얻을 수 있다고 믿었던 선사

는 '세 치 혀'의 놀림을 주의하고 영욕은 한바탕 꿈인 것을 이렇게 설파한다.

> 인정은 고불고불 겹겹이라 양의 창자와 같고
> 세상일은 어지럽고 시끄러워 미친 바람과 같네
> 비방과 칭찬, 시비는 세 치의 혀를 휘두르는 것뿐이요
> 슬픔과 기쁨, 영화와 욕됨은 한바탕 꿈에 불과하다

> 人情曲曲重重似羊腸　世事紛紛擾擾如狂風
> 毀譽是非只棹三寸舌　悲歡榮辱聊付一夢場

● 「한바탕 꿈」

탈속의 경지에 있는 선사가 던지는 삶의 면모가 그대로 드러나 있다. 인간 세상은 마치 양의 창자처럼 숱하게 꼬인 정분으로 살아가는 곳이다. 때문에 늘 어지럽고 시끄러우며 광풍이 불고 지나가는 것처럼 한바탕 소동의 장소가 되기도 한다. 여기에서 선사는 비방과 칭찬을 하고 시비를 따지는 것은 늘 "세 치 혀"의 놀림에서 비롯됨을 역설한다. 어쩌면 인간 삶의 모든 것은 "세 치 혀"에서 시작하고 끝이 나는지도 모른다. "세 치 혀"야말로 인생을 좌우하는 보검인 동시에 흉기이기도 하다. 나아가 선사는 현실에 집착하여 생기는 모든 슬픔과 기쁨, 영욕은 한바탕 꿈에 불과한 것임을 설파한다. 그래서 선사는 수행자는 훌륭한 선지식을 만나 바른 가르침을 듣고 치열한 구도의 정신으로 살아가야 함을 넌지시 강조한다.

요컨대, 많은 사례와 경전 등에 근거하여 폐불의 불가함을 논파했던 백곡처능선사는 <간폐석교소>를 통해 현종의 배불정책에 대해 부당함을 지적하고 시정을 간청한 선지식이다. 또한, 선사는 정분에 얽혀 어지러운

세상사에 휘둘리지 말고, 항상 "세 치 혀"를 조심하며 뜬구름 같은 영욕을 멀리하여 살아갈 것을 강조함으로써 올곧은 수행자의 본분을 보여 주었던 '호불의 등불'이었다 할 수 있다.

설잠선사,
매화와 달, 차를 벗 삼은 만행의 법향

　　생육신의 한 사람으로 산천을 유랑하면서 두보를 능가하는 비애감 어린 선시를 많이 남긴 김시습(1435~1493)의 호는 매월당, 법명은 설잠이다. 그는 생후 8개월 만에 글자를 알았으며 세 살 때 보리를 맷돌에 가는 것을 보고, "비는 아니 오는데 천둥소리는 어디서 나는가 / 누런 구름 조각조각 사방으로 날리네"(無雨雷聲何處動 黃雲片片四方分)라는 시를 읊었다고 한다. 또한 다섯 살 때 중용과 대학에 통달하여 5세 신동으로 이름이 났는데, 이 소문을 들은 좌의정 허조가 그의 집을 방문하여 "나는 늙은 사람이니 늙을 '老'자를 넣어서 글을 지어 보아라!"라고 하니 서슴지 않고 "늙은 나무에 꽃이 피었으니 마음은 늙지 않았구나"(老木開花心不老)라는 시를 지었다고 한다. 이 사실을 전해 들은 세종은 크게 경탄하고, 장차 요직에 등용할 것을 약속하고 명주 50필을 하사했다. 이때부터 사람들은 그를 '신동, 김 5세'라 불렀다 한다. 후일 그가 은거했던 설악산의 암자도 이런 연유로 '오세암'이라 명명되었다 한다.

선사는 세종의 총애를 받을 정도로 신동 소리를 들었지만 유년 시절
부터 삶은 순탄하지 못하였다. 15세에 어머니를 여의고 계모 밑에서 소년
기를 보냈으며, 이러한 생활 속에서는 학업을 이루지 못할 것을 깨닫고
삼각산 중흥사에 들어가 학업을 계속하였다. 하지만 21세 되는 해에 세조
가 단종을 몰아내고 왕위에 올랐다는 소식을 듣고서는 "미친개 같은 인간
들이 사는 세상에서 어찌 살 수가 있겠는가"(犬狂人者 世我俗生)라고
비분강개하고서 3일을 통곡한 끝에 책을 모두 불태운 뒤 설악산에 들어가
머리를 깎았다. 그리고 법명을 높고 '아른한 눈 덮인 산'이라는 의미의 설
잠雪岑이라 하였다.

이후 선사는 구름처럼 바람처럼 만행을 하며 때론 자신의 심경을 나
뭇잎에 시로 써서 냇물에 띄워 보내기도 하고, 울 때는 반드시 세종대왕
을 불렀다 한다. 선사의 이러한 만행과 구도의 행각은 나그네의 고독한
심사와 함께 세속의 번뇌와 티끌세상을 벗어나기 위해 물외의 세계를 향
해 떠나는 다음의 시에서 잘 드러난다.

일만 골짝 일천 봉 너머로
외로운 구름 홀로 새는 돌아오고
올해는 이 절에 머문다만
내년에는 어느 곳으로 갈까
바람이 자니 솔 비친 창 고요하고
향 꺼진 선방은 한가롭다
이생을 내 이미 끊어버렸으니
물 따라 구름 따라 살리라

萬壑千峰外　孤雲獨鳥還
此年居是寺　來歲向何處

風息松窓靜　香銷禪室閑
此生吾已斷　棲迹水雲間

　　　　　　　　　● 「만의(晚意)」

　　저녁 무렵의 상념이 잘 그려지고 있다. "일만 골짝 일천 봉"이라는
표현은 산 넘어 산이요, 물 건너 물의 연속, 그야말로 만행의 연속을 역설
적으로 드러내 보인다. 화자와 동행이 되어주는 것은 외로운 구름과 홀로
돌아오는 새로, 이는 시인의 마음을 의탁한 시적 장치이다. 올해는 이 절
에서 지냈으나 다음 해에는 어느 곳에서 지내야 할지 걱정이 앞서지만 그
다지 문제가 되지 않는다. 바람이 자고, 솔 그림자 비친 창, 고요한 산사
의 경내와 피운 향이 꺼진 선방은 그야말로 적묵의 세계다. 어묵동정의
세계가 그대로 구현되고 있다. "이생을 이미 끊어버렸다"라고 한 표현에
는 더 이상 번뇌 망상에 시달릴 필요가 없고, 물처럼 구름처럼 일체에 걸
림이 없는 자유자재한 모습으로 살아가리라는 납자의 운수행각의 심경이
그대로 담겨 있다.
　　설잠은 18세에 송광사에서 함허의 제자인 선승 준상인峻上人과 함께
하안거를 보내면서 참선지도를 받았다. 10년 후 다시 그를 만나 20수를
바친 시편 중 여덟 번째에 해당되는 다음의 시는 선사의 고독한 심사와
게을리하지 않는 수행정진의 생활을 한결 잘 극화하고 있다.

　　종일 짚신 신고 발길 따라가노라니
　　한 산을 가고 나면 또 한 산이 푸르도다
　　마음에 생각 없으니 어찌 형상에 부림당하며
　　도는 본래 이름 없으니 어찌 빌려 이룰까
　　밤이슬 마르기 전에 산새들 지저귀고

봄바람 끝나지 않았는데 들꽃은 피었구나
지팡이 짚고 돌아갈 때 천봉이 고요하더니
푸른 절벽 어지러운 안개에 저녁 햇살 비쳐 드네

終日芒鞋信脚行　一山行盡一山靑
心非有想奚形役　道本無名豈假成
宿露未晞山鳥語　春風不盡野花明
短節歸去千峯靜　翠壁亂烟生晩晴

• 「증준상인(贈峻上人) 8」

　　성찰과 깨달음의 길로 인도하는 시라 할 수 있다. 허균은 이 시를
"진여를 깨달은 경지"라고 평하기도 했다. 저 멀리 보이는 청산을 향해
짚신을 신고 하루 종일 쉬지 않고 걸어 막상 그곳에 이르고 보면, 저 멀
리 또 다른 청산이 기다리고 있다. 실로 끝없는 만행의 연속이다. "들판
끝난 곳이 바로 청산인데, 행인은 다시금 청산 밖에 있구나"(平蕪盡處是
靑山, 行人更在靑山外)라는 탄식의 구절로 시상을 시작한다. 도처에
청산인데, 굳이 청산의 끝을 찾을 필요가 있는가. 시인은 슬며시 속내를
드러낸다. 마음에 둔 집착 때문에 몸을 괴롭혔다. 그 집착은 무엇이었던
가? 도를 이루고 말겠다는, 성불하고 말겠다는 욕심이었다. 도는 원래 무
어라 이름 지을 수 없는 것이니, 이루고 말고 할 수 있는 물건이 아니다.
그러니 저 청산의 끝에 설 때 마음속에 품었던 도도 이루어지리라 믿은
집착은 헛된 미망迷妄일 뿐이다. 끝은 본래부터 있지 않았다. 그래서 본래
이름이 없는데 이것을 어찌 이루고 말고 할 이치가 있겠느냐고 시적 화자
는 반문한다. 요컨대 도를 이루리라는 욕망은 청산을 지나면 또 다른 청
산이 가로막듯이 이루어질 수 없는 마음이 빚어낸 집착에서 비롯된다. 도
가 본래 이름이 없다고 한 것은 도는 밖에서 찾을 수 있는 것이 아니라

바로 나 자신이라는 깨달음을 의미한다.

그리고 세상을 다시 바라보게 된 화자는 간밤의 이슬이 채 마르지도 않았는데 산새들은 어느새 날이 샌 것을 알고 지저귀고, 봄바람이 미처 끝나기도 전에 들판의 꽃들은 꽃망울을 터뜨린 것을 보게 된다. 일러 준 사람 없지만 제 스스로 알아 지저귀고 꽃망울을 터뜨리는 것이 자연의 섭리이다. 자연의 이법은 모두 이와 같은데, 인간은 이를 거스르고, 억지로 한다. 그래서 허둥지둥 돌아다니느라 발만 부르트고 몸만 괴롭다. 구도의 깨달음도 이와 같아서 누가 알려주어 깨칠 수 있는 것이 아니라 일상적인 삶 속에서 홀연히 깨닫는 것임을 넌지시 말해 준다.

이제 지팡이에 의지하여 수행 길을 재촉하던 화자는 다시금 발길을 돌려 본래 왔던 곳으로 돌아온다. 밖을 향해 있던 집착에서 벗어나 본래의 자신에게로 돌아온 것이다. "천봉이 고요하다"라고 한 표현은 깨달음을 얻은 화자 내면의 고요함을 암시하고, 푸른 절벽은 예전 이 길을 지나올 때 절망처럼 앞길을 막았던 절벽이며, 어지러운 안개는 지척을 분간할 수 없을 정도로 방향을 잃고 헤매도록 했던 것을 상징한다. 하지만 이제 모든 집착을 내려놓고 돌아오는 길, "저녁 햇살"이 비쳐 들어 이전 화자를 괴롭히던 미망의 실체가 여실히 드러나고 있다. 깨달음으로 가는 세계가 선명히 열리는 것이다. 내려놓음으로써 실상을 바로 보게 하는 선시의 치유적 효과가 여기에 있다.

불교에서 깨달음은 무념의 마음, 무분별의 마음으로 돌아가는 것을 강조한다. 즉 구경각이란 분별을 여의어서 망령된 생각을 버리고 마음을 바로 보게 되는 경지를 말한다. 그런데 사실은, 진여법이 하나인 것을 여실히 알지 못하기 때문에 불각의 마음이 일어나서 그 망념이 있게 된다. 선사의 이러한 깨달음을 얻기 위한 구도의 행각은 치열한 선수행의 과정에서 확인된다. 그 대표적인 시가 「불각(不覺)」이다.

깨닫지 못하는 사이 일 년이 지나
어느새 가을 가고 이제 또 겨울이네
푸른 산은 나의 도반이 되고
띳집에서 오래도록 게으름 피우네
밤은 고요하고 바람은 대를 흔들고
뜰은 서늘하고 달은 소나무에 걸려있네
참선 수행에 일 없는 것 좋아하여
배우는 것 아니면서 말뚝처럼 앉아 있네

不覺一年過　逢秋今又冬
靑山爲伴侶　茅屋長疎慵
夜靜風生竹　庭寒月掛松
禪房愛無事　非學坐如椿

● 「불각(不覺)」

　　선사의 마음에 장애가 되고 수행에 방해가 되는 번뇌에 시달리는 고
통스러운 몸짓이 흐르는 세월 속에 투영되어 있다. 깨달음에 이르지 못하
고 흘려보낸 시간이 일 년이 지나 또 벌써 겨울이 왔으니 허허로운 마음
그지없다. 찾아오는 이 하나 없는 띳집에서 무료하게 지내느라고 게으름
만 늘었다. 그런데 푸른 산은 늘 그대로 곁에 묵묵히 존재하고 있을 뿐이
다. 선사는 이러한 푸른 산으로부터 수행에 자극을 받는다. 반면, 고요한
밤에 대숲에서 들려오는 바람소리를 듣고, 서늘한 밤공기에도 불구하고
문을 열고 소나무 가지에 걸려 있는 달을 바라보는 모습에는 고독한 산승
의 심사가 묻어난다. "참선 수행에 일 없는 것을 좋아한다"라는 뜻은 마
음에 장애가 되는 번뇌 망상을 여의었음을 말한다. 그리고 선을 배운다고
생각하는 것 자체가 분별의식이기에, 이를 벗어나 "말뚝처럼 앉아 있다"

고 한 것은 선사가 선정에 몰입한 상태를 말해 준다. 사실, 불각은 본각에서 분리된 것이 아니며, 본각을 떠나서 따로 존재하는 것도 아니다. 때문에 부동심으로 참선하는 이유도 그것의 확인이라 할 것이다.

선사는 자연과의 긴밀한 교감을 통해 자신의 본래 모습을 반조하고 확인한다. 그 과정에서 한가로이 불경을 펴 들고 역대 조사들의 선지禪旨와 교감하는 선사의 수행이 담담히 그려지고 있다. 선사의 이러한 수행과 깨달음의 과정은 가을 달밤, 깊은 산중의 선방에 앉아서 경전을 읽고 선심을 다지는 모습에서 명징하게 묘사된다.

사루는 한 줄기 향에 가을밤은 깊어가고
귀뚜라미 소리와 달빛이 선심을 흔드네
백 년의 인생살이 가히 헤아릴 수 없고
삼 세의 망령된 인연 찾을 곳 없구나
뜰의 나무는 바로 바람 이슬을 근심하고
산새는 골 안에 구름 든다 재잘거리네
창포방석 종이장막 물보다 더 맑은데
한가로이 경전 펴고 고금을 열람하네

一炷香殘秋夜深　蛩聲月色攪禪心
百年人事不可計　三世妄緣無處尋
庭樹正愁風露勁　山禽似話洞雲侵
蒲團紙帳淸於水　閑展禪經閱古今

● 「야좌간경(夜坐看經)」

귀뚜라미 울음소리와 달빛의 절묘한 청각과 시각 이미지 혼합은 선심을 흔들기에 충분하고, 이는 결국 선심을 깊게 하는 시적장치로 작용한다. 화자는 망념을 여의었으니 백 년 인생을 헤아릴 필요도 없고 삼 세의 망령은 더군다나 관심 밖이다. 이처럼 번뇌가 없어지면 저절로 깨달음을 얻게 되고 일체에 걸림이 없게 된다. 따라서 귀뚜라미 울음소리에 흔들리지 않고 달빛마냥 소리 없이 선심에 든 화자의 내면은 더욱 깊어지는 것이다.

뜰의 나무가 바람과 이슬을 근심한다는 것은 화자의 생각일 뿐 나무와는 상관없는 일이다. 그러니 흘러가는 구름이 골짜기에 잠시 머무르자 산새들이 재잘거리는 것처럼 자연스러운 일인데 무엇을 근심할 것인가. "창포방석과 종이장막이 물보다 더 맑다"라고 한 표현에는 번뇌를 끊고 선정에 든 눈 밝은 선사의 모습이 투영되어 있다. 한가로이 불경을 펴고 옛 조사들의 말씀이 시공을 초월하여 불변의 진리임을 인식하는 마지막 시행에는 선사의 흔들림 없는 깊고 맑은 수행자세가 드러난다.

오도란 불법의 심오한 이치를 깨달은 순간을 말하며 구경각과 동일한 함의를 지닌다 할 수 있다. 선사는 인적 드문 어느 산사에서 수행하는 목적이 세상의 번잡한 일, 번뇌 망상을 여의기 위한 것임을 고백한다. 번뇌 망상을 여의고자 하는 선사의 치열한 정진은 시냇물처럼 돌다리를 씻기며 흘려보낼 수 있는 선정의 경지에서 잘 드러난다. 그 시가 첫 구절의 두 글자를 따서 지은 「좌선」이다.

좌선하다 어떤 일로 인하여
세상의 번잡한 일 쓸어버렸네
뜻 얻음을 누구에게 물을 건가
동행에는 참으로 짝이 드물구나
슬프다! 내 한곳에 몸이 매여서
여러 나라 다니지 못함이 한스럽네

선정을 끝내고 소나무 밑으로 가니
찬 시냇물이 돌다리 씻어 가네

坐禪緣底事　掃劫世紛厖
得意從誰問　同行正少雙
嗟余繫一域　恨不歷千邦
定罷行松下　寒溪洒石矼

● 「좌선」

　　좌선은 어떤 거창한 명분을 내걸고 하는 일이 아니기에, 깨달음을 이루었다고 해도 오직 자신만이 알 뿐 남들이 알아주는 것과는 아무런 관계가 없다. 그래서 구도의 길은 늘 외롭기만 하다. 그런데 선사는 후반부에 현실 세계에서 자유롭지 못한 몸인지라 여러 나라를 다니지 못한 것이 한스럽다고 했다. 이 부분은 마지막 부분에서 좌선을 끝내고 소나무 밑을 거닐다가 계곡물이 돌다리를 씻기며 흘러가는 모습을 화자의 구속된 상황과 시냇물의 자유로움으로 대비하여 그리고 있다. 그런데 뜰에 가득한 가을 달 흰빛이 교교하고, 사람 없어 고요하고 외로운 깊은 밤, 선사는 선실의 창을 넘어 등불이 깜박깜박하는 모습을 보고 활연 대오하였다. 그 깨달음의 시가 다음의 「선등」이다.

한 점의 외로운 등불 빛나는 것은
법상에 올라 입을 다문 그때네
심기는 번뇌 망상과 비슷한데
오묘한 이치는 희이(돈오)와 이뤄졌으나
부생이 환상임을 비로소 깨치니
전생 업이 어리석어 부끄러움 많네

선심은 선행보다 더 크다는데
서로 비침을 누가 알겠는가

一點孤燈烱　登床杜口時
機鋒似林臨　濟奧契希夷
始覺浮生幻　多慚宿業癡
禪心與禪大　相照幾人知

● 「선등(禪燈)」

묵언수행을 하며 깜박이는 등불 앞에 앉아 있는 선사는 자연의 오묘한 섭리와 선심을 깨닫는다. '기봉'(심기)과 '임림'(번뇌 망상)은 비슷하고 '부생'이 '환상'임을 문득 깨닫고 나니 전생의 업이 부끄럽고 분별이 진실로 얼음처럼 녹고 구름처럼 풀렸던 것이다. 선실의 종이창 너머로 비친 발그림자를 통해 선심이 무엇인지를 깨달은 선사의 깨침에는 선행과 선심의 비침이 있었다.

조선 중기 상촌 신흠(1566~1628)은 "오동나무는 천 년을 늙어도 그의 곡조를 잃지 않으며 / 매화는 아무리 춥고 배고파도 그의 향기를 팔지 않는다"(桐千年恒長曲　梅一生寒不賣香)라고 했고, 『매화시첩』에 매화 관련 시를 91이나 실었던 이황 퇴계 선생은 "내 전생은 밝은 달이었지. 몇 생애나 닦아야 매화가 될까"(前身應是明月　幾生修到梅花)라는 절편의 매화시를 남겼다. 아울러 설잠에게도 달과 매화는 중요한 시적 소재였다. 즉 그에게 달빛이 없는 매화꽃은 상상할 수 없는 일이었다. 매화꽃과 달이 처연하게 심금을 울릴 수 있는 까닭은 바로 달빛의 힘이 있었기 때문이다. 어쩌면 매화는 어린 시절 설잠 자신이 추구했던 현실이었고, 달빛은 매화를 한층 고상하게 만드는 일종의 빛이라는 생각이 들었을 거다. 그래서 그 둘이 상반되면서도 절묘한 조화를 이루고 있음을 깨달은 선사는 자신의 호를 매월당이라고 했을 것이다. 무엇보다 선사는 눈 덮인 매화나무 가지에 처음 피는 매화를 찾아 나서는 탐매행探梅行을 즐겨한 듯하다. 그의 탐매 시 14편이 이를 방증한다.

크고 작은 가지마다 휘도록 눈이 쌓였건만
짐짓 따뜻함을 알아차려 차례로 피어나네
옥골의 곧은 혼은 비록 말이 없어도
남쪽 가지 봄 뜻 따라 먼저 꽃망울 틔우네

大枝小枝雪千堆　溫暖應知次第開
玉骨貞魂雖不語　南條春意取先胚

•「탐매(探梅) 1」

매화는 봄의 전령사로 불린다. 가지에 쌓인 눈을 털어내며 피는 매화를 찾아 나서는 선사의 탐매행이 선연하게 그려진다. 차가운 눈 속에 피어나는 맑고 그윽한 매화 향기는 "옥골의 곧은 혼"의 표상이다. 이는 황벽희운 선사의 "한차례 추위가 뼈에 사무치지 않았다면 / 코를 찌르는 매화 향기 어찌 얻을 수 있으리오"(不是一番寒徹骨　爭得梅花撲鼻香)라는 시구를 생각나게 한다. 모진 풍상을 겪고 형성된 소나무 옹이의 향기가 진하듯, 차가운 눈 속에 피어난 그윽한 매화꽃 향기는 청빈하고도 깐깐한 선비의 기개를 상징한다. 매화 향기를 '암향'이라고 하는 것도 드러나지 않게 그윽한 향기를 풍기기 때문이다. 추운 날 눈을 밟으며 그 추위에 오히려 먼저 꽃을 피우는 매화를 찾아 나선다는 것은, 나도 너를 닮고 싶다는 자기 확인의 과정이다.

꽃 필 때 높은 품격 꽃 중에 빼어나고
열매 맺어 조화하면 음식 맛이 향기롭다
시종 한결같은 큰 절개를 지니고 있어
여러 꽃들이 어찌 감히 그의 곁을 엿보리오

花時高格秀郡芳　結子調和鼎味香
直到始終存大節　衆芳那敢窺其傍

● 「탐매(探梅) 13」

　매화가 꽃 필 때의 자태는 어느 꽃보다 뛰어나고, 꽃향기는 꽃잎과 함께 흩어지지만 그 자리에 열매가 자라 익으면서 꽃향기를 그대로 간직하고 있어 그 열매(매실)로 간을 맞추면 음식 맛이 한결 향기롭다는 것이다. 매화는 가난하여도 일생동안 그 향기를 돈과 바꾸지 않는다고 했듯이, 변함없는 높은 지조를 지니고 있기에 어느 꽃도 감히 넘나 볼 수 없는 매화꽃의 맑고 그윽한 향기가 찬탄되고 있다. 여기에는 조용한 숨결처럼 들뜨지 않으나 오래 지속되는 향기를 좋아한 선사의 모습이 함축되어 있기도 하다.

　선사의 생애 중에서 가장 행복했던 시절은 차를 마시며 맑은 정신으로 독서와 저술 삼매에 빠졌던 금오산 산거 시절이라 생각된다. 보기 싫은 속세, 말하고 싶지 않은 세상일, 생각하고 싶지 않은 세상인심, 어느 것 하나 선사의 마음을 즐겁게 할 것이라고는 없었다. 오직 그가 벗 삼은 차가 있을 뿐이었다. 차나무를 기르고 차를 만들어 그 차를 달여 마심으로써 평정심으로 돌아가고자 했던 선사의 아름다운 차시가 「죽견(竹見)」이다.

대 쪼개 찬 샘물을 끌어다 놓으니

졸졸졸 밤새도록 울리네

깊은 산골 물 말라도 흘러내려 와

작은 수조 가득 채워 주니

잔잔한 물소리는 꿈결을 편하게 하고

맑은 운치 차 달이는 소리와도 어울리네

찬 두레박줄 드리우는 수고하지 말라

깊은 우물물 백 척이나 끌어다 놓았으니

刳竹引寒泉　琅琅終夜鳴

轉來深澗涸　分出小槽平

細聲和夢咽　淸韻入茶烹

不費垂寒綆　銀床百尺牽

●「죽견(竹見)」

죽견은 샘물을 끌어오는 대나무 홈통을 말한다. 죽견을 통해 물을 길어오는 소리가 낭랑하게 울려 시적 분위기를 편안하고도 생동감 넘치게 한다. 가뭄 탓인지 잔잔하게 흘러가는 물소리가 마치 꿈속에서 잠꼬대하는 것처럼 들린다. 한편, 죽견에 흐르는 그 소리마저 차 끓이는 소리에 동화시키고 있는데, 이는 차를 통해 삼매경에 빠진 선사 자신의 선 수행을 나다내고 있음을 뜻한다. 그리고 수조에 물이 찰랑찰랑하니 애써 깊은 우물물을 길어 올리는 수고를 할 필요가 없다고 노래한 대목에는 차 한 잔 하는 데 거추장스러운 격식을 차리지 않고 자연과 함께 즐겨 마시고 있음이 표현되고 있다.

끝으로 달빛 아래 핀 매화꽃을 좋아했던 선사가 이 풍진세상의 한을 달래려 전국을 만행하다가 최후에 육신을 쉬게 한 곳이 부여 만수산 자락

무량사이다. 선사는 이곳에서 도반과 시화답을 하고 후학을 지도하던 어느 날, 병든 몸을 쉬며 추운 겨울을 보내고 따뜻한 봄을 맞이한다. 만물의 소생을 알리는 봄비를 보고 병든 몸이지만 선방에 가만히 누워 있을 그가 아니었다. 이때 읊은 시가 「병들어 무량사에 누워(無量寺臥病)」이다.

> 추적추적 봄비 내리는 춘삼월
> 선방에서 병든 몸을 일으켜 앉네
> 문밖을 향해 달마가 서쪽서 온 까닭 묻고 싶지만
> 다른 스님들이 들고 부산떨까 두렵구나
>
> 春雨浪浪三二月　扶持暴病起禪房
> 向生欲問西來意　却恐他僧作擧揚
>
> • 「병들어 무량사에 누워(無量寺臥病)」

현실세상을 뛰쳐나와 결국 불법으로 깨달음을 얻고 거침없는 삶을 살았던 설잠선사는 이 시를 마지막으로 남기고 육신의 옷을 벗었다. 명리에 연연하지 않고 차를 벗 삼아 고결한 삶을 살려 한 선사의 마지막 시에는 처연함과 쓸쓸함이 묻어난다. 선사가 오세암에서 병든 몸을 이끌고 무량사를 찾은 것은 험하고 외진 곳이기 때문에 백 년이 지나도 나를 귀찮게 할 관리 하나 없을 것이라는 생각과 속세와 격절된 공간으로서의 자연보다는 인간을 품어주는 자연에서 다함 없는 광명과 수명의 아미타불 세계를 무량사에서 찾고자 했기 때문일 것이다. 입춘지절, 차가운 눈 속에 핀 매화를 찾고, 달빛 속에 차를 벗 삼아 매운 절개와 고고한 품성으로 살고자 한 설잠선사의 만행과 수행정신이 그윽한 시향기로 선연하게 다가온다.

정관일선,
허공을 보아도 허공이 아니다

정관일선(1533~1608)은 1547년 15세에 출가하여 백하선운白霞禪雲 스님에게 법화경을 배우고 나중에 청허휴정에게서 법을 전해 받았다. 사명유정·편양언기·소요태능과 함께 휴정의 4대 제자 중 한 분이기도 한 선사는 평생 산문을 중심으로 청정 구도의 수행에 몰두하였다. 선사의 문하에는 임성충언·호연태호·무염계훈·운곡충휘 등 기라성 같은 많은 제자가 있어서 이른바 '정관문파'를 이루었다.

끊임없는 수행을 통한 교단의 자정과 함께 이 땅의 중생제도를 위해 불법에 호소했던 정관선사는 산문이라는 탈속적 공간을 중심으로 청정한 수행을 통해 출가자의 본분사를 다하고자 하였다. "만물을 조용히 살피면 모두가 스스로 터득된다"(萬物靜觀皆自得)라는 말대로 선사는 자신을 고요히 살피면서 본분을 잃지 않는 수행자의 면모를 잘 보여준다. 그 대표적인 시가 다음의 「불망기(不忘記)」이다.

세상사에 있는 것 무엇인가
몸밖에 남는 것 없네
사대가 마침내 흩어지면
허공을 오르듯이 통쾌하다

世間何所有　身外更無餘
四大終離散　快如登太虛

● 「불망기(不忘記)」

불망기, 무엇을 잊지 말자는 것인가? 그것은 바로 나름대로 깨친 바를 잊지 말고, 그것을 바탕으로 다시 수행의 길에 나서자는 스스로의 당부이자 다짐이다. 우리가 한평생 이승에 머물다 떠나지만, 남는 것이라고는 육신뿐이다. 하지만 이 육신도 곧 흩어져 이내 흔적을 찾을 수 없게 되는 것이 자연의 섭리이다. 사대는 물질의 기본 요소인 지, 수, 화, 풍으로, 인간의 육신을 의미한다. 물질적 요소로 결합한 육신이 결국은 공으로 돌아간다는 진리를 잘 묘사하고 있는 시편이다. 요컨대 선사는 '공'의 도리를 깨달음으로써 주체와 객체의 대립을 떠난 무념의 상태로 들어갈 수 있음을 설파하고 있다.

시를 짓기만 하면서 천하를 주유하는 것은 올바른 수행자의 모습이 아니다. 선정과 지혜로 용맹정진에 나서지 않는 출가자의 모습은 가면에 불과함을 강조한 선사는 인간애를 바탕으로 한 수행자의 진정한 정진과 자세를 독려한다.

듣지 못하면서 제 품성을 듣고
보지 못하면서 참 마음을 보며
마음과 성품 모두 잊는 그곳에

텅 비고 맑은 달이 물에 비치리

不聞聞自性　無見見眞心
心性都忘處　虛明水月臨

●「맹롱선사에게 주다(贈盲籠禪老)」

교우시의 일종으로 상대의 진정한 수행을 격려하는 의미가 강하다.
선사는 귀머거리이자 장님인 스님에게 그에 맞는 수행의 방편을 전하고
있다. 즉 보고 듣는 감각은 현상계에 한정된 것이니, 제 마음과 제 품성의
정신세계를 보고 들을 수 있어야 한다는 것이다. 하지만 이것마저 뛰어넘
을 때 진정한 텅 비고 맑은 본래 면목을 볼 수 있음을 설하고 있다.

고요히 남대 위에 앉아
허공을 보아도 허공이 아니며
소리 빛 밖에도 구애되지 않으면
어찌 보고 들음에 떨어지겠는가
맑고 맑은 가을 못에 비친 달
꼿꼿한 겨울 고갯마루 소나무
오묘한 문도 때려 부수어야
선풍을 드날릴 수 있으리

靜坐南臺上　觀空不是空
勿拘聲色外　寧墮見聞中
湛湛秋潭月　亭亭冬嶺松
玄關追擊碎　方得震禪風

●「관선자(觀禪子)에게」

말 그대로 선을 참구하는 선객에게 준 시편이다. 남대에 조용히 앉아 허공을 보아도 허공이 아니라 하였는데, 여기에는 보고 들음이나 소리와 빛에 집착하지 않는 마음가짐이 드러난다. 가을 못에 비친 달과 겨울 고갯마루의 소나무는 맑고 고고하다. 바로 그대로 존재하는 소리와 빛의 실상이다. 오묘한 진리의 문이 따로 있는 것이 아니라 바로 여기에 있기 때문에 열 수 있는 대상이 따로 있는 것도 아니다. 부술 수 있는 문은 더더구나 없다. 그렇지만 없다고 의식되는 이 오묘한 문을 찾을 수만 있다면 부수기는 어려운 일이 아니다. 문제는 내 마음의 문이다. 내 마음의 주인이 나이기에 이 문은 내가 열어야 하고 그러자니 대상의 사물로 인식되는 어느 곳에도 집착해서는 안 된다. 그러니 이 문을 부수어야 선풍을 드날릴 수가 있다. 마치 저 허공을 보아도 허공이 아니듯이, 집착을 여의면 문은 저절로 부서지고 제법실상이 그대로 드러나 우주공간을 다 품을 수 있기 때문이다.

자연은 모든 시인에게 있어 주요한 시적 대상이다. 특히 선승의 경우, 자연은 단지 감각적 즐김의 대상으로서가 아니라 그 자체가 바로 해탈의 경계로서의 의미를 지닌다. 그래서 청정성의 추구는 비 온 뒤의 경계나 눈 내린 정경 등을 통해 서정적으로 묘사된다. 비가 개고 난 뒤 산뜻하게 드러나 멀리까지 보이는 산과 산은 사물의 모습이 그대로 드러난 경계이다. 이러한 현상을 선사는 법계에 편재한 모든 진여의 모습임을 다음의 시에서 잘 담아낸다.

비 개인 남산에 아지랑이도 걷히고
산빛 의연히 오래된 암자를 마주하네
고요히 홀로 앉아 바라보니 마음마저 맑아져
이렇게 반평생 어깨에 장삼 걸치고 살았네

雨收南岳捲靑嵐　山色依然對古庵
獨坐靜觀心思淨　半生肩掛七斤衫

● 「비 개인 암자(山堂雨後)」

　　시인은 비가 갠 뒤 산색을 바라보다 문득 자신이 걸어온 길을 반조
한다. 아지랑이 걷힌 깨끗하고 푸른빛은 눈을 맑게 하는 청정성의 표상이
며, 그 의연한 산빛 속에 존재해 온 오래된 암자를 바라보는 선사의 마음
역시 신선하고 맑아진다. 반평생을 "고요히 홀로 앉아" 선승으로 살아온
선사의 맑은 수행의 기품이 그대로 그려지고 있는 시편이다.
　　선사는 자신의 오감을 통해 대상을 받아들이고 그것을 문학적으로
형상화한다. 그 수행의 높이만큼이나 높은 문학의 경지를 이루었던 선사
의 다음 시는 독특한 감각 이미지와 그 미적 이미지가 조화를 잘 이루고
있어 감동을 준다.

　　솔바람은 사람의 귀를 맑혀 주고
　　시냇물 소리는 꿈을 이끄는구나
　　재를 올린 뒤 한 잔의 차 마시며
　　아침저녁으로 바람과 달 즐기네

松韻淸人耳　溪聲惹夢魂
齋餘茶一椀　風月共朝昏

● 「대둔산에서」

　　대둔산 자락을 휘감아 도는 솔바람 소리와 시냇물 소리는 진여의 모
습이고, 불법을 완벽하게 설하고 있다. 깨달음의 경지에서 보면 산산수수
山山水水 일초일목一草一木이 도 아님이 없고, 불성 아님이 없다. 재를 올린

뒤 한 잔의 차를 마시며 조석으로 바람과 달을 즐기는 산승의 생활은 청정한 경계가 일으키는 시정이며, 자아 합일의 선정의 세계이다. 이처럼 산사의 생활은 인위적인 소리보다는 자연의 소리가 주를 이룬다. 이런 자연의 소리 앞에서 평온함을 찾고, 이어 자기 내부로부터 울려오는 마음의 소리를 들을 수 있다. 한편, 고요함 속에 찾아오는 자연의 소리는 수행자를 적묵의 경지로 밀어 넣고, 이를 통해 돈오의 체험을 가능하게 한다. 선사는 자연의 소리, 즉 솔잎을 스치는 사각거리는 바람소리, 졸졸졸 쉼 없이 흘러가는 소리, 한밤중 산사에 울려 퍼지는 두견새 소리를 듣고 있다. 이 모든 소리는 자연의 소리를 넘어서 선사의 가슴 속으로 흘러 들어오고 있다. 이러한 자연의 소리를 통해 선사가 추구하는 것은 바로 깨달음을 향한 수행의 길이다. 참으로 오감의 정화로 육근이 청정해지는 아름다운 시편이다. 우리가 선시를 읽고 낭송하며 감상하는 것도 이러한 심신치유적 요소가 있기 때문이다.

몰현금沒絃琴은 줄이 끊어진 거문고를 말한다. 줄이 없어도 마음속으로는 울린다고 하여 이르는 말이다. 장부 소리를 듣고자 하려면 몸은 들지 못해도 마음 하나는 놓았다 다시 들어올려야 함은 물론, 몰현금 한 줄 정도는 탈 줄 알아야 한다. 선사의 이러한 장부의 모습은 「우연히 읊다(偶吟)」에서 잘 드러난다.

산사의 봄바람 별스레 차가운데
낮게 읊조리며 오래 작은 난간에 앉아 있네
줄 없는 거문고 소리 알아듣는 이 없으니
홀로 거문고 안고 달빛 아래서 타네

竹院春風特地寒　沈吟長坐小欄干
沒絃琴上知音小　獨抱梧桐月下彈

● 「우연히 읊다(偶吟)」

선사의 고즈넉한 자연과 삶에 대한 성찰은 불이不二의 법을 이야기하
고, 한밤중 산사의 난간에서 밝은 달 아래 줄 없는 거문고를 뜯으며 보내
는 모습에서 잘 그려지고 있다. "몰현금을 들어라. 그러면 문득 깨닫게 되
리라. 바로 대천세계가 줄 끊긴 거문고이다"라는 역설적 표현은 느슨한
수행자의 정신을 번쩍 들게 할 수 있다. 오동이 천 년을 서서 속을 비우
니 줄이 없어도 바람이 와서 거문고를 뜯는다 했듯이, 현금弦琴이 울지 않
는데도 귀가 맑아지고, 은은하여 더욱 깊어지는 그 청아한 소리가 맑은
공명을 담아내는 것도 이런 이유이다. 없음에서 있음을 깨닫게 하는 선시
의 묘미가 여기에 있다.

　　세속을 벗어나 마음결 가는 대로 운수행각을 하는 선사들의 탕탕한
삶은 자재하여 둘이 아닌 선지를 담고 있다. 이러한 깊이 있는 선적의 깨
달음은 사물 밖의 모든 것이 유유히 자유롭다는 다음의 시에서 확연히 드
러난다.

　　사물 밖 벗어난 유유한 놀음
　　자재로이 보내는 아침저녁
　　천 산의 달 밟는 두 발
　　만 리의 구름 따르는 이 한 몸
　　나와 남이 없이 보는 본래의 소견이니
　　옳고 그름 갈린 문 어찌 있겠나
　　새가 꽃을 물어오지 않아도
　　봄바람은 저절로 꽃다운 것을

優遊超物外　自在度朝昏
足踏千山月　身隨萬里雲
本無人我見　那有是非門
鳥不含花至　春風空自芬

• 「사물 밖에 여유」

선사가 어느 스님에게 건네준 시이다. 아침과 저녁이 변함없이 오고 가듯이 사물에 얽매이지 않으면 그저 자재로울 뿐이다. 모든 산에 비치는 달은, 늘 변함없는 달 그 자체로서 하나이다. 어제와 오늘 또는 내일이라는 시간의 변화는 마치 뜬구름의 오고 감과 같다. 너와 나에 집착하는 마음이 없으니 시비를 가릴 문도 없다. 이것이 바로 불이의 법문이다. 아울러 새의 지저귐이 잦아지면 봄은 찾아온 것이다. 그렇다 하여 새의 울음이 꽃을 물어온 것도 아니다. 꽃은 찾아드는 새 없으나 봄바람에 그저 제 홀로 향기로움을 풍길 뿐이다. 이처럼 자연의 흐름은 늘 변함이 없다. 이와 같이 진여의 맑음은 어디에나 있다. 이 맑음을 한껏 누려보는 산사의 경계는 대상과 나를 완전히 잊게 한다. 여기에 모든 것을 잊고 난 뒤의 기쁨, 즉 법열이 있다.

자연 경계를 노래한 시에서 그 공간의 위치는 대부분 궁벽하고 높은 곳이다. 사람들이 잘 찾아오지 않는 깊고 그윽한 산속이나 조망이 좋은 높은 지대, 혹은 우뚝 솟은 바위와 하늘에 닿을 듯한 암자와 대臺 등 속세를 떠난 공간이다. 이러한 고소지향성은 수도자의 상승적인 정신적 경지와 맞물려 있다.

높은 마루 홀로 앉아 잠 못 이룰 때
적적한 외로운 등불 벽에 걸려 있고

이따금 문밖에 불어오는 시원한 바람에
뜰 앞 솔방울 떨어지는 소리 들리네

高臺獨坐不成眠　寂寂孤燈壁裏懸
時有好風吹戶外　却聞松子落庭前

●「금강대에서(重上金剛臺)」

　선사가 금강대 높은 마루 홀로 앉아 속세에 대한 근심이 없는데도
잠 못 이루는 밤이다. 어두움을 밝히는 외롭고 적적한 불빛은 선사가 사
바세계를 밝히고자 하는 이미지로 조응한다. 마루 끝에 불어오는 시원한
바람 쐬고 있을 때, 때마침 솔방울 뜰 앞에 떨어지는 소리, 그것 또한 귀
를 맑게 하는 진여의 법문이다. 망념을 여읜 맑은 마음의 눈으로 들어야
들을 수 있는 것이다. 한편, 정관의 삶은 끊임없이 떠돌아다니는 고행과
수행의 연속이었다. 구도의 어려움이 험한 길을 가는 어려움으로 그려진
시가 「행로난」이다. 바로 가야 할 마음의 고향에 대한 끝없는 열정으로
자신을 다잡는 선사의 심경이 진솔하게 표출되고 있다.

속세 일찍 벗어나려 고향 떠나
헤진 짚신짝으로 명산을 두루 돌았네
옛날에는 가을 달 구름 따라가듯 했는데
오늘은 봄바람 물 건너듯 돌아왔네
고기 먹는 입맛이 쓴 나물 맛 어찌 알며
비단옷이 장삼의 차가운 것 알리오
고향 땅 안개 놀 속으로 돌아가고 싶어도
만 리 길이 아득하여 길 가기 힘들구나

早脫紅塵出故關　芒鞋踏破遍名山
昔年秋月隨雲去　今日春風渡水還
肉味那知蔬味苦　錦衣誰識衲衣寒
欲歸故園煙霞裡　萬里悠悠行路難

●「행로난(行路難)」

출가하는 순간, 수행자의 이승으로서의 공간, 고향은 없어진다. 오직 불타오르는 삼계화택三界火宅을 벗어나 더 이상 괴로움 없는 저쪽으로 가고 싶을 따름이다. 그런데 선사에게 고향으로 향하는 길은 험난하기만 하다. "짚신짝"은 탈속인의 자세를 말하며, "구름 가는 곳"은 정처 없이 떠도는 나그네의 지향처이며, "고기 먹는 이"와 "비단옷 입은 이"는 세속의 인간들을, "쓴 나물 맛"과 "납의의 추움"은 오직 구도 일념에 불타는 자신의 처지를 표상한다. "고원"故園은 원래 고향집 동산을 의미하는 단어지만, 여기에서는 무명으로 가득 찬 중생이 돌아가야 할 궁극적인 깨달음의 고향이며 불국토를 상징한다. 결국 푸성귀를 먹고 찬 누더기 옷을 입고 살아온 선사 자신이 도달해야 하는 곳이다. 그곳으로 돌아가고 싶은 마음은 간절하지만, 눈앞에 펼쳐진 길은 너무도 멀고 아득하다. 선사가 수도자의 가는 길이 고달프고 험난한 것임을 이렇게 묘출하는 이면에는 그것을 극복하고자 하는 인욕의 정진이 내재되어 있다.

선사들의 열반송은 속박과 번뇌, 미망과 아집 속에서 살아온 일생을 더듬고 마지막 입멸의 순간에 던지는 '깨달음의 노래'이다. 장대한 우주적 법문으로 유한의 세계가 아닌 무한의 세계이며, 생사의 걸림이 없는 자유 자재함의 선적인 세계이기에 그 감동은 매우 크다.

평생 입으로 지껄이던 것 부끄러이 여겼으니
이제야 분명히 많은 생각 뛰어넘네

유언 무언이 모두 도 아니니
엎드려 청하니 그대들 스스로 깨달으시게

平生慙愧口喃喃　末後了然超百億
有言無言俱不是　伏請諸人須自覺

● 「열반송」

'정관문파'를 이루고 평생 덕유산을 무념처로 삼아 수행했던 선사의
깨달음이 「열반송」에 다 녹아 있다. 평생 입으로 지껄인 것을 부끄럽게
여긴 선사는 이제야 참된 깨달음을 말한다. 그것은 바로 "유언 무언이 모
두 도 아니다"라는 것이다. 이러한 깨달음은 유와 무의 구분과 그것을 의
식하는 것 자체를 뛰어넘는 적조의 경지를 말한다. 지극한 도는 유언 속
에서도 무언 속에서도 찾을 수 없는 것이며, 또 반대로 어느 쪽에서나 찾
을 수 있는 것이기 때문이다. 결국 지극한 도는 그렇게 여여하게 들어 있
다. 이러한 경지가 바로 깨달음의 궁극지로서 '묘오'의 경지인 것이다. 말
을 좇아 본래 지닌 성품을 구하는 일은 불구덩이를 파헤쳐 물거품을 찾는
일과 같음을 깨달으라는 선사의 일갈이 맑은 공명으로 다가오는 연유도
바로 여기에 있다.

소요태능,
그림자 없는 나무를 베어다 물거품 태우다

소요태능(1562~1649)은 전남 담양 출신으로, 소요는 호이고 태능은 법휘이다. 어머니가 선승으로부터 대승경을 받는 태몽을 꾸고 태어난 선사는 13세에 백양산에 놀러 갔다가 그곳의 수려한 경치에 매료되어 출가를 결심하여 진대사眞大師로부터 계를 받고 득도하였다. 이어 부휴대사로부터 경과 율장을 배운 후, 묘향산의 서산대사를 찾아가 법을 구하였다.

묘향산에 들어가 서산대사를 만나 공안참구를 한 끝에 20년 만에 깨달음을 얻었던 선사가 선지를 참구할 때의 일이다. 공부가 전혀 진전이 없자 선사는 스승에게 떠날 결심을 말씀드리고 하직인사를 드렸다. 그러자 스승은 그 자리에서 "그림자 없는 나무를 베어다 / 물속의 거품을 모두 태우다니 / 어허 우습다, 소를 탄 사람아 / 소를 타고 소를 찾는구나"(斫來無影樹 銷盡水中漚 可笑騎牛者 騎牛更覓牛)라는 게송을 주면서 공부에 참고하라고 일러주었다. 선사는 이 화두를 받아 들고 경서에 밝은 제방의 종장宗匠들을 찾아다니며 20여 년간 참문하였으나 그 뜻을 명확히 일러주는 선지식이 없었다. 결국 선사는 20여 년간의 두타행을 그만두고 스승이 있는 묘향산을 다시 찾아 치열한 용맹정진을 하던 중, 매서운 혹한의 어느 날, 설풍에 나뭇가지가 부러지는 소리를 듣고 확철 대오하였다. 그때의 깨달음을 노래한 시가 다음의 「부처의 칼(劍覺)」이다.

흐르는 별 폭죽의 날카로운 칼날 우뚝하고
갈라지는 돌 무너지는 언덕의 기상 높도다
사람을 죽이고 살림이 왕의 검과 같은데
늠름한 위풍이 온 세상에 가득하도다

飛星爆竹機鋒峻　烈石崩意氣像高
對人殺活如王劍　凜凜威風滿五湖

● 「부처의 칼(劍覺)」

선승들이 반드시 구족해야 하는 지혜작용을 살인검과 활인검으로 표현한다. 살인검은 분별의식과 상대적인 대립관념이라는 번뇌 망념을 텅 비우는 공의 실천을 죽인다는 의미로 표현된다. 불법의 대의를 체득하지 못하여 반야지혜의 작용이 없이 중생심으로 사는 수행자를 혼이 흩어지지 않은 사인死人이라고 한다. 잠시 번뇌 망념에 떨어져 본래심을 상실한 수행자를 죽은 사람과 같이 취급하는 것이다. 반면에 본래 청정한 불성의 지혜로 만법을 여여하고 여법하게 여기며 창조적인 삶을 살아가도록 하는 반야지혜가 활인검이다. 흐르는 별과 날카로운 폭죽의 칼날, 갈라지는 돌과 무너지는 언덕은 무명의 적을 죽이고, 법신의 불을 살리는 선사의 자유자재한 금강보검의 활용과 그 당당한 기풍을 말하고 있다.

선사의 이러한 깨달음의 경지는 따로 있는 것이 아니라 자연의 섭리에 있다는 사실에서 확인된다. 그 대표적인 시가 「비 오는 날에(雨日)」이다.

> 뜰에 내리는 비에 꽃은 웃음 짓고
> 난간 밖 부는 바람에 소나무 운다
> 어찌 미묘한 진리를 구하고자 하는가
> 있는 그대로가 원만한 깨달음인 것을

> 花笑階前雨　松鳴檻外風
> 何須窮妙旨　這箇是圓通

• 「비 오는 날에(雨日)」

우매한 우리는 허상에다 초점을 맞춰 두고 그것을 향해 질주한다. 마치 집안에 있는 봄을 모르고 멀리 찾아 헤매듯이, 부처라는 봄도, 열반이라는 봄도 '여기 이 순간'에 있음을 모르고 다른 곳을 찾아 하염없이 헤맨다. 하지만 선사는 비 내리는 산사의 뜨락에 핀 꽃이 비를 맞아 웃음 짓고, 바람결에 스쳐오는 솔 울음소리를 들으며 만법의 실상을 깨닫는다. 깨닫고 보면 법의 실체는 어디에나 있는 것이다. 뜰에 내리는 비, 비에 젖는 꽃 웃음, 솔 바람소리 그 모두가 청정법신이고, 또한 부처의 무정설법이다. 그러므로 어디서 오묘한 진리를 찾고자 부산을 떠는가. 바로 여기 모든 것을 있는 그대로 보는 것이 원각이다.

이와 같이 선사는 깨달음의 도정에서 가까운 곳에 마음을 두고서도 마음을 찾아 고행을 멈추지 않는 수행자들에 대한 경계를 늦추지 않는다. 선가에서는 흔히 마음을 찾는 일, 부처가 되는 일을 소를 찾는 일에다 비유한다. 마음의 소라 하여 심우心牛라고도 하는데, 그래서 소를 찾는 과정을 그린 심우도尋牛圖가 유명하다. 소를 탄 사람騎牛子, 소를 찾는 사람尋牛子, 소를 먹이는 사람牧牛子 등의 이름이 여기에서 나온다. 선사들은 난행고행을 하면서 소를 찾아 나섰지만 소는 잃어버린 것이 아니라 정작 자신이 타고 있다는 것을 일깨워 준다. 여기, 이 순간의 자신을 버리고 다른 곳을 찾아 헤매는 몽매한 수행자를 일깨워주는 시가 그 유명한 「기우자(騎牛子)」이다.

우습다. 소를 탄 자여
소를 타고서 다시 소를 찾는구나
그림자 없는 나무를 베어다가
저 바다의 거품을 다 태워버렸네

可笑騎牛子　騎牛更覓牛
斫來無影樹　銷盡海中漚

● 「기우자(騎牛子)」

선사는 소를 타고서 소를 찾는 행위가 얼마나 우스운지 비유를 들어 말한다. "그림자 없는 나무"란 세상에 존재하지도 않는 나무다. 토끼의 뿔이나 거북의 털처럼, 존재하지도 않는 그림자 없는 나무를 베어다가 바다의 물거품을 태워버리는 일이 가당치 않음을 지적한다. 즉 마음이란 늘 가까이 있으니 애써 멀리서 찾으려 하지 말라는 것이다. 깨닫고 보면 온 천지가 마음이며, 우주만유가 다 마음이다. 그런데 어디서 무엇을 찾는다는 말인가. "바다의 거품을 다 태워버렸네"라는 시행은 마음속의 번뇌 망상과 사량 분별이 "붉은 화로 속의 한 점의 눈송이처럼"紅爐一點雪 깔끔히 사라졌다는 의미이다. 홀연히 자기가 주인공임을 깨달으니, 오고 감이 없는 것이 법신이고 늘지도 줄지도 않는 것이 반야이다.

선어 가운데, '그림자 없는 나무'無影樹, '뿌리 없는 나무'無根樹, 혹은
'철 나무에 피는 꽃'花開鐵樹, '불 속에 피어나는 연꽃'火中生蓮, 그리고 '고목
에 꽃이 핀다'枯木放花 등의 표현은 논리를 떠난 격외언어로 말로써 표현할
수 없는, 즉 형상이 없는 마음을 의미한다. 이러한 격외의 표현은 깨달음
의 경지를 한결 극화해 줄 뿐만 아니라 선시를 읽는 묘미를 더해 준다.

불 속에 핀 붉은 연꽃 헌 옷 위에 내리는데
나무하는 저 아이 광주리 가득 담아 돌아가네
소리 없는 이 옛 가락 누가 감히 따라 부를 건가
저 개울가 돌계집이 방긋 웃고 있네

火裏紅蓮落故衣　牧童收拾滿筐歸
古典無音誰敢和　溪邊石女笑微微

● 「가사 없는 옛 곡조」

계우법사에게 건네주는 시편으로, 일상적 사유의 세계를 뛰어넘은 선
문답이다. "불 속에 핀 붉은 연꽃"은 어떤 것에도 오염되거나 파괴되지
않은 본래 부처의 성품을 상징한다. 연못에 연꽃이 피는 것이 아니라 불
속에 연꽃이 핀다는 상식을 벗어난 엄청난 파격으로 기존의 틀을 깨뜨린
다. 나무하는 아이, 방긋 웃는 돌계집도 내 속에 있는 부처이다. 흰 눈송
이처럼 흩날리고 있는 불 속에 핀 붉은 연꽃잎을 쓸어 담아 갈 사람은 다
름 아닌 나무하는 아이다. 시간을 초월하여 흘러가는 시냇물이 빚어내는
불변의 소리 없는 가락을 따라 부를 사람 역시 개울가에서 방긋 웃는 순
진무구한 돌계집이다. 이 웃음은 법열의 웃음이다. 계우법사가 이러한 진

리의 세계를 이해하여 시간과 장소에 걸림이 없는 수행자가 되기를 소망하는 소요선사의 마음이 그대로 녹아 있는 시편이다.

　말로 전달할 수 없는 것을 할 수 없이 드러내자니 비정상의 언어들을 사용할 수밖에 없다. 그러한 언어들은 부정과 모순어법에 의한 역설로, 비현실적 초월적 상징의 언어이다. 다음의 「물 위의 진흙소가 달빛을 갈아엎고」 역시 이러한 격외의 본분소식을 잘 노래하고 있다.

　　　물 위의 진흙소가 달빛을 갈아엎고
　　　구름 속의 나무 말이 풍광을 끄네
　　　옛 부처님의 노래는 허공의 뼈다귀
　　　외로운 학의 울음소리 세상 밖으로 퍼지네

　　　水上泥牛耕月色　雲中木馬掣風光
　　　威音古調虛空骨　孤鶴一聲天外長
　　　　　　　　　　　　• 「물 위의 진흙소가 달빛을 갈아엎고」

　"진흙소가 물 위에서 달빛을 갈아엎"는다는 표현은 모순어법에 기반한 가운데 역설의 함의를 지닌 절묘한 표현이다. 물 위의 진흙소는 물에 바로 녹아 버리는 존재이며, 이러한 진흙소가 물에 어른거리는 달빛을 갈아엎을 수는 없다. 구름 속의 "나무 말" 역시 존재하지도 않으며, 그러한 나무 말이 풍광을 고를 수는 더더욱 없는 일이다. 그럼에도 불구하고 그렇게 하고자 애쓰는 것이 허무한 우리 인생의 모습임을 선사는 넌지시 말하고 있다. 따라서 물속에 들어간 진흙소는 언젠가는 소멸하고 없어질 우리 인간과 우주의 시간의 한계를 상징한다. 아울러 "달빛을 갈아엎"는다는 것은 달빛 같은 환상을 좇아 부질없이 허무한 욕망에 집착하는 우리 인생의 도정을 풍자하고 있다. 그렇다면 "신흙 소" "나무 말" "허공의 뼈다귀" "세상 밖" 등의 기상천외한 표현은 선사들이 우리에게 보여주고자 하는 반상합도에 의한 빼어난 선시의 수단이다. 결국 물에 녹지 않는 흙, 불에 타지 않는 나무, 용광로에 녹지 않는 쇠, 그것이 바로 '나'이다. 마지막 시행, 세상 밖을 향해 부르는 외로운 학의 울음소리는 고독한 산승이 던지는 뛰어난 깨달음의 시적 사자후라 할 수 있다.

충휘, 응상 등과 더불어 부휴 문하의 '법문삼걸' 중의 한 사람으로 서산대사의 법맥을 계승한 소요태능은 지리산의 신흥사와 연곡사를 중건했다. 연곡사 벽에 "연기 조사가 처음으로 지은 절, 병든 소요 늙은이 또 경영해 왔다"고 기록한 선사는 연곡사 향각香閣에 제題한 시로 법의 실체를 찾는 길을 이렇게 제시하고 있다.

> 온갖 경전은 달을 가리키는 손가락 같아서
> 손가락 따라 하늘의 달 보아야 한다
> 달 지고 손가락도 잊으면 아무 일도 없나니
> 배고프면 밥 먹고 피곤하면 잠자네
>
> 百千經卷如標指 因指當觀月在天
> 月落指忘無一事 飢來喫飯困來眠

어리석은 사람은 달을 가리키는 손가락을 보고 그 손가락만 관찰할 뿐 달은 보지 않는다. 이름과 글자의 개념에 집착하여 나의 실상을 보지 못한다는 의미이다. 손가락은 달이 있는 곳을 가리켜 달을 찾게 할 뿐이지, 손가락 끝이 달이 아니다. 달을 보려는 이가 가리키는 손가락에 매달려 있으면 손가락만 볼 뿐 달은 보지 못하기 때문이다. 그러니 손가락의 방향에 따라 달을 찾았으면 이제는 손가락을 잊어야 한다. 손끝과 달을 모두 잊은 경지가 여여한 법체의 실상이다. 모든 것을 여의고 평범한 일상사로 되돌아옴이 바로 삶의 실체요, 모든 법의 근원이다. 그래서 선사는 도는 바로 그대 눈 속에 있으니, 달마가 서쪽으로 온 뜻을 따로 찾지 말 것을 설파한다. 목마르면 물 마시고, 배고프면 밥 먹고, 잠 오면 자는 무소득의 청정심으로 살아가는 가장 범속한 일이 오히려 삶의 실체요, 가장 순수한 본모습이기 때문이다.

줄 없는 거문고를 무현금 또는 몰현금이라 한다. 중국의 화가 최봉동은 그의 산수화에 제하기를 "푸른 산 먹물 없어도 만고의 병풍이고, 흐르는 물은 줄 없는 천년의 거문고"라고 했다. 이처럼 옛 선비들은 소금素琴을 사랑했는데, 소금이란 줄 없는 거문고의 바탕나무를 뜻한다. 줄이 없어도 벽오동 바탕나무만 안아도 그 속에서 거문고의 청아한 소리를 들을 수 있다. 그것은 귀로 듣지 않고 마음으로 듣기 때문에 가능하다.

줄 없는 거문고 가락이여
맑은 음률 어디서 오는가
크게 웃고 묵묵히 앉으니
해 질 녘 느티나무엔 매미가 우네

胡家一曲沒絃琴　清韻如何隨五音
大笑無言良以坐　夕陽蟬咽綠槐陰

　　　　　　　　　　　　● 「줄 없는 거문고(沒絃琴)」

소리 없는 곳에서 소리를 듣는 것은 마음으로 듣기에 있을 수 있는 일이다. 흐르는 물을 줄 없는 거문고流水無絃라 하는 것은 여울에서 돌에 부딪혀 거문고 소리를 내기 때문이다. 마치 소금은 본래 고요한 것인데 타는 사람에 따라 청아한 소리를 내는 것과 같다. 자연의 소리는 모두 맑아서 어느 소리와도 비교할 수가 없다. 그 소리는 마음으로만 들어서 깨닫는 것이기에 섣불리 귀를 기울인다 하여 다 들리는 것이 아니다. 아울러 맑은 소리는 손끝에만 있는 것이 아니다. 달은 거문고가 되고 바람은 그 줄이 될 수 있기 때문이다. 때로는 무생곡無生曲을 퉁겨 내니 솔가지에 이슬이 맺혀 매미가 잠들지 못하는 것도 그런 이유이다.

한편, 선사는 의현법사에게 준 시「나는 새 흔적 남기나」에서 우주 공간의 모든 현상이 늘 변화하고 덧없이 지나가는 것이기에 현상에 집착하지 말 것을 이렇게 갈파한다.

> 삼라만상 모두는 결국 허깨비
> 허공에 새 날아가나 흔적 하나 없네
> 허공마저도 몸 갈무리할 곳 못 되니
> 바람결에 비 맞는 소나무 보게

> 森羅萬象同歸幻　鳥過長空覓沒縱
> 虛空不是藏身處　看取風前帶雨松

> ●「나는 새 흔적 남기나」

삼라만상에 존재하는 모든 것은 다 함께 허망한 실상으로 돌아가고 만다는 것이 선사의 가르침이다. 설혹 그것이 존재하는 그 순간이라 하더라도 그 존재 자체는 환상에 지나지 않으며, 그 법체의 묘리는 환상의 배후에 숨겨져 있는 것이다. 새가 허공을 나는 것이 실상이지만 그 실상은 순간일 뿐 허공에는 흔적을 남기지 않는다. 그야말로 '제상비상'이다. 그런데 흔적이 있다 없다 하는 생각에 집착하게 되면 그것 또한 망상이다. 그러니 그것을 떨쳐 버려야 한다. 바람의 실상은 허공임이 분명하지만, 우리는 있음의 존재로 그것을 인식한다. 바람결에 흔들리는 소나무는 그저 흔들리는 것이다. 소나무는 스스로 흔들린다는 생각을 한 적이 없다. 바람이 흔들거리는 것인지도 모른다. 바람이 멈추면 소나무는 조용히 서 있게 된다. 없음의 바람은 있음의 소나무 가지로 미화되고, 비에 젖은 소나무는 한결 바람을 돋보이게 한다. 설혹 비바람이 분다 해도 소나무는 한결같이 변함없는 자신의 모습을 지니고 있다. 외부의 어떠한 움직임에도 흔들림 없는 청정한 마음을 가지는 것이 수행자의 본분사임이 강조된다. 소요선사의 집착 없는 무심 경계의 강조는 다음 시에서 한결 극화된다.

성속을 밝히고 일찍이 뛰어넘어
온 천지를 가슴 속에 품었네
몸을 뒤집고 손을 놓아 대천세계 밖에서
달빛 속에 누워 시냇물 소리 듣네

了俗明眞早脫中　雙收天地納胸中
翻身撒手三千外　臥聽溪聲夜月中

●「무생을 읊다(詠無生)」

찰나와 영원을 뛰어넘고 온 천지를 가슴에 품는 선사는 무심으로 시공을 초월하여 우주 공간을 가슴에 품는다. 불가에서는 '방하착'이 강조된다. 눈으로 본 색상의 그림자, 귀로 들은 소리의 그림자, 코로 맡은 냄새의 그림자, 입으로 말한 말씀의 그림자, 몸으로 느낀 감촉의 그림자, 생각으로 헤아려 보는 지난날의 선악과 시비, 이러한 모든 것을 놓아버릴 때,

서 있는 자리가 모두 다 진주처가 되고, 법륜이 항상 구르게 된다. 이러한 무욕의 청정무구한 그 마음자리에서 자연과 조화를 이룬 무심의 세계가 펼쳐진다. 치열한 수행을 통해 얻은 분별과 차별을 뛰어넘은 무심의 경지에서의 존재에 대한 인식이며 우주적 자각이라 할 수 있다. 시냇물 소리와 밝은 달은 절대 긍정인 쌍조雙照를 보이고 있다. 무위진인으로서 살아가는 선사의 모습이 그대로 드러난 시편이다.

깊은 산은 수행승의 보금자리였고, 산은 세속을 잊은 수행승으로 해서 더욱 향기를 발한다. 선사의 시적 세계에서도 자연은 단지 대상이 아니라 궁극적으로 자연과 합일을 추구하는 이상이며 그 자신의 해탈의 경계이다. 이 경지에서 선사는 흐르는 계곡 물소리에서 반야의 무정설법을 듣고, 달빛 실은 맑은 시냇물 소리에서 청정법신의 원음을 듣는다.

흰 구름 걷힌 곳 푸른 산이요
해 지는 하늘가 새는 홀로 돌아오는데
세월 밖의 자비로운 모습 언제나 뵈오니
목련꽃 피는 날에 시냇물은 졸졸 흐르네

白雲斷處是靑山　日沒天邊鳥獨還
劫外慈容常觸目　木蘭花發水潺潺

• 「문수의 얼굴(文殊面目)」

"물은 승니의 파란 눈이요, 산은 부처님의 푸른 머리로다. 달은 한 마음의 도장印이요, 구름은 만권의 경전이다"라고 설했던 선사의 가르침은 오늘날까지 일문을 이루어 소요종파逍遙宗派를 형성하고 있다. 흰 구름이 걷히면 푸른 산이 드러나고, 해가 지면 돌아오는 새의 모습을 보며 살아가는 산승은 세월을 뛰어넘어 반기는 자비로운 문수보살상에서 일체의 집착과 굴레로부터 벗어나 유유자적하게 소요하게 된다. 활짝 핀 목련꽃, 졸졸 흐르는 시냇물은 자연의 설법이다. 그것을 알아들으면 그곳이 바로 설선당說禪堂이고 선열당禪悅堂이다. 이처럼 선사는 담담하고 고요하게 자신을 우주와의 합일 속에 맡김으로써 나와 우주, 우주와 나 사이의 틈이 없는 원융세계를 획득하고 있다.

깨침에 드는 처음은 돌이켜 듣는 것이니 부디 스스로 듣는 성품을 돌이켜 들어야 쓸데없이 많은 힘을 애써 들이지 않고도 숱한 설법에서 말꼬리에 떨어지지 않음을 강조했던 소요선사이다. 때문에 시공을 넘어 온 누리에 하나의 영심靈心뿐임을 설파한 선사는 "불법이란 원래 글자가 아님을 비로소 알았다"라고도 했다. 이러한 '글자 없는 경전'을 읽는 선 수행은 다음의 시에서 잘 묘출된다.

> 덥고 추운 사계절이 가고 다시 오니
> 그 누가 이 마음속의 경전을 알겠는가
> 이 늙은이 홀로 '글자 없는 책'을 펼치며
> 소나무 그늘에 앉아 이 한 생을 보내리라

> 四序炎凉去復來　誰人知得自心經
> 老僧獨把無文印　坐看松陰過一生

> ● 「마음속의 경전(咏一卷經)」

일생을 살면서 훌륭한 스승 한 분을 만나는 것 또한 그 무엇에도 비견될 수 없는 영광이고 행복일지 모른다. 소요선사는 아마도 사계절이 무상하게 순환하는 이 자연의 이법을 통해 큰 깨우침을 얻었던 것 같다. 자연이 큰 스승이라면 사계절의 변화야말로 그의 가르침, 즉 경전이 아니겠는가. 경전은 무수히 많다. 그러나 진정한 경전은 바로 우리 자신 속에 있다. 때문에 선사는 산승으로서 '글자 없는 책'을 펼치고 소요자재하며 살아가겠다는 공적한 마음의 경지를 드러내 보인다.

임진왜란 때는 승군으로, 병자호란 때는 인조가 피신한 남한산성의 서쪽 성을 축조한 선사에게 효종은 조선조 처음으로 '혜감국사慧鑑國師라는 시호를 내리고 비를 세웠다. 소요태능이란 그 의미처럼, 일체의 집착과 속박으로부터 벗어나 유유자적하게 소요하고자 했던 선사는 1649년 11월 21일 열반이 가까웠음을 알고 다음의 임종게를 남기고 세수 87세, 법랍 75세로 원적에 들었다.

해탈이 해탈이 아니거늘
열반이 어찌 고향이겠는가
취모검의 칼날이 번뜩이니
입 벌리면 그 칼날 맞으리

解脫非解脫　涅槃豈故鄉
吹毛光爍爍　口舌犯鋒鎚

● 「임종게」

선사의 선지가 그대로 그려지고 있다. 해탈을 해탈이라 하면 해탈이 아니다. 그래서 해탈이라 한다. 열반이라 하면 열반이 아니다. 그래서 열반이다. 열반은 본래 온 곳으로 돌아가는 고향이다. 칼날 위에 솜털을 올려놓고 입으로 '훅' 불면 끊어지는 예리하고 날카로운 칼이 취모검이다. 그 취모검으로 선사는 일체의 사량 분별을 끊어버리고 그야말로 달빛의 광명(지혜)이 산호 가지마다 서로서로 비추어 걸림 없이 상즉 상입하여 무애자재하는 원적에 들었다.

부휴선수,
백척간두에서 진일보하면 제불은 눈앞의 꽃

조선 중기 부용영관의 법맥을 이은 부휴선수(1543~1615)는 남원 출생으로, 법명은 선수善修 호는 부휴浮休이다. "만일 자식을 얻으면 출가시키겠다"라고 서원하고, 기도를 올렸던 모친이 신승으로부터 구슬을 받는 태몽을 꾸고 태어난 선사는 17세 때 지리산 영원사 신명 장노에게 삭발 염의하고 부용영관으로부터 심법을 전수받았다. 그 뒤 선사는 송광사, 쌍계사 등 제방선원에서 정진하였음은 물론, 영의정을 지낸 노수진과 깊은 교분을 맺어 그의 장서를 빌려 7년 동안 읽지 않은 장서가 없었다. 또한 선사는 왕희지의 필법을 본받아 글씨를 잘 썼고, 사명과 쌍벽을 이루어 당시 사람들은 그를 이난二難이라 불렀다.

부용의 제자가 되어 문자를 떠난 격외선을 배워 삼아 참구하였던 부휴선사가 일관되게 지향하는 바는 '지극한 도의 경지를 체득하여 그 세계와의 합일'이다. 때문에 도는 자기 밖에 존재하지 않고 오직 자신에게 있기 때문에 마음을 돌이켜 반조할 것을 설파한다.

도는 본래 말을 떠난 것이라 설명하기 어렵고
또한 형색도 헤아릴 수 없나니
바위 앞의 푸른 대는 구름과 어울려 서 있고
돈대 위의 황국은 이슬 머금고 향기롭네

道本忘言難指注　更無形色可思量
嚴前翠竹和雲立　臺上黃花帶露香

●「도는 본래 말을 떠난 것」

도란 언어로 설명할 수도 없고 형상도 없기 때문에 생각으로 짐작할
수도 없다. 그러나 선사는 언어도단이요 일체의 사량을 떠난 도의 세계를
말한다. 곧 형상이 없고 소리 없는 '도'가 능히 이 형상과 소리를 통하여
나타나고 있다. 바람에 흔들리는 저 푸른 댓잎과 이슬에 젖은 국화의 향
기가 그것이다. 청정한 자연은 바로 법신 비로자나불의 세계이며, 자연이
그러한 도의 세계임을 선사는 노래한다.

'부휴'라는 선사의 호는 '혼란스러운 세상을 벗어나 산속에 혼자 초
탈한 삶을 살아가는 도인'의 모습을 연상하게 한다. 실재 부휴선사의 삶
은 그랬다. 높은 덕이 사방에 널리 퍼져 많은 시물이 뒤를 따랐으나 선사
는 모든 시물을 하나도 남김없이 모두 그 자리에서 나누어 주어 스스로
가지는 일이 없었다. 깊은 산에 홀로 앉아 다만 한 잔의 차와 경전으로
만족하며 청빈하게 살아가는 선사의 이러한 수행모습은 다음의 시에서 한
결 잘 드러난다.

깊은 산에 홀로 앉으니 만사가 가볍고
문 닫고 온종일 무생을 배우네
생애를 돌아보니 남은 것 없고

햇차 한 잔, 한 권의 경전뿐이네

獨坐深山萬事輕　掩關終日學無生
生涯點檢無餘物　一椀新茶一券經

● 「남길 물건 없다」

제자 벽암각성에게 준 시편이다. 번뜩이는 선기나 선적인 역설, 고차원의 상징이나 수사 등의 표현을 볼 수 없다. 다만 세상만사의 부질없음을 깨닫고 무생의 도리를 배우며 살아가는 소박한 수행의 삶이 그대로 드러나 있다. 만사가 가볍다 하였지만, 사실은 온갖 일을 잊고 있는 것이다. 선사에게는 문을 열고 닫음이 무슨 필요가 있겠는가만, 생이 없음을 깨닫기 위해 선사는 문을 닫고 선정에 든다. 이것이 바로 선수행의 본질이다. 평생 살아온 삶을 점검해 보니 남긴 물건 하나 없고, 새로이 끓이는 한 잔의 차와 한 권의 경전뿐이다. 그야말로 산승의 청빈하고도 무욕의 삶의 향기가 그대로 느껴진다. 여기에 번다한 생각을 비우고 내려놓기의 마음을 배우게 하는 치유적 요소가 담겨 있다.

스승 부용의 9년 면벽의 정신을 이어받아 승려의 본분을 잃지 않고 격외선을 닦았던 선사는 두륜산(지리산)에 토굴을 마련하고 정진하던 어느 해 가을, 토굴에 함께 있던 개가 낙엽을 물고 오는 것을 보고 큰 깨달음을 얻었다.

가을 산중에 성근 비가 지나가고
서리 맞은 잎이 앞뜰 이끼 위에 떨어진다
하얀 개에게 소식을 전하고
선정에서 깨어나 학을 타고 오도다

秋山疎雨過　霜葉落庭苔
白犬通消息　罷禪御鶴來

● 「천지심」

마음이 밖으로 향하여 문자에 집착하지 않고 오로지 회광반조하여 화두를 참구하면 활안이 열리어 일체 망상이 부서져 모든 것이 자유로울 수 있다는 선사의 오도송이다. 사유(참구)하는 대상과 하나 되는 삼매의 경지에 이른 선사는, 가을 산중에 비가 내리고 정원의 이끼 위에 떨어지는 서리 맞은 잎을 개가 물고 오는 자연의 이치에서 문득 깨달음을 얻는다. 깨달음을 얻게 되면 모든 것은 순리에 따른다. 결코 형식이나 절차에 구애받지 않는다. 물이 흐르듯 여유롭고 거침없으며 막힘없는 경계, 그것이 깨달은 이의 모습이다. 화두를 타파하고 깨달음을 얻은 선사가 학을 타고 걸림 없이 자적하는 모습이 잘 그려지고 있다.

수행에 있어 큰 믿음, 큰 의심, 큰 분심의 삼요를 강조했던 선사는 모든 사물이 위험한 일에 직면하여 눈을 감아 버린다고 문제가 해결되는 것은 아니고 오히려 눈을 똑바로 뜨고 직시해야만 한다고 설파한다. 마음이 죽으면 눈을 뜨고 있어도 죽은 사람과 같고, 산 정신으로 문제를 똑바로 보면 진상을 깨달을 수 있기 때문이다. 이렇듯 선사는 어느 선승에게 준 다음의 시에서 먼 곳에서 진리를 찾을 것이 아니라 자기 자신에게서 찾으라고 역설한다.

스승을 찾아 도를 배우는 것 별것 아니요
다만 소를 타고 집으로 가는 것이네
백척간두에서 능히 활보할 수 있다면
수많은 부처조차도 눈앞의 꽃에 불과하네

尋師學道別無他　只在騎牛自到家
百尺竿頭能闊步　恒沙諸佛眼前花

●「백천간두 진일보」

소를 타고 소를 찾는 것은 자기에게 이미 있는 불성을 다른 데서 찾으려 하는 어리석음을 말한다. 참선에 두 가지 병이 있는데, 하나는 소를 타고 소를 찾는 것이며, 다른 하나는 한 번 타고서 내려 올 줄 모르는 것이다. 여기의 소는 본래면목이기도 하고 불성 혹은 심성의 상징이기도 하다. 자신에게 있는 것을 왜 굳이 남에게서 찾으려 하는가. 소를 타고 있으면 저절로 집으로 가는 것인데 사람들은 자기가 타고 있는 소를 두고 또 다른 소를 찾고 있다. 화두를 참구하는 것은 마음을 깨치고자 함인데 자기 마음은 자신 안에 있는 것인데 어디서 찾겠다는 것인가. 그러나 내가 마음을 깨달았다고 한다면 그것도 깨달은 것이 아니다. 소를 타고 집을 찾았으면 소에서 내려야지, 내리려 하지 않으면 집에는 결국 들어가지 못한다. 또한 집에 도착했다고 집착하는 마음을 내서도 안 된다. 요컨대 백척간두에 올라선 것이 능사가 아니라 거기에서 진일보하여야 금강의 눈을 얻을 수 있다는 것이다. 그럴 때 항하의 모래처럼 많은 무수한 불법이 허공의 꽃처럼 나타난다는 것을 선사는 역설하고 있다.

세속의 모든 일을 초월하여 산속에 홀로 자연과 벗 삼아 살아가고 있는 선사의 산중생활이 잘 묘출되고 있는 시편들이 '산거잡영'山居雜詠이다. 다음의 시는 번다한 속세를 벗어나 산중의 조그마한 암자에서 한적하게 살아가는 선사의 모습을 잘 묘사하고 있다.

굽어보고 우러러 천지 사이에
잠깐 동안 한 때의 나그네 되었구나

숲을 헤쳐서 새로 차를 심고
솥을 씻어서는 약석을 달이네

달 뜬 밤에는 밝은 달을 희롱하고
가을 산에서 가을 저녁 보낸다
구름 깊고 또한 물도 깊어
찾는 사람 없어도 스스로 기뻐하네

俛仰天地間　暫爲一時客
穿林種新茶　洗鼎烹藥石
月夜弄月明　秋山送秋夕
雲深水亦深　自喜無尋迹

● 「산에 살며」

비 개면 산빛이 더욱 푸르러 눈을 씻어주고, 티끌세상의 잡다한 소리
는 아예 들리지 않는 산사에서 지내는 삶은 얼마나 가슴 설레는 일이겠는
가? 봄이면 숲을 헤쳐 새로 차를 심고 솥을 씻어 약석을 달여 마시는 선
사의 조촐한 차 생활이 우리의 번다한 삶을 잠시나마 내려놓고 쉬게 한
다. 아울러 휘영청 달 밝은 밤이면 달을 즐기고, 가을 산에서 가을 저녁을
보내는 선사이다. 구름 깊고 물도 깊은 산사에 찾아오는 사람 없지만 선
사는 내면 깊은 곳에서부터 차올라 오는 이 유현한 기쁨을 즐긴다. 속진
을 멀리하고 산으로 들어오니, 온갖 걱정이 사라지고, 마음은 평온하여 걸
림이 없는 선사의 삶은 우리를 그런 경지로 끌어들인다. 여기에 선시를
읽고 감상하는 '힐링의 묘미'가 있다.

인생살이가 본래 고독한 것이기는 하지만, 특히 출가수행자의 경우
그 고독을 친구나 스승으로 삼고 살아간다. 부휴선사는 자신을 항상 자연

속에서 이리저리 부유하고 있는 존재로 생각했던 것이다. 이러한 생각은 눈이 내려 온 천지가 하얗고 달빛 가득한 빈 절에서 하룻밤을 지내면서 끝없는 상념에 잠기는 모습에서 한결 극화된다.

> 흰 눈에 달빛 어리고 밤은 깊은데
> 떠나온 고향생각 끝이 없네
> 맑은 바람 뼛속 깊이 파고들고
> 떠도는 나그네 홀로 시정에 젖네
>
> 雪月三更夜　關山萬里心
> 淸風寒徹骨　遊客獨沈吟

● 「공림사에서 하룻밤」

주위는 고요하고 경내에는 눈이 하얗게 내렸다. 달빛에 눈이 흰 것인 지 눈에 달빛이 흰 것인지 알 수 없는 상황에서 나그네의 상념은 끝이 없 다. 하지만 그 생각이 멎는 곳은 나의 고향이다. 출가자에게는 고향이 따로 있을 리 없다. 산하대지가 바로 고향이기 때문이다. 마음의 고향이 바로 진정한 고향이다. 때문에 시적 화자는 만 리에 닿는 만 리심이라 하였 다. 이때 창밖에서 스며드는 바람의 한기가 방안을 차갑게 하다못해 뼛속 으로 찾아든다. 교교한 달빛과 차가운 밤공기에 외로움이 더해지는 산사 의 깊은 밤, 선사는 홀로 시를 짓고 읊조려 보는 것이다. 여기에는 흐르는 물처럼 차갑고 시정은 말할 수 없이 간절한 데가 있다. 그 적묵의 세계를 담아낸 대표적인 시가 치악산 상원암에서 읊은 다음의 시편이다.

> 뜰 안에는 고색 어린 안탑이 있고
> 솔바람 불어오니 산골짜기 차갑네

종소리는 취한 꿈을 깨우고
등불은 아침저녁을 알리네
마당을 쓸어 뼛속까지 깨끗하고
향을 살라 나그네 넋을 맑히네
잠을 못 이루는 기나긴 밤
창밖에는 눈이 소리 없이 내리네

雁搭庭中古　松風洞裡寒
鐘聲驚醉夢　燈火報晨昏
掃地淸人骨　焚香淨客魂
不眠過夜半　窓外雪紛紛

●「치악산 상원암에서」

　　선사는 고색창연한 산사를 찾아 숱한 세월 비바람에 시달리고 깎이
어 모나지 않고 검고 푸른 이끼가 뒤덮인 줄지어 선 탑에서 시공을 초월
한 순간을 포착한다. 울창한 노송에 이는 바람에 한기를 느끼고, 정적 속
에 예불을 알리는 종소리는 더 깊은 정적으로 몰고 가는 것임을 느낀다.
정과 동의 절묘한 조화가 명징하게 묘파되고 있다. 사방을 두른 산그림자
탓에 낮임에도 불구하고 밤인 듯 적막한 산사이다. 다만 조석으로 명멸하
는 등불에 시간의 흐름을 알 뿐이다. 스님이 비질을 하고 있다. 원래 더럽
혀진 것이 없는 뜰과 방인데, 무엇을 쓸고 있는 것인가. 속세의 먼지를 털
자는 것인가. 눈에 보이는 먼지야 누구도 쓸 수 있지만 혹여 보이지 않는
마음의 티끌을 쓸자는 것일까. 그런데 쓸고 보니 뼛속까지 맑아지고, 거기
에 다시 피어오르는 분향의 연기이다. 나그네의 마음은 절로 숙연해진다.
뼛속까지 맑아진 이 청정을 고요히 간직하면 영원히 자재로운 삶을 살 수
있을 것이다. 창밖에 소리 없이 내리는 설한의 기나긴 밤, 고독한 선사는

잠 못 이루며 내면의 세계를 관조하고 있다.

　　선사는 세속을 결별하고 임천林泉에 은거하며 가난하게 살면서 승려의 본분에 충실하고자 하였다. 웃음과 담소로 사람과 화합하고 또한 자연을 관조하며 자연의 순리에 따라 살고자 했던 선사는 인간이란 허공을 지나는 한 조각의 꿈과 같은 것임을 설파한다.

　　강호에 봄이 가고 꽃을 흩날리는 바람
　　해 저문 벽공을 지나는 한가로운 구름
　　그로 인해 덧없는 인간살이 알았으니
　　한바탕 웃음 속에 온갖 일 다 잊네

　　江湖春盡落花風　日暮閑雲過碧空
　　憑渠料得人間幻　萬事都忘一笑中

● 「한가한 한 조각 구름」

　　말로 말할 수 없는 것이 자연의 묘한 이치이다. 강호에 봄도 거의 다 지났고, 미풍에 꽃은 지고 있다. 그 아름답던 꽃이 언제 피었는지 알 수 없이 바람에 지고 있다. 바람의 영향이 아니었더라도 피었으면 또다시 지는 것이 꽃이다. 그러나 그 안타까움을 달랠 수 없기 때문에 사람들은 바람이 심술궂어 꽃을 날린다 한다. 왜 꽃만 그러하겠는가. 사람도 마찬가지이시만 흐르는 세월을 탓하는 것이다. 해 저문 푸른 허공에는 구름 한 점이 한가롭게 지나고 있다. 사실 구름은 흘러가면 그만이고, 아무런 흔적을 남기지 않는다. 우리의 삶 역시 흔히 흘러가는 구름에 비유된다. 즉 삶은 구름이 일어나는 것과 같고, 죽음은 구름이 사라지는 것으로 비유된다. 사실은 뜬구름 자체도 실체가 없는데도 말이다. 모두가 하나의 꿈이다. 선사의 뜻도 다분히 인간의 꿈이 허상과 같음을 깨달았음에 있나. 그러니 모든 걸 내려놓고 한 번 크게 웃어 번다한 세상일을 잊고자 하는 것이다. 우리 또한 그렇게 할 때 마음치유가 된다.

임진왜란 당시 부휴는 서산과 사명의 명성 못지않게 산문에서 전선으로 나아간 서산과 사명을 지원하였을 뿐만 아니라 선승으로서 승단질서를 확립하고 선문강령을 재정비하는 데 매진하였다. 신체적 결함으로 왼손과 팔을 자유롭게 쓸 수 없었던 선사는 임진왜란으로 백성들의 시신이 서로 뒤엉켜 뒹굴어 있을 때 이를 땅에 묻어주고 그들을 천도하였으며, 나라와 겨레의 걱정에 눈물이 수건을 적시는 일이 많았다고 기록하고 있다.

나라와 백성을 사랑함이 더욱 깊어진 것은
병화로 모든 집이 타버렸기 때문이네
가슴 속에 가득히 우국충정 있으나
한쪽 손이라 붉은 마음을 나타낼 길 없네

愛國憂民日益深　只緣兵火萬家侵
滿空雖有忠情在　雙手無因露赤心

● 「차제현피난서회」

선사의 애국애민의 사상이 잘 드러난 시편이다. 직접 창과 방패로 무장하여 전투에 참가할 수 없는 신체적 결함이 있었지만 선사는 결코 비겁하거나 현실을 도피하지 않고, 제자 벽암각성을 지도하여 전장에 나아가 혁혁한 전공을 세우게 하였다. 그야말로 애국애민과 충정으로 가슴 가득히 '붉은 마음'을 가지고 있었다. 하지만 한쪽 손만 있고 다른 손을 쓸 수 없어 그렇게 할 수 없음을 한탄하고 있다.

광해군 6년(1614) 선사는 72세가 되어 조계산 송광사에서 방장산(현재 지리산) 칠불암으로 거처를 옮겼다. 죽음을 생각한 것이었다. 다음 해 7월에 가벼운 병 증세를 보이더니 상족제자인 벽암각성을 불러 법을 맡기며, "내 뜻은 너에게 있으니 너는 받도록 하라"라고 하였다. 11월 1일 오시에 목욕을 마치고 시자를 불러 지필을 가져오도록 하여 다음의 게송을 적었다.

칠십여 년을 꿈 같은 바다에서 놀다가
오늘 아침 이 몸 벗고 근원으로 돌아가네
텅 비고 고요해서 본래 한 물건도 없으니
어찌 깨달음과 생사의 근본이 따로 있으리

七十餘年遊幻海 今朝脫却返初源
廓然空寂本無物 何有菩提生死根

• 「임종게」

선사가 게송을 마치고 조용히 원적에 들었으니 세수 73세, 법랍 57세였다. 문도들이 사리를 수습해 네 곳에 부도탑을 세웠는데 해인사, 송광사, 칠불암, 백장암이 그곳이다. 5년 후에 광해군이 홍각등계弘覺登階라는 시호를 하사하였다. 선사의 뛰어난 인품과 덕화에 도를 묻는 무리가 7백여 명에 달했으며, 그중에서도 벽암각성, 뇌정응묵, 대가희옥, 송계성현, 환적인문, 포허담수, 고한희언 등 7파가 가장 성하여 법맥을 드날렸다. 문하에는 취미와 백곡 등 뛰어난 시승이 있어 그 가풍을 잇고 있다.

편양언기,
구름 흐르나 하늘은 움직이지 않고

　　편양언기(1581~1644)의 법명은 언기彦機, 법호는 편양鞭羊이다. 선조 14년(1581)에 죽주현(경기도 안성군 죽산)에서 태어난 선사는 11세에 금강산 유점사로 출가하여 서산대사의 제자인 현빈玄賓에게 수계하였다. 19세에 타파칠통(打破漆桶: 무한 겁 이전부터 무명 번뇌가 쌓여 감춰진 불성을 깨닫는 것)하고, 22세 때 묘향산의 서산대사에게 입실하여 법통을 잇게 된 편양은 어느 한 곳에만 머무르지 않고 남쪽으로 편력하면서 선지식들을 찾아 참문하고 깨달음을 점검받았다. 선사는 3년여에 걸쳐 평안도 어느 목장에서 '양치기 생활'로 보임保任을 하고, 또한 평양성 근처에서 10년간 걸인들을 보살피면서 '이 뭣꼬! 노장'으로 불리는 등 민중 속에서 철저한 보살행을 실천하였다. 서산대사의 법맥을 이은 사명·소요·정관·편양 4대 문중을 이른바 '서산의 4대 문파'라 하는데, 그중에서 가장 융성한 편양파를 이루었던 편양은 임종에 이르러 제자 풍담에게 후사를 유촉하고 원적에 들었다. 세수는 64세, 법랍은 53세였으며, 저서로 『편양

당집』 3권을 남겼다.

조동종을 일으킨 동산양개(洞山良价: 807~869)는 개울을 건너다가 깨달음을 얻고 '동산과수'洞山過水라는 게송을 남겼다고 한다. 개울물에 비친 자신의 모습을 보고 문득 깨달은 바를 노래한 이 게송은 훗날 '과수게'過水偈라는 이름으로 널리 알려졌다. 오도송은 양개의 경우처럼 뜻하지 않는 곳에서 깨달음을 얻을 때 남기는 경우가 많다. 편양선사는 금강산 백화암白華庵에서 수행하던 어느 가을날, 비에 젖어 물든 낙엽이 떨어지는 모습을 보고 확철 대오하였다. 사실, 깨달음이란 집착된 번뇌 망상을 여의고 진여의 세계에 드는 것이다. 집착의 대상이 사라지면 번뇌는 당연히 사라질 수밖에 없다. 다음의 시는 그러한 깨달음의 세계를 보여주는 선사의 오도송이다.

구름 흐르나 하늘은 움직이지 않고
배가 갈 뿐 언덕은 옮겨가지 않네
본래 한 물건도 없는 것인데
어디에서 기쁨과 슬픔 일어나랴

雲走天無動　舟行岸不移
本是無一物　何處起歡悲

● 「동림의 운의 빌려(次東林韻)」

선사는 변함없는 하늘과 언덕의 모습에서 원융무애의 진리를 깨닫고 있다. '구름'과 '하늘', '배'와 '언덕'의 대조에서 보이는 것처럼, 구름이 제아무리 다양한 변화를 보인다 하더라도 하늘의 근본은 바뀌지 않고, 흐르는 물에 배를 띄우더라도 저편 언덕의 경계는 그대로이다. 다만 근원에 이르기 전에 보이는 사물이 움직이는 것처럼 보이는 것은 마음이 움직이고 있는 것이다. 이렇듯 마음의 집착이 대상의 진실을 착각한다. 원래 물아가 둘이 아닌데 마음의 집착으로 슬픔과 기쁨이 생겨난다. 구름과 하늘, 대립된 둘이 있을 때, 어느 것이 간다 온다고 하는 것이다. 그러나 선의 묘지妙旨가 둘이 아니라 할 때, 가고 옴이 어디 있겠는가. 삼라만상은 본시 있는 그대로인데 마음의 집착에서 오고 가고 있고 없고 하는 것이다. 선사의 오심悟心의 핵심은 바로 이런 경지에 이르기 위해 끊임없는 수행정진의 길을 나서는 데서 한결 잘 드러난다.

아득한 구름 가엔 겹겹이 쌓인 산
난간 밖엔 소리 내어 흐른 계곡물
열흘 동안 장맛비 아니었던들
비 개인 뒤 맑은 하늘을 어찌 알리

雲邊千疊嶂　檻外一聲川
若不連旬雨　那知霽後天

● 「우음 일절」

지루한 장마 끝에 나타나는 맑게 갠 하늘을 보고 난 뒤의 기쁨이 잘 표현되고 있는 시편이다. 맑게 갠 하늘은 "장맛비"로 상징되는 일념삼매라는 고된 수행을 겪고서 깨닫는 즐거움을 상징한다. 겹겹이 산으로 둘러싸인 산사에 오랜 기간 드리워진 장마 구름은 수행자의 심정을 무겁게 했을 것이다. 그리하여 선사는 갑갑한 마음에 기대어 섰던 정자 난간 밑을 콸콸 흘러가는 계곡물 소리를 듣고 장마철 내내 무거웠던 마음을 내려놓고 환희심을 내는 것이다. 일념삼매로 숱한 번뇌와 망상이 사라지고 시원한 계곡물 소리를 얻는 것은 청정법신의 원음을 듣는 것이고 선열의 기쁨을 의미한다. 구름과 장맛비가 닫힌 상태를 말한다면, 맑은 하늘과 계곡물은 열림의 상태이다. 여기에 불이不二의 회통 묘지가 있는 것이다.

> 강 서쪽 가까이 선불장이 있어
> 선을 탐구하며 석실에서 노닐다가
> 뜻은 삼 세계를 뛰어넘고
> 몸은 한 점의 물거품인 줄을 알았네
> 먼 하늘 가운데 학이 날고
> 표연히 나르는 바다 위 갈매기
> 일곱 근의 장삼 있어
> 항상 입으면 시원한 가을이로다

> 選佛江西近　探禪石室遊
> 意超三世界　身覺一漚浮
> 邈爾天中鶴　飄然海上鷗
> 七斤衫尙在　常着還涼秋

● 「봉새감장노(奉賽鑑長老)」

감장노에게 준 시이다. 선불장에서 선을 참구하며 석실에 노닐다가 삼계를 뛰어넘어 몸은 한 점의 물거품임을 알았다는 깨달음의 경지가 그대로 드러나 있다. 이러한 경계에 걸림이 없는 경지는 먼 하늘엔 학이 날고, 바다 위에 갈매기가 표연히 나는 모습에서 그대로 나타난다. 결구에서는 다시 이 모든 것을 초월하여 절대적 현실에 여여한 모습을 보이고 있다. '일곱 근의 장삼'은 어떤 스님이 조주스님에게 "만법이 하나로 돌아간다면 그 하나는 어디로 돌아갑니까"라고 묻자, 조주가 "내가 청주에 있을 때 베 장삼 하나를 만들었는데 무게가 일곱 근이었다"라고 한데서 연유한다.[7] 만법이 하나로 돌아간다면 그 하나는 다시 만법으로 돌아가야 한다는 것이다. 선이 이런 논리를 깨뜨리듯, '일곱 근의 삼으로 삼계를 초월하는 가장 절대적 현실'이 이러한 대칭을 자연스럽게 연결해 주고 있다. 이것이 곧 선시가 주는 매력이라 할 것이다.

세속의 전법활동을 마무리하고 산으로 돌아온 후 편양은 묘향산의 천수암과 금강산의 천덕사 등 여러 사찰에서 후학을 위해 개당, 강법하여 널리 교를 선양하였다. 선사는 선을 닦아 깨친 도인이면서 전등·화엄 등 삼장을 강설하였으므로 선자에게는 본분종사이고 교학자에게는 대강백이었다. 또한 숭유배불이라는 시대적 상황에서 고승대덕들은 당시의 사대부들과 격의 없는 사귐으로 호불의 방편을 삼았다. 편양 역시 탁월한 법력으로 당시의 사대부들과 폭넓은 교류를 한 것으로 보인다. 다음의 시는 선사가 최생崔生이라는 선비에게 준 것이다.

> 언기는 아미산의 한 병든 중이고
> 그대는 응당 한퇴지를 배우는 선비
> 구름 창가 한 번 웃는 한없는 뜻은
> 푸른 하늘 밝은 달은 만고의 가을

> 機也峨嵋一病衲　我公應是學潮州
> 雲窓一笑無窮意　白月靑天萬古秋

> • 「한 번 웃는 뜻은」

---

7) 원오극근 『벽암록』 제45칙.

최생이 어떤 인물인지는 알 수 없지만 시를 찬찬히 읽어 보면 유능한 선비였음을 짐작할 수 있다. 선사 자신은 산속의 병들어 있는 한낱 스님에 불과하지만, 그대는 조주자사로 있었던 한유를 배우는 선비라 하였다. 자신을 당시 한유가 매우 가까이 지냈던 태전太顚스님에 비유하고 있는 선사는 비록 두 사람은 지향하는 바가 다르지만 그것을 초월한 정신적 교류를 하고 있는 것으로 보인다. 모든 상념을 뛰어넘은 담박한 심정을 고도의 상징으로 묘사하고 있다. 거리의 개념을 뛰어넘은 구름길이다. 구름의 창가에서 한 번 웃는 이 웃음의 의미와 푸른 하늘의 밝은 달은 말로 표현할 수 없는 두 사람 간의 돈독한 관계를 말해 준다. 지난날이나 앞으로의 시간을 영원히 잇는 가을의 모습이자 두 사람을 이어 주고 있는 현재의 모습에서 승속 간 원만한 관계를 유지하면서도 산승으로서의 올곧은 자세가 잘 묘출되고 있다.

　　봉래산에서 물은 도, 도는 둘이 아니었고
　　묘향산에서 다시 만났어도 역시 이 마음뿐
　　해 저물어 사립문 밖 보내는 때에도
　　온 산의 소나무 바람에 거문고 소리 내네

　　蓬萊問道道無二　香嶽重逢只此心
　　日暮柴門相送處　滿山松檜起風琴

　　　　　　　　　　　　　　　• 「솔 풍금으로 보내다」

　　편양이 신처사申處士라는 사람에게 준 시이다. 이 시에서도 세속의 선비에게 격의 없는 선사의 회포가 그려지고 있다. 봉래산에서 만나 서로의 걷고 있는 길을 논의한 적이 있지만 그 길은 둘이 아닌 하나였다. 비록

승·속이라는 처지에서 걷고 있는 길이 다를지 모르지만, 궁극적인 지향점은 다를 것이 없다. 그것은 이심전심으로 통했던 하나의 마음이었기 때문이다. 오늘 그 하나였던 마음이 묘향산에서 다시 만났다. 비록 만남의 장소가 다르고 시간이 다르기는 하지만 역시 그 하나로 통했던 그 마음 그대로이다. 승속의 벽을 뛰어넘은 걸림 없는 사귐임을 알 수 있게 한다. 이때 온 산에 솔바람이 인다. 이 솔바람 소리, 이것이 바로 두 사람의 마음을 튕겨주는 거문고 소리이자 그 소리가 이는 거문고의 줄이다. 두 사람을 이어 주는 현의 이 끝과 저 끝이다. 여기서 더더욱 묘미를 더해 주는 것은 바람거문고이다. 바람 소리라 하면 소나무의 움직임이 없고, 솔소리라 하면 바람이 설 곳이 없다. 오히려 거문고 소리라 함이 두 물체의 사이와 그 대경에 서 있는 주객의 실체도 함께 포용할 수 있는 것으로 생각된다.

선사들의 삶의 공간이 대부분 산사이기에, 시의 소재도 다분히 산사가 된다. 차를 옮겨 심고, 정자를 지어 낮에는 경전을 읽고 밤에는 참선을 하지만 거기에는 번거로움과 조급함이라고는 전혀 느껴지지 않는다. 그저 즐겁고 한가한 모습이다. 선사들의 시가 담박하고 아름다운 것은 세상 밖의 이야기가 아니라 솔직하고 인간다운 일상 삶의 이야기이기 때문이다.

통성암에 머문 뒤로부터는
그윽한 일들이 날마다 찾아온다
밭 일구어 아름다운 차 싹 옮겨 심고
정자를 지어 먼 산을 바라본다
밝은 창 앞에서 경전을 보고
저녁 침상에선 선정에 든다
세상의 번화한 사람들이야

어찌 세상 밖의 한가한 맛을 알겠는가

自棲通性後　幽事日相干
造圃移芳茗　開亭望遠山
晴窓看貝葉　夜榻究禪關
世上繁華子　安知物外閑

● 「산에 머물며」

자신의 깨달음을 다양한 방법을 통해 검증하고서 결국 돌아온 곳, 산
사에서 편양은 또다시 자유자재한 출출세간의 경지를 확인하고 있다. 밭
을 일구어 차를 심고, 그 잎을 따다 차를 끓이고, 나무를 베어 정자를 짓
고 그 속에서 자연이 내는 무현금 소리를 즐긴다. 또한 해가 한창일 때는
창가에 앉아 경전을 보고, 해가 넘어간 어둠 속에서는 참선에 열중이다.
선사의 이러한 모습은 서산대사의 선교불이禪教不二 사상을 그대로 전해 받
아 실천하고 있음을 보여 준다. 마지막 결구에는 번다한 세속의 삶을 멀
리하고 산사에서 유유자적하며 살아가는 선사의 자족과 자락의 경계가 은
연중에 드러난다.

불가에서 달의 이미지는 무엇일까. 중국 선종의 제3조 승찬스님은
"원동태허 무결무여"(圓同太虛　無缺無餘)로 달의 상징성을 말한다. 지
극한 도는 참으로 원융하고 걸림이 없어 둥글기가 허공과 같다는 것이다.
남음도 없고, 모자람도 없는 절대적인 무한의 진리가 원으로 표현된 것이
며, 그 원의 대표적 상징체가 바로 달이다. 자연과 더불어 호흡하면서 자
연의 도를 배우고, 그것을 통해 청정무구의 구도심을 일으키는 것을 소중
히 여겼던 편양은 지상의 모든 사물에게 어둠을 걷어내고 깨침의 길을 열
어주는 '밝은 달'을 깨침의 본체로 인식하고 있다.

금빛 가을 하늘 달이여
그 밝은 빛 온 누리 비추네
중생의 마음 물처럼 맑으면
곳곳마다 그 맑은 빛 떨어뜨리리

金色秋天月　光明照十方
衆生水心淨　處處落淸光

●「안선연경에게 보임(奉示安禪蓮卿)」

안선연 거사에게 준 시이다. 불교에서는 깨달음을 얻으면 몸에 여러 가지 징후들이 나타난다. 가령, 머리 위로 육두라고 해서 상투 같은 것이 올라오고, 온몸에 있는 땀구멍에서 금빛 광채가 보인다. 금빛 광채가 뿜어져 나오는 육신을 표현방법으로 금박을 칠한다. 금빛 달에서 내뿜는 광명은 대자대비한 부처님의 가르침이다. 문제는 그 빛을 받아들이는 우리 중생들의 마음이다. 분별심을 끊고서 집착하지 않는 청정수 같은 마음을 가질 때, 그 광명을 누릴 수 있다. "곳곳마다 그 맑은 빛 떨어뜨리리"라는 구절은 곧 깨달은 마음은 어디에나 자유자재하다는 뜻으로 선기가 자재한 경지를 상징한다. 다시 말해, 하나의 달이 천강을 비추듯 자기 자성이 맑아지면 중생의 마음에도 부처가 있음을 선사는 설파하고 있다.

　스님에게 가장 필수적인 물건 중의 하나가 물병과 석장이다. 스님들은 어딜 가나 가사와 발우, 그리고 물병과 지팡이를 가지고 다녔다. 물병과 지팡이는 작은 생명도 죽이지 않겠다는 불가의 자비심에서 비롯된 것이다. 편양은 이러한 극묘한 상징과 은유를 통하여 끊임없이 의심하고 참구해야 할 화두를 던져 준다. 다음의 시는 쌍인雙印스님에 준 시로 이러한 화두의 성격을 잘 담아내고 있다.

물병과 석장의 휘날림은 바다의 갈매기라
모든 법은 허공의 꽃 마치 빈 배와 같다
돌아갈 때에 오대산 길 잊는다 해도
노파에게 묻지 말고 조주에게 물으라

瓶錫飄然海上鷗　空花萬法若虛舟
歸時妄覺臺山路　莫問婆婆問趙州

- 「쌍인스님에 보임(奉示雙印)」

　물병과 지팡이를 날려 버린다는 것은 상식 밖의 일이지만, 바다 위를
나는 갈매기는 선사의 걸림 없는 자재한 모습과 조응한다. 여기에는 승속
의 차별과 분별을 떠난 상황이 담겨 있다. 그리고 허공의 꽃은 실제로 존
재하는 것이 아닌 환상의 꽃이다. 사벌등안捨筏登岸이라 했듯이, 배는 강을
건널 때는 필요하지만 강을 건넌 뒤에는 버려야 한다. 만법이 바로 허공
꽃이요 빈 배와 같다는 것이다. 문수 도량인 오대산에 한 노파가 있어 납
자들이 이 노파에게 오대산 가는 길을 물으면, "곧바로 가시오" 했다. 납
자가 곧바로 가면 그 노파는 "저 중도 별 수 없구만" 하고 힐난했다. 이
이야기를 들은 조주가 노파에게 가서 똑같이 물으니 또한 "곧바로 가시
오"라고 대답했다. 조주는 돌아와서 대중에게 "내가 너희들을 위해 그 노
파를 간파해 마쳤다"[8]라고 했다. 노파가 곧바로 가시오 한 것은 자성의
부처를 두고 왜 밖에서 부처를 찾느냐는 뜻이고, "조주가 간파해 버렸다"
라는 것은 이미 깨달은 조주에게도 "곧바로 가시오"라고 했으니, 이 노파
또한 깨닫지 못하고 말장난만 하고 있었다는 것이다. 그런데 돌아갈 때
오대산 길 잊는다 해도 노파에게 묻지 않고 조주에게 묻는 까닭은 무엇일

---

8) 『無門關』 3. 300則. 중 33. 趙州堪婆.

까. 그것이 곧 화두의 핵심이다.

마음과 경계가 일체가 되면 이것이 바로 불이ㅈㄴ이다. 불이법문 안에 무슨 범부와 성인, 선과 악의 분별이 있겠는가? 이렇게 관찰하여 미혹하지 않으면 생사의 문제를 능히 해결할 수 있다. 선사들의 가르침은 시간과 공간, 너와 나의 관념을 초월하여 절대적인 순간에 모든 것을 포용하도록 일러준다. 그런데 편양선사는 「뜰의 꽃(庭花)」에서 만물의 곳곳에 깃든 불법을 그냥 스쳐 지나감으로써 놓치고 마는 수행자들을 보며 안타까움을 이렇게 토로하고 있다.

비 온 뒤 뜰 앞에는 밤새 꽃이 피어
맑은 향기 스며들어 새벽 창이 새롭다
꽃은 뜻이 있어 사람을 보고 웃는데
선방에 가득한 선승들 헛되이 봄을 보내네

雨後庭花連夜發　淸香散入曉窓新
花應有意向人笑　滿院禪僧空度春

● 「뜰의 꽃(庭花)」

비 온 뒤 뜰 앞에 핀 한 송이 꽃을 보고 그 감회를 노래하고 있다. 비록 겉보기에는 개인의 정감을 묘사하고 있지만, 그 속에 담긴 내용은 의미심장하다. 촉촉이 내린 비에 뜰에 심어 놓은 꽃이 밤새 꽃을 피웠고, 이른 아침 창을 열자 맑은 꽃향기가 코끝을 스친다. 비에 씻긴 공기도 상쾌하지만 그윽한 꽃향기가 방 안 공기를 한결 신선하게 해 준다. 그래서 '효창신'이라 했다. 그런데 선사는 밤새 핀 꽃에서 뿜어내는 향기를 보고, 인간을 향해 웃음 짓는다고 했다. 그저 말없이 웃기만 하는 꽃은 대상과의 일치를 통해 대상의 참된 본질을 깨달았음을 의미한다. 이제 꽃의 그 웃음은 진리의 미소, 즉 염화미소의 메시지이다. 하지만 선방에 가득한 스님들은 이 웃는 의미를 모르고 있다. 여기에는 좀 더 열린 마음으로 사물을 관찰한다면 세상이 달라 보일 것이라는 메시지와 함께 젊은 수좌들에게 보내는 선사의 따뜻한 애정이 담겨 있다.

유마거사는 "중생이 아프니까 내가 아프다"라고 말했다. 이처럼 너와 내가 둘이 아니라 하나라는 마음은 자연과 나는 결코 둘이 아닌 것으로 인식하는 편양의 시에서도 잘 드러난다. 그것은 선사가 자신이 늙고 병들어 괴로워하는 것이 아니라 가을과 자연이 그를 슬프게 한다고 하는 시구에서 잘 묘사된다.

늙은이는 가을이 슬퍼 앉아서 시를 읊고
콩꽃 속 깊은 곳 벌레도 함께 운다
저들아 애절하게 울지 마라
병이라 견디기 어려운 늙은이 마음

老去悲秋坐苦吟　虫聲又在豆花深
憑渠且莫曉曉切　抱病難堪白首心

　　　　　　　　　　　　• 「벌레 우는 소리 듣다(聽虫聲)」

쓸쓸하고 슬퍼지는 가을밤, 인생의 가을이라 생각되는 늙음에 병까지 얻은 선사는 시를 쓰고 벌레는 가을을 운다. 풀숲에서 애절하게 울어대는 벌레소리는 병든 노 선사가 견디기 어려울 정도로 슬픔을 더해 준다. 그래서 선사가 슬퍼하는 가을이나 콩꽃 속에서 벌레가 슬퍼하는 것이나 매한가지이다. 화자의 늙음을 더욱 슬프게 하는 벌레의 울음은 왜 그토록 애절하게 들리는가. 그것은 저물어가는 쓸쓸한 가을의 분위기 속에 화자에게 찾아오는 슬픈 계절의 정취 때문일 것이다. 고요한 산사의 가을밤, 선사가 풀벌레와 하나 되는 상호조응은 더 큰 '전체'로서의 자연과의 동일성을 깨닫게 한다.

깨달음의 눈으로 보면 모든 경계는 여여하지만, 분별심으로 보면 모든 것에는 고통과 번뇌가 따르기 마련이다. 설혹 깨달은 눈이 아닐지라도 꽃이 지는 것을 한탄하기보다는 새로운 생명을 잉태하는 윤회의 한 단면으로 본다면, 그것이 결코 슬퍼하거나 한탄할 일만은 아니다. 선사의 이러한 인식은 꽃이 지는 모습을 통해 무주착無主着의 경지를 노래하는 데서 잘 묘출된다.

> 봄 새들은 산에 꽃 지는 것을 슬퍼하지만
> 꽃은 시들어도 무심하여 탄식하지 않네
> 늙은 중은 매미의 선정을 배우지 못했는데
> 새소리와 꽃구경에 하루 해 지려 하네

> 春禽獨恨老山花　花老無心莫自嗟
> 老僧不學拘蟬定　聽鳥看花日欲斜
>
> ● 「모하 시의 운을 빌려(次暮霞韻)」

분별심에서 늙고 병드는 것을 슬퍼하고 한탄하고 있다. 봄의 새들이 산에 핀 꽃이 지는 것이 슬퍼서 울지만 꽃은 시들어도 무심하여 탄식하지 않는다. 꽃은 스스로의 존재에 우주의 생명을 안고 있기에 나고 죽음도 없고 절대적인 순간만이 있을 뿐 분별심도 없다. 다시 말해, 꽃이 지는 것을 보고 새들은 슬퍼하지만, 정작 지는 꽃은 자신을 어떻게 생각할 것인

가란 뜻밖의 질문을 던진다. 그리고 선사는 이를 통해 일상의 관습에서 깨어나길 당부하고 있다. 선학을 한다고 늘 앉아 참선에 들고, 교학을 한다고 늘 앉아 독경에만 매달리는 수행자는 모두 주住와 착着의 경계에서 자유로울 수 없다. 매미는 한 마리가 울면 모두 울고, 한 마리가 그치면 또 모두 그친다. 자기의 존재가 없는 것이다. 이와 같이 참선도 독경도 습관적일 수 있다. 결국 선학이든 교학이든 어느 일정한 뜻이 있는 것이 아니라, 중요한 것은 수행 당사자의 근기에 있다. 결국 깨달음의 세계에는 과거나 미래도 없고 오로지 절대적인 순간만이 있으며, 존재의 합일을 느낄 때 치유의 힘을 느끼는 것도 이러한 연유일 것이다.

　요컨대 근기에 맞는 선교불이禪敎不二의 법문을 통해 철저한 보살행을 실천했던 편양선사는 백성들과 제자에 대한 남다른 애정을 가졌으며, 승속을 넘어선 교유관계를 유지했다. 이런 이유로 해서 선사의 문하가 다른 스님들에 비해 가장 왕성하게 법맥을 유지해 왔고 조선 후기 불교대중화의 계기가 되었다 할 수 있다.

초의의순,
옥화 한 잔 기울이니 몸 가볍고 맑은 곳에 올라

시와 글씨, 그림과 차에 뛰어나 4절이라 불리는 초의의순(1786~ 1866)은 전남 무안 출생이다. 초의의 속성은 장 씨이고 법명이 의순, 초의는 법호이다. 신헌의 '초의선사탑비명'에 의하면, 어머니가 꿈에 큰 별하나가 품 안으로 들어오는 것을 보고 선사를 잉태하였다 한다. 초의는 5세 때 강변에서 놀다가 급류에 휩쓸려 죽게 되었을 때 마침 부근을 지나던 어느 스님에게 구조되었다. 그 스님의 권유로 15세에 나주의 운흥사雲興寺에서 벽봉민성을 은사로 하여 출가하였다. 초의는 19세 때 해남 대흥사로 가는 도중 영암 월출산에 올라 바다 위로 솟아오르는 보름달을 바라보고 일순간 깨달음을 얻었다. 20세가 되던 해에 대흥사 완호윤우스님으로부터 구족계를 받고 초의艸衣라는 법호를 받았다. 당시 완호스님 문하에는 호의縞衣·하의荷衣라는 수제자가 있었다. 완호스님이 '초의'라는 법호를 내린 것은 초의의 천재성과 번득이는 재주를 완곡하게 감추어 주려는 의도에서였다 한다.

구족계를 받은 후, 초의는 쌍봉사로 옮겨 금담선사로부터 선을 배우며 참선에 전념하였으며, 22세 때부터 제방의 선지식들을 두루 참방하여 참구하였다. 하지만 그는 선교융합을 중시하여 선의 생활화라는 새롭고 적극적인 선풍을 시현하였다. 뿐만 아니라 여러 선비들과도 격의 없이 교류하여 그의 학문적 토대를 넓혔다. 그 대표적인 인물이 다산 정약용이다. 특히 다산은 초의의 시학과 학문에 지대한 영향을 미쳤다. 또한 초의는 다산의 아들 유산의 소개로 동갑인 추사 김정희를 만나 해마다 '금란지교'의 두터운 우정을 유지했다. 추사가 제주도에 유배생활을 할 때는 다섯 번이나 위로하러 다녀왔고, 그중 한 차례는 반년 동안이나 함께 지내며 차나무도 심고 참선도 할 정도로 각별한 사이였다.

승과 속을 넘나들면서도 승속에 걸림이 없고, 불경과 유학에 달통했으면서도 불도와 유도에 걸림이 없이 살았던 초의는 1815년 처음으로 금강산·지리산·한라산 등지를 유람하다가 1817년 경주 불국사에서 크게 깨달았다. 그 후 1826년 대흥사 뒤쪽에 일지암—枝庵을 짓고, 이곳에서 홀로 40여 년간 지관止觀을 닦았다. 한편, 초의는 백파(1767~1852)의 『선문수경』에 드러난 선리의 모순을 지적한 『선문사변만어』를 통하여 조선 후기 불교계에 새로운 활력을 불어넣었다. 이는 전통사상을 옹호하고 불교도를 결집시키는 계기를 마련하였다는 점에서 중요한 의미를 지닌다. 그런데 금란지교를 맺어온 추사가 1851년 71세로 과천 청계산 아래에서 유명을 달리하자, 초의는 그의 영전에 '완당김공제문'을 지어 올리고 일지암에 돌아와 머물며 두문불출하다가 1866년 8월에 입적했다. 초의의 의발은 수제자 서암선기가 받았는데, 지금은 진불암眞佛庵에 보관되어 있으며, 저서로 『동다송』9), 『다신전(茶神傳)』 등이 있다.

---

9) 총 31송으로 된 초의의 『동다송』은 차의 기원과 차나무의 생김새, 차의 효능과 제다법, 우리 차의 우월성을 말하고 있으며, 청나라 모환문이 엮은 『만보전서』 중 차

초의에게 차와 선은 별개의 것이 아니었다. 그는 차를 준비하고 향유하는 전 과정을 통해 법희선열法喜禪悅을 맛본다고 하였다. 이는 차 안에 부처님의 진리法와 명상禪의 기쁨이 다 녹아 있다는 것을 의미한다. 아울러 초의는 차는 그 자체에 참된 향기와 참 맛, 참 빛깔을 가지고 있어서 한 번 잡것에 물들면 참된 성품을 잃어버린다고 했다. 때문에 그는 차는 그 성품에 삿됨이 없어서 욕심에도 사로잡히지 않으며 청정한 본래의 원천 같은 것이라 하여 무착바라밀無着婆羅蜜이라 부르기도 했다. 차나무를 가꾸고 차 맛을 즐기면서 걸림 없는 삶을 산 것은 그가 추구하는 선의 세계였다. 따라서 그에게 있어 차와 선은 둘이 아니고, 시와 그림도 둘이 아니며, 선과 교도 둘이 아니었다. 이러한 행위들이 곧 불이선不二禪이다. 그의 선사상을 다선일미茶禪一味라고 부르는 것도 그러한 까닭이라 할 것이다.

초의와 추사의 42년간의 '금란지교'는 1815년 수락산 학림암에서 처음 만남으로 시작된다. 초의가 해붕 노화상을 모시고 학림암에서 동안거를 지낼 때 추사가 눈길을 헤치고 노스님을 찾아와 공空과 각覺에 대한 깊은 담론을 나누었던 때다. 추사가 하룻밤을 묵고 돌아갈 때 노사는 추사에게 "그대는 집 밖을 쫓아다니고 / 나는 집안에 앉아 있네. / 집 밖에 있는 것은 무엇인가. / 집안에는 원래 번뇌가 없다네"(行軸曰君從宅外行 我向宅中坐 宅外何所有 宅中元無火)라는 글을 써 주었다. 해붕노사가 진리를 찾아 집 밖을 떠돌던 추사에게 던진 "집 밖에 있는 것은 무엇"이며, "집안에는 원래 번뇌가 없다"는 노사의 일갈은 전광석화처럼 초의의 마음을 내려치는 가르침이었다. 크게 마음이 열리는 순간이었던 것이다.

초의의 사상을 꽃피운 일지암은 초의 자신이 주석하던 큰절 대흥사를 떠나 두륜산 중턱에 중건한 초암草庵이다. 그는 이곳에서 40여 년간 다

에 관한 부분인 '채다론採茶論'을 번역한 『다신전』은 찻잎을 따는 시기와 요령, 차를 만드는 법, 보관하는 법, 물 끓이는 법, 차 마시는 법 등을 알기 쉽게 꾸며 놓았다.

산, 추사, 홍석주 등과 다도를 논하고 시를 지으면서 일생을 보냈다. '일지'라는 이름은 장자莊子의 '소요유'逍遙遊에 있는 "뱁새가 깊은 숲에 보금자리를 마련할 경우 한 나뭇가지면 충분하다"(鷦鷯巢於深林 不過一枝)10)와 한산寒山의 시 '금서자수'琴書自隨의 "뱁새는 언제나 한마음으로 살기 때문에, 나무 한 가지에 살아도 편안하다"(常念鷦鷯鳥安身在一枝)에서 유래한다는 설이 있다. 그렇다면 풀로 옷 대신 몸을 가리고 있다는 '초의'나 '일지'는 다 욕심 없는 무소유의 삶을 나타내고 있다 할 수 있다.

연하가 난몰하는 옛 인연의 터에
스님 살림할 만큼 몇 칸 집 지었네
연못을 파서 달이 비치게 하고
간짓대 이어 구름 샘을 얻었네
다시 좋은 향과 약을 캐고
때로 원기로 묘련을 펴며
눈 앞을 가린 꽃가지를 잘라내니
석양에 아름다운 산이 저리도 많았던가

• 「다시 일지암을 지으며」

---

10) 장자의 「소요유」에 눈 앞의 물질에 초연하게 인생을 사는 사람의 이야기가 있다. 하루는 요임금이 당시 현자라고 알려진 허유許由를 찾아가 자신이 소유한 천하를 넘기겠다고 하였다. 이 제안을 받은 허유는 "뱁새가 깊은 숲속에 둥지 틀지만, [둥지 트는 데 필요한 것은] 나무 한 가지에 불과하고, 두더지가 강물을 마신다 해도, [마시는 물의 양은] 그 배를 가득 채우는 데 지나지 않는다"(鷦鷯巢於深林 不過一枝, 偃鼠飮河 不過滿腹)라고 말하며 천하를 주겠다고 제안한 요임금의 제안을 한마디로 거절했다.

‘일지’는 ‘초의’草衣라는 법호, 즉 ‘풀옷’이 가지는 의미와 맞닿아 있다. 일지암을 복원하면서 연못을 파고, 백운천白雲泉에서 끌어온 유천수로 차를 우리던 초의는 이곳에서 『동다송』과 『다신전』을 지었다. 지금도 초정 뒷산의 우거진 숲에서 흘러나오는 물이 대나무 대롱을 타고 내려와 세 개의 돌확에 담기는데, 이는 초의가 자랑하던 어머니의 젖 같은 샘물, 바로 유천乳泉이다. 좋은 차는 해안가 근처에 아침안개가 자주 끼고, 대나무가 많은 산에서 잘 자란다고 한다. 일지암은 이처럼 차나무가 자라기에 좋은 조건을 고루 갖추고 있다. 여기에서 초의는 차밭을 일구어 차를 직접 만들고, 유천의 물로 차를 우려내 마시면서 법희선열의 다선삼매에 들곤 했다.

홀로 지관에 전념하면서 불이선不二禪의 오묘한 진리를 찾아 정진하고 다선삼매에 들기도 하였던 초의는 「두륜산 초암」에서 한 잔의 차를 마시면 차와 선이 하나가 되는 다선일여의 경지를 이렇게 묘출해 낸다.

연못가에 심어진 영산홍이 피면
다홍색 꽃무늬가 연못에 투영되어
환희의 정경 속에서 다선이 이루어지고
달이 연못에 잠기면
우주의 섭리가 물속에 잠기는데
그 분위기 속에서 한 잔의 차를 마시면
차와 선이 하나가 되는
신선의 경지에 이른다네
이것이 다선일여 아니겠는가

• 「두륜산 초암」

한 잔의 차에도 우주가 담겨 있음을 깨닫게 하는 시편이다. 차를 통해 다선삼매에 들고 득도에 이를 수 있었던 선사의 모습이 선연하게 그려진다. 초의는 찻상을 별도로 가질 일 없이 그저 영산홍을 벗 삼아 지난 곡우 때 딴 차를 달여 이 바위 상에 앉아 다선일미를 즐겼음을 상상해 볼 수 있다. 축대를 쌓아 과원果園을 만들고, 석간에서 나오는 물은 죽관으로 받아 차를 끓이는 선사의 차 생활이었다. 연산홍 꽃무리가 물에 비치고 달이 연못에 잠기는 다정에 앉아 한 잔 차를 마시면 차와 선이 하나가 되는 신선의 경지, 이것이 곧 초의의 다선일여의 삶이었다. 모든 것을 내려놓고 바닥까지 비움으로써 우주를 끌어안는 선의 진리가 여기에 드러난다 할 수 있다.

사실, 우리의 차는 차나무가 깊이 뿌리를 내려 좋은 찻잎을 생산할 수 있는 좋은 땅의 조건을 갖고 있어 색, 향, 미, 기의 측면에서, 그 어느 차보다 좋은 차로 여겨진다. 또한 바람이 불 때마다 풍경소리가 일상의 고단한 삶의 무게와 집착과 번뇌를 씻어줄 때 조용히 넘쳐흐르는 유천수로 끓인 차는 온몸 구석구석을 능히 정화하는 치유적 요소가 있다. 초의가 홍현주(정조의 사위)의 부탁으로 저술한 『동다송』 한 구절로 다선일여를 우리에게 일깨우고 차 한 잔에 담긴 맛과 멋을 노래하는 이유도 이 때문이다. 자연과의 동화가 잘 드러난 '신상청경'身上淸境은 그중 하나로,『동다송』의 제30송이다.

옥화 한 잔 기울이니 겨드랑에 바람 일어
몸 가벼워져 벌써 맑은 곳에 올랐네

一傾玉花風生腋　身輕已涉上淸境

• 『동다송』 제30송

맑은 차 한 잔의 맛과 멋을 스님은 이렇게 멋지게 노래한다. 푸른 옥색 같기도 하고 연한 연두색 같기도 한 영롱한 찻물이 작고 하얀 찻잔에 담긴다. 그 빛깔 좋고 향기로운 차는 한 잔을 마시어도 양 겨드랑이에서 맑은 바람이 일어나 하늘나라에 오르는 듯 상쾌한 기분이 든다는 것이다. 이처럼 맑고 향기로운 차는 골수를 신선으로 바꿔 하늘나라 백성이 되게 한다. 밤이면 별과 달과 바람과 안개와 어둠과 교감하고, 낮이면 태양과 하늘과 구름과 새들과 호흡하는 차나무는 자연의 기氣를 가지고 있다. 차나무의 뿌리는 땅속에 잠재해 있는, 우주를 있게 한눈에 보이지 않는 힘理을 흡수하여 기로 바꾼다. 때문에 차를 마시는 것은 우주의 기를 마시는 것이고, 이는 곧 심신치유에 다분히 영향을 미친다.

일지암에서 초의의 삶은 세상의 번다함을 피해 아무것도 가진 것 없이 모든 것을 다 가지고 있는 것이었다. 우주가 다 그의 것이었다. 그래서 달이 촛불이고 벗이었으며, 구름이 자리고 병풍이었다. 어쩌면 우주 공간을 무애자재하게 거니는 도인으로서 이곳 초막에서 차를 벗하며 지관 참선한 초의의 정신이 깃든 '설아'차의 향기는 우리의 육근과 육경을 맑혀 심심치유의 더없이 좋은 묘약일 수 있다. 푸른 옥색 같기도 하고 연한 연두색 같기도 한 영롱한 찻물이 작고 하얀 찻잔에 담겨 돌려지고, 그것을 마시는 자들은 분명 화경청적和敬淸寂에 들 수 있을 것이다. 우리의 마음이 "차의 신명이 곧 삶의 신명"이라고 여기며 살았던 초의가 주석했던 일지암으로 향하는 것도 그 때문이다.

초의는 차를 마실 때, 손님들이 많아 떠들썩하면 맑은 정취가 사라지기 때문에 조용히 마셔야 함을 강조한다. 그렇다면 찻자리의 미덕은 어디에 있는가. 그는 『다신전』에서 영혼을 일깨우는 도인의 찻자리에 대해 이렇게 밝힌다. 즉 혼자 마시는 차는 신神이라 해서 신비의 경지에 이른다는 뜻이고, 두 사람이 마주 앉아 차를 마시면 승勝하다 하여 이는 좋은 정취,

또는 한적한 경치를 의미한다. 더 이상 좋을 수 없다고 했다. 또 서너 사람이 모여 마시면 그냥 차가 좋아서 마시는 것이고, 이는 즐겁고 유쾌한 경지를 말한다. 대여섯 이상이 모여 마시면 평범한 음료수를 베푸는 것에 지나지 않는다고 하였다. 칠팔 명이 마시는 것을 시施라고 하는데, 이는 음식을 나누어 먹는 것과 같아 박애라고 한다.11) 그것을 넘으면 또한 잡雜스럽다고 했다. 찻자리는 가능하면 사람이 적어야 하고, 또한 조용해야 한다는 것이다. 그것은 차가 갖고 있는 근본성질이 맑고 조용한 성품과 잘 조화됨을 의미하기 때문이다.

『동다송』의 마지막 송에서 초의는 물욕 밖의 고상한 마음에서 우러나오는 다선일여의 수행생활의 의미를 다음과 같이 노래한다.

밝은 달은 촛불이요 벗이라
흰 구름 방석 되고 병풍이 되어주네
대나무 소리와 솔바람은 시원도 하여
맑은 기운이 뼈와 가슴에 스미네
흰 구름, 밝은 달 두 손님만 허락하니
도인의 찻자리 이보다 좋으랴

明月爲燭兼爲友　白雲鋪席因作屛
竹籟松濤俱簫凉　淸寒瑩骨心肝惺
唯許白雲明月爲二客　道人座上此爲勝

● 『동다송』 제31송

자연에 동화된 다선의 탈속한 경지를 보여준다. 자연과 합일된 세계,

11) "一人神, 二人勝, 三四人趣, 五六人泛, 七八人施" -『다경』 중에서

이는 다도의 극치이다. 맑고 운치 있는 대나무 소리와 솔바람 소리 들리는 듯 찻물 끓는 소리에 맑고 청량한 기운이 영혼을 각성케 하는 순간, 밝은 달과 흰 구름을 벗 삼아 차를 마실 수 있는 삶의 여유가 바로 도인의 찻자리인 것이다. 도인의 찻자리에는 일체의 속된 허례와 겉치레를 허용하지 않고, 스스로 그러한 자연을 의인화한 달과 흰 구름만을 허용할 뿐이다. 이 자리는 어떤 이념이나 형식이 없으며 서로 간의 시시비비의 다툼도 없는 세계이다. 그러니 맑고 서늘한 기운이 영혼을 일깨울 수밖에 없다. 이렇듯 차에는 생명의 근본을 깨닫게 하는 내적 성찰과 감성과 지성을 확대시켜 정신적 만족으로 이끄는 치유적 요소가 있다.

한편, 초의는 깊어 가는 가을밤 밝은 보름달을 찻잔에 담고 차 색과 다향을 음미하며 명상에 잠기곤 했다. 달은 밝고 원만하되 하나의 모습만을 고집하지 않기에 원융자재한 불교적 지혜를 상징한다. 달은 해와는 달리 어둠 속에서 빛나는 까닭으로 무명, 즉 번뇌와 무지를 벗어나게 하는 유명有明을 상징한다. 다양한 이미지로 사용되는 달은 님이고, 고향이며, 나그네의 벗이기도 하며 깨달음의 표상이다. 선사는 중천에 떠 있는 보름달을 떠서 찻잔에 담고, 은하수 국자로 찻물을 떠 차를 마시며 명상에 잠김을 노래한다. 찻잔 속에 달의 향기를 담아 마셔 보는 초탈한 선승의 모습이다.

어젯밤에 뜬 보름달은
참으로 빛났다
그 달을 떠서 찻잔에 담고
은하수 국자로 찻물을 떠
차 한 잔으로 명상한다

뉘라서 참다운 차 맛을 알리요
달콤한 잎 우박과 싸우고
삼동에도
청정한 흰 꽃은 서리를 맞아도
늦가을 경치를 빛나게 하나니

선경에 사는
신선의 살빛같이도 깨끗하고

염부단금 같이
향기롭고도 아름다워라

•「그 달을 떠서 찻잔에 담고」

그윽하고 편안하게 보름달을 담은 찻잔을 살포시 안고서 명상에 잠
기게 하는 시편이다. 달빛 소리, 바람 소리, 차 끓는 소리 즐겨 들으며 영
혼의 차 한 잔을 마실 때, 차 앞에서는 그 누구도 구분이 없어짐을 배운
다. 염부단금은 염부수閻浮樹 숲속을 흐르는 강바닥에서 나는 사금을 말한
다. 이것은 적황색에 자줏빛을 띠고 있어서 가장 고귀한 황금으로 평가되
었다. 찻잔에 고이는 달빛소리를 듣는다. 참으로 귀가 맑은 선사의 모습이
다. 그 오가는 말 속에 차의 향이 있음은 물론, 우리들의 맑은 심성 속에
이 둥근 찻잔은 보름달처럼 떠오른다. 오늘날 다인들이 '달빛차회'를 자주
갖고, 보름달을 무대 삼아 헌다·다시 낭송, 녹차 등의 찻자리를 마련해
대중들과 차를 마시며 함께 나누는 명상을 시도하고 있다. 함께 나누며
소통하는 달빛 차 명상은 불안과 스트레스를 안고 살아가는 현대인에게
비우고 내려놓음으로써 공동체 의식을 결속하는 방편과 치유의 현장이 될
수 있을 것이다.

초의의 다법은 검박한 살림살이 속에서 풍요롭고 맑은 마음자리를 보듬는 것으로 볼 수 있다. 뿐만 아니라 초의의 다법은 일상에 있어서 정신적인 풍요로움을 충만하면서도 깨달음을 얻기 위한 방편이요, 선으로 자리매김될 수 있을 것이다. 그래서 초의는 차를 끓이는 사람은 삿됨이 없어야 하고 '중정'을 지켜야 함을 강조한다. 차를 끓일 때 물의 온도, 차의 양, 시간 등 그 어느 것 하나 넘치거나 모자라지 않아야 한다는 것이다. 그런 점에서 우리의 전통적인 다법은 바로 '중정의 묘'에 있다.12) 그는『동다송』제29송에서 말하기를, "찻잎을 따는 데는 그 묘를 다하고, 차를 만들 때는 정성을 다하며, 차를 우릴 때는 참물眞水을 얻어야 한다. 체인 물과 신인 차가 서로 어울리면 건실함과 신령함이 아울러 갖추어진다. 이에 이르면 다도를 다했다 할 것이다"라고 했다.

그 가운데 현미함과 오묘함이 드러나기 어려우니
참다운 정기는 체와 신을 분리시키지 않음에 있네

中有玄微妙難顯　眞精莫敎體神分

체와 신이 비록 온전하더라도 중정을 잃을까 염려되네
중정을 잃지 않으면 건과 영을 함께 얻는 것일세

體神雖全猶恐過中正　中正不過健靈倂

●『동다송』제28, 29송

---

12) 초의는 물에는 여덟 가지 덕八德이 있다고 했다. 가볍고輕, 맑고淸, 시원하고冷, 부드럽고軟, 아름답고美, 냄새가 나지 않고不臭, 비위에 맞고調適, 먹어서 탈이 없는無患 것이어야 한다는 것이다. 어쩌면 일지암의 유천은 이 조건을 다 갖추고 있어서, 초의는 이곳을 떠나지 않고 오랫동안 머물렀을 것으로 여겨진다.

초의는 차 정신의 핵심을 '중정'에서 찾고 있다. 초의의 중정 강조는 차에 이르는 네 단계, 즉 첫째 이른 아침에 찻잎을 딸 때의 현묘함을 다해야 하고, 둘째 찻잎을 지극정성으로 법제해야 하며, 셋째 차를 우릴 때는 참물을 얻어야 하고, 넷째 달일 때 불의 세기는 그 중정을 얻어야 한다고 한 사실에서 확인된다. 『다서』「천품」에 "차는 물의 정신이고 물은 차의 본체이다. 참된 물이 아니면 그 정신은 드러나지 못할 것이고 정결한 차가 아니면 그 본체를 엿볼 수 없을 것이다"(茶書泉品韻 茶者水之神 水者茶之體 非眞水 莫顯其神 非精茶 莫窺其體)라고 언급한 것은 차에 있어 물의 중요함을 강조한 것이다.13) 차 맛의 가장 신묘하고 참된 정수는 물맛과 차향이 분리되지 않아야 하고, 차는 물의 신이고 물은 차의 체이니, 좋은 물이 아니면 다신을 오르게 할 수 없고, 좋은 차가 아니면 물의 참뜻을 나타낼 수 없다. '중정의 묘'는 다도의 진수가 어디에 있는가를 보여 준다. 따라서 차의 건영健體인 담박한 맑음으로 현현된 차의 가치는 청천처럼 투명하게 사람들의 몸과 마음을 정화해 위안을 주기에 충분하다 할 수 있다.

다신茶神은 차의 신명神明이다. 신명은 흥겨운 신과 멋을 말한다. 곧 다신은 차의 향기와 맛이 도달할 수 있는 최고의 완성된 경지를 말한다. 초의는 "차의 신명이 곧 삶의 신명"이라 생각하고 차를 만들어 차의 향기를 마시면서 차 맛을 느끼며 삶을 초극한다. 선사의 이러한 삶을 초극하는 마음은 다음의 오도송 「반향각에서 유산과 함께 시음」에서 한결 극화된다.

---

13) 『서역기』에 황하의 근원은 아욕달지(티벳에 있는 호수로 물이 맑고 깨끗하다)에서 시작하는데 물은 여덟 가지 덕을 담았고, 가볍고 맑으며, 연하고 고와 냄새가 없으며, 마실 때에는 비위에 맞고 마신 뒤에는 질병에 걸리지 않는다고 한다(임해봉, 『한국의 불교 茶詩』, 서울: 민족사. 2005. 274쪽 재인용).

일생의 참선 수행 금년에야 마쳤으니

북창에 편히 누워 낮잠 잔들 어떠리

백병산 높고 높아 홀로 물에 비치고

황효강 빛 맑고 맑아 하늘에 닿았네

책상과 차 부엌은 봄바람 속이요

약 찌꺼기 옅은 향내에 가벼이 취했네

이미 지공14)의 참모습 믿으니

시끄럽고 조용한 곳 모두가 선인 줄 알겠네

一生參學了今年　未妨北窓淸晝眠

白屛山尖孤照水　黃驍江色澹連天

筆狀茶竈春風裏　藥末香塵小醉變

己信誌公譚實相　要知喧靜兩皆禪

● 「만향각에서 유산과 함께 지음」

만향각에서 유산 정학연과 함께 어울려 지내면서 운을 내어 지은 시
이다. 초의는 이미 일생동안 할 공부를 다 마치고 한가하게 선비들과 시
회를 하며 노는 모습이다. 선리가 무르익은 초의의 깨달은 마음이 잘 드
러나 있다. 눈 밝은 선사의 자신만만한 표현이다. 화두를 들고 정진하던
참선 공부가 유산을 만나던 그해에 마침내 마친 것으로 보인다. 즉 오도
의 경지에 들어선 것이다. 시끄러운 한양의 저잣거리나 해남 대둔사의 고
요한 선방 모두 선 그 자체라는 마지막 구절에는 이미 장소 따위에는 구
애받지 않는 선승의 탈속한 모습이 보인다.

다산과 그의 아들들은 늘 수종사의 샘물로 차를 달여 마셨다. 한양에

---

14) 중국의 고승으로, 중국 추평 예천사에 있는 지공비의 뒷면에 그의 초상이 새겨져
있다.

온 초의는 수종사에 머물며 다산과 교류를 했다. 다산은 평생 초의의 스승 노릇을 하며 그의 안목을 더욱 깊고 넓게 해주었다. 1830년 가을, 일지암에서 상경한 초의는 다산을 만난 뒤, 유산 형제들과 광산 박종유, 진재 박종림 등과 두릉의 유산 집에서 모여서 시회를 열었다. 초의는 당시이곳에 모인 시재詩才가 뛰어난 이들을 사백詞伯이라 불렀다. 초의는 이 시회를 '두릉시사杜陵詩社라 하였으며, 「두릉시사여제사백동부(杜陵詩社與諸詞伯同賦)」는 이곳에서 창작되었다.

구름 따라 여기에 와 그윽한 곳 사랑하니
언덕에 끌린 정, 끊지 못한 것이 우습구나
고운 초승달 맑게 갠 저녁에 떠오르고
엷은 안개 서린 언덕엔 석양 노을 비친다
뜻 높은 선비 누가 감히 이곳에 오겠나
자리가 높고 좋을 땐 소원해지기 쉬운 것
강 가까이 숲이 깊어 찾는 이가 드무니
이 중에 좋은 벗, 반은 새이고 물고기네

雲蹤到此愛幽居　邱壑情緣笑未除
細月涓涓新霽夕　斜陽艶艶澹煙墟
安貧達士誰能致　高尚明時易見疎
江近林深人跡少　此中友樂反禽魚
　　　　　　● 「두릉시사여제사백동부(杜陵詩社與諸詞伯同賦)」

시 모임의 분위기가 한눈에 그려진다. 의기투합한 지우들의 모임은 더없이 흥겹다. 때문에 초의도 이 정에 이끌려 "언덕에 끌린 정, 아직 끊지 못한 것이 우습다"라고 하였다. 수행자는 풍상에 흔들리지 않아야 하는 것, 그러나 그윽한 고회高會의 아정雅正은 초의의 마음을 흔들었다. 그래서 그의 "우습다"라는 언급은 그 자신이 걸림 없이 살아가는 자유인임을 말해 준다. 서산 위에 뜬 고운 초승달은 초의의 서슬 퍼런 선풍을 잘 드러낸다. 해 저문 언덕엔 그래도 석양의 잔영이 비껴 있다. 뜻 높은 선비는 어느 누구도 이런 궁벽한 곳을 찾지 않는다. 하지만 초의는 구름 따라 인연 따라 이곳에 와 지우들과의 격의 없는 교류를 한다. 두릉은 두 강에 흐르는 물, 즉 두물머리(양수리)의 강을 말한다. 한강을 마주한 두릉에서 사백들과 시회를 한 그에게 유일한 벗은 철새이고, 물고기들뿐이다. 선사의 자연과 동화된 맑고 고아한 모습이 선연하게 나타나 있다.

요컨대 모든 법이 서로 다르지 않으며, 평상심으로 돌아가는 것이 선임을 기본으로 삼았던 초의는 선과 교뿐만 아니라 유교와 도교 등에도 조예가 깊었으며 범서에도 능통하였다. 또한 탁월한 금어(불화를 최고의 경지에서 그리는 스님)이자 선필가였던 선사는 범패와 원예, 장 담그는 법, 단방약 등에도 능하였다. 따라서 그에게는 조용한 곳을 찾아 가부좌 틀고 앉는 것만이 선이 아니었으며 현실의 일상생활이 곧 선이었다. 무엇보다도 그것은 차를 심고 가꾸며 차를 달여 마심으로써 마음을 맑히고 수행 정진한 삶에서 잘 드러난다.

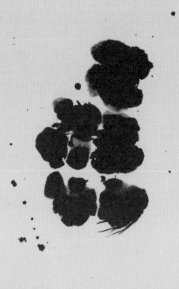

제4부 근현대 선시와 생명사랑

경허성우, 고삐 뚫을 콧구멍 없는 소 / 만공월면, 세계는 한 송이 꽃 / 한암중원, 바위 밑 물소리 젖는 일 없다 / 만해 한용운, 눈 속의 매화 기상과 생명사랑 / 무산오현, 성자는 아득한 '하루살이' 때 / 석성우, 선다시를 통해 깨달음을 얻다

경허성우,
고삐 뚫을 콧구멍 없는 소

억불숭유로 바람 앞의 촛불과 같던 때 한국불교의 선맥을 되살린 전주 출생의 경허성우(1846~1912)의 속성은 송 씨, 속명 동욱東旭, 법호 경허鏡虛, 오도 후 법명은 '깨어있는 소'라는 의미의 성우惺牛이다. 9세에 부친이 세상을 떠나자 모친을 따라 경기도 광주 청계사의 계허桂虛에게 출가하였다. 하지만 스승 계허가 환속하면서 경허를 동학사 만화 강백에게 천거하여, 경허는 그 밑에서 경학을 익히고, 영호남의 강원에 나아가 경·율·논 삼장뿐만 아니라 유학과 노장까지 두루 섭렵하였다. 23세에는 그 실력이 인정되어 대중의 요청으로 동학사에서 강의하자 학인들이 구름같이 몰려들었다.

하지만 대강백으로 명성을 떨치던 경허는 31세에 옛 은사였던 계허를 찾아가던 중 폭우를 피하기 위해 들어간 마을에서 전염병이 창궐한 참혹한 현장을 목격한다. 인가에 유숙할 수 없어 빗속에서 나무 아래 앉아 밤을 새우다가 생사의 이치를 깨달은 경허는 동학사로 돌아와 학인을 돌려보내고 강원을 철폐하였다. 그 뒤 오로지 영운선사의 '나귀 일이 가지 않았는데, 말의 일이 도래한다'(驢事未去 馬事到來)는 화두를 들고 졸음이 오면 날카로운 송곳으로 살가죽을 찌르고 칼을 갈아 턱 밑에 대놓고서 수마를 물리치며 치열한 참선 정진을 하였다. 그러던 중 11월 보름날 우연히 바깥에서 "'소가 되어도 고삐 뚫을 콧구멍이 없다'는 것이 무슨 뜻인가'라는 한 사미의 질문에 활연 대오하였다. 그 순간 천하대지가 송두리째 빠져나가고 물아가 함께 공空해 백천 법문과 무량한 묘의가 한 생각에 홀연히 재가 되어버렸다. 한국 근대 선의 서막이 오름을 알리는 역사적인 순간이었다. 그 깨달음의 순간의 노래가 다음의 오도송이다.

> 홀연히 고삐 뚫을 콧구멍 없다는 말을 듣고
> 문득 삼천대천세계가 내 집임을 깨달았네
> 유월 연암산 아랫길에
> 일 없는 들 사람들 태평가를 부르네

> 忽聞人語無鼻孔　頓覺三千是我家
> 六月燕巖山下路　野人無事太平歌
>
> ● 「오도송」

소가 콧구멍이 없으면 고삐를 묶을 수 없으니 이리저리 끌려다닐 일이 없다. 이것은 곧 자유이고 해탈이라는 깨달음을 말한다. 동학사에서 깨달은 경지와 후일 천장암에서 획득한 무사태평의 경지가 절묘하게 배대되어 있는 오도송이다. '코뚜레를 뚫을 수 없다'는 말은 본래 『장자』의 「추수편」에 나오는 말로 인간의 입장에서 소용되기 이전의 타고난 천연 그대로의 모습을 상징한다.15) 경허는 이 말에서 인위적인 가치판단에 의한 분별과 조작이 일어나기 전의 무위의 본래면목을 본 것이다. '나'라는 아상이 없어지면 나는 시작도 없고 끝도 없으며 형체도 없는 존재로서의 법신과 일체가 되기 때문에 온 삼천대천세계의 합일을 이룬다. 이것을 불가에서는 내외명철內外明徹이라고 한다. 이때의 심정을 경허는 "온 우주가 내 집임을 깨달았"다고 한 것이다.16) 여기에서 집은 본래심을 의미한다. 그리고 "일 없는 들 사람들의 태평가"는 상대적 경계에 걸리거나 집착이 없는 광명의 작용으로 탕탕 무애한 경지에 이른 환희심의 노래이다. 그 후로 경허는 방문을 열고 낮이나 밤이나 잠을 잤다. 이때 지은 시가 다음의 「졸음」이다.

　　머리를 떨구며 언제나 졸고 있나니
　　조는 일밖에 별일이 없네
　　조는 일밖에 별일이 없으니
　　머리를 떨구며 언제나 졸고 있네

　　低頭常睡眠　睡外更無事
　　睡外更無事　低頭常睡眠

● 「졸음」

---

15) 『장자』「추수편」에 이르기를, "무엇을 천진이라 하고 무엇을 인위라 합니까?" "소나 말이 발이 네 개인 것을 천진이라 하고, 말머리를 얽매고 소 콧구멍을 뚫는 것을 인위라 한다. 그러므로 옛 말에도 '인위로서 천진을 망치지 말고, 고의로서 천리를 잃지 말고 천덕으로 인사에 따르지 말라'고 한 것이다. 이 세 가지를 지켜 잃어버리지 않는 것을 '그 천진으로 돌아감'이라고 한다"(曰 何謂天 何謂人 北海若曰 牛馬四足是謂天 落馬首穿牛鼻是謂人 故曰 無以人滅天 無以故滅命 無以得徇名 謹守而勿失 是謂反其眞).

16) 자신의 불성을 깨달아 본래심으로 돌아가는 것을 경허는 「심우송」에서 '흐름에 맡겨 집에 돌아오다'任運歸家로 표현하고 있다(한불전 11, 630).

경허에게 잠은 끊임없는 화두이다. 그에게 있어 잠은 그냥 잠이 아니라 세상과의 단절인 동시에 연결이다. 귀찮은 속세, 시끄러운 속세, 말 많은 속세와의 단절을 위하여 끊임없이 외면하며 잠을 자는 경허이다. 즉 경허에게 잠은 귀찮은 것으로부터의 벗어남이다. 그래서 침묵은 둘도 아닌 법문이다. 무엇보다도 어느 것에도 집착하지 않는 자유로운 영혼으로 무념, 무상, 무심을 실천한 선불교계의 상징적인 존재인 경허 선사는 늘 '마음공부'를 강조하며 스스로 실천하는 삶을 살았다. 깨달음을 얻은 후 선사는 세상 속에 살면서도 세상을 탈속한 대자유인으로서의 무애 자재한 기개를 보여 주었다.

속세와 청산이 어느 쪽이 옳은가
봄볕이 있는 곳 꽃 피지 않는 곳이 없네
누가 성우의 가풍을 묻는다면
돌계집 마음속 영원의 노래라 하리라

世與靑山何者是　春城無處不開花
傍人若問惺牛事　石女心中劫外歌

• 「천장암에서 부른 노래」

이 노래는 세간과 출세간의 이분적인 대립관념을 뛰어넘은 격외의 도리를 담고 있다. 속세와 청산 중 어느 쪽이 옳은지 굳이 따질 필요 없다. 있는 자리가 어디든 봄볕만 비춘다면 꽃이 필 것이기 때문이다. 즉 구할 것은 봄볕이지 어떤 형태 따위의 처소는 문제가 안 된다는 것이다. 그래서 누가 경허의 가풍을 묻는다면 석녀의 마음속 노래라 설파하는 것이다. 이러한 경허의 걸림 없는 탕탕한 기개의 가풍은 만공, 보월, 금오로 이어진다.

세상에 머물지만 물들지 않는 무심의 경지에서 외계에 마음을 빼앗기지 않고 마음의 주인공으로서 살아가는 선사의 평상심이 잘 표현된 시가 다음의 「우음 3(偶吟 三)」이다.

일없음이 오히려 일을 이룸이라
사립문 닫고 한낮에 조는데
무심히 나는 새들이 나의 고독을 아는지
그림자가 잇달아 창 앞을 지나가네

無事猶成事　掩關白日眠
幽禽知我獨　影影過窓前

　　　　　　　　　　　　　　　● 「우음 3(偶吟 三)」

도를 깨친 사람은 하루 종일 잡일에 시달려도 무심의 경지에 이르러 모든 경계에 미혹되지 않아 일삼을 것이 없다. 그러니 대낮에도 문을 닫아걸고 할 일 없이 조는 것이다. 문을 닫은 것은 무심의 경지에 이르러 바깥 경계에 끄달리지 않는다는 뜻이다. 자아가 고요해지니 대상도 고요해져서 무심해진다. '유금'幽禽의 '유'幽는 무심함을 뜻한다. 무심한 새가 시적 화자의 고독을 알고 창 앞을 지나간다. 이때 나의 고독은 일반적 상념의 외로움이 아니라 천상천하유아독존의 '아독'我獨으로서 누구에게나 있는 불성의 고유성과 절대성을 의미한다. 새가 무심하게 나는 것이 불성의 발현임을 창 앞을 지나가는 그림자에서 확인한다. 이와 같이 시적 화자는 가아에서 진아의 존재를 놓치지 않고, 자아와 대상의 존재성을 '무심'이라는 한 지점에서 공유하며 교감을 나누고 있다.

선의 진리는 마음에 있으므로 마음의 당체를 터득하면 마음의 본체가 저절로 드러난다고 하였다. 마음의 근원이니 진여자성은 신통 묘용한 것이며 절대적인 유일성을 지니고 있다. 신통 묘용하여 청정하고 영원불변한 불성이 내 마음에 있음을 확인하며 찾는 것은 수행자의 본분사이다. 그래서 수행자는 그것을 깨치기 위해서 끊임없는 물음의 길로 나서는 것이다. 그런데 수행자에게 깨달음에 이르는 길은 기약이 없고, 길 없는 길에서 때로 지치고 머뭇거리며 헤매기도 한다. 경허 역시 깨달음으로 가는 노정에서 겪는 수행인으로서의 고뇌를 다음의 시에서 잘 담아내고 있다.

새 날아가 버린 텅 빈 하늘
바라보니 끝이 없구나
모양 있는 것으로서는
완전한 열반 궁구하기 어렵고
길 가다 숲도 끊기고
피곤해도 쉴 곳이 없네
내 계획 잘못된 것 알지 못하고
망연히 또 머뭇거리네

鳥飛去空天　望之不盡乎
欲將有相物　難窮去無餘
半途絶樹林　困疲沒休屈
不識經營誤　憮然且躊躇

선사는 새도 날아가 버린 텅 빈 하늘에서 공의 이치를 찾고자 한다. 하지만 공의 이치는 텅 비어 아무것도 없는 단순한 무와는 차원이 다름을 알게 된다. 그래서 텅 빈 하늘이 모습相으로써 그려 낼 수 없는 불법의 이치를 찾기는 어렵다고 토로한다. 즉 진리를 찾아가는 과정에서 겪게 되는 수행자의 고뇌를 도중에 길을 잃어버리고 피곤해도 쉴 수 없다고 말하고 있다. 결국 자아 찾기의 핵심은 자기 마음에 있다. 그러니 밖에서 자신을 찾는 것은 깨달음에 이를 수 없다. 모습 있는 것으로 모습 없는 진리를 찾다가 헤매는 화자의 끝나지 않은 방황이 말미에 잘 드러나 있다.

김천 청암사 수도암은 우리나라에서 손꼽히는 선원이요 이름난 수행 처이다. 도선국사가 수행 도량으로 길지 중의 길지인 이곳에 터를 잡고 너무나 기쁜 나머지 7일 동안 춤을 추었다고 한다. 해인사 조실로 있던 경허는 이곳 수도암에서 주석하게 된다. 그를 찾아온 한암중원(1876~ 1951)을 크게 깨닫게 한 곳도 이곳이었다. 수행처가 높고 궁벽한 곳에 위 치해 있음에도 마다하지 않고 이곳을 찾을 때 경허의 진리를 향한 마음은 고소지향성으로 나타난다. 그 대표적인 시가 칠언 율시 「청암사 수도암에 올라」이다.

평지 걸음도 어려운데 오르기에 가장 더디니
젊음이 잠깐인 것에 다시 놀라네
신선 바다에서 구슬을 캐는 기술도 저버리고
명산에서 약을 캘 기약도 어긋나 버렸다
깊은 계곡에서 눈이 날아오르고 구름이 돌을 굴려
묵은 칡덩굴에 바람이 지나가고 가지에 달이 걸리네
법당 안 스님은 그림처럼 말이 없고
옥풍경 소리 속에 향연의 그림자만 옮겨 가네

平步已難上最遲　懷乎強壯不多時
去遺仙海探珠術　辜負名山採藥期
邃谷雪騰雲轉石　古藤風喉月明枝
梵堂如畫僧無語　玉磬聲中篆影移

• 「청암사 수도암에 올라」

수행에 정진할 수 있는 젊은 날이 짧다는 놀람 속에 진리를 향한 탐구심과 수행의 어려움이 상충하고 있다. 화자는 신선의 바다에서 여의주 같은 진리의 본체를 얻는 것도 나와는 인연이 먼 것 같고, 명산에서 중생의 병을 고쳐 줄 좋은 약을 캘 수 있는 기약도 어긋난 것 같다고 느낀다. 그런데 갑작스러운 일대 전환이 일어난다. 깊은 계곡에서 올라오는 눈과 구름이 돌을 굴리고 묵은 칡덩굴을 바람이 스쳐 지나가고 가지 끝에 달이 환하게 솟아오르는 것이다. 이러한 일대 전환은 소위 선가에서 말하는 돈오의 경지이다. 그런데 법당 안에는 말없이 앉아 있는 스님과 향연의 그림자만이 풍경소리 속으로 옮겨가는 그림 같은 모습만 있을 뿐이다. 스님은 말없이 앉아 마음을 텅 비우고 풍경소리만으로 자신을 꽉 채운다. 이때 풍경 소리를 듣는 당체, 그 주인공이 바로 진여심이다.

철저히 몸으로 부딪힌 수행에서 생성되는 선사들의 깨달음의 노래는 한결같이 돈오의 충만과 희열이 넘쳐나며 육화內化의 향기가 진하게 배어 있다. 이러한 온 우주와 합일되는 상즉불리相卽不離의 깨달음의 세계는 흔히 자연을 매개로 한 서경 속에 함축적으로 표현되고 있다. 다음의 시에는 그러한 서경 속에 깨달음의 선리가 잘 용축되어 있다.

빛나고 태평스러운 화창한 봄이여
볼수록 온갖 풀이 다 새롭고
계룡산에 내린 비
지난밤 티끌을 다 씻었네

熙熙太平春　看看百草新
鷄龍山上雨　昨夜浥輕塵

선사는 간밤 비에 티끌을 씻고 화창한 봄빛에 전신이 그대로 드러난 풀을 보고 또 본다. 보고 또 보는 데는 사물의 형상뿐만 아니라 그 속에 숨은 본질까지 통찰하려는 선사의 의도적인 행위가 숨어 있다. 보고 또 보니 그 풀들의 겉모습 이면에 숨은 의미가 새롭게 다가온다. '새롭다'는 말은 티끌이 씻겨 나간 풀의 청신함과 보고 또 본 끝에 드러나는 새로운 의미가 함께 담긴 말이다. 이렇게 비에 씻겨 봄빛에 반짝이는 풀에서 선사는 티끌에 가려졌던 법신을 보고 있다.

평상심은 내 마음의 체성인 무심의 작용으로서 대자유인의 걸림 없는 삶에서 잘 드러난다. 다음의 시 「정혜사」에는 선사 자신이 깨친 경지와 일상적 구현의 문제에 대한 고민이 잘 그려지고 있다.

> 덕숭산 꼭대기에 정혜가 그윽한데
> 사바의 세월은 만년 가을이네
> 선림의 정과 습관이 이전의 몸에 이르니
> 뜰 앞 잣나무에 공한 마음 광겁에 아득하네
> 부귀영화는 이 문 앞에 물처럼 흘러가고
> 제왕의 도성 위에 흰 구름 떠가네
> 그대들이여, 장주의 나비와 진여의 일을
> 나 또한 이제부터 꼬리 끌며 즐기려네

> 德崇山頭定慧幽　婆婆歲月萬年秋
> 禪林情慣前身到　栢樹心空曠劫悠
> 富貴門前流水去　帝王都上白雲浮
> 諸君莊蝶眞如事　我亦從今曳尾遊.[17]

---

17) 『장자』 「추수편」. "… 이 거북이는 죽어서 해골을 남겨 귀하게 되기보다는 차라리 살아서 진흙 속에 꼬리를 끌고 다니는 것이 낫지 않았을까요?" … 장자가 말했다.

'정혜'는 덕숭산에 있는 정혜사를 말하기도 하고, 깨달음으로 나아가는 수행인 선정과 지혜를 뜻하는 두 가지 의미로 쓰였다. 먼저 깨달음의 경지와 사바세계를 대조적으로 배치하여 깨달음의 세계를 속세에 어떻게 적용할 것이냐는 문제의식을 드러내고 있다. 이어지는 시행에서는 무르익은 선의 경지가 평상심으로 발휘됨을 "뜰 앞의 잣나무"庭前栢樹子라는 조주의 공안에 의탁하여 말하고 있다. 경련에서는 현상의 무상성을 말하고 미련에서는 그러한 현상 너머의 진여사를 꿰뚫어 보고, 그 진리의 경지를 꼬리를 끌며 살아가는 '예미유'曳尾遊 방식으로 구현하겠다고 토로한다. 여기에는 깨달음의 완성은 깨달음의 고지인 청정한 곳에 머무는 것이 아니라 탐욕으로 얼룩진 속세에 살며, 높고 영화로운 곳에서 얼굴을 드러내는 것이 아니라 낮은 곳에서 인연을 피하지 않고 온몸으로 그 인연을 받아들이며 사는 것이라는 인식이 묘출되어 있다. 마음의 근원을 깊이 성찰하는 수행을 통해 깨달음에 도달하는 계기와 깨달음에 이른 순간의 환희심이 잘 표현되고 있다.

천장암에서 깨달음을 얻은 이후로 경허는 20여 년간 영호남지방 일대를 다니며 선풍을 크게 떨쳤다. 서산 개심사, 부석사 등에서 수행 교화하였고, 1894년 범어사의 조실이 되었으며, 1899년 해인사 퇴설당에서 경전간행불사와 수선사修禪社 불사의 법주가 되었다. 성철스님(1912~1993)이 방장실로 사용했던 퇴설당 주련엔 경허선사가 우주와 하나된 경지를 노래한 5언 7구 깨달음의 노래가 담겨 있다. 선정에 몰입된 기쁨을 자연과의

"돌아가시오. 나는 장차 진흙 속에서 꼬리를 끄는 거북이가 되려 하오"(此龜者 寧其死爲留骨而貴乎 寧其生而 曳尾於塗中乎 … 莊子曰 往矣 吾將曳尾 於塗中). 장자가 재사 벼슬을 거절하며 한 말로, 벼슬아치가 되어 속박받는 것보다는 필부로 자유로이 살기를 원한다고 하였다.

조화로 잘 표출하고 있다.

> 봄가을 내내 참 좋은 날 많더니
> 마땅한 약속 지켜 풍년이 들었구나
> 달을 읽는 물고기 소리 고요히 들으며
> 하늘을 얘기하는 새와 웃으며 마주하네
> 해진 옷도 그만이라 누에 칠 일 없으리니
> 어찌하여 선방에서 농사까지 바라리오
> 돌로 만든 발우에 곡차 한 잔 거두리라

> 春秋多佳日　義理爲豊年
> 靜聽魚讀月　笑對鳥談天
> 雲衣不待蠶　禪室寧須稼
> 石鉢收雲液

　　선의 경지에 몰입한 희열을 나타낸 게송이다. 선사의 친필로 전해지고 있는 이 주련은 선을 하는 사람들의 지극히 고요한 정신세계를 아주 잘 표현하고 있다. 물고기, 달, 새, 구름 등을 두루 대입해 확 트인 선열禪悅을 보여 준다. 산 능선은 세상 먼지를 막으며 서 있고 계곡 물소리는 바깥소리를 잠재우고 있는 산사이다. 보름밤이면 둥근달이 계곡물에 부서지는 소리를 냈을 광경을 묘사한 절창은 '너무 고요하여 물고기의 달빛 읽는 소리가 들리는'(靜聽魚讀月) 구절에 잘 드러나 있다. 선을 하는 여가에 가만히 들으니 달빛이 너무나 밝아 그 달빛이 비치는 개울물에서 물고기가 달을 읽고 있더라는 것이다. 물고기가 달빛을 읽는 소리를 수좌는 앉아서 듣는다. 그런 정도의 고요, 온 우주가 다 멈춰 버린 듯한 그런 고요함이 잘 묘사되어 있다.18) 마지막 구절의 '운액'雲液은 술을 지칭하는 다른 말이다.

대한불교 조계종의 초대 종정을 지낸 한암(1876~1951)이 경허선사를 친견한 곳은 1899년 가을 김천 청암사 수도암이다. 경허선사를 찾아온 한암은 간절히 법을 청했고, 경허는 금강경의 한 구절을 설했다. "무릇 형상이 있는 것은 허망하다. 만약 모든 상을 비상이라고 보면 곧 여래를 보게 되리라"(凡所有相 皆是虛妄 若見諸相非相 卽見如來)라는 사구게를 듣고 한암은 심안이 홀연히 열렸다. 이때 경허선사는 한암의 깨달음을 인가했다. 그런데 추운 겨울을 함께 지내고 난 후 한암이 곁을 떠나려 하자 경허는 "'옛말에 서로 알고 지내는 사람은 천하에 가득하지만 진실로 내 마음을 아는 사람은 과연 몇이나 되랴' 하지 않았던가. '슬프다. 과연 한암이 아니면, 내가 누구와 더불어 지음(知音: 마음이 통하는 친한 벗)이 되랴"라며 한암과의 헤어짐을 아쉬워하며 다음의 시를 지었다.

> 그대 멀리 떠나보내는 내 마음
> 한없는 눈물이 흐르누나
> 인생은 한 백 년 나그네
> 어디에 묻힐지 아득하고
> 먼 산에 조각구름 일고
> 해는 긴 물가로 저무네
> 인간사 손꼽아 보니
> 그저 모두가 시름일 뿐이네

---

18) 경전에 "코끼리가 저 항하의 물을 건너는 소리가 선방에 앉아 있는데도 환히 들린다"(香象渡河歷歷地)라는 말이 있다. 어미 코끼리와 새끼 코끼리가 몇 마리인지, 얼마의 무게인지, 어떤 코끼리가 지나가는지 등을 앉아서 분별한다는 것이다. 이런 것은 수행하는 사람들의 지고한 정신을 엿볼 수 있게 하는 내용이다.

爲君賦遠遊　使我涕先流
百歲如逆旅　何方竟首邱
片雲生遠出　落日下長洲
屈指人間事　悠悠摠是愁

● 「전송하며」

경허는 누구에게도 집착하는 법이 없었다. 말년에 홀연히 함경도 삼수갑산에 머리를 기르고 숨어든 그를 애제자 수월이 찾아왔을 때도 방문을 열지 않은 채 "나는 그런 사람 모른다"라는 말 한마디로 돌려보낸 경허였다. 그런 경허가 한암에게만 예외적인 모습을 보였다. 처음 두 행은 '인간 경허'의 모습을 가장 잘 축약해 놓은 압권이다. 사람의 눈물을 자아내게 하는 이별이란 그리 많지 않은 법, 백 년 나그네 같은 인생을 살아오면서 제 몸 하나 누일 안식처를 찾기보다, "나는 천성이 인간 세상에 섞여 살기를 좋아하고 겸하여 꼬리를 진흙 속에 끌고 다녔다"라며 만행두타萬行頭陀의 수행을 자처했던 경허였다. 그러나 한암은 오히려 "만고에 빛나는 마음의 달 있는데, 뜬구름 같은 뒷날의 기약은 부질없다"라는 시로 화답한 채 이별을 아쉬워했을 뿐 스승을 쫓지 않았다.

서리국화 설중매는 겨우 졌는데
어찌하여 오랫동안 모실 수 없습니까
만고에 빛나는 마음의 달이 있는데
뜬 세상 뒷날의 기약은 부질없습니다

霜菊雪梅纔過了　如何承侍不多時
萬古光明心月在　更何浮世謾留期

경허와 한암은 그 뒤 다시 만나지 못했다. 한암은 경허와 이렇게 헤어져 오대산 상원사에 들어간 이후 27년 동안 바깥으로 나오지 않았다. 한암은 수행을 철저히 하여 당대 최고의 선사가 되었으며, 1941년 조계종이 출범하자 초대 종정에 오르게 된다. 하지만 경허와 한암은 지음을 떠나 영원히 빛나는 마음의 달로서 서로를 비추고 있다.

경허의 말년은 무엇인가 채워나가기보다, 끊임없이 소진해 간 삶, 하나라도 더 비워 나간 삶의 전형을 보여 준다. 철저하게 무소유로 일관하였던 경허는 만공, 혜월, 수월, 한암, 혜봉, 침운 등의 눈 푸른 법기를 키워 불법을 이어갈 것을 부촉하고 59세(1904)에 안변 석왕사의 오백나한 개금불사 증사를 끝으로 자취를 감추었다. 그 후 경허는 박난주朴蘭州로 개명하고 머리를 기르고 유관儒冠을 쓴 모습으로 함경도 갑산·강계 등지를 돌아다니며 기행을 했고, 마침내 삼수갑산의 도하동에서 어린 학동을 가르치며 살다가 쓸쓸히 홀로 입적하였다. 경허는 열반에 들기 직전 마지막으로 일원상─圓相을 그리며 ○ 바로 위에 다음의 임종게를 남기고 1912년 4월 25일 새벽, 원적에 들었다. 세수 64세, 법랍 56세였다.

마음달 외로이 둥글어
그 빛이 만상을 삼켰도다
빛과 경계를 함께 잊으니
다시 이것이 무슨 물건인고

心月孤圓　光呑萬像
光境俱忘　復是何物

　　　　　　　　　　　　　　　　　　　　● 「임종게」

있음의 없음, 없음의 있음이라는 불교적 역설을 떠올리게 하는 "다 있고 하나도 없는 모습 / 꽉 차고 텅 빈 모습"으로서의 '○'은 말하자면 세계의 근원이며 궁극인 것으로 유有이면서 동시에 무無이고, 만滿이면서 동시에 공空인 셈이다. 깨달음을 얻으니 망상이 모두 사라졌음을 말하고 있다. 망상이 사라졌다는 것은 육경과 육식이 모두 청정해졌다는 것이다. 그 청정한 자리에 진여불성이 또렷하다. 고승들은 흔적 없는 죽음을 '천화'遷化라 하여 가장 멋진 죽음으로 여겼다. 경허의 천화 소식을 듣고 제자 만공과 혜월이 열반지 갑산에 가서 법구를 모셔다 난덕산難德山에서 다비하여 모셨다. 다음 해 제자들이 다비를 위해 스님의 무덤을 열었을 때 남은 것이라곤 스님의 법제자 만공 스님이 선물한 담뱃대와 쌈지뿐이었다.

요컨대 '고삐를 뚫을 콧구멍 없는 소'를 확연히 깨달은 뒤 대자유인의 경지에 오른 경허선사는 꺼져가는 한국 선불교의 불꽃을 되살린 선지식이다. 경허를 빈 거울鏡虛이며 깨친 소惺牛라 하지만 경허는 거울이 아니며, 소가 아니다. 다만 길도 아닌 '길 없는 길'을 살아 있는 눈으로 살다가 간 한국 근대 선불교의 새벽별이며 중흥조이다. 불교계에서 가장 큰 문중 가운데 하나인 '덕숭문중'을 일구었던 수월, 혜월, 만공(월면)이란 세 달三月이 떠오를 하늘, 텅 빈 허공을 비추었던 경허였다.

만공월면,
세계는 한 송이 꽃

경허선사의 법을 계승하고 한국불교의 선지 종풍을 진작시킨 만공월면(1871~1946)은 전북 태인 출생으로 속성은 송 씨이고, 속명은 도암이다. 만공은 법호이며, 월면은 법명이다. 신령한 용이 구슬을 토하자 황홀한 광명을 발하는 태몽으로 출생한 만공은 1883년 13세 때 겨울 김제 금산사에 갔을 때, 처음으로 불상과 스님을 보고 크게 감동하였다. 며칠을 금산사에서 지내고 돌아온 그는 미륵부처가 업어주는 꿈을 꾸고 나서 식구들 몰래 출가의 꿈을 키운다. 이듬해 야반에 몰래 집을 나와 전주 봉서사와 송광사, 논산 쌍계사를 거쳐 공주 동학사로 출가하여 진암의 문하에서 행자생활을 하였다.

1884년 10월 초순 동학사에 들른 경허를 따라 서산 천장사에서 12월 8일 태허를 은사로, 경허를 계사로 하여 사미계를 받고 월면이라는 법명을 받았다. 바로 이때가 경허의 제자 '세 달'三月이 모두 함께 천장암에 머물렀던 극적인 순간이었다. 훗날 백두산에서 나그네들에게 짚신을 삼아

주던 무주상보시로 유명했던 북쪽의 상현달 수월水月은 땔나무를 해 오는 소임인 부목을 맡고 있었고, 아이 같은 천진불로 유명했던 남쪽의 하현달 혜월慧月은 이곳에서 경허스님에게서 보조국사의 수심결을 배우고 있었다. 이때 수월은 30세, 혜월은 23세, 만공월면은 14세였다.

그런데 스승 경허는 13살에 천장암에 온 만공을 10년이나 공양주 소임을 맡기고 부려 먹기만 할 뿐 화두 하나 주지 않았다. 이 무렵 만공은 이른바 '타심통'이 열려 사람의 마음을 환하게 알게 돼 사람들의 걱정거리를 풀어주기도 했다. 하지만 경허는 "그것은 술법이지, 도가 아니다"라며 신통을 금했다. 신통조차 못 부리게 하니 혈기왕성한 만공의 가슴이 터지기 일보직전이던 어느 날이었다. 천장암에 들른 한 어린 승려가 "모든 것은 하나로 돌아가는데, 그 하나가 돌아가는 곳이 어딘가"(萬法歸一 一歸何處)가 무슨 뜻이냐고 물었다.

이 물음에 꽉 막힌 만공이 천장암을 무작정 빠져나와 찾은 곳이 봉곡사였다. 이곳에서 화두를 들고 참선에 들어간 만공은 2년이 지난 1895년 7월 25일, 하룻밤을 꼬박 지내다가 새벽 축시에 범종을 치면서 "만일 사람이 삼 세의 모든 부처님을 알고자 한다면 / 마땅히 법계의 본성을 관해야 한다 / 모든 것은 오직 마음이 만드는 것이다"(若人欲了知 三世一切佛 應觀法界性 一切唯心造)라는 화엄경 사구게를 읊다가 문득 깨달아 화장세계가 열리니 그 기쁨을 말할 수 없었다. 그때 깨달음의 노래가 다음의 오도송이다.

공산의 이기理氣는 고금 밖이요
백운과 청풍은 스스로 가고 오는구나
달마는 무슨 일로 서천을 건넜는고
축시에 닭이 울고 인시에 해가 뜨느니라

空山理氣古今外　白雲淸風自去來
何事達摩越西天　鷄鳴丑時寅日出

● 「오도송」

　　어린 소년 시절, 만공이 스승 경허에게 부처님이 어디에 계시냐고 여
쭸을 때, 경허는 "거울에 비친 네 얼굴이 바로 부처님 얼굴"이라고 했다.
만공은 스승의 그러한 가르침에 따라 참구하여 내면에 깃들인 불성을 보
았으며, 또한 그 불성이 삼라만상에 두루 깃들어 있음을 깨달았다. 첫 행
에 보이는 '이기'理氣라는 단어는 만공이 화두를 푸는 데 주역의 음양 이
론을 원용했음을 시사한다. '이'는 우주의 본체, 태극의 근본이고, '기'는
태극으로부터 파생된 음양의 세계이므로, 본체의 '이'와 현상의 '기'가 서
로 조화를 이루고 있음을 만공은 인식한 것이다. 그러나 이 오도송은 삼
년 후 경허로부터 무참하게 깨지고 만다. 경허로부터 "아직 진면목에 깊
이 들지 못했으니 조주의 무無자 화두를 가지고 다시 정진하도록 하라"라
는 가르침을 받고서 만공은 치열하게 수행정진하였다.

　　그러던 중 만공은 1901년 여름 31세 때 경허와 헤어져 양산 통도사
의 백운암에 들러 며칠 머물게 된다. 이곳에 머무는 동안 만공은 어느 날
새벽에 "원컨대 이 종소리가 법계에 두루 퍼져 / 철벽같은 어둠을 모두
밝히게 하소서"(願此鐘聲遍法界　鐵圍幽岩悉皆明)라는 범종을 치는
게송을 듣고 두 번째 깨달음을 얻게 되었다. 그해 7월 말 다시 본사인 서
산 천장사로 돌아와 배가 고프면 밥을 먹고, 피곤하면 잠을 자고, 홀로 거
닐며 자재하는 법열을 즐겼다. 드디어 1904년 2월 34세 때 만공은 함경
북도 갑산으로 가던 길에 천장사에 들른 스승 경허로부터 깨달음을 인가
받고 만공滿空이라는 법호와 함께 '무문인無紋印을 맡긴다'는 전법게를 받았
다.19)

구름 달 골짜기 산 곳곳이 같으니
산중 선자의 대가풍일세
은밀히 무문인을 부촉하노니
한 가닥 권세 기틀이 안중에 살아있네

雲月溪山處處同　曳山禪子大家風
慇懃分付無文印　一段機權活眼中

경허는 만공이라는 법호를 내리고 불조의 혜명을 이어가도록 부촉하고 다음날 이른 아침 "잘들 있거라, 난 이만 갈란다"라는 말만 남기고 훌쩍 천장암을 떠났다. 경허가 천장암에 머물지 않고 떠난 것은 혹여 이미 깨달음을 얻은 제자의 앞길에 자신이 방해가 될지도 모른다고 생각했기 때문일 것이다.

이후 전국의 여러 선방을 돌며 선지식을 만나 법문을 나누던 만공은 1905년 4월, 수덕사 뒤편에 작은 초암 금선대金仙臺를 짓고 이곳에서 보임(保任: 깨달은 진리를 다시 연마한다는 뜻)에 힘쓰고 있었다. 이때 그는 실제로 만공滿空이 되어 있었으며, 사방에서 모여든 납자들에게 법을 설하고 참선을 지도하며, 수덕사와 정혜사, 견성암, 간월암 등을 크게 중창하고 많은 사부대중을 교화하며 선풍을 드날렸다.

어느 날 만공은 혜월로부터 스승 경허가 함경도 갑산 웅이방에서 열반하였다는 소식을 듣고 달려가 스승의 유품과 무덤을 확인하고, 착하기

---

19) 이때 만공은 스승 경허의 헌 담배쌈지와 담뱃대가 맘에 걸려 새것으로 선물했는데, 경허스님은 아이처럼 좋아했다고 한다. 경허는 훗날 글방선생 '박난주'로 임종을 맞을 때 자신임을 증명할 신표로 이 두 가지를 꼭 무덤에 함께 묻어달라고 했다.

는 부처님보다 더하고, 사납기는 호랑이보다 더했던 스승을 다시 다비하여 평소 즐겨 다니던 산천에 뿌렸다. 만공은 그때의 심경을 이렇게 읊고 있다.

> 예로부터 시비가 여여하신 객이
> 난덕산에서 겁 밖의 노래 그치셨네
> 나귀와 말을 태워 저문 이날에
> 먹지 않는 소쩍새가 솥 적다 한을 하네

> 舊來是非如如客　難德山止劫外歌
> 驢馬燒盡是暮日　不食杜鵑恨小鼎

만공은 한 가닥 연기와 한 줌의 재로 흩어지는 스승의 마지막 모습을 지켜보며 지난날 미처 드리지 못했던 한마디 대답을 이렇게 바친 것이었다. 너무나 인간적인 사제지간의 선맥禪脈을 느끼게 한다. 스승의 다비식을 올리고 유품을 거두어 덕숭산으로 돌아온 만공은 1905년 금강산 유점사 조실로 추대되어 마하연에서 여름을 세 번이나 지내면서 눈 푸른 납자들을 지도했고, 다시 덕숭산 금선대로 돌아와 여러 수좌 학인들에게 선지를 펼쳐 보였다. 한편, 만공이 금선대에 주석할 때 김좌진과의 팔씨름 이야기는 만공의 선지가 얼마나 깊었는지를 잘 보여 준다.

어느 날 김좌진 장군이 목숨을 담보로 만공스님과 팔씨름을 하게 되었다. 김좌진은 있는 힘을 다해 만공의 팔을 넘어뜨리려고 용을 쓰고 있었지만 만공은 이기고 지는 데 마음이 없다는 듯 그저 팔을 세워 들고 있을 뿐이었다. 갖은 애를 쓰다가 제풀에 지친 김좌진은 만공의 손을 놓고 깨끗하게 패배를 선언했다고 한다. 그러자 만공은 "무슨 말씀이신가. 이기고 진 사람은 피차 아무도 없소이다. 팔을 꺾어 땅에 누인 사람이 없는데 이기고 진 사람이 어디 있겠소 진 사람도 이긴 사람도 없으니 수박이나 먹읍시다"라고 말했다. 때아니게 경내에서는 수박 공양이 벌어졌고, 이 일로 청년 김좌진과 만공은 깊은 우정을 맺게 되었다 한다.

1930년대 중반, 운현궁에 있던 의친왕 이강이 만공스님께 귀의하면서 그 신표로 스님께서 원하시면 무엇이든 한 가지 드리겠다고 말했다. 그러자 만공스님은 서슴없이 조선왕조 대대로 전해오는 왕가의 가보인 거문고를 달라고 하였다. 이 거문고는 공민왕(1330~1374)이 신령한 오동나무를 얻어 만든 신품명기이다. 의친왕은 약속을 지키기 위해 이 거문고를 밤중에 수챗구멍을 통해 내보내 선학원에 머물고 있던 만공에게 전하게 했다. 만공은 이 '공민왕 거문고'를 소림초당에 걸어두고 휘영청 밝은 달빛이 가득하면 초당 앞 계곡에 놓인 갱진교에서 현현법곡泫玄法曲을 타면서 노래를 불렀다. 이 거문고의 뒤판에는 만공스님의 소유임을 드러내는 낙관과 함께 스님의 친필로 쓴 다음과 같은 게송이 있다.

한 번 퉁기고 이르노니 이 무슨 곡조인고?
이는 일체의 현현한 곡이로다
한 번 퉁기고 이르노니 이 무슨 곡조인고?
이것은 일구의 현현한 곡이로다
한 번 퉁기고 이르노니 이 무슨 곡조인고?
이것은 현현하고 현현한 곡이로다
한 번 퉁기고 이르노니 이 무슨 곡조인고?
이것은 돌계집 마음 가운데 겁 밖의 노래로다

一彈云是甚　曲　是體玄曲也
一彈云是甚　曲　是句玄曲也

一彈云是甚　曲　是玄玄曲也
一彈云是甚　曲　是石女心中 劫外曲也

● 「거문고 법문」

　　금선동 초당에서 휘영청 밝은 달이 뜬 고요한 밤에 거문고와 함께한 '거문고 법문'彈琴法曲이란 제목의 법문이다. 선의 대가요 풍류가객이기도 한 만공의 면모가 인용된 겁외가에 그대로 드러나 있다. '갱진'更進은 불가의 경구인 '갱진일보'更進一步에서 유래된 것으로, '백척간두에서 다시 한 발자국 나간다', 즉 '깨우쳤다고 생각되는 바로 그 순간이야말로 새로운 시작에 불과하다'는 의미의 '갱진일보'의 정신을 되새기게 한다. 이렇게 즐기던 만공의 도락의 모습은 "흐르는 물소리는 조사의 서래곡이요 / 너울거리는 나뭇잎은 가섭의 춤이로다"라며 거문고를 퉁기며 노래했던 게송에서 한결 극화된다.

　　만공은 법문할 때 속가俗歌를 빌려 은유하기를 좋아했다. 1930년대 말 수덕사 아래 동네에 사는 나무꾼들이 만공의 어린 시봉 진성(후일의 원담)에게 재미난 노래를 가르쳐 주었다. 바로 '딱따구리 노래'이다. 철부지 어린 시봉은 그저 따라 부르기 쉬운 노래라고만 생각하고 절에 올라와서도 틈만 나면 그 노래를 불렀는데, 그 가사는 이러하다.

저 산에 딱따구리는
생나무 구멍도 잘 뚫는데
우리 집 저 멍텅구리는
뚫린 구멍도 못 뚫는구나

　　어린 시봉이 이 뜻을 알 리가 없었다. 하루는 만공이 구성지게 부르는 이 노래를 지나다가 듣고서 시봉을 불렀다. "그 노래 참 좋은 노래로 구나. 오래오래 잊지 말고 잘 기억하라"라고 일러두었다. 어느 따뜻한 봄 날, 법당 가득 메운 궁궐 나인, 정승 부인들, 그리고 예산군 부녀자들이 만공에게 법문을 청했는데, 만공의 법문을 들은 사람들의 반응이 신통치 않았다. 그래서 만공은 시봉 스님을 불러 그 잘하는 '딱따구리 노래'를 부 르게 했다. 어린 시봉 스님은 자기가 잘 불러서 그러하신 줄 알고 신이 나서 더 크게 불러 재꼈다.

저 산에 저 딱따구리는 ~ ♬
생나무 구멍도 잘 뚫는데
우리 집 저 멍텅구리는 ~ ♪
뚫린 구멍도 못 뚫는구나

뚫린 이치도 못 찾는 딱따구리만도 못한 세상 사람들의 무지함을 풍 자한 가사에 왕가의 상궁 나인들은 키득거리며 웃거나 얼굴을 붉히기도 하며 저마다 색다른 반응을 보였다. 이 모습을 본 만공은 "바로 이 노래 속에 인간을 가르치는 만고불역萬古不易의 직설 핵심 법문이 있소. 마음이 깨끗하고 밝은 사람은 딱따구리 법문에서 많은 것을 얻을 것이나, 마음이 더러운 사람은 이 노래에서 한낱 추악한 잡념을 일으킬 것이오. 원래 참 법문은 맑고 아름답고 더럽고 추한 경지를 넘어선 것이오"라며, 무지와 번뇌에 가로막혀 원래 내 안에 있는 진리의 진주를 얻지 못함을 질타하였 다. 말하자면, 갱년기 남편들의 아픈 곳을 건드리는 여인네들의 하소연을 바탕으로 아무리 입이 닳도록 설하고 이야기해도 전혀 깨닫지 못하는 중 생들의 무지함을 사정없이 꾸짖고 있는 것이다. 여기에 깨달음을 향한 선 사의 번뜩이는 지혜방편의 시적 장치가 활용되고 있다 할 것이다.

경허의 법제자로 동시대를 함께 살아간 만공이 스승의 사상과 선풍을 계승하면서 덕숭산에 선풍을 드날리며 거침없이 할喝을 치는 선사였다면, 한암은 오대산에서 27년간 불출하며 조용히 승려의 본분을 다하며 자신만의 출가정신을 구현했다 할 수 있다. 그런데 어느 날 만공은 오대산 중대의 적멸보궁을 참배하고서 "부처님의 진신을 친견하니 / 나와 부처님이 서로 담연하여 / 만 겁에 길이 멸하지 않도다"라고 노래했다. 이어 만공은 오대산 물에 번뇌를 씻으니 보고 듣는 만물이 그대로 문수보살의 화현임을 노래한다.

뼛속에 흐르는 오대산 물에
문수의 마음 씻겨 흐르네
그대 만일 이렇게 깨닫는다면
보고 듣는 것마다 문수사리네

臺山骨利水　洗去文殊心
若能如是解　頭頭文殊師

● 「오대산 월정사에서(題五臺山月精寺)」

월정사는 신라 자장율사가 중국 오대산에서 문수보살을 친견하고 석가모니 부처님의 정골사리를 모셔 와 중대 적멸보궁에 봉안하고 창건한 절이다. 오대산 정상인 비로봉에서 뻗어 내린 산봉우리들을 휘감으며 흐르는 차갑고 맑은 오대천은 세속의 번뇌를 씻어 주어 마음을 깨끗하게 치유해 준다. 상원사에는 문수보살께서 각각의 일만 보살로 화현하여 상주 설법하고 계신다. 그래서 만공은 뼛속을 흐르는 듯한 차가운 오대산 물에 번뇌를 씻어 버리면 삼라만상이 문수보살의 화현으로 보인다고 했다.

한편, 강을 건너면 뗏목이 필요 없듯이 깨달음을 얻은 수행자는 집착하지 말아야 하고 자유로워야 한다. 만공은 일제강점기 때 부산-원간 간을 오가던 선상에서 금강산과 푸른 동해 바다를 보고 법기보살의 현현과 본래 부처의 마음을 읽어 낸다. 그 시가 「푸른 바다를 지나며 1」이다.

대천세계[20]를 삼켰다 내뱉는 나그네가
몸을 용뿔[21]에 싣고 푸른 바다를 지나니
하늘에 닿은 금강산은 법기보살의 몸이요
망망한 바다는 본래 부처의 마음일세

大千世界呑吐客　藏身龍角過碧海
天極金剛法起體　茫茫河水古佛心

●「푸른 바다를 지나며 1(過碧海 吟 1)」

위의 시는 경북 예천 소백산 용문사 진영당 주련의 글로 눈길을 끈다. 만공은 배를 타고 내리는 여객들의 모습과 배가 출항하는 모습, 그리고 선상에서 바라보는 금강산과 동해바다의 모습을 묘사하고 있다. 하지만 여기에는 만공이 동해바다 푸른 물결을 가르는 배의 갑판에서 금강산 1만 2천 봉우리를 바라보며 『화엄경』 45권의 해중 금강산에서 1천 2백의 권속을 거느리고 설법 중인 법기보살의 모습을 상상했을 것이다. 망망한 대해를 무심으로 바라보노라면 마음이 탁 트여서 일체에 걸림이 없는 상

---

20) 불교에서는 수미산을 중심으로 사방에 사대주四大州가 있고 그 바깥에 대철위산大鐵圍山이 둘러싸고 있다. 이것을 세계 또는 사천하라 하고 사천하를 천 개 합한 것을 소천세계, 소천세계를 천 개 합한 것을 중천세계, 중천세계 천 개 합한 것을 대천세계라 한다.

21) 용뿔은 부산과 원산을 왕래하던 여객선 '화룡호'花龍號를 지칭한다.

태가 되니, 이는 곧 본래 부처의 마음이다.

만공의 일화는 선승으로서 스님의 탕탕 무애한 면모를 잘 보여 준다. 일제 강점기인 1937년 31본산 주지 회의에 마곡사 주지로 참석한 만공은 당시 미나미 총독이 데라우치 전임 총독이 조선불교 발전에 크나큰 공이 있음을 자랑하고 치하하자 "데라우치 전임 총독은 불교에 공헌을 하기보다는 왜색화를 통해 불교를 망쳐 놓은 장본인이라 지옥에 가도 무간지옥에 빠졌을 사람이다. 이 미나미 총독을 우리가 지옥에서 구제하지 않으면 누가 구하겠는가"라고 일갈한 뒤, 자리를 박차고 나왔다. 이날 밤 만공이 안국동 선학원에 갔는데, 만해 한용운은 기뻐서 맨발로 뛰쳐나오며 "사자후에 여우새끼들의 간담이 서늘하였겠소 할嗢도 좋지만 한 방을 먹였더라면 더 좋지 않았겠소"라고 했다. 이에 만공은 "이 좀스런 사람아! 어리석은 곰은 방망이를 쓰지만 사자는 할을 쓴다네. 사자는 포효만으로도 백수를 능히 제압하는 법"이라며 껄껄 웃었다. 선승다운 탕탕한 기개와 법력으로 만공은 그들을 향해 청천벽력 같은 사자후를 할 수 있었던 것이다.

태어나고 죽는 것, 그 윤회의 자취에는 다함이 없다. 이러한 자연의 질서를 깨달을 때 비로소 윤회의 자취를 알 수 있는 것이다. 만공은 구름인 자연조차 산을 아버지로 삼고, 달은 연못을 집으로 삼으며 머무르고 떠나며, 인간의 몸은 보고 듣고 알며 깨치지만 이것만이 인간이 가지는 분별의 마음이 아님을 설하고 있다.

서리 찬 하늘에 달은 지고 밤이 깊었는데
누가 함께 맑은 연못 차가운 그림자 비출까
백로는 앙상한 가지 위에서 꿈꾸고
각화는 형상 없는 나무 끝의 봄이로세

霜天月落夜將半　誰共澄潭照影寒
露鳥不萌枝上夢　覺華無形樹頭春

•「각화(覺華)」

하늘에 찬 서리 내리고 달은 지고 깊어만 가는 산사의 밤이다. 화자
는 빈 가지의 계절을 더욱 차갑게 느낀다. 맑은 연못에 함께 그림자를 드
리울 이 없는 적막한 산사의 가을 정취가 그대로 묻어난다. 찬 이슬이 앙
상한 나뭇가지에서 매달려 있음을 보고 삶의 덧없음과 무상함을 절감하는
시적 화자는 지혜의 눈으로 형상 없는 나뭇가지 끝에서 다가올 봄을 깨닫
는다. 서리 찬 하늘에 달은 지고 홀로 선정에 든 선사는 맑은 연못가에
서서 차가운 그림자를 비출 그 사람은 바로 자신임을 자각한다. 참으로
고요하고 뚜렷한 진리의 자취를 찾은 깨달음의 순간의 노래이다.

달과 교감하여 달이 완전히 차거나 비었을 때는 길을 내고, 반달 전
후로는 물을 불러 모아 섬이 되는 서산의 관음도량 간월암은 조선개국시
무학대사가 창건한 절이다. 훗날 만공이 간월암이 조선 개국도량이라는
상징성을 중시하여 복원불사 원력을 세운 것은 조국독립과 국태민안의 발
원이었다. 벽초와 원담에게 조국광복을 위한 1,000일 기도를 간월암에서
거행하도록 하고 수덕사를 오가며 복원 불사를 지도했던 만공은 불사를
회향하는 날 게송을 하나 짓는다. 그 게송에는 조국의 독립에 대한 간절
한 염원이 잘 드러나 있다.

부처와 조사를 벗하지 않는 객이
무슨 일로 푸른 물결과 친했는가
내 본래 반도 사람이어서
자연히 이럴 수밖에 없지 않은가

佛祖不友客　何事碧波親
我本半島人　自然如是止

　부처와 조사에 마음을 두지 않는 수행자는 간월암의 푸른 바다와 벗하며 수행정진했다. 오고 가는 것, 시시비비를 가리는 것 모두 마음이 만든 것이다. 마음을 바꾸면 생사가 없는 것이요, 저울질하는 마음은 생사윤회를 거듭할 뿐이다. 시비하고 옳다 그르다 분별하는 생각을 놓은 사람이 푸른 물결과 친하게 된 것은 사랑하는 조국 조선 때문이다. 간월암을 중수하고 지극정성으로 조국의 광복을 기원했던 만공의 기도는 결코 헛되지 않았다. "기도가 끝나는 날 해방 될 것"이라고 했던 그의 예언처럼 조국은 해방을 맞게 되었다. 1942년 간월암을 복원하고 그곳에 주석하며 제자들을 지도했던 만공의 다음의 시는 깨달음의 향기를 일깨워 준다.

　깨끗한 반야 난초
　때때로 깨달음의 향기 토하네
　사람도 이와 같음을 알면
　모두가 비로자나 부처님이네

淸淨般若蘭　時時吐般若
若人如是解　頭頭毘盧師

　청신한 감각과 회화적 표현이 돋보이는 시편이다. 절제된 언어로 난초의 청초한 이미지와 세속을 초월한 속성을 잘 표현하고 있다. 난초의 단아하고 청초한 외양과 깨달음의 향기를 토하는 내면세계가 생생하게 묘사된다. 중생들도 난초처럼 청정한 성품과 행동으로 맑은 향기를 발할 때 모두가 청정법신 비로자나불임을 만공은 설파하고 있다. 간월암의 바다와 달, 바다에 비친 달의 모습을 바라보고 해조음을 들으며 명상에 잠길 때 마음은 한결 맑아진다. 이처럼 선사의 법향이 피어나는 선시 한 수를 염송하고 그 의미를 새기는 것은 자기 성찰과 마음치유의 한 방법이 될 것이다.

1945년 8월 15일, 덕숭산에 머물던 수행자들도 해방의 기쁨을 만끽했을 것이고, 만공 역시 많은 제자들과 해방의 기쁨을 함께 나눴을 것이다. 그다음 날, 만공은 상좌한테 붓과 무궁화꽃 한 송이를 가져오게 하여 무궁화 꽃잎에다 '세계일화'라고 썼다. 이것이 세상 삼라만상이 한 송이 꽃이라는 만공의 유명한 법문이다.

세계는 한 송이 꽃
너와 내가 둘이 아니요
산천초목이 둘이 아니요
이 나라 저 나라가 둘이 아니요
이 세상 모든 것이 한 송이 꽃

(중략)

그래서 세계일화世界—花의 참뜻을 펴려면
지렁이 한 마리도 부처로 보고
참새 한 마리도 부처로 보고
심지어 저 미웠던 원수들마저도 부처로 봐야 할 것이며
다른 종교를 믿는 사람들도 부처로 봐야 할 것이니
그리하면 온 세상이 한 송이 꽃으로 피어날 것이다

• 「세계일화」 부분

모든 생명은 차별 없이 하나임을 꽃에 비유한 것이다. 만공은 '세계일화'의 큰 뜻을 펼 수 있는 방법은 바로 일체 중생을 부처로 보는 것임을 역설하고 있다. 그런데 온 세상이 한 송이 꽃으로 피어나길 염원했던 그는 이 가르침을 전하고 1년 후에 입적했다. 하지만 스님의 '세계일화'의 염원은 한국불교의 세계화를 위해 진력한 숭산에 의해 널리 펼쳐졌다. 경허-만공-고봉의 법맥을 이어받은 숭산은 처음으로 한국불교를 미국 등 세계 여러 지역에 전파하며 평생 '세계일화'를 실천했다. 숭산을 통해 '법'을 알게 된 푸른 눈의 외국인 제자들(대봉, 무량, 현각, 청안 등)은 국경과 인종을 뛰어넘어 '세계일화'를 계승하기 위해 3년마다 '세계일화대회'를 개최하고 있다.

사실, 만공은 1930년 약 3년 동안 금강산 유점사와 마하연사의 조실로 있으면서 후학들을 지도한 후 1937년 마곡사 주지 소임을 맡았던 때를 빼고는 대부분 덕숭산 수덕사에 머물렀다. 이곳에서 능인선원과 한국 최초의 비구니 선원인 견성암을 열어 선을 지도했다. 스승 경허의 법화를 배운 만공 역시 격식과 계율에 얽매임이 없는 무애행을 하였다. 만공에게는 젊은 일곱 여자의 허벅다리를 베고 참선을 한다고 해서 칠선녀와선七仙女臥禪이란 말이 생겨나기도 하였다. 그러나 이러한 무애행에는 그 행위를 함에 있어 스스로의 마음에 걸림이 없고, 또 그 행위의 목적이 남을 위한 이타심을 전제로 한다. 그렇지 않으면 이는 무애행이 아니라 파계행위로 볼 수밖에 없다. 따라서 경허와 만공의 무애행은 범인의 눈으로 보면 이해가 되지 않지만 법을 간택하는 갖춘 눈으로 보면 세상을 깨우치는 한 방편이었다 할 것이다.

말년에 덕숭산 정상 가까이에 '달을 굴리는 집'이란 뜻의 전월사轉月寺를 짓고 그곳에 주석했던 만공은 해방되기 전 해인 갑인년에 병석에 눕게 되었다. 생사의 옷을 갈아입을 때가 되었음을 감지한 그는 병석에서 까치 우는 소리를 듣고 일어나 앉아 떨리는 손으로 다음과 같은 시를 써 내려갔다.

> 피곤한 인생 산란한 봄 꿈이여
> 아침에 까치 한 마리 법문을 하는구나
> 갑인년 부처님 오신 날
> 온갖 초목이 푸르니 붉음도 알겠도다

> 困人春夢亂　朝鵲吐佛吟
> 甲寅四八日　百草靑知紅

● 「사월 초파일 병석에서」

인생은 봄 꿈과 같은 것. 가고 오는 것이 본래 없고 청산과 풀은 스스로 푸르고 또한 붉게 물들어 낙엽이 되어 뿌리로 돌아간다. 지나온 삶이 고단한 삶이고, 어지러운 봄날의 꿈 같이 여겨지는 삶이었음을 새삼 느끼는 만공은 화창한 봄날 부처님 오신 날 아침, 병석에 누워 까치 한 마리가 지저귀는 것을 듣는다. 그 순간, 산하대지의 초목들이 푸름을 더해 가고 있지만 이것들도 곧 단풍 들고 시들어 낙엽이 되어 뿌리로 돌아갈 것임을 깨닫는다. 생사가 모두 공하니 부처의 해인삼매 가운데로 미소 지으며 저 언덕으로 가려는 선사의 초탈한 모습이 그려진다.

1946년 10월 20일, 만공은 목욕 후 홀로 앉아 거울에 비친 자기 모습을 보고 "이 사람 만공! 자네와 나는 70여 년 동안 동고동락해 왔지만 오늘이 마지막일세. 그동안 수고했네. 나는 가네" 하고 껄껄 웃고 춘성에게 법상을 맡긴 후 열반에 들었다. 자신과 나눈 마지막 독백이 곧 그의 열반송이 되고 말았다. 참으로 감동적인 열반의 노래이다. 세수 76세였으며 법랍은 62세였다.

요컨대 한국 전통불교의 맥을 계승하기 위한 노력을 아끼지 않았던 만공은 일제 강점기라는 질곡의 시대에 세계는 한 송이 꽃이며, 중생과 내가 둘이 아님을 보여준 선지식이었다. 그의 무애 자적한 삶은 그의 선지에서 잘 드러나고 있지만 선시에서도 다분히 그런 흔적이 드러나고 있다. 번뇌를 지우고 지혜를 별도로 구하는 것이 아니라 번뇌가 있되 그 번뇌에 어둡지 않고 번뇌의 실상을 여실히 봄으로써 번뇌의 당처에서 지혜를 얻고자 했던 스님이었다. 또한 사람을 대할 때는 자비심으로 대하여야 하지만, 공부를 위해서는 극악극독심極惡極毒心이 아니면 8만 4천 번뇌마를 쳐부수지 못함을 강조했던 만공선사의 법력은 오늘날 '덕숭문중' 가풍의 커다란 등불이 되고 있다.

한암중원,
바위 밑 물소리 젖는 일 없다

    강원도 화천 태생의 한암중원(1876~1951)의 법호는 한암, 법명은 중원이다. 천성이 영특하고 총기가 빼어나 한 번 의심이 나면 풀릴 때까지 캐묻기를 주저하지 않았던 선사는 아홉 살 때까지 『사략』을 읽었는데, 그 가운데 "반고 씨 이전에는 누가 있었을까?"하는 의문은 쉽게 해결되지 않았다. 서당의 훈장에게 물어보아도, 수많은 유가의 경서들을 섭렵하여도 그 해답을 구하지 못했다. 누구에게 물어도 답을 구할 수 없었던 선사는 그 의문을 간직한 채 성장하여 21세 때 금강산 유람에 나선다. 금강산을 유람하던 중 기암절벽의 형상이 꼭 부처가 아니면 보살의 얼굴을 닮은 모습에 매료되어 장안사 행름선사에게 출가하였다.

    출가 시에 한암은 진정한 나를 찾고, 부모의 은혜를 갚으며, 극락에 가겠다는 3가지 원을 세웠다 한다. 출가 후 금강산 신계사의 보운강회에서 공부하다가 보조국사의 『수심결』을 읽게 되었다. "만일 마음 밖에 부처가 있고 자성 밖에 진리가 있다는 생각에 집착하여 불도를 구하고자 한다면, 오랜 세월 동안 몸과 팔을 태우고, 뼈와 골수를 부수고, 피를 뽑아 사경하고, 잠자지 않고 오래 앉아 있으며, 하루에 한 끼만 먹고 대장경을 읽는 등 갖가지 고행을 하더라도 이는 마치 모래를 쪄서 밥을 짓는 것과 같아 오히려 수고로움을 더할 뿐이다"라는 대목에서 한암은 큰 깨달음을 얻었다.

하지만 한암은 첫 깨달음에 만족하지 않고 제방의 선지식을 찾아다니며 탁마를 게을리하지 않았다. 장안사 해은암이 화재로 하룻밤 사이에 소진되어 버렸다는 소문을 듣고 더욱 무상함을 느껴 금강산을 떠나 도반 함해涵海와 함께 제방의 선지식을 찾아 구도의 길에 올랐다. 근대 한국선의 중흥조인 경허선사(1849~1912)의 소문을 듣고 찾아 헤맨 끝에 1899년 가을 김천 청암사 수도암에서 선사를 친견하고 가르침을 청하였다. 경허로부터 『금강경』 설법을 듣던 중 한암은 "무릇 형상 있는 것은 모두 허망한 것이니, 만일 모든 형상 있는 것이 형상 있는 것이 아님을 알면 곧 여래를 보리라"(凡所有相 皆是虛忘 若見諸相非相 卽見如來)라는 사구게를 듣고 더 깊은 깨달음을 얻었다. 9세 때부터 가졌던 "반고 씨 이전에 누가 있었느냐"에 대한 의심이 확 풀렸던 것이다. 반고 이전의 면목22)이 환히 드러났던 순간의 깨달음 경지를 한암은 이렇게 노래했다.

> 다리 밑에 푸른 하늘 있고 머리 위에 산봉우리 있네
> 본래 안팎이나 중간은 없는 것
> 절름발이가 걷고 장님이 눈을 뜨고
> 북산은 말없이 남산을 대하고 있네

---

22) 반고 이전의 면목이란 유학에서는 '통체일태극'統體—太極이요, 도교학에서는 '천하모'天下母, 불교교리에서는 '최청정법계'最淸淨法界, 선리禪理로는 '최초일구자'最初—句子를 뜻한다.

脚卜靑天頭上巒　本無內外亦中間
跛者能行盲者見　北山無語對南山

　　청정한 불성은 어디에도 걸림이 없고 제약이 없으니 앉은뱅이가 걸어가고 장님이 눈뜨는 것이다. "다리 밑에 하늘 있고 머리 위에 산봉우리 있네"의 구절은 상식적인 논리를 초월한 번뜩이는 선기를 보여 준다. 선시엔 이렇듯 초현실적인 이미지라든가 난해한 은유가 곧잘 등장한다. 때문에 말에 얽매일 게 아니라, 행간에 숨어 있는 진실을 파악해야 한다. "본래 안팎이나 중간은 없는 것", 그것이 사물의 참모습이다. 그런 진여의 세계에서 저마다의 존재는 걸림 없이 중중무진하게 상용相融하고 있다. 그야말로 무소불능의 경계인 것이다. 그러니 앉은뱅이가 일어나 걸음을 걷고 장님이 눈을 뜬다고 해서 전혀 이상할 것이 없다. 그리하여 눈뜬장님의 눈에는 북산이 묵묵히 남산을 대하고 있음이 보이는 것이다. 참으로 초연하며 장엄한 선지가 번뜩이는 시편이다.

　　경허의 가르침에 눈을 뜬 한암은 구름처럼 물처럼 떠도는 운수행각을 그치고 경허의 곁에 머물렀다. 그러던 어느 날, 경허는 『선요』의 한 구절인 "어떤 것이 진실로 구하고 진실로 깨닫는 소식인가. 남산에 구름이 일어나니 북산에 비가 내린다"라는 문답 대목을 인용하며 대중을 향해 그 뜻을 물었다. 아무도 대답을 못 하는 가운데 한암만이 즉각 "창문을 열고 앉았으니 기와 담벼락이 앞에 있다"라고 답했다. 가만히 고개를 끄덕이던 경허는 다음날 법상에 올라 대중을 향해 "한암의 공부가 개심開心을 넘어섰다"라고 선언하며, 한암을 인가했다.23) 그 후 경허는 한암의 질박한 성

---

23) '남산에 구름' 공안이 나온 원래의 문답은 다음과 같다.
　　"옛 부처古佛와 법당의 기둥露柱이 서로 교섭하는데 이게 무슨 작용인가?"
　　아무도 대답하는 이 없자, 운문 스님이 스스로 말했다.

품과 행실, 그리고 그의 고명한 학문을 높이 평가하면서 지음知音, 즉 뜻이 통하는 수좌로 받아들였다.

그런데 경허는 바람처럼 한곳에 머무는 법이 없었다. 그래서 그는 누구에게도 집착하는 법이 없었다. 말년에 홀연히 함경도 삼수갑산에 머리를 기르고 숨어든 그를 애제자 수월이 찾아왔을 때도 방문을 열지 않은 채 "나는 그런 사람 모른다"라는 말 한마디로 돌려보낸 경허였다. 그런 경허가 한암에게만 예외적인 모습을 보였다. 경허는 1900년 겨울 해인사에서 한암과 한철을 함께 보낸 뒤 한암을 떠나보내며 이별송을 짓는다. 경허는 이별송에서 "과연 한암이 아니면 내가 누구와 더불어 지음이 되랴"라고 적고 있는데, 이는 성행이 순수하고 곧으며 학문이 높은 후학을 만난 스승으로서의 기쁨과 애정의 표시였다.

> 북해에 높이 뜬 붕새의 날개 같은 포부로
> 변변치 않은 데서 몇 해나 묻혔던가
> 이별은 예사라서 어려운 게 아니지만
> 덧없는 인생 헤어지면 언제 다시 만나리

> 捲將窮髮垂天翼　謾向檜楡且幾時
> 分離常矣非難事　所慮浮生杳後期

"남산에 구름 일어나니 북산에 비가 온다."

이 공안에서 '고불'古佛은 오래 묵은 불상이요, '노주'露柱는 법당 앞의 돌기둥이니, 모두 만 가지 법의 하나이다. 동시에 고불은 본래부터 부처인 각자의 자성, 즉 자각의 주체인 불심을, 돌기둥은 현상 경계의 사물을 상징하기도 한다. 언어와 생각으로는 파악할 수 없는 진공묘유眞空妙有의 세계는 시간과 공간을 비롯한 일체 상대적인 차별경계를 초월한 경지이기도 하다. 그래서 남산과 북산이란 서로 다른 공간, 구름 일고 비 내리는 시간적인 전후를 초월하여 묘한 작용을 드러낸다.

경허가 한암을 자신의 깊은 울림을 이해해 줄 수 있는 '지음'으로 표현하면서 한암을 보내는 그의 마음에는 눈 밝은 제자와의 이별에 대한 아쉬움이 짙게 담겨 있다. 한편으로 경허는 이별의 아쉬움과 더불어 한암이 자신과 같이 가기를 은근히 원하는 심경을 보인다. 하지만 한암은 경허의 이별시를 받아 읽고, 만고에 빛나는 마음의 달 있는데, 뜬구름 같은 뒷날의 기약은 부질없다는 뜻을 전하는 다음의 답시를 쓴다.

서리국화 설중매는 겨우 졌는데
어찌하여 오랫동안 모실 수가 없습니까
만고에 빛나는 마음의 달이 있는데
덧없는 세상에서 훗날 기약은 부질없습니다

霜菊雪梅纔過了　如何承侍不多時
萬古光明心月在　更何浮世謾留期

오고 가는 눈빛 하나만으로도 서로의 마음을 훤히 알았던 스승 경허와 그 제자 한암이었다. 한암은 스승과의 이별을 아쉬워했지만 스승의 구도 길에 동행하지 않았다. 불세출의 선지식이자 자신의 심안을 열어 주었던 은사였건만 '회자정리'會者定離이고 '제행무상'諸行無常임을 한암은 누구보다 잘 알고 있었던 때문이었을 것이다. 경허는 이후 삼수갑산 등 북녘을 떠돌며 마치 '십우도'의 입전수수入廛垂手의 삶을 보여주기라도 하듯 설움 받으며 힘들게 살아가는 민중들 속에 묻혀 살다가 함경도에서 원적에 들었다. 덧없는 세상에서 영영 기약 없는 이별이 되고 말았다.

비록 스승이기는 하나 경허선사의 파격적인 행적은 "만인의 사표는 아니다. 무릇 청정한 수행을 하는 자는 경허선사의 구도정신은 본받을지언정 그 어긋난 행동은 본받지 말 일이다"라는 한암의 말에서 알 수 있듯이, 스승 경허와 한암 자신의 수행관의 차이를 알 수 있다. 하지만 한암은 훗날 사형 만공이 주도한 <선사 경허 화상 행장>을 쓰면서 "오호라! 슬프도다. 대선지식이 세상에 출현함은 실로 만 겁에 만나기 어렵거늘 비록 잠시 친견하였으나 우리들 무리는 오래 모시고 참선을 배우지 못하고 귀적歸寂하시던 날도 또한 후사를 참결參決하지 못했다'라며 안타까움과 슬픔을 토로했다. 이처럼 경허와 한암은 지음을 떠나 영원히 빛나는 마음의 달로서 서로를 비추고 있다.

한암은 경허의 천거로 30세 되던 1905년 봄, 통도사 내원선원의 조실로 추대되어 후학들을 지도하다가, 자신의 부족함을 자각하고 1910년 봄에 선승들을 해산시키고 평안도 맹산 우두암牛頭庵으로 들어가 보임공부를 계속하였다. 깨달았다고 생각하는 것도 하나의 상이다. 그 상을 버리기 위해 옛 선사들은 보임의 시간을 가졌다. 그 시간 동안 선사들은 달 속의 계수나무를 베어냈던 것이다. 달 속에 계수나무가 존재하는 것은 곧 깨달았다는 인식의 범주다. 마침내 그 나무마저 베어내는 것은 깨달았다는 생각마저 잘라내 버린 절대적인 자유를 뜻하는 것이다. 한암은 보임을 위해 수행정진하던 중 부엌의 아궁이에 불을 지피다가 홀연 큰 깨달음을 얻었다. 이때가 35세 되던 겨울이었다. 스님은 이때의 깊은 깨달음을 두 편의 시로 이렇게 읊었다.

부엌에서 불 지피다 홀연히 눈을 뜨니
이로부터 옛길이 인연 따라 분명하네
달마가 서쪽으로 오신 뜻 묻는 이 있으면
바위 밑 물소리 젖는 일 없다 하리

看火炊中眼忽明　從此古路隨緣淸
有人來問西來意　岩下泉鳴不濕聲

마을 개 짖는 소리에 손님인가 의심하고
산새들 울음소리 나를 조롱하는 듯
만고의 빛나는 마음 달이
하루아침에 세간의 바람 쓸어 버렸네

村尨亂吠常疑客　山鳥別鳴似嘲人
萬古光明心上月　一朝掃盡世間風

• 「오도송」

　　깨달음의 경계가 수도암에서의 깨달음보다 한결 깊어진 것으로 보인
다. 한암은 부엌에서 불을 지피다가 불길이 활활 타오르는 그 순간에 홀
연히 깨달았다. 불길(깨달음)이 어둠(미혹)을 몰아낸 것이 아니라 어둠과
불길이 하나가 되어 타올랐던 것이다. 삼천대천세계가 그 불길 속에 한
송이 연꽃으로 피어났다. 그런데 "바위 밑 물소리 젖는 일 없다 하라"가
어떻게 달마가 서쪽으로 온 뜻이 될 수 있는가. 그러나 바위 밑 물소리에
도 결코 젖어 들지 않는 그 청정한 마음이 곧 불성이요, 자성이다. 아울러
개 짖는 소리, 물소리, 산새 울음소리, 초목 등 모든 물건이 모두 고향 아
닌 것이 없다. 그것을 깨달은 세계에서 시공을 뛰어넘는 만고의 광명은
곧 '마음의 달'이 되어 우주를 환하게 비춤으로써 점차 어둠을 깨고 진리
를 보듬게 할 것이다. 부처님이 깨달은 진리를 '마음 달'에 비유한 것은
그것이 영원토록 중생의 마음을 비춰주는 것임을 찬탄한 것이다. 그러나
이 깨달음조차 인증해 줄 스승 경허가 이미 없음을 한암은 슬퍼하고 탄식
했다. 한암은 이때부터 중생이 서로 의탁하여 사는 이 세상에 들지도 않

고 나지도 않으면서, 때에 따라 곳에 따라 종횡무진으로 선풍을 크게 떨쳤다. 이 오도송은 경남 언양 가지산 석남사 선열당 기둥의 주련과 경북 군위 제2석굴암 광명선원 기둥의 주련으로 새겨져 걸려 있다.

일제의 기세가 내리막길을 걷던 1942년, 경무국장 이케다池田淸가 총독부와 업무협의 차 현해탄을 건너온 길에 오대산의 한암을 찾았다. 한암을 설득, 불교계의 협력을 얻기 위한 속셈이었다. 이케다는 절을 올리기가 무섭게 한암의 속내를 떠보았다. "이번 전쟁에서 어느 나라가 이기겠습니까." 한암 곁의 시자들 얼굴은 순식간에 검게 변했다. 물론 덫을 놓은 이케다의 표정도 심각했다. 일제가 이긴다고 하면 아첨의 말이 될 것이고, 진다고 하면 앞으로 닥칠 핍박과 수난은 불 보듯 뻔한 상황이었다. 빠져나갈 틈이 없었고 팽팽한 긴장감이 감돌았다. 그러나 한암은 추호의 흔들림도 없이 감았던 눈을 뜨고 말문을 열었다. "덕이 있는 나라가 이기지요." 나지막하지만 단호한 어조였다. 이 한마디에 말문이 막히고 정신이 아득해진 이케다는 어깨를 늘어뜨리고 산문을 나왔다. 한암은 백척간두百尺竿頭에서 한 걸음 더 나아가 벼랑 아래로 몸을 던진 것이다. 한암이 말한 덕은 그의 오도적 세계를 이해하는 중요한 말로, 무위심을 뜻한다. 고려의 나옹선사는 수행의 한 극점을 현애살수懸崖撒手로 표현했다. 낭떠러지 끝에 매달린 손을 놓아버린다는 뜻이다. 한암의 힘은 바로 백척간두에서 진일보하는 결의에 찬 수행에서 나온 것이었다.

선사들의 일상생활이 곧 수행이고, 선이다. 선사들은 참선이 별것 아니라 한다. 번뇌 망상을 내려놓고 자기 마음을 쉬는 것이다. 말없이 화두를 들고 푸른 소나무 있는 곳에 앉아 참선하는 선사는 배고프면 먹고 목마르면 마시고 피곤하면 잔다. 이러한 생활에는 출출세간의 경지로서 '평상심시도'平常心是道의 참뜻이 담겨 있다. 다음의 시는 한암의 선관과 선적 생활을 잘 보여 주는 시편이다.

푸른 솔 깊은 골짜기에 말없이 앉으니
어젯밤 삼경 달이 하늘에 가득하다
온갖 삼매 닦은들 어디에 쓰리
목마르면 차 마시고 피곤하면 잠잔다

碧松深谷坐無言　昨夜三更月滿天
百千三昧何須要　渴則煎茶困則眠

● 「월곡선자에게 주다(示月谷禪子)」

삼경 하늘에는 달빛이 가득하고 스님이 취침에 들 시간이다. "어젯밤 삼경에 달빛이 하늘에 가득하네"라는 시행은 마음속의 달이 떠서 어제의 무명심지를 환하게 밝혀버렸음을 함축하고 있다. 그러니 온갖 삼매를 닦는다는 것도 이젠 부질없는 일이다. 그래서 누가 '온갖 삼매'를 물으면 그저 목마르면 차를 마시고 피곤하면 눈을 붙인다고 말한다. 자연스러운 행위, 이것이 참 삼매의 모습이다. 삼매에는 해인삼매, 금강삼매, 무상삼매 등 숱한 것이 있다. 이 모든 삼매를 백천 삼매라 한다. 그런데 이것이 무엇이냐고 묻는다면 그저 목마르면 차 마시고 졸리면 자는 것이라 했다. 모든 것을 쉬어버린 평범한 일상으로 돌아와 그저 함이 없이 경계를 수용할 뿐이다. 어젯밤의 둥근달이 오늘 가득히 빛을 비추는 그 경지, 그리고 그것을 바라보며 유유자적하는 한암의 자세에는 일체의 성색의 사물에 대해 집착이나 걸림이 없다.

　한암은 세상사의 넘나듦에 자유자재한 대자유인이 되어 때와 장소를 가리지 않고 곳곳에서 선풍을 떨치며 후학을 교화하였다. 1921년 9월에 건봉사 만일암 선원의 조실로 추대받고, '선원규례'라는 선원 규칙을 제정하여 참가 대중의 화합과 수행정진에 전념할 것을 강조하고 가르쳤다. 그런데 1925년 서울 봉은사에서 조실로 있을 때, 일본 불교와 통합을 꾀하던 친일 승려가 도움을 요구하자 "내 차라리 천 년 동안 자취를 감추는 학이 될지언정 백 년 동안 말 잘하는 앵무새의 재주는 배우지 않겠노라"라는 일갈을 남기고 이듬해 강원도 오대산에 들어갔다. 자기를 속이지 않고, 자기 소리를 하는 선지식으로서 학과 같이 살고자 했던 선사는 상원사에서 입적할 때까지 27년 동안 한 번도 산문 밖을 벗어나지 않았다.

몇 해 전 입적한 고송(1906~2011)은 1920년 팔공산 파계사에서 상운스님을 은사로 출가해 1923년 용성스님을 계사로 비구계를 받았다. 아울러 봉은사에서 당시(1925년경) 조실로 있던 한암을 만나 스님의 법맥을 이어받았다. 한암은 봉은사에서의 인연으로 법제자가 된 고송에게 무인년(1938) 12월 27일 상원사 조실방에서 고송을 인가하고 다음과 같은 전법게를 써 주었다.

경전도 보지 않고 좌선도 않으면서
말없이 마주하는 이 무슨 종인고
바람 없는 곳에 바람 흘러넘치니
푸른 산봉우리에 천 년 고송 빼어나네

不讀金文不坐禪　無言相對是何宗
非風流處風流足　碧峰千年秀古松

불생불멸의 도리를 깨우치면 불구덩이 속에서도 서늘한 바람이 부는 큰 뜻을 알게 된다. 한암은 바람 멈춘 곳에 바람이 넘치는 도리를 알고, 푸른 묏부리에 우뚝 솟은 천 년 묵은 소나무의 늠름한 기상을 닮은 고송을 이렇게 인가한 것이다. 최근 한국의 대표적인 선승이었던 고송은 전법게와 같이 조금도 다르지 않게 살다가 원적에 들었다.

이찬형(1888~1966)은 일제 강점기의 한국인 최초 판사이다. 그는 법의를 입은 지 10년째 되던 해 평양에서 일본 제국주의의 하수인이 되어 독립운동을 하는 우리 동포에 대한 사형언도를 내렸다. 그런데 그것이 오심임이 밝혀지자 양심의 가책과 삶에 대한 회의를 품고 가족에게는 알리지 않고 집을 나와 참회의 길을 나선다. 참회의 길을 나선 그는 입고 있던 양복과 구두를 팔아 엿판과 엿, 헌 옷 등을 구입한 뒤 엿장수가 되어 전국을 누비며 2년 동안을 떠돌았다. 집을 떠난 지 3년 만에 그는 금강산 신계사 보운암의 석두화상의 제자가 되어 원명元明이란 법명을 받았다. 그 후 38살의 '엿장수' 원명은 전국을 편력하다가 신계사 법기암의 뒤편에 토굴을 짓고는 목숨을 걸고 참선에 몰두한 끝에 깨달음을 얻었다. 1931년 44살 때의 일이었다. 늦깎이 제자가 토굴을 부수고 나왔다는 소식을 들은 석두화상은 제자를 불러 확인한 다음 전법게를 내리며 그의 깨달음을 인가했다. 이후 원명은 1936년 한암선사와 만공선사에게 법호를 받고 전법게와 함께 인가를 받는다. 이때 한암은 오대산 상원실에서 원명에게 포운泡雲이라는 호를 지어주고, 다음의 전법게를 써 주었다.

> 망망한 큰 바다 가운데 물거품이요
> 적적한 산중의 떠도는 구름이네
> 이것이 내 집의 다함 없는 보배이니
> 오늘 남김없이 그대에게 넘겨주노라

> 茫茫大海水中泡　寂寂山中峰頂雲
> 此是吾家無盡寶　灑然今日持贈君

● 「원명에게」

금강경의 "모든 유위법은 꿈이고 환상이고 물거품이고 그림자이다. 또한 이슬과 같고 번갯불과 같으니 마땅히 이와 같이 보아야 한다"(一體有爲法 如夢幻泡影 如露亦如電 應作如是觀)라는 사구게가 말해 주듯이, 일체만유는 항상 변하기 때문에 진실한 모습이다. 다시 말해, 이 세상의 모든 현상은 참모습이 아닌 허상(꿈, 헛것, 물거품, 그림자)이거나, 불멸의 영원상이 아닌 찰나(이슬, 번개)이다. 수행자가 벗을 삼는 적막한 산중에 떠도는 구름 역시 다 고정된 실체가 없다. 이러한 진리를 깨달은 원명에게 한암은 일체가 '공'이라는 무진보배를 남김없이 주어 법을 전하고 있다.

한암은 1905년부터 5, 6년간 통도사 내원선원의 조실로 젊은 선승들을 지도한 일이 있었는데, 그때 통도사의 석담石潭스님에게도 법을 받은 바 있었다. 석담은 곧 경봉의 은법사인 성해聖海의 사제이다. 그러므로 한암과 경봉은 사촌 사형제 간이다. 한암은 오대산, 경봉은 영축산에서 지냈기 때문에 두 선사들의 깊은 교유는 주로 편지를 주고받으며 이루어졌다. 한암이 경봉에게 주는 편지글 중에서도 특히 경봉이 깨달음을 얻은 후에 오도송과 함께 깨달은 후의 수행과 보임 소식을 한암에게 물어 왔을 때 한암이 답서의 형식으로 내린 법어는 인상적이다.

물소리와 산빛 모두 고향[진면목]이니
전단향나무 조각조각 온통 향그럽네
무착이 팥죽 솥에서 홀연히 문수를 만났으니
어찌 문수가 청량산에만 있다 하리오
다만 한 생각 번뇌 없으면
번거로이 세상사 붉다 누르다 논할 게 없네
납승은 항상 바른 법을 만나기 어려울까 염려해서

가을밤이 이슥토록 좌선만 하네

멀리 떠난 나그네 고향길을 잊었구나
고향에는 감자가 달고 나물도 향기롭다만
달이 뜨니 일천 봉우리 적적하고
바람 부니 온갖 나무 서늘하네
고갯마루에 한가로운 흰 구름 떠가고
뜰에는 어느덧 낙엽 물드네
온갖 것의 참모습을 보오
콧구멍[본래면목]은 하늘을 향해 뚫렸네

水聲山色盡家鄕　如析栴檀片片香
無着忽然逢粥鍋　文殊何獨在淸凉
但能一念無塵惱　不必煩論辨紫黃
衲僧常起難遭想　端坐消遣秋夜長

遠客忘還鄕　諸甘菜又香
月出千峰靜　風來萬木凉
嶺上閑雲白　庭中落葉黃
頭頭眞面見　鼻孔遼天長

● 「한암이 경봉에게」

　　비록 편지글이지만 산빛色과 물소리聲에 드러난 진여 속에서의 성색
을 통한 조사선의 경지를 말하는 선사의 탈속한 마음이 담겨 있다. 숲의
빛과 소리는 세상의 온갖 더러움과 소음으로 혼탁한 우리의 눈과 귀를 말
끔히 씻어주는 청량제 역할을 한다. 선사에게는 늘 보는 산이지만 늘 새

롭고, 또한 늘 듣는 물소리라 싫증이 날 법도 하지만 들을 때마다 시냇물이 들려주는 선율은 색다르다. 그것은 산의 모양이나 물소리에 집착하지 않기 때문이다. 한암선사 역시 흐르는 물소리, 산빛, 전단나무 향 등을 실상을 이야기하고 반야를 나타내는 것으로 인식하고 있다. 무착선사가 팥죽 솥에서 홀연히 문수를 만났으니 어찌 문수가 청량산에만 있다 하겠느냐는 부분은 내가 지금 서 있는 자리가 삶의 근본이요 진리처眞理處임을 강조한다. 이는 곧 선사가 "더러운 마음의 집착", 즉 분별심을 버렸기에 번뇌가 없고 번다한 세상살이의 시비에도 걸림이 없다고 말하는 이유이다. 이처럼 선사들의 시에는 자연관조와 교감을 통한 집착과 분별심을 버리고 비움의 충만을 보듬게 하는 치유적 요소가 담겨 있다 할 수 있다.

하지만 정법을 얻기 위한 선승의 끊임없는 참구는 가을밤이 깊어 가도록 다함이 없다. 그럼에도 불구하고 선사는 달콤한 감자 맛과 향기로운 산나물에 대한 향수로 고향에 대한 그리움을 지울 수 없다. 깨달음을 성취한 도인은 그 정점에서 다시 내려와 속인들의 세계에 돌아가야 하고, 도인의 냄새가 나지 않아야 한다. 진정한 도인은 도인 같지 않은 데에 그 참모습이 있다. 한암의 고향에 대한 상념도 그런 차원에서 이해해야 할 것이다. 모든 것을 초월한 도인이면서도 다정다감한 속인일 수 있는 데 이 편지의 높은 의취가 있다. 그런데 첩첩산중에 달이 뜨니 더욱 적요하고, 바람이 불자 나무들은 서늘한 기운을 낸다. 고갯마루에 흰 구름 유유히 흘러가는 모습과 붉게 물들어 가는 초목에서 선사는 무상의 진리를 깨닫는다. 다시 말하면, '콧구멍은 하늘을 향해 뚫려 있'음을 깨닫는 선사는 전나무로 푸른 병풍을 두른 오대산 숲에서 흘러나오는 맑은 바람과 햇빛, 그리고 흘러가는 계곡물 소리를 들으며 수행정진하는 자신의 모습을 경봉에게 편지로 전하고 있는 것이다.

한암 스님이 75세 되던 해, 스님의 행적은 선지식의 경계를 보여 준

일화로 유명하다. 한국전쟁이 치열하게 전개되던 당시 공비들의 소굴이 될 수 있다며 상원사를 불태우겠다는 국군에게 스님은 법당과 함께 죽겠다며 법당에서 가부좌를 튼 채 나오지 않았다. 결국 군인들은 문짝만을 태우며 법당을 태우는 시늉만을 한 채 돌아갔고 상원사는 전란 속에서도 온전하게 보존될 수 있었다. 한암은 1951년에 가벼운 병이 생겼다. 병이 난 지 7일이 되는 아침에 죽 한 그릇과 차 한 잔을 마시고 손가락을 꼽으며, "오늘이 음력 2월 14일이지" 하고 말한 후 사시에 이르러 가사와 장삼을 찾아서 입고 선상禪床 위에 단정히 앉아서 태연한 자세를 갖추고 원적에 들었다. 앉은 채로 열반에 든 스님은 삶과 죽음이 둘 아님을 중생들에게 있는 그대로 보여 주었다.

요컨대 한암선사는 영원한 구도자로서의 꼿꼿함을 잃지 않았던 선지식이었으며, 말 잘하는 앵무새이기를 거부한 선과 교를 아우른 진정한 스님이었다. "반고 씨 이전에 무엇이 있었는가"라며 '궁극'을 캐묻던 어린 소년은 출가 후 어떠한 외부의 환경에도 흔들림 없는 찬 바위였고, 내부의 갈등으로부터도 초연하며 자신의 다른 이름처럼 차디찬 바위寒岩 같은 삶을 살다 76세 때에 좌탈입망坐脫立亡의 모습으로 바로 그 반고 씨 이전의 궁극의 세계로 학이 되어 날아갔다.

만해 한용운,
눈 속의 매화 기상과 생명사랑

충남 홍성에서 태어난 만해 한용운선사(1879~1944)는 독립운동가요, 불교사상가이면서 민족시인이다. 3.1운동 때 민족대표 중의 한 사람으로서 『유심』을 발간하고 시집 『님의 침묵』을 비롯하여 『조선불교유신론』, 『십현담주해』, 『불교대전』 등의 저서를 남겼다. 선사는 일제 강점기라는 암울한 시대적 상황에서 인생의 문제를 심각하게 고민하던 중, 21세 무렵 만주 등 여러 지역을 방황하다 26세에 백담사로 들어가 연곡스님에게 득도하고, 영제스님에게서 봉완이라는 계명을 받았다.

선이 강조하는 것은 분별, 조작, 시비를 떠나는 평상심이고, 이 평상심이 무심이고 무상이고 무념이다. 임제의 '할'이 강조하는 것도 완전무결한 자기 망각이고, 남전의 암자를 찾아와 그가 없는 사이 밥을 해 먹고 집안 살림을 모두 부수고, 남전이 오자 평상에서 벌떡 일어나 떠난 도인의 행위는 대승의 경지이다. 선의 세계를 시로 표현할 때 그 양상은 두 가지로 구분된다. 하나는 선의 역설적인 면을 표현한 것과 다른 하나는

'평상심시도'平常心是道라고 하는 선의 세계이다. 평상심시도는 아무런 선입견 없이 사물을 바라보는 텅 빈 마음의 세계이다. 그러기에 '배고프면 밥먹고, 졸리면 잔다'라는 말로 궁극적인 진리를 담아내기도 하며, '매일 매일이 좋은 날'(日日是好日)라는 말이 생겨난 것이다. 따라서 선시의 언어는 직관의 언어로, 의미를 해체하고 사물로 말하듯이 당대의 아픔을 아픔 그대로 바라보는 만해의 선시의 세계는 '산을 산'이라고 하는 '평상심시도'의 세계라 할 수 있다.

일제 강점기라는 시대적 아픔의 상황은 다분히 만해에게 '백척간두 진일보'의 위기의식을 고양시켰을 것으로 진단된다. 그래서 목숨을 던지는 위기의식의 긴장감 속에서 출발한 그의 동안거 참선 수행은 드디어 적적성성寂寂惺惺의 삼매경을 맞게 되었고, '삼천세계'(우주)의 거대한 힘의 유입을 느끼며 오도의 순간을 체험하게 되었을 것이다. 그 깨달음의 시가 다음의 「오도송」이다.

사나이 가는 곳마다 바로 고향인 것을
얼마나 많은 사람이 나그네 시름에 잠겼던가
한 번 소리쳐 삼천세계를 깨뜨리니
눈 속에 복사꽃이 펄펄 흩날리네

男兒到處是故鄕　幾人長在客愁中
一聲喝破三千界　雪裡桃花片片紅

● 「오도송」

주인으로서 주인 행세를 하지 못하고 나그네 민족의 극한적 아픔을 내적으로 삭이고 가라앉히며 마침내 '고향'을 노래할 수 있었던 만해였다.

'객수'의 무명 속에 살아온 자신의 내적 고백임과 동시에 자타불이의 세계를 얻은 직관적 통찰을 표현하고 있다. 이렇게 만해는 주객 대립의 상대성을 극복하게 되고, 나와 남을 합일시키는 대승적 경지의 '고향'의 마음으로 승화하게 된다. 만해 자신이 서 있는 이 땅이 바로 열반의 세계임을, 즉 일제 치하 중생이 겪는 그 아픔의 자리가 바로 '고향'의 세계임을 말할 때, 그의 선 세계는 일반적인 상식과 논리를 뛰어넘는다. 이와 같이 물物의 지배를 받는 차별심을 벗어나 뚜렷하고 밝은 본래의 자성을 보듬을 때, 직관적 세계가 열린다. 이는 아픔을 아픔대로 볼 수 있는, 즉 있는 것을 있는 그대로 볼 수 있는 참 마음의 성품 자리에 바로 선의 세계가 놓여 있음을 의미한다. "눈 속의 복사꽃"이라고 하는 직관적 표현도 '평상심시도'에 근거를 두고 있다. 이는 곧 모든 상대적 분별을 벗어난 절대공의 세계에서 나올 수 있는 것으로, 결국 이중 부정을 통한 선의 평범함의 세계를 생동감 있게 표현한 것이라 할 수 있다. 이렇게 해서 만해는 민족 시련의 역사 속에서 백척간두의 위기의식을 개오를 통해 극복할 수 있게 되었고, 현실의 아픔 속에 바로 열반이 있음을 깨닫게 되었던 것이다.

개오 이후 만해의 이러한 직관적이고 실천적인 힘은 개오 이전의 불교개혁 내지는 불교대중화 운동의 차원을 민족해방의 차원으로 끌어 올리게 되는데, 3.1운동의 주도와 『님의 침묵』의 저술 등이 바로 그것이다. 독립운동가로서, 선승으로서의 고뇌를 그대로 담고 있는 「새로 밝은 날에(新晴)」 역시 만해의 선지가 번뜩이는 시편이다.

새소리 꿈 밖에 싸늘하고
꽃향기 선정 속에 고요하다
선과 꿈을 다 잊으니

창 앞에 한 그루 벽오동뿐일세

禽聲隔夢冷　花氣入禪無
禪夢復相忘　窓前一碧梧

- 「새로 밝은 날에(新晴)」

몽유의 성급함을 여의게 되면 실상이 바르게 드러남을 설파하고 있다. 꿈속에서 꿈을 꾸고 있는데, 꿈에서 깨어 들으니 새소리만 싸늘하게 들릴 뿐이다. 그런데 스스로 꽃 꿈과 선정에 든 꽃, 이런 것을 다 잊어버리고 나니 바로 눈 안에 가득 청산이듯 "창 앞에 한 그루 벽오동뿐"이라고 읊는다. 다시 말해, 자신이 꾼 꽃 꿈과 선에 든 꽃 또한 서로 잊어버리고 나니, 만해 자신은 한 그루 푸르고 싱싱한 지조의 벽오동처럼 살게 되었다는 것이다. 이 대목에서 선적 분위기가 한결 고조된다. 새소리와 꿈의 연결, 꽃과 선의 연결, 그리고 선과 꿈의 연결이 상징구조를 가지며 의미 공간을 형성했다가 사라지고 다시 오동나무로 세우는 없음과 있음의 경계 없음, 그리고 공사상을 담아내고 있다.

어디에서나 선정에 들던 만해이다. 「등불 그림자를 보며(咏燈影)」에서 보듯 만해는 한겨울 추운 밤 싸늘한 창을 통해 흐르는 불빛을 보며, 또한 그 불빛의 어림을 또 다른 등으로 뚫어 보며 누워 있다. 아마 감방일 것이다.

싸늘한 창문, 불빛 물로 흐르는 밤
등 그림자 바라보며 누워 있어요
불빛도 불그림자도 닫지 못하는 그곳
아직도 선승이란 행색 부끄러워요

夜冷窓如水　臥看第二燈
雙光不到處　依舊愧禪僧

• 「등불 그림자를 보며(咏燈影)」

　　본래면목의 무위진인인 참 생명정신으로 편재된 삶의 주인을 자각하고 있는 만해이다. 하지만 문득 몹시 추운 겨울 감방에서 싸늘하게 창을 통해 어른거리는 불과 불그림자를 보고 "불빛도 불그림자도 닫지 못하는 그곳"의 깊이를 관조한다. 당당해야 할 삶의 주인공인 우리가, 누구나 소유한 본래면목인 '참 나'가 이렇게 통한의 역사 그늘에서 이 밤도 인간이 만든 하잘것없는 등불과 불그림자를 보며, "아직도 선승이란 행색 부끄럽다"라고 읊는 만해이다. 통한의 대장부와 고절한 정신의 소유자의 고독이 느껴진다. 부자유스러운 상태의 현실을 부자유스러운 상태 그대로 볼 수 있는 직관의 힘과 그 부자유스러운 상태를 본래의 자유스러운 상태로 환원시키고자 하는 실천적인 힘, 그 속에 만해의 진정한 자유가 담겨 있다.
　　이와 같이 선시는 다른 일반 시와는 달리 그 바탕에 역설의 성격을 지닐 수밖에 없는 특성을 갖는다. 불립문자의 세계를 말로 표현함이 모순이라 할 때, 평상심을 통한 모순의 극복은 이중부정을 통한 절대긍정이 되고, 바로 여기에 선시의 존재 근거가 놓인다. 가식과 허례가 없는 것이 곧 일심으로 선이 지향하는 세계와 맞닿아 있다 할 때, 만해의 이러한 선적인 사유는 고요한 봄날 향을 피워 놓고 단정히 앉아 참선하고 있는 모습을 묘사한 「춘주(春晝) 1」에서 잘 드러난다.

　　따수운 볕 등에 지고 유마경 읽노라니
　　가벼웁게 나는 꽃이 글자를 가리운다
　　구태여 꽃 밑 글자 읽어 무삼하리요

• 「춘주(春晝) 1」

현실에 집착하지 않고 공을 깨닫는 과정이 잘 묘사되고 있다. 따스한 봄날 낮에 『유마경』을 읽는데, 가볍게 낙화하는 꽃잎이 글자를 가린다. 하지만 화자는 그 꽃을 그대로 둔다. "나는 꽃"空華은 허공에 핀 꽃으로 본래 실체가 없는 번뇌 망상을 상징한다. 번뇌 망상을 없애고 진리의 길에 이르는 길은 '불립문자 교외별전'을 핵심으로 하는 참선을 통한 깨달음이다. 그러니 구태여 "꽃 밑 글자 읽어 무삼하리요"라고 말한다. 어찌 『유마경』 속에 진리가 있겠느냐는 깨달음이다. 말하자면 꽃잎을 치우고 읽고 싶은 욕구를 초탈하고 있는 것이다. 요컨대 경을 읽는데 어디선가 날아온 꽃잎 하나가 만해를 깨달음의 세계로 이끌고 있다. 선의 세계를 시화한 아름다운 시이다.

선은 집착을 버리면 마음이 편해짐을 강조한다. 그런데 만해는 조국에 대하여 외면하고 무심해 버리면 마음이 편안해질 수 있지만 '님을 사랑하는 밧줄'을 끊을 수가 없다. 그래서 더 고통스럽더라도 님을 사랑하는 줄을 곱들여서 언젠가는 잃어버린 님을 되찾겠다는 적극적이고 실천적인 활선活禪의 사자후를 이렇게 던진다.

나는 선사의 설법을 들었습니다.
"너는 사랑의 쇠사슬에 묶여서 고통을 받지 말고 사랑의 줄을 끊어라.
그러면 너의 마음이 즐거우리라"고 선사는 큰 소리로 말하였습니다.
그 선사는 어지간히 어리석습니다.
사랑의 줄에 묶인 것이 아프기는 아프지만, 사랑의 줄을 끊으면 죽는 것보다도 더 아픈 줄을 모르는 말입니다.
사랑의 속박은 단단히 얽어매는 것이 풀어주는 것입니다.
그러므로 대해탈은 속박에서 얻는 것입니다.
님이여, 나를 얽은 님의 사랑의 줄이 약할까 봐서

나의 님을 사랑하는 줄을 곱들였습니다.

• 「선사의 설법」 전문

사랑이 언설로 표현될 수 없는 정신적인 것으로 존재함을 역설하고 있다. 선사는 설법을 통해 사랑의 쇠사슬에 묶여 고통받지 말고 그 색에 대한 집착을 끊어버리면 해탈을 얻을 수 있다고 말한다. 하지만 만해는 사랑의 줄을 끊는 것은 또 다른 집착을 가져오기 때문에 그 고통은 더 크며, 대해탈이 오히려 속박을 통해 얻는 것이라는 역설적인 논리를 통해 '공즉시색'의 깨달음을 설파하고 있다. 여기에서 만해가 말하는 사랑과 선사가 말하는 사랑은 서로 다르다. 세속적 사랑의 속박을 끊어야 번민에서 벗어날 수 있으리라는 선사의 설법을 만해는 받아들이지 않는다. 오히려 근원적 사랑은 사랑의 줄을 끊지 않아야 한다는 역설적 인식에 닿아 있다. 이러한 역설적 인식은 중생에 대한 사랑이야말로 깨달음의 근원적 실천이라고 자각하는 만해의 대승적인 자세와 연결된다.

「벗에게 보내는 선화(贈古友禪話)」는 만해의 옥중 시의 하나로서 이승훈과 더불어 3.1독립운동의 주역이었으며 당시 옥중에서 같이 복역했던 고우古友 최린에게 준 '매화' 시다. 일제 강점기 조국의 현실을 직시하면서 그 아픔을 그대로 끌어안고, 비정상적 상황을 본래의 정상적 상황으로 되돌리고자 하는 절절한 기원이 담겨 있다.

온갖 꽃을 만나 정히 느껴 보았고
안개 속 꽃다운 풀 이리저리 다 누볐네
그래도 한 그루 매화는 찾을 수가 없네
천지에 눈보라만 가득하니 이를 어쩌랴

看盡白花正可愛　縱橫芳草踏烟霞
一樹寒梅將不得　其如滿地風雪何

　　　　　　● 「벗에게 보내는 선화(贈古友禪話)」

　화경엄이 설하는 '부정과 긍정을 다 같이 막고'雙遮 부정과 긍정을 쌍
으로 비추니雙照 '막음과 비춤'雙照同時의 세계인 대긍정의 세계, 선의 경지
를 보인다. 실제 상황인 일제의 잔혹한 탄압 자체도 이렇게 된 바에야 한
번 견디어 낼 만한 것이 아니냐는 선사의 면목이 잘 드러나 있다. 추위
속에서 추위를 거부하지 않고 오히려 그 추위를 끌어안는 만해의 '설중
매'적 정신이 곧 이 시의 핵심이다. 1, 2행이 자유를 추구해 온 만해의 총
체적 삶의 상징적 고백이라 할 때, 3행의 '한매'는 '한매'라는 사물을 통
하여 자유를 추구하는 서사로서의 순수한 삶의 의지를 드러내 보인다. 마
지막 시행에는 천지에 가득한 눈보라 속, 즉 시대적 어려움 속에서 스스
로 '한매'가 되지 못하는 아픔과 한편으로 '꽃'을 피울 수 있는 보다 큰
자유에 대한 희망이 함께 내재되어 있다.
　만해는 서울의 성북동 심우장에서 입적했다.24) 심우장은 일제 강점
기에 선사가 돌집(조선총독부)이 마주 보이는 쪽으로 집을 지을 수 없다
며 북향으로 지은 집이다. 이러한 민족자존의 역사적 공간으로서의 의미
를 지닌 심우장은 만해가 비밀 항일 결사대 '만당'을 결성하고 총재가 되
어 조선의 독립과 불교대중화를 통한 민족의 해방, 그리고 자성을 찾으려
한 삶의 회향처였다 할 수 있다. "조선의 땅덩어리가 하나의 감옥인데 어
떻게 불 땐 방에서 편히 살겠느냐"라며 심우장의 냉돌 위에서 꼿꼿하게
앉아 지냈다 하여 그에게는 '저울추'란 별명이 따라다니기도 했다. 이러한

---

24) '심우'尋牛는 '깨달음'에 이르는 과정을 잃어버린 소를 찾는 것에 비유한 선종의 열
　　가지 수행 단계 중 하나로 '자기의 본성이 소를 찾는다'는 심우尋牛에서 유래한다.

암울한 시대를 지켜보면서 만해는 자신의 결연한 심정을 다음과 같이 표현하였다.

> 잃은 소 없건마는
> 찾을 손 우습도다
> 만일 잃을시 분명하다면
> 차라리 찾지나 말면
> 또 잃지나 않으리라

● 「심우장」 전문

암울한 시대에 만해의 외로운 결기와 단단하고 매운 자아성찰을 보여 준다. 일체종지가 모두 자신 안에 있으므로 잃을 것이 없다. 그러나 밖에서 소를 찾는다고 법석을 떠니 우스울 수밖에 없는 것이다. 진여의 세계는 어디에 따로 있는 것이 아니다. 깨닫고 보면 모든 것이 다 부처의 법신이기 때문이다. 그러므로 또다시 방황하지 말고 마음의 결의를 굳건히 지키겠다는 만해의 결연한 다짐으로 읽힌다. 그러한 사실은 일제 말기 많은 민족지도자들과 지성인들이 일제의 회유에 변절했지만 공약삼장의 하나처럼 최후의 일각까지 꼿꼿한 지조를 지키며 불굴의 정신으로 국가와 민족을 위해 살다 간 그의 올곧은 삶에서 입증된다. 바로 여기에 그의 위대한 민족자존의 정신이 있다 할 것이다.

선사들은 언어 분별로 장식된 현실을 있는 그대로 받아들이지 않는다. 언어로 표현된 현실은 실재가 아니기 때문이다. 따라서 선사들은 존재의 실상을 있는 그대로 받아들이고자 한다. 선은 언어를 부정하는 것이 아니라 언어에 대한 집착을 부정한다. 화두는 언어로서 버리게 하는 언어의 힘을 지니고 있다. 선사들은 자신의 살림살이를 흔히 '삼구'三句 형식으로 펼쳐 보인다. 임제 삼구와 청원의 삼구는 그 대표적인 예라 할 수 있다. 청원선사는 '산은 산 물은 물'이라는 공안을 통해 30년간의 수행단계를 세 단계로 압축해 설명한다.

첫째 단계: 노승이 30년 전에 참선하지 못했을 때는 산을 보면 산, 물을 보면 물이었소(山是山, 水是水).

둘째 단계: 선지식을 만나 어떤 깨달음의 경지가 있어 산을 보면 산이 아니었고, 물을 보면 물이 아니었소(山不是山, 水不是水).

셋째 단계: 이제 쉬고 그친 경지에 이르러, 예전처럼 산을 보니 오로지 (경외로운) 산, 물을 보니 오로지 (경외로운) 물이더라(山是山, 水是水).

청원선사의 수행 첫 단계 '산은 산이고 물은 물이다'는 일상적 삶에 대한 긍정과 분별의 단계를, 두 번째 단계 '산은 산이 아니고 물은 물이 아니다'는 일상적 삶에 대한 부정과 분별의 단계, 세 번째 단계 '산은 산이고 물은 물이다'는 일상적 삶에 대한 긍정과 분별을 뛰어넘은 단계를 말하고 있다. 그런데 첫 단계의 심우자와 세 번째 단계의 심우자는 똑같이 '산은 산이고 물은 물이다'라고 하고 있지만 그 경계는 동일하지 않다. 결국 선법은 일원상에서 출발해서 불각인 분별상을 거쳐 다시 본각인 일원상으로 돌아오는 과정과 다르지 않음을 말하고 있다.

만해의 시적 욕망은 역설이란 하나의 대립적 관계 속에서 의미화된다. 이는 갈등의 세계를 해체시키고 고귀한 자비의 창조적 변용을 불러들이는 각자의 모습을 드러내고 있는 것이다. 따라서 그의 시에서 역설은 모순을 극복하고 시적 초월과 비약을 성취시키는 원동력으로 사용된다. 결국 시는 자유 실현을 위한 우주(자연)나 인간존재의 탐구를 목적으로

하는 의미예술이라 할 때, 「알 수 없어요」는 존재와 사물의 근원 질서에 대한 물음으로서 선적 직관과 초월을 형상화한다.

> 바람도 없는 공중에 수직의 파문을 내며 고요히 떨어지는 오동잎은 누구의 발자취입니까
> 지리한 장마 끝에 서풍에 몰려가는 무서운 검은 구름의 터진 틈으로 언뜻언뜻 보이는 푸른 하늘은 누구의 얼굴입니까
> 꽃도 없는 깊은 나무에 푸른 이끼를 거쳐서 옛 탑 위의 고요한 하늘을 스치는 알 수 없는 향기는 누구의 입김입니까
> 근원은 알지도 못할 곳에서 나서 돌부리를 울리고 가늘게 흐르는 작은 시내는 굽이굽이 누구의 노래입니까
> 연꽃 같은 발꿈치로 가이없는 바다를 밟고 옥 같은 손으로 끝없는 하늘을 만지면서 떨어지는 날을 곱게 단장하는 저녁놀은 누구의 시입니까
> 타고 남은 재가 다시 기름이 됩니다 그칠 줄을 모르고 타는 나의 가슴은 누구의 밤을 지키는 약한 등불입니까
>
> ● 「알 수 없어요」 전문

의문형으로 전개되는 화두의 제시는 인간존재의 근원과 대자연의 비의에 대한 지속적인 천착을 통해 자연과 인간, 현상과 본질, 무와 존재를 하나로 연결함으로써 선적 초월과 극복의 동기를 마련하고 있다. 마지막 시행 "타고 남은 재가 다시 기름이 됩니다"는 논리적으로 불가한 언어 구조이다. 언어도단이요 반상反常의 언어이다. 그러나 깨달음의 세계, 즉 공의 세계에서는 가능한 일이다. 색(현상계)이 공(본체계)이고 공이 색이다. "그칠 줄을 모르고 타는 나의 가슴"은 깨달음을 향한 끝없는 수행정진과 중생을 구제하고 잃어버린 조국을 되찾기 위해 밤을 지키는 등불이 되고자 함을 의미한다. 타고 남은 재가 다시 기름이 되고 동시에 그 기름은

다시 재가 되는 순환을 노래한다. 이러한 불교적 상상력으로 타고 남은 재가 다시 기름이 될 수 있다는 역설이 성립하는 것이다. 또한 불교적 상상력이 변증법적 논리와 역설구조를 통해 한결 잘 형상화되고 있는 시가 「님의 침묵」이다. 그의 시 정신과 역설적 상징의 기교를 가장 뚜렷하게 보여 준다.

> 나는 향기로운 님의 말소리에 귀먹고 꽃다운 님의 얼굴에 눈멀었습니다.
> 사랑도 사람의 일이라 만날 때에 미리 떠날 것을 염려하고 경계하지 아니한 것은 아니지만, 이별은 뜻밖의 일이 되고 놀란 가슴은 새로운 슬픔에 터집니다.
> 그러나 이별을 쓸데없는 눈물의 원천을 만들고 마는 것은 스스로 사랑을 깨치는 것인 줄 아는 까닭에, 걷잡을 수 없는 슬픔의 힘을 옮겨서 새 희망의 정수박이에 들어부었습니다.
> 우리는 만날 때에 떠날 것을 염려하는 것과 같이 떠날 때에 다시 만날 것을 믿습니다.
> 아아 님은 갔지마는 나는 님을 보내지 아니하였습니다.
> 제 곡조를 못 이기는 사랑의 노래는 님의 침묵을 휩싸고 돕니다.
>
> ● 「님의 침묵」 부분

화자는 님과 이별한 슬픔을 노래하면서 님에 대한 깊은 사랑을 향기로운 말소리에 귀먹고 꽃다운 얼굴에 눈멀었다고 역설적으로 표현하고 있다. 사랑하는 님의 말소리를 '잘' 듣고, 님의 얼굴을 '잘' 보아야 하는데도 화자는 님의 말에 귀먹고(따라서 잘 듣지 못하고) 님의 모습에 눈멀었다(따라서 잘 보지 못한다)고 표현한다. 더구나 말미에서 "아아 님은 갔지마는 나는 님을 보내지 아니하였습니다"라는 언설은 그 운명의 전환을 가져오는 화자의 놀라운 태도를 매우 효과적으로 표현한 역설이 된다. 이런 역설은 "스스로 움직이는 것은 산 것이요, 스스로 움직이지 못하고 고요한 것은 죽은 것이다. 움직이면서 고요하고 고요하면서도 움직이는 것은 제 생명을 제가 파지한 것이다. 움직임이 곧 고요함이요, 고요함이 곧 움직임이 되는 것은 생사를 초월한 것이다"라는 만해의 선사상에서도 확실히 볼 수 있다.

한편, 만해에게 역설은 단순히 재치 있는 언어가 아니라 모순된 세계를 드러내는 데 가장 효과적인 인식방법이다. 이러한 선어의 역설은 「반비례」에서도 한결 잘 드러난다.

> 당신의 소리는 침묵인가요
> 당신이 노래를 부르지 아니하는 때에 당신의 노래 가락은 역력히 들립니다그려
> 당신의 소리는 침묵이어요
> 당신의 얼굴은 흑암黑闇인가요
> 내가 눈을 감은 때에 당신의 얼굴은 분명히 보입니다그려
> 당신의 얼굴은 흑암이어요
> 당신의 그림자는 광명인가요
> 당신의 그림자는 달이 넘어간 뒤에 어두운 창에 비칩니다그려
> 당신의 그림자는 광명이어요

● 「반비례」 전문

침묵이라는 부재의 상태에서 '님'의 실재를 보고 있는 역설이 그려지고 있다. 그리고 "소리는 침묵인가요"와 같이 '소리'와 '침묵'의 모순되는 이항대립이 가설적으로 결합된다. 따라서 "노래를 부르지 아니하는 때에 당신의 노래 가락은 역력히 들립니다"라는 시적 역설이 이루어진다. 또한 "얼굴＝흑암"의 역설이 성립됨으로써 "눈을 감은 때에 당신의 얼굴은 분

명히 보입니다'라는 초월이 가능해진다. 아울러 "그림자＝광명"의 역설이 성립됨으로써 "그림자는 달이 넘어간 뒤에 어두운 창에 비칩니다"라는 비약이 이루어진다. 이러한 모순을 통해서 화자의 간절한 그리움의 내적 진실이 한층 더 실감 나게 표현되고 있다.

불교의 화엄사상은 존재의 불가사의한 상호융합을 통해 원융무애의 경지를 보여 준다. 즉 현상계 중의 모든 것이 서로가 서로를 비추고 있는 인드라망의 관계 속에서 중중무진의 연기를 담고 있다. 이러한 중중무진 연기의 화엄적 사유에서 하나의 사물은 고립된 부분이 아니라 전 우주와의 관계망 속에서 그 우주 전체를 반영한다. 『님의 침묵』의 「군말」에서 "'님'만이 아니라 기른 것은 다 님이다"라는 언설은 화엄적 사유체계에서 삼라만상은 모두 불성을 지닌 존재로 여겨짐을 의미한다. 그렇다면 삼라만상은 궁극적으로 '님'이라고 할 수 있다. 자아와 자연물 사이를 가로막는 일체의 경계를 허물고 내가 우주가 되고 우주가 내가 되는 경지를 지향하는 선시는 물아일체의 교감을 통해 자연과의 합일을 이루게 된다. 만해의 그러한 경향은 눈 오는 밤에 달과 매화, 오동나무와 사람이 혼연일체가 되어 자연의 일부가 되는 모습을 한 폭의 산수화로 묘사한 시 「청한(淸寒)」에서 보다 명징하게 드러난다.

> 달을 기다리는 매화는 학인 양 서 있고
> 오동나무에 기댄 사람은 봉황인 듯도 하구나
> 밤 새워 눈보라는 그치질 않았는데
> 초라한 지붕에는 눈이 내려 봉우리를 이뤘구나!

> 待月梅何鶴　依梧人亦鳳
> 通宵寒不盡　陋屋雪爲峰

●「청한(淸寒)」

자연의 내적 질서를 자연스럽게 내면화한 만해의 역사인식의 일면을 보여주는 시편이다. 눈 속에서 꽃을 피우는 매화가 달을 기다리며 학처럼 서 있다고 그려냄으로써 자연과 자연이 서로 조응하는 정경을 보여 준다. 인간은 자연의 일원으로 동참함으로써 인간 중심적 사고에서 벗어나 자연에 내재된 대우주 질서에 편입된다. 따라서 욕망을 절제하고 비움으로써 도달하는 자연과 하나 되는 이른바 여백의 미와 함께 인간 중심적 사유에 대한 전면적 반성과 그 맥을 같이한다. 만해는 이와 같은 자연과의 교감과 조화를 바탕으로 마음을 맑히고 정신 수양을 깊게 해 나간다. 궁극적으로 만해는 자연이 지닌 순환적 상상력을 통하여 생명력과 생명감각을 파악함으로써 삶의 역경을 극복하는 희망의 메시지를 찾고자 하는 것이다.

　　무엇보다도 만해 시에서 자비는 가장 포괄적이고 능동적인 실천의 의미를 지닌다. 그의 이러한 생명사랑은 끊임없는 자기 비움과 하심下心을 통해 드러난다. 모든 생명을 존중하고 감싸 안는 그의 자비심은 일제 식민지 시대라는 냉혹한 현실을 살아가는 현실 세계 속에서 중생의 아픔과 끝까지 하고자 하는 헌신적인 사랑의 실천을 통해 나타난다. 중생이 아프면 부처도 아플 수밖에 없는 유마거사의 동체대비의 자비심은 시집『님의 침묵』의 서문인 '군말'에서 밝히고 있는 "길을 잃고 헤매는 어린 양이 기루어서" 이 시를 쓴다는 사실에서 방증된다. 만일 어린 양의 길 잃음이 시련의 상징이라면 어린 양의 시련은 곧 나의 시련일 수 있다는 것이다. 이러한 시련을 극복할 수 있는 것은 인욕과 보시의 마음으로 자비실천을 행할 때 가능하다. 그 대표적인 시가「나룻배와 행인」이다.

　　나는 나룻배
　　당신은 행인

당신은 흙발로 나를 짓밟습니다
나는 당신을 안고 물을 건너갑니다
나는 당신을 안으면 깊으나 옅으나 급한 여울이나 건너갑니다

만일 당신이 아니 오시면 나는 바람을 쐬고 눈비를 맞으며
밤에서 낮까지 당신을 기다리고 있습니다
당신은 물만 건너면 나를 돌아보지도 않고 가십니다그려

그러나 당신이 언제든지 오실 줄만은 알아요
나는 당신을 기다리면서 날마다 날마다 낡아갑니다

나는 나룻배.
당신은 행인.

• 「나룻배와 행인」 전문

보살행이라는 불교의 실천적 행위를 상징과 은유를 통해 잘 드러내
고 있다. 즉 인욕과 보시의 보살행으로 님에 대한 결곡한 사랑의 자세를
보여 준다. 애틋한 중생구제의 대승적 보살도 정신이 상징적인 배의 이미
지로 잘 표현되고 있다. '나룻배'는 사바세계를 건너는 방편으로 존재한
다. '나룻배'는 사벌등안捨筏登岸이라 하여 차안에서 열반의 피안으로 가면
버려지고 말 존재이다. 그럼에도 불구하고 만해는 자기 존재를 '나룻배'로
한정하여 한없이 낮춘다. "흙발로 나를 짓밟는" 님은 나에게 시련을 주는
대상이다. 그러나 이러한 시련에 대응하는 시적 자아의 삶의 방식은 인욕
과 보시의 실천적 사랑에 근거하고 있다. 비록 흙발에 짓밟힐지라도 언젠
가는 반드시 돌아오리라는 확신을 가지고 날마다 낡아가면서도 님을 기다
리겠다는 화자의 기다림은 만남과 헤어짐을 통합하는 근원적인 깨달음을

바탕으로 하고 있는 듯하다. 물론 배로 상징되는 삶의 자세는 자타불이의 동체적 관계로 세계를 인식한 결과이다. 다시 말해, 나와 세계가 하나로 이어진 일체동근이라는 삶의 인식에서 출발한 결과이다. 여기에 만해가 궁극적으로 지향하는 중생구제의 세계, 즉 출출세간의 시적 미학의 세계가 있다.

요컨대 많은 민족지도자들과 지성인들이 일제의 회유에 변절했지만 만해는 끝까지 지조를 지키며 눈 속에 핀 매화의 정신으로 식민지 현실을 극복하고자 하는 실천의지를 시적 상상력과 비전으로 보여 주었다. 무엇보다도 차별을 거부하고 생명사랑을 지향하였던 그의 생명사랑의 근저에는 불살생계의 가르침이 담지되어 있다. 이것은 하나의 사물은 고립된 부분이 아니라 전 우주와의 관계망 속에서 그 우주 전체를 반영하는 화엄적 관점이다. 우주 안의 모든 존재가 상호의존하며 상호침투하는 화엄적 생명사랑은 『님의 침묵』의 중심 내용을 이루고 있다. 따라서 온갖 차별에 대한 저항의지와 약자에 대한 자비심으로 올곧게 살아가고자 했던 만해의 생명사랑은 식민지 상황을 극복하고 해방된 미래를 꿈꾸는 중요한 추동력으로 작용했다 할 수 있다.

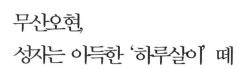

무산오현,
성자는 아득한 '하루살이' 때

　　스스로를 '설악산 산지기'라고 한 무산오현(1932~2018)은 경남 밀양 출생으로 여섯 살 때 절간 소머슴으로 입산, 1959년 성준스님을 은사로 득도한 후 신흥사 주지를 역임하고 만해사상실천선양회 이사장, 백담사만 해마을 이사장을 지냈으며 현재 신흥사 회주로 있다. 1968년 『시조문학』의 추천을 받아 등단한 그의 시조집으로 『심우도』, 『절간이야기』와 산문집으로 『산에 사는 날에』, 『선문선답』, 『죽는 법을 모르는데 사는 법을 어찌 알랴』 그리고 신경림 시인과의 대담집 『열흘간의 만남』 등이 있으며, '공초문학상'과 '정지용문학상' 등을 수상했다.

　　무산의 시에서 보여주는 성찰의 길은 무념, 무상, 무욕의 탈속한 자연인으로 향하는 길이다. 이러한 도정에 있어 생겨나는 갈등과 의문에 대해 선문답과 같은 물음으로 그에 대한 답이 무엇인지를 넌지시 우리에게 물어오기도 하고, 다양한 사람들의 삶에 대한 이야기를 통해 우리가 가야 할 길이 어디인지를 생각하게 한다. 현재에 대한 오랜 관찰과 사유를 통해 그 속에 내재된 본질을 건져 올려 형상화하는 과정이 시라면, 나의 본성을 깨닫기 위한 성찰의 과정은 종교라 할 수 있다. 그렇다면 수행자로서 깨달음을 얻기 위한 성찰과 고뇌의 심경을 표출한 무산의 시 세계 특징은 모든 분별의 경계선을 허물어가는 원융의 사유라 할 수 있다. 다시 말해, 사량 분별에 의한 수많은 경계선을 해체하면서 궁극적으로 차별과 대립을 뛰어넘은 원융의 세계를 지향하고 있는 것이다. 따라서 그는 구도를 향한 시적 노정에 성/속, 스님/속인, 산중의 일/세상일을 두루 담아내려는 끊임없는 시도를 보여준다. 그의 이러한 시적 세계에는 고뇌의 극복과 자아의 눈뜸에 대한 외로운 구도자의 모습이 동시에 드러난다.

나이는 열두 살
이름은 행자

한나절 디딜방아 찧고
반나절은 장작 패고.....

때때로 숲에 숨었을
새 울음소리 듣는 일이었다

그로부터 10년 20년
40년 지난 오늘

산에 살면서
산도 못 보고

새 울음소리는커녕

내 울음도 못 듣는다

　　시인은 진정한 깨달음이 참다운 '나'의 발견에 있음과 그 참다운 나
를 찾지 못해 미망 속을 헤매다가 덧없이 사라지는 것이 중생의 허망한
삶임을 지적한다. '일색과후'—色過後란 갑자기 상황이 바뀌며 새로운 세계
가 펼쳐지는 바로 그 순간을 이르는 말이다. 인용 시에는 열두 살에 절간
의 행자가 된 이래 40년간 고행의 길을 걸어 온 시인의 삶의 축도가 생
생하게 녹아있다. 그 기나긴 수행정진을 통해 얻은 것은 깨달음의 만족감
에서 오는 법열이 아니라 "새 울음소리는커녕 / 내 울음도 못 듣는" 자아
반성에 대한 자각이다.

　　한나절은 숲속에서
　　새 울음소리를 듣고

　　반나절은 바닷가에서
　　해조음 소리를 듣습니다

　　언제쯤 내 울음소리를
　　내가 듣게 되겠습니까

•「내 울음소리」전문

　　시인은 "한나절은 숲속에서 / 새 울음소리를 듣고 // 반나절은 바닷
가에서 / 해조음 소리를" 듣는 반복적 과정을 통해 "언제쯤 내 울음소리
를" 들을 수 있을까 하는 자성의 물음을 던지고 있다. 결국 위에서 살펴
본 두 편의 시에 나오는 "내 울음소리"라는 내적 발화는 시인이 궁극에

320　　선시의 이해와 마음치유

이르고자 하는 실존의 깊이를 뜻하는 것이 된다. 그리고 그러한 경지에 이르기 위해 시인은 사물들이 내지르는 울음소리와 자신의 몸속에서 파도치는 울음소리를 하나의 것으로 보게 된다. '새'의 울음소리나 다른 사람들의 파도치는 울음소리는 듣지만 정작 "내 울음소리"는 듣지 못한다고 말하는 무산의 자아반성은 "살갗만 살았더라"라고 말하는 대목에서 분명히 드러난다. "살갗만 살은" 삶의 흔적은 「내가 쓴 서체를 보니」에서 "적당히 살아온 죄적"으로 남아있다고 고백한다. 궁극적으로 그것은 내 마음(욕심)이 죽어야 "내 울음소리"를 들을 수 있을 텐데 정작 내 마음을 아직 죽이지 못함(진정한 돈오)을 의미한다. 요컨대 모두 시인 내부의 울음소리가 외적으로 드러난 것일 뿐이다. 이처럼 그 울음소리에 깊이 귀를 기울이는 것은 시인의 경책과 성찰의 의지를 말한다. 그런데 무엇보다도 하나의 문학작품으로 우리의 가슴을 울리는 것은 세간과 출세간의 사이에서 갈등하고 절망하는 시인의 인간적 모습이다. 역시 문학은 인간의 이야기이기 때문이다.

깊은 명상의 철학에 토대를 둔 무산의 존재론적 의미 탐색은 불교적 세계관과 만남으로써 비로소 구도의 시로 탄생된다. 그런데 그의 시학의 무게중심은 지상으로부터의 일방적 몰입이나 초월에 있지 않고, 세속과 탈속의 경계 지우기를 증언하면서 동시에 사실과 허구가 궁극적으로 한통속임을 시적으로 표현하는 데 있다.

강원도 어성전 옹장이
김 영감 장례 날
상제도 복인도 없었는데요
30년 전에 죽은 그의 부인
머리 풀고 상여 잡고 곡하기를

"보이소 보이소 불길 같은 노염이라도 날 주고 가소

날 주고 가소" 했다는데요

죽은 김 영감 답하기를

"내 노염은 옹기로 옹기로 다 만들었다. 다 만들었다"

했다는 소문이 있었는데요

사실은

그날 상두꾼들

소리였데요

●「무설설 1」 전문

한 옹장이의 죽음을 사이에 두고 일어난 일정한 서사를 표현하고 있
는 인용시는 파격적인 중장의 형식으로 그 안에 상상의 대화형식을 삽입
했다. 옹장이 김 영감의 장례를 치루는 날 들려온 "상두꾼들 / 소리"를,
시인은 죽은 김 영감과 그전에 이미 죽은 그의 아내가 주고받는 대화형식
으로 설정한다. 여기서 시인이 드러내 보이는 것은, 살아가면서 김 영감이
가슴에 품었을 "불길 같은 노염"과 실제의 불길 속에서 차츰 완성되었을
"옹기"의 상호 전이 과정이다.

윤회의 관점에서 보면 한때 인간의 몸을 받았다가 또 어느 한 생애
에는 미물의 몸을 받을 수 있다. 때문에 사라져가는 미물에 자신을 견주
는 상상력은 시인을 시인되게 하는 근원적 힘이 된다. 이런 점에서 무산
이 스스로를 "벌레"로 바라보는 것은 윤회에서 자유롭지 못한 모든 존재
의 한계를 분명하게 인식하고 있음을 뜻하며, 또한 궁극적으로 그 윤회에
서 벗어나야 비로소 자기 삶의 올바른 주인공이 될 수 있음을 강조한다.
그 전형적인 시가 「적멸을 위하여」이다.

삶의 즐거움 모르는 놈이
죽음의 즐거움을 알겠느냐

어차피 한 마리
기는 벌레가 아니더냐

이다음 숲에서 사는
새의 먹이로 가야겠다

　　　　　　　　　• 「적멸을 위하여」 전문

　"미물"을 통해 그리고 그것의 궁극적 사라짐을 통해 시인이 이르는
곳은 "적멸"의 경지이다. 시인은 스스로를 "기는 벌레 한 마리" 정도로밖
에 여기지 않는다. 이런 인식은 세상살이가 온통 헛것이라는 깨달음에 바
탕을 두고 있으며, 모든 것이 공空하는 생각과 일맥상통한다. 이런 시각에
서 보면 인간이나 벌레가 공하기는 마찬가지여서 아무런 차이가 없다. 벌
레는 다만 인간의 시각으로 볼 때 지극히 하찮은 미물에 불과하다. 그러
나 그런 차이에 대한 인식은 인간 중심적 사고일 뿐 본래부터 인간과 벌
레 사이에 근본적인 차이가 존재하는 것은 아니다. 때문에 시의 화자가
스스로를 한 마리 벌레로 인식하는 것은 스스로를 낮춤으로써 타자를 공
경하는 보살심의 자세이다. 불교에서는 이를 하심이라 한다. 결국 여기에
서 나를 낮추는 것은 주체와 타자 사이에 차별이 없다는 인식으로 나아감
을 의미한다. 인간으로 태어나나 미물로 태어나나 한평생 살다가 죽는 것
은 마찬가지이다. 이러한 '황홀한 육탈'의 깨달음의 과정을 무산은 '적멸'
에 이르는 길로 보고 있다.
　무산의 시적 마력은 귀함과 천함, 깨끗함과 더러움, 밝음과 어둠, 성
과 속, 삶과 죽음, 세간과 출세간이 하나가 되어 어우러져 조화로운 화엄

의 세계를 만들어 내는 데 있다. 「산창을 열면」은 그러한 시적 지향이 완전히 충족된 이상적 세계를 잘 보여 준다. 즉 『화엄경』을 읽다 문득 창밖을 내다본 시인의 눈앞에 전개되는 산하대지의 모습에서 조화와 화합의 원융세계를 깨닫는 모습이 그것이다.

> 화엄경 펼쳐놓고 산창을 열면
> 이름 모를 온갖 새들 이미 다 읽었다고
> 이 나무 저 나무 사이로 포롱포롱 날고…
>
> 풀잎은 풀잎으로 풀벌레는 풀벌레로
> 크고 작은 나무들 크고 작은 산들 짐승들
> 하늘 땅 이 모든 것들 이 모든 생명들이…
>
> 하나로 어우러지고 하나로 어우러져
> 몸을 다 드러내고 나타내 다 보이며
> 저마다 머금은 빛을 서로 비춰주나니…
>
> • 「산창을 열면」 전문

온갖 새들이 나무 사이를 날고, 풀과 벌레, 산짐승과 들짐승, 그리고 하늘과 땅 등 우주 만물이 저마다 제빛으로 빛나는 동시에 하나로 어우러져 살아가고 있는 모습이야말로 곧 화엄의 세계라는 것이다. 경전의 말씀이 아무리 고상하더라도 내가 실천하지 못하면 죽은 말에 불과하고, 초목들과 풀벌레, 그리고 산짐승의 사소한 움직임도 내게 공감하여 반응하면 원음의 교향악이 될 수 있다. 실상이란 다른 특별한 것이 아니라, "새들이 날고 노래를 부르고" 하는 것이 다 실상인 것이다. 평범한 표현으로 사물의 있는 모습을 그대로 말하고 있지만 여기에는 우주적인 비의가 담겨 있

다. 화엄경을 "이름 모를 온갖 새들 이미 다 읽었다고"라고 말하듯이, 화
엄의 경지가 새와 풀과 나무와 벌레들이 "하나로 어우러지고 하나로 어우
러진" 것임을 말하고 있다. 이 숨어 있는 뜻을 알면 『화엄경』을 정말로
다 읽은 것이요, 번뇌의 불을 끈 적멸의 경지를 얻은 것임을 무산은 설파
한다. 서정시가 궁극적으로 지향하는 것은 이러한 조화와 화해를 바탕으
로 한 원융의 아름다운 세계이다.

　　나아가 처절한 자기 응시이자 성찰을 담고 있는 무산의 시는 자신의
내면에 존재하는 타자를 깨닫고 발견하는 일에 바쳐진다. 그의 시가 지니
고 있는 이러한 특징은 지금 선정에 든 채로 나를 바라보고 있는 다음의
시에서 명징하게 드러난다.

　　무금선원에 앉아
　　내가 나를 바라보니

　　기는 벌레 한 마리
　　몸을 폈다 오그렸다가

　　온갖 것 다 갉아먹으며
　　배설하고
　　알을 슬기도 한다

● 「내가 나를 바라보니」 전문

　　무금선원의 무금은 '무고무금'無古無今에서 온 말로, 고금이 둘이 아니
라는 불이不二의 선리를 담고 있다. "무금선원에 앉아 / 내가 나를 바라보"
는 일은 없으면서도 있는 나, 있으면서도 없는 나를 찾는 것으로, 일면 깨
달음의 과정을 상징하기도 한다. 참다운 '나'가 가짜 '나', 즉 중생의 '나'

를 바라보니, 내가 "기는 벌레 한 마리"에 불과하다는 것이다. 이러한 자각은 내 속에 들어 있는 타자를 자각하는 일과 다름없다. 그리고 타자로서의 '나'는 지금 "몸을 폈다 오그렸다가" 하며 "온갖 것 다 갉아먹"고 있고, "배설하고 / 알을 슬기도 하"는 한 마리 "기는 벌레"와 같은 구절을 통해서도 확인된다. 이러한 이면에는 귀하고 천한 것도 없고, 더럽고 깨끗한 것도 없는, 그야말로 차별과 대립을 넘어선 천지만물이 한몸이라는 선지禪旨가 내재되어 있다. 이처럼 모든 대립적 경계선이 지워진 곳에 무산의 궁극적인 시학이 놓인다.

한편, 무산은 수행 과정에 있어 삶의 경계를 벗어난 듯 보이다가도 바보같이 소박한 인간의 모습을 보이기도 한다. 말하자면, 우주적 초극의 지가 보여 심오한 돈오의 경지에 이르렀는가 싶은데 어느새 그곳을 빠져나와 고통의 언저리를 배회하는 모습을 보이기도 하는 것이다. 그러다가 자신을 다잡는 단호한 목소리로 나타나기도 한다. 일색변—色邊은 일색나변—色那邊의 준말로, 유/무, 색/공, 미/오, 득/실을 초월한 일색의 경계를 표현하는 말이다. 무산은 총 8편의 연작시 「일색변」에서 이러한 이분법적 경계를 무화시키기 위한 방편을 말하고 있다. 그 첫 번째로 '바위'는 바위이기 위해서 들어 올려도 끝내 들리지 않아야 하고, 그렇게 되기 위해서 표면에 검버섯 같은 것이 거뭇거뭇 피어날 정도로 인고의 세월을 겪어야만 한다고 시인은 설파한다.

무심한 한 덩이 바위도
바위소리 들을라면

들어도 들어 올려도
끝내 들리지 않아야

그 물론 검버섯 같은 것이
거뭇거뭇 피어나야

● 「일색변 1」 전문

‘바위’의 묵언지의默言之意를 핵심적으로 말하고 있다. 유와 무, 사물과 본질, 미망과 깨달음을 초월한 일색의 경계를 노래함으로써, ‘바위’ 같은 마음으로 살고자 하는 시인의 정신적 경지를 보여 준다. 깨달음을 얻는 것은 본래의 자성자리로 돌아가는 일이지만, 시인은 “자리”의 의미를 거창한 것에 두지 않고 오히려 하찮으며 눈에 잘 띄지 않는 것들에 의미를 부여한다. 「일색변 2」 역시 그러하다. 한 그루 늙은 나무도 고목 소리 들으려면 속은 썩고, 가지들은 다 부러지고 굽은 등걸에 장독들도 남아 있어야 하는 것처럼, 오랜 내성內省 혹은 耐性의 세월 속에 얻어지는 선적 경지와 다르지 않음을 말해 준다.

한 그루 늙은 나무도
고목 소리 들을라면

속은 으레껏 썩고
곧은 가지들은 다 부러져야

그 물론 굽은 등걸에
장독杖毒들도 남아 있어야

● 「일색변 2」 전문

“한 그루 늙은 나무”라고 해서 다 고목이라 불리지 않는다. 고목이 고목 소리를 들으려면 풍상을 겪으며 속은 몽땅 썩고 곧은 가지들이 다 부러져서 굽은 등걸에 장독이 들 정도로 자연 속으로 풍화되어서야 비로소 고목이 될 수 있다는 것이다. 바위나 고목이 풍진의 세월을 견디어 바위 소리, 고목 소리를 들을 수 있었던 이유는 그 내부가 비어 있었기 때문이다. 비어 있었기에 그 안에 무한히 많은 것을 포용할 수 있었다. '검버섯'이나 '장독'은 그 비움의 시간 동안 바위와 늙은 나무를 무수히 드나들었던 많은 것들의 흔적으로도 볼 수 있다. 그렇다면 사람의 경우에는 어떻게 해야 내부를 비울 수 있을까? 범인들은 사는 동안 자기 육신의 영달을 위해 온 정신을 쏟느라 실제로 마음에 관심을 기울일 여유가 없다. 이러한 사람들은 천하를 들었다 놓았다 하는 천하장사라도 정작 자신의 티끌만큼 작은 '마음 하나'는 끝내 들 수가 없다. 따라서 무산은 육신이 아닌 마음을 잘 다스려야 진정한 장부라고 사자후를 던진다.

> 사내라고 다 장부 아니여
> 장부 소리 들을라면
>
> 몸은 들지 못해도
> 마음 하나는 다 놓았다 다 들어올려야
>
> 그 물론 몰현금 한 줄은
> 그냥 탈 줄 알아야

● 「일색변 3」 전문

일색의 경계를 표현하는 그 세 번째 방법으로 '마음'을 다스리는 문제를 주제로 삼고 있는 시편이다. 일체유심조가 의미하듯이, 모든 것은 마음먹기에 달려 있고, 그 마음을 움직이는 것은 자기 자신이다. 자신의 마음을 들었다 놓았다 할 수 있다는 것은 득도의 경지에 이르러서야 가능한 일이다. 사내로 태어나 진정한 의미의 장부 소리를 들으려면 몸은 들지 못하더라도 자신의 마음 하나쯤은 자유자재로 부릴 줄 알아야 하고, 거기다가 "몰현금 한 줄"은 탈 줄 아는 풍류가 있어야 한다는 것이다. 몰현금은 줄 없는 거문고를 말한다. 줄이 없어도 마음속으로는 울린다고 하여 이르는 말이다. 결국 마음을 비워야 그 비움 속에 많은 것을 품을 수 있기 때문이다.

취모검吹毛劍은 칼날 위에 머리카락을 올려놓고 입으로 '훅' 불면 잘리는 예리하고 날카로운 칼로 고대의 명검을 말한다. 선가에서 취모검은 끊임없이 갈고 닦아 번뇌 망상과 탐진치 삼독을 단번에 베어버리는 지혜의 칼을 의미한다. 그래서 선승들이 구족해야 할 지혜작용을 '검'으로 비유하고 있다. 이 검은 '지금, 여기' 자신의 일을 지혜로 활발하게 작용하는 방편수단의 칼이다. 시인은 진정한 깨달음에 이르기 위해 지혜의 칼로 덧없는 애착과 번뇌를 끊어버리고 새로이 거듭나는 수행정진이 있어야 한다는 메시지를 던진다.

놈이라고 다 중놈이냐
중놈 소리 들을라면

취모검 날 끝에서
그 몇 번은 죽어야

그 물론 손발톱 눈썹도
짓물러 다 빠져야

● 「일색변 6」 전문

시인은 우선 중놈이라고 해서 모두가 "중놈"은 아니라고 말한다. 이 말은 어떻게 하면 진짜 중이 될 수 있는지, 즉 어떻게 해야 진정한 깨달음에 이를 수 있는지를 제시하는 것이다. 진정한 "중놈" 소리를 들으려면 우선 세상의 모든 번뇌의 사슬을 끊어버리는 취모검 날 끝에서 몇 번은 죽어야 한다. 취모검 날 끝에서 몇 번은 죽어야 한다는 것은 무엇을 의미하는가? 그것은 육신의 죽음을 의미하는 것이 아니라 지혜의 검으로 번뇌 망상을 타파하고, 일체의 사량 분별을 끊어버리며, 나아가 부처나 조사를 죽인 자기 자신 또한 죽임으로써 깨달음을 얻는 것을 비유한다. 또한 시인은 진정한 중 소리를 들으려면 모든 집착을 끊어버림은 물론이고 나아가 "손발톱 눈썹도 / 짓물러 다 빠져야" 할 정도로 거듭나는 옹골찬 수행 정진을 해야 한다고 역설한다. 손톱, 발톱 그리고 눈썹까지 다 짓물러 빠져야 한다는 것은 일상적인 존재로서의 자신을 죽여 거듭 태어나지 않으면 안 된다는 것을 말한다. 실제로 손톱, 발톱, 눈썹은 모두 감각과 현상에 얽매어 미혹의 근원이 되기 때문이다. 참사람으로 거듭나기 위한 고통이 얼마나 힘든 일인지 충분히 이해가 간다. 이것이 수행자의 본분사이며 마음가짐이다.

또한, 선승들은 불립문자라는 깨달음의 세계를 '무자화'無字話 혹은 '무설설'無說說의 방법으로, 혹은 역설과 언어도단의 모순어법으로 문자화하여 시로 표현한다. 시조의 미학을 천성적으로 체득하고 있는 무산 역시 그런 방법과 제목으로 시의 참모습을 보여 주고 있다. 하지만 그는 고승대덕이 아니라 세간의 낮은 위치에 있는 시인으로서 거창한 상단설법이 아니라 인간적인 서정의 세계로 '부처'의 존재가 어떤 것인지를 선명히 담아낸다.

강물도 없는 강물 흘러가게 해놓고
강물도 없는 강물 범람하게 해놓고
강물도 없는 강물에 떠내려가는 뗏목다리

• 「무자화(無字話)부처」 전문

시인은 강물도 없는 강물 흘러가게 혹은 범람하게 해놓고 그 강물에
떠내려가 흔적을 남기지 않고 사라지는 뗏목다리와 같은 존재가, 아니 존
재하지 않는 존재 곧 '허깨비' 같은 존재가 '부처'라고 표현하고 있다. 만
해 한용운은 "나는 나룻배 당신은 행인"이라며 당신이 아무리 나를 짓밟
아도 기꺼이 인욕하며 험한 세파를 건네는 나룻배가 되어 주겠다고 했는
데, 무산은 이 시에서 강물 건네는 뗏목까지도 떠내려 보내고 있다. 말 그
대로 언어를 통하지 않은 이야기를 지향하면서, 내면의 성찰에 대한 언어
적 형상을 잘 보여준다. 여기에서 "강물"이라는 기표는 흘러가는 자연 물
질의 질서를 지칭하지 않고, "강물도 없는 강물"이라는 역설을 취함으로
써 그 물질성을 넘어선 심연의 상태가 될 뿐이다. 이 시의 궁극적인 지향
점은 "강물도 없는 강물"을 흐르게 하고, 범람하게 하고는 정작 "떠내려
가는 뗏목다리"로 표상되는 "부처"의 존재 속에 있다. 실로 무산의 깨달
음의 내밀함을 드러내 보여 주는 시이다. 깨달음의 경지에서 보면 우리의
현상계에 있는 모든 것들이 사실은 한낱 허상이요, 미혹에 빠진 마음의
장난에 지나지 않는다. 그러기에 "말하는 바 없이 말하고, 보는 바 없이
보고, 듣는 바 없이 듣고, 사는 바 없이 살고, 사랑하는 바 없이 사랑하다
가 끝내는 죽는 바 없이 죽는"(시인의 말), 한마디로 억지스러움이 없는
무위의 존재, 그런 존재가 부처라는 것이다. 이처럼 시인은 『반야심경』이
깨우쳐 주는 대로 색즉시공의 진실을 '없는 강물의 흐름'이라는 역설적
비유를 통해 제시해 주고 있다.

특히 주목을 끈 시 「아득한 성자」는 시집의 제목인 동시에 정지용문학상 수상작으로 그의 대표작이다. 무산은 하루만 살다 죽는 하루살이와 죽을 때가 지났는데도 살아 있는 화자를 대립적 관계로 설정하여 순간을 살아도 깨달음에 이르는 자와 천 년을 살며 성자로 존경받아도 깨닫지 못하는 차이가 무엇인가를 절묘하게 드러내 보인다.

하루라는 오늘
오늘이라는 이 하루에
뜨는 해도 다 보고
지는 해도 다 보았다고
더 이상 더 볼 것 없다고
알 까고 죽는 하루살이 떼

죽을 때가 지났는데도
나는 살아 있지만
그 어느 날 그 하루도 산 것 같지 않고 보면
천년을 산다고 해도
성자는
아득한 하루살이 떼

● 「아득한 성자」 전문

자연 속에서 자신의 역할을 충실하게 마치고 생을 마감하는 '하루살이'의 모습에서 '성자'를 발견하는 압권의 시이다. '성자'가 단 하루를 살고 죽는 하루살이 떼와 다르지 않다는 선적인 인식을 토대로 하고 있다. 하루살이가 어떻게 성자가 될 수 있을까? 상상을 뛰어넘는 비유이다. 이것이 이 시가 주목을 끄는 이유이기도 하다. 근본적으로 '선'의 언어가 모순적이고 양립 불가능한 것들의 양립 양상 곧 양가감정에 대한 언어임을 우리는 잘 알고 있다. 우주적 존재로서의 모습을 보여줌과 동시에, 가장 하찮은 미물 속에서 거리 개념이나 주객 분리의 개념이 완전히 소멸하는 과정을 경험케 하는 '선'의 언어는 그 점에서 다분히 초월적이고 비약적이며 은유적이다.

"뜨는 해도 다 보고 / 지는 해도 다 보았다"라는 언설은 우주의 질서를 모두 터득한 하루살이의 하루를 의미한다. 그 하루살이에게 "오늘 하루"는 전체 생에 해당하는 시간이며, 내일이나 어제란 시간관념이 없다. 오늘 볼 것 다 봤다고 알 까고 죽은 하루살이의 삶은 그것으로 끝나고, 그 알이 성충이 되어 살다 죽는 순간도 여전히 오늘이다. 이처럼 하루살이는 하루 동안 탄생과 성장, 사랑으로 종족을 보존하는 모든 행위를 성취하는 압축적인 삶을 살다 죽어간다. 그러므로 "더 이상 더 볼 것 없다고 / 알 까고 죽는 하루살이 떼"가 '성자'라는 생각에 이른다. 이에 반해 수행정진하고 있다는 시의 화자는 "죽을 때가 지났는데도" 죽지 않고 살아가는 "나"는 "하루도 산 것 같지 않"다고 생각한다. 이런 삶은 천년을 산다 해도 제대로 산 게 아니며, 설혹 성자로 세상 사람들의 추앙을 받을지언정 하루를 살아도 세상살이 이치를 모두 깨달았다고, 더 이상 깨달을 것이 없다고 미련 없이 적멸에 드는 "하루살이"와는 "아득한" 거리가 있다. 그래서 하루살이는 성자이며, 하루살이 떼는 아득하게만 느껴지는 이상향의 세계의 존재라고 시인은 생각하는 것이다.

요컨대 무산은 세속과 탈속의 분리될 수 없는 속성을 드러내 보이면서 선적 사유의 경험으로 전이시킴으로써 새로운 시조 양식을 보여 준다. 때문에 끊임없이 선적 속성과 시적 속성으로 넘나들면서 형식화되고 있는 그의 시(조)는 그만의 독특하고도 고유한 선적 경험과 함축적인 시어의 결합으로 살아있는 언어의 현장이라 할 수 있다. 다시 말해, 시조의 정형

화된 양식과 절묘한 조화를 이루는 역설과 반역의 아이러니를 통해 차별과 대립을 뛰어넘은 화엄의 세계를 지향하는 무산의 시적 세계는 서정적이며 선적인 향기의 생명사랑으로 우리의 마음의 문을 열게 한다.

석성우,
선다시를 통해 깨달음을 얻다

    경남 밀양 출생의 석성우(1943~) 스님은 1971년 중앙일보 신춘문예에 시조 「산란」이 당선되어 등단했다. 정운시조문학상 수상을 수상한 스님은 파계사 주지를 지냈고, 현재 불교텔레비전 회주이며 파계사의 회주로 있다. 율승의 사표로서 차와 시, 불교텔레비전을 통한 대중포교에 큰 원력을 둔 스님의 시집으로는 『우리들의 약속』 『어둠이 온다고 서러워 말라』 『금가락지』 『선시』 등과 수필집으로 『해와 달 사이』 『죄 없어 미운 사람』 등이 있다.

    선은 마음의 때를 씻는 도구이고, 차로 때 자국을 씻을 것을 역설하는 성우스님의 '자아 찾기'의 핵심은 자신의 '마음'에 있다. 따라서 밖에서 자기 자신을 찾는 것은 수고로울 뿐이며 깨달음에 이를 수 없다는 것이다. 고향(깨달음)은 멀리 있는 것이 아니라 번뇌가 일어나는 그 자리가 바로 고향이다. 그 고향으로 나아갈 수 있는 방편을 깨우쳐 주는 스님은 "지금, 여기, 나"라는 절대적 현재에 비추어 '참된 자기' 찾기를 강조한다.

그것은 맑은 새벽녘 산에 올라 조용히 낮은 마음으로 자아발견의 의지를
밝히는 다음의 시에서 잘 드러난다.

　　새벽녘 산에 올라 사방을 둘러보고
　　사람 하나 없는 곳에 마음 바로 세우고

　　하늘에 말을 하였다 부처에게 못한 이야기
　　잡초며 잡목들도 내 이야기 다 들었다

　　바위도 몸 사리고 어깨를 추스른다
　　하늘도 한 치 낮추어 하늘 더욱 푸르다

●「화두 1」 부분

'만물을 조용히 살피면 모두가 스스로 터득된다'(萬物靜觀皆自得)
라고 했다. 그래서 시인은 고요한 새벽녘 산에 올라 사람 하나 없는 곳에
마음을 바로 세우고 깨달음을 얻으리라고 하늘에 굳게 다짐을 말했는데,
초목들이 그 말을 다 들었다. 풀과 나무가 듣고 바위가 몸을 사리고 하늘
도 한 치 낮추는 이야기는 무엇을 의미하는가. 깨달음의 완성은 깨달음의
목표인 청정한 곳에 머무는 것이 아니라 탐욕으로 얼룩진 사바세계에 살
며, 높고 영화로운 곳에서 얼굴을 드러내는 것이 아니라 낮은 곳에서 인
연을 피하지 않고 온몸으로 그 인연을 받아들임으로써 이루어지는 것임을
스님은 강조하고 있다. 고요히 내면을 살피면서 마음의 근원을 깊이 성찰
하는 수행을 통해 깨달음에 도달하고자 하는 구도의 정신이 잘 드러난다.
　　차를 마시며 선 수행을 하는 것을 '다담선'茶湛禪이라 하는데, 다담선
의 수행 화두는 '명선'茗禪으로 이어져왔다. '명선'이란 차를 마시며 선을
수행함에 있어 차나무에서 새순이 나오는 것처럼 선의 싹이 나온다는 뜻

이다. 차를 마심으로 집중과 통찰을 높이고 마음을 비우고 자신을 관조하며 깨달음에 이르렀던 선사들의 수행은 성우스님에도 큰 영향을 미친다. 통도사 경봉큰스님이 그 대표적인 분이다. "한 잔의 차는 내 마음의 여유를 가꾸는 도구이며, 영혼을 일깨우는 거울"이라고 말하는 성우스님은 절제된 언어로 난초의 청초한 이미지와 세속을 초월한 난초의 속성을 신비롭게 표현해 낸다.

어느 날 어느 별에 가누어 온 목숨이냐
실바람 기척에도 굽이치는 마음 있어
네 향기 그 아니더면 산도 어이 깊으리

산기슭 무거움에 실뿌리를 내리고서
생각은 골 깊어도 펼쳐 든 하늘 자락
검보다 푸른 줄기로 날빛 비켜서거라

정토 저 아픔이 얼마만큼 멀다 하랴
산창에 빛을 모아 고쳐 앉은 얼음 속을
장삼도 먹물에 스며 남은 날이 춥고나

● 「산란(山蘭)」 전문

1971년 중앙일보 신춘문예 당선 작품이다. 청신한 감각과 회화적 표현이 돋보인다. 난초의 단아하고 청초한 외양과 깨달음의 향기를 토하는 난초의 내면세계를 스님의 수행 삶과 관련지어 생생하게 묘사하고 있다. "가누어 온 목숨" "굽이치는 마음" "생각은 골 깊어도" "고쳐 앉은 얼음 속을" "남은 날이 춥고나" 등에서 보듯 겉모습 묘사뿐만 아니라 내면 깊숙한 곳까지 천착하여 시화하고 있다. 산란의 향기로 산은 깊어지고, 그 깊은 산 하늘자락 펼쳐 든 기슭에 검보다 푸른 줄기로 뻗어 오른 듯 휘어진 잎새가 보인다. 난이 깃들어 푸른 기색을 보이기까지는 수많은 세월이 흘렀을 것이다. 깨달음을 향한 험난한 구도의 과정에서 느끼는 심경을 담은 마지막 시행 "장삼도 먹물에 스며 남은 날이 춥고냐"라는 구절은 스님의 높은 선적 상상력을 보여 준다.

『화엄경』에서는 "법공양이란 부처님의 가르침대로 수행하는 것이며, 중생을 이롭게 하고 구제하려는 보살의 뜻을 저버리지 않는 것이며, 보리심을 잃지 않는 것"이라 했다. 성우스님은 어느 회상에서 가벼운 마음으로 발우를 폈다가 운문사 학인스님들이 탁발하여 대중공양을 낸 것을 알고 업이 될 것이라 하여 무거운 마음으로 발우를 거두었다. 여기에는 수행자가 공양의 대상이 된다고 자만해서는 안 되며, 철저하게 자기를 낮추는 모습이 역력히 드러난다.

　　　　(전략)
어느 회상에서
가벼운 마음으로 발우를 폈다가
운문사 학인들이 탁발하여
대중공양 낸 것이라기에
무거운 마음으로 거두었다

신심 있는 스님이 준비한
서른두 가지 공양받았을 때
이러면 업이 되겠구나
하는 생각이 들었다

　　　　(중략)

어느 중이 나이 팔십 생일이라 하여
어느 중이 환갑이라 하여
큰 상이 비좁게 장만한 공양상 앞에
수저가 무거워 들지 못했다
그게 전부 인과로 남는다
생각하니 소름이 돋는다

대한불교 조계종 종정 고암 보살이
달여 주는 차를 홀짝홀짝 먹은 게
큰 빚으로 남았음을
이십여 년 지나고야 알 것 같다

이른 봄볕 머금고
흘러가는 석간수 한 사발이
참으로 좋은 공양임을…

● 「공양(供養)」 부분

　　율사로 낮은 데로 임하는 수행자의 참모습이 잘 드러나 있다. 수행자의 사상과 정신은 하늘보다도 넓고 고준해야겠지만, 마음가짐과 행동거지는 겸허하게 낮추어야 한다는 스님의 올곧은 수행자세가 그대로 묻어난다. 수행자가 분에 넘치는 공양을 받으면 업이 되고, 고암 종정께서 달여 준 차를 마신 게 마음의 큰 빚으로 남아 있음을 오랜 세월이 지나서야 알게 되었다는 대목은 공양을 어떻게 받아야 하는가를 잘 말해 준다. 대접받으려는 생각은 기득권에 대한 집착이고, 기득권에 대한 탐욕임을 깨닫게 해 준다. 일찍이 원효스님은 그러한 태도를 경계하여 "어리석게 공부하면 모래를 찧어 밥을 짓는 것과 같다"라고 하였다. 참으로 좋은 공양은 이른 봄볕 머금고 흘러가는 "석간수 한 사발"이라는 스님의 언설에는 투철한 지계정신이 담지되어 있다. 스스로를 돌이켜보며 철저하게 반성적인 성찰을 하고 있음이 우리의 가슴을 적신다.

선사들은 봄 여름 가을 겨울로 순환하는 자연의 이법 속에서 '본래 면목'의 깊은 뜻을 감응하곤 한다. 봄철이 되면 산하대지에 물이 흐르고 수많은 꽃들이 피어나며 새가 지저귄다. 이 모두 진여의 모습으로 법음을 노래하고 불법의 꽃을 피운다. 한때 성우스님이 주석했던 파계사를 품은 팔공산에도 갖가지 꽃들은 아름다움을 지니며, 뽐내지도 않고, 다투지도 않으면서 저마다의 자리에서 자신의 향기를 피웠을 것이다. 이 거대한 조화를 이루고 있는 자연의 장엄함, 이것이 바로 화엄이다. 존재하는 모든 것은 지극히 소중하다는 것을 스님은 「화엄의 바다」라는 연작시에서 이렇게 담아낸다.

보아라 저 아름다운 푸른 보석 광채를
들어라 저 은밀한 고요의 작은 소리를
오늘도 마음자리에 웃고 있는 돌부처

●「화엄의 바다 9」

불법은 멀리 있는 게 아니다. 그것은 붉은 꽃, 푸른 산, 고요하게 들려오는 소리 등 자연 그대로 만물 속에 완연히 드러나 있다. 때문에 새의 지저귐이나 계곡물 소리, 짐승의 울음까지도 모두 실상을 이야기하고 반야를 드러내는 것으로 파악하는 시인이다. 여기에는 시인의 직관적 자연 관조를 기조로 한 자연과 합일에 이른 정신세계가 다분히 내재되어 있다. 무심 자적하면서도 불심 깊은 선사의 일상생활을 엿볼 수 있게 한다. 이러한 무심 자적은 반야의 지혜가 자기 스스로 가지고 있는 금강석을 찾는

첫걸음이 되기도 한다. 벽안의 귀 밝은 선사의 물외한인物外閑人의 선적 서정이 일상생활 속에 그대로 담겨 있다. 여기에 깨달음의 바탕을 자연법계에 투영하고 있는 선시가 지닌 심오한 서정 미학이 있다.

삶의 심한 굴곡과 굽이는 우리를 한결 더 강하게 만든다. 풍설을 이겨낸 소나무가 더 푸르게 보이고, 눈 속의 매화 향기가 더욱 짙듯이, 숱한 역경을 이겨낸 삶이 더 든든하고 향기로울 수 있다. 그래서 스님은 삶의 가장 중요한 요소는 고난을 극복하고 나면 좋은 일이 생길 것이라는 믿음의 메시지를 전한다. 믿으면 진짜 그렇게 되기 때문이다. 그러니 미래에 대한 희망을 가지고, 어떠한 상황에서든 잠재적 가능성을 찾고, 위기 속에서 기회를 찾기를 역설한다. 어두운 터널을 지나면 밝은 햇살이 기다리고 있듯이, 맑고 어둡지 않으며 고요한 선정의 마음을 보듬게 해주는 시가 다음의 「어둠이 온다고 서러워 말라」이다.

어둠이 온다고 서러워 말라
찬란한 태양도 잠시 쉬고 싶단다
그보다 더 진실한 말이 없단다

아무도 지켜보는 이 없는 산중에
저 혼자 폈다 지는 패랭이꽃
그 패랭이꽃을 피우기 위하여
어둠은 나린단다

대낮에 얼굴 못 드는
수줍음 때문에
어둠을 불러 놓고 웃어 본단다

● 「어둠이 온다고 서러워 말라」 전문

본래 맑고 항상 나타나서 어둡지 않은 것이 정진이며, 밝고 고요해서 어지럽지 않은 것이 선정이다. 이와 같이 밝고 고요하며 명료하게 법을 깨달아 비우는 것이 본래의 어리석음이 없음이다. 어둠이 온다고 서러워할 필요가 없다. 찬란한 태양도 잠시 쉬고 싶기 때문이다. 하루하루를 지내다 보면 어제가 오늘 같고, 내일도 여전히 오늘 같으리란 생각을 하는 때가 있다. 도대체 산다는 의미가 무엇인지 답답하기만 하고 괴로울 때 우리를 견디게 하는 힘은 무엇인가. 그것은 슬퍼하지 않고 꿈을 잃지 않으며 내일의 밝은 희망을 보듬는 것이다. 아무도 지켜보는 이 없는 후미진 산중에서 외로이 홀로 폈다 지는 패랭이꽃을 피우기 위하여 어둠이 내리듯이, 우리의 삶에도 어둠의 그림자가 드리울 수 있다. 하지만 유난히 수줍음을 타는 이유로 대낮에 얼굴을 들지 못해 "어둠을 불러 놓고 웃어본다"라는 시인의 역설적 가르침은 상처를 안고 어둠 속에 살아가는 우리들에게 새로운 희망의 빛을 던져 준다.

구름 한 점 없는 허공과 같이 맑고 텅 빈 몸은 진여자성의 체로서 본래인 것이다. 본래인은 본래면목, 본지풍광이라고도 하는 마음의 근본자리로서 자연 그대로 있는 모습이다. 그러나 우매한 우리는 허상에다 초점을 맞춰두고 그것을 향해 질주한다. 마치 집안에 있는 봄을 모르고 멀리 찾아 헤매듯이, 진리가 '여기, 이 순간'에 있음을 모르고 다른 곳을 찾아 헤매는 것이다. 깨달으면 법의 실체는 어디에나 있는데도 말이다. 이 모든 것을 있는 그대로 보는 것이 원각이다. 그러니 시인은 내 마음 밖에서 자성불을 따로 구할 필요 없고, 지금의 이 마음을 찾으라는 사자후를 설하고 있다.

그 마음 찾으면 천하를 다 얻는다
그 마음 잃으면 이 세상 다 잃는다
얻고 잃는 마음 밖에 자성불이 웃는다

• 「마음」 50

천년이 지난대도 고쳐 보면 지금이요
억겁이 흘러가도 다시 보면 이제로다
지금의 이 마음자리 놓을 곳이 어딘가

• 「마음」 51

과거는 저기만큼 이미 흘러갔는데
미래는 여기까지 아직 오지 않았네
오로지 현재의 마음 그 마음을 찾으렴

• 「마음」 52

깨달음의 세계에는 오직 과거나 미래도 없고 절대적인 순간인 '현재'
만이 있다. 사물에 대한 정밀한 관찰과 정관의 자세는 고요한 선정의 상
태와 연관된다. 선정의 상태는 망념이 배제된 순수한 마음의 상태로서 무
심의 경지이기에, 허상을 배제하고 사물을 있는 그대로 대하게 된다. 그러
므로 시인은 자신의 근본 마음자리를 비추어서 아는 것만이 깨달음의 길
로 나아가는 것이며, 자신의 마음 바로 그것이 부처이므로 마음 밖에서
따로 구할 필요가 없음을 갈파하는 것이다. 마음과 경계가 하나가 된 불
이법문 안에 무슨 범부와 성인, 선과 악의 분별이 있겠는가? 결국 마음이
란 늘 가까이 있으니 애써 멀리서 찾으려 하지 말고, '지금 여기'의 그 마
음을 찾으라는 것이다.
선의 진리는 마음에 있으므로 마음의 당체를 터득하면 마음의 본체

가 저절로 드러난다고 하였다. 때문에 선가에서는 본성을 깨닫는 방법을 끊임없이 생주이멸을 반복하고 있는 사량, 분별의 일상적인 마음을 잠시라도 쉴 것을 강조한다. 보석도 닦아야 빛이 나고 친구도 자주 만나야 우정이 깊어진다. 어느 순간에도 일어나는 마음, 그 마음을 잘 다스리는 일이야말로 참된 보석보다 어떤 친구보다 값진 행복을 얻을 수 있다. 보석이 따로 있는 게 아니다. 그 마음이 보석인 것이다. 그래서 시인은 깨달음의 본질은 마음의 묘용임을 역설하는데, 다음의 시가 대표적이다.

그 마음 편안하면 그게 바로 부처 마음
그 마음 때 없으면 그게 바로 보살 마음
편하고 편치 않은 마음 그게 바로 중생 마음

• 「선시」 30

마음 열어 놓으면 천하가 나의 것
마음 닫아 놓으면 일체가 남의 것
기러기 가을 하늘 날아 흔적 하나 없구나

• 「선시」 32

모든 것이 오직 마음에서 비롯되고 있음을 밝히고 있다. 마음을 닫고 보면 바늘 꽂을 틈이 없고, 마음을 열면 용서 못 할 흠이 없다. 따라서 그 마음 편안하면 그게 바로 부처 마음이고, 그 마음 때 없으면 그게 바로 보살 마음인 것이다. 편하고 편치 않은 마음 그게 바로 중생심이다. 또한 마음 열어 놓으면 천하가 나의 것이지만, 마음 닫아 놓으면 일체가 남의 것이다. 깨달음을 얻어 새로운 혜안으로 보면 일체의 경계가 없다. 이 꿈을 깬 순간의 환희가 기러기 가을 하늘 날아 흔적 하나 없는 모습으로 그려지고 있다. 새가 허공을 나는 것이 실상이지만 그 실상은 순간일 뿐 허공에는 하나도 흔적을 남기지 않는다. 그야말로 '제상비상'이다. 그런데 흔적이 있다 없다 하는 생각에 집착하게 되면 그것은 망상이다. 그것을 떨쳐 버려야 한다. 우주 공간의 모든 현상이 늘 변화하고 덧없이 지나가는 것이기에 현상에 집착하지 말 것을 시인은 이렇게 설파한다.

　자성의 본래 모습은 청정한 것이어서 '주객'과 '생멸'과 '더러움과 깨끗함'과 '증감'이 없다. 그러나 이러한 이항대립은 모두 무명에 의해 생긴 것이다. 다시 말해, 그 모두가 허망한 사량 분별심에서 비롯된 헛된 것이다. 사실상, 법계의 만상은 미혹한 중생의 눈으로 보면 차별적인 현상 그대로이지만, 깨달은 자의 눈으로 보면 고금의 구별이 없고, 시시비비의 차별이 없어진다. 이는 곧 온갖 사물을 상즉상입의 존재 관계 속에서 파악하는 "일즉다 다즉일"(一卽多 多卽一)의 화엄세계 인식이다. 때문에 시인은 탐심과 욕심, 헛된 마음 버리고 영겁을 쓰고 남을 보석(마음)을 잘 찾아서 크게 쓸 것을 당부한다.

　　보석이 따로 있나 그 마음이 보석인 걸
　　탐심에 가리우고 욕심에 묻혔지만
　　영겁을 쓰고도 남을 마음 줄에 꿰어보렴

　　　　　　　　　　　　　　　　　　　• 「마음」 66

　　탐심은 물거품 욕심 또한 풀잎 이슬
　　헛된 마음 사라지면 참마음이 눈을 뜨네
　　크나큰 자유의 살맛 나는 세상살이

　　　　　　　　　　　　　　　　　　　• 「마음」 67

마음에 달빛 들면 보살로 태어나고
마음에 햇볕 들면 부처로 현신하는
달빛도 햇볕도 벗으면 그 얼굴이 참사람

● 「마음」 68

　욕망이 가득한 세상, 삶이 고단한 것은 바로 그 욕망 때문이다. 시인의 간결하고 명징한 말은 인간이 가진 욕망을 잠재우는 마음속의 '잠언'들로 들려온다. 차를 하면서도 선을 잊지 않고, 선을 하면서도 그 너머 궁극의 지향을 잃지 않는 시인은 분별 망상이 없는 그 속에 "참마음"이 있음을 설하고 있다. 그러니 아무리 사소한 것이라고 하더라도 경시하거나 소홀하게 여겨서는 안 된다. 아울러 "달빛"과 "햇빛"이 든다는 것은 불법을 만나는 일이다. 마음에 불법이 들어와야 보살이나 부처가 될 수 있고, 그리고 그것마저 버려야 "참사람"이 된다. 즉 내 마음에, 내 영혼에, 내 의식에 끼어 있는 구름·번뇌·욕망이 한 점 없을 때, 나는 참된 내 마음의 주인으로서 행복을 느끼고 영원히 자유로우며 생사의 불멸에 휘말리지 않는 무위진인無爲眞人이 된다는 것이다. 그래서 한 생각 속에 무량한 세계 있으니 청정한 구도의 마음을 잃지 말 것을 시인은 강조하고 있다.

　'깨어 있음'은 바로 보고, 바로 듣고, 바로 느끼고 바로 생각하는 각성 상태를 의미한다. 때문에 '각성'을 의미하는 차는 수행자의 삶에 있어 중요한 매개역할을 한다. 그래서 차를 마시는 것은 일상생활에서 본래심을 잃지 말아야 한다는 평상심에의 회귀요, 또 무심하게 마시는 차 한 잔에도 일생의 참학을 깨닫도록 자기 자신을 늘 돌아보라는 의미가 담겨 있다. 차를 한 잔 마시는 것이지만, 모두가 자신의 깊은 선심을 드러내는 일이다. 조선시대 함허선사의 "한 잔의 차에 한 조각 마음이 나오고 / 한 조각 마음이 차 한 잔에 담겼으니, 이 차 한 잔 마셔보시게 / 한 번 맛보시

보면 한없는 즐거움 솟아난다네"라는 「다게송」은 수행자의 삶에서 차 한 잔이 지니는 소중한 의미를 잘 표현하고 있다. 성우스님 역시 차를 마시는 이로움과 소중한 의미를 이렇게 묘출한다.

한 잔의 차는 사람의 마음을 따뜻하게 하고
한 잔의 차는 사람의 마음을 맑게 한다
한 잔의 차 속에 무량한 역사가 있고
한 잔의 차 속에 아름다운 향기가 있다

● 「차 한 잔」 전문

차를 마심으로 얻는 이로움은 스스로를 반조할 수 있는 여유를 가질 뿐만 아니라 타인과 함께 나누어 마심으로 얻는 즐거움이다. 그러니 차를 권하고 함께 마시는 행위에는 근본적으로 남을 배려하고 위하는 베푸는 마음이 내재하고 있다. 아울러 잘 우려낸 차에는 향미가 그윽한데, 여기에는 수행자의 담백하고 소박하며 정제된 마음의 흔적이 그대로 담겨 있다. 차는 그 자체에 참된 향기와 참 맛, 참 빛깔을 가지고 있어서 따스한 마음의 여유와 맑은 마음을 갖게 하기 때문이다. 이처럼 차에는 부처님의 가르침法과 명상禪의 기쁨이 다 녹아 있고, 또한 차는 그 성품에 삿됨이 없어서 욕심에도 사로잡히지 않으며 청정한 본래의 원천 같은 것이라 하여 무착바라밀無着婆羅蜜로 부르기도 한다. 이런 이유로 불가에서 선사들은 '다선일미'라 하여 차를 다루는 일을 일상사로 여겼던 것이다.

옛 선인들은 깨달음을 "물 흐르고 꽃이 피는"水流花開 소식으로 표현하였다. 중국 송나라 때 대문장가인 황정견은 "고요히 앉은 곳에서 차를 반이나 마셨는데 향은 처음이나 다름없고 / 차 마신 기운이 오묘하게 작용할 때 물 흐르고 꽃이 핀다"(靜坐處茶半香初 妙用時水流花開)라머 맑은 차 한 잔을 마시며 느껴지는 오묘한 희열을 노래한다. 차를 마시고 나서 정좌, 즉 좌선에 들어가면, 차를 마신 기운이 온몸을 돌기 시작하여 오묘한 작용을 하면서 무념무상의 선정에 몰입된다. 이러한 형용할 수 없는 다선삼매의 경지는 오랜 세월 동안의 차 생활과 깊은 좌선의 내공이 없으면 도저히 도달할 수 없는 경지이다. 스님은 차 화로의 연기 사라지는 곳에 한 생각 재우고 죽로차 향기에 마음 묻어두고 싶은 심사를 이렇게 담아내고 있다.

모란 숯불
茶를 달인다

茶爐 연기 따라
먼 산이 더 멀리 뵈는 날

별을 잠재운 하늘은
더욱 푸르다
茶香으로
밝은 山窓
푸른 하늘 더욱 푸르게
나도 잠들고 싶다

• 「죽로차」 전문

율사다운 스님의 청아하고 한가한 수행 모습이 잘 나타나 있다. 아무도 없는 적정처寂靜處에서 혼자 좌선수행을 하는데 차를 좋아하는 스님이 좌선에 들어가기 전에 다구를 펴고 다관에 차를 넣고 조용히 차를 우려 마신다. 한 잔 한 잔 또 한 잔, 고요하게 여러 잔을 비운다. 이규보는 "향기로운 차는 참다운 도의 맛"이고 "한 잔의 차는 바로 참선의 시작"이라고 했다. 단순히 차를 마시는 일에서뿐만 아니라 차를 달이는 과정 자체를 번뇌에서 벗어나는 길로 인식하고 있음이다. 화롯불에 차를 손수 달이는 것은 자득자각의 수행심을 표현한 것이다. 그래서 선사들은 차를 준비하고 향유하는 전 과정을 통해 법희선열法喜禪悅을 맛본다고 하였다. 스님에게도 차를 달이는 과정 자체가 차를 우려내는 솜씨와 함께 삼매의 경지에 이르는 주요한 일부가 되고 있다. 이렇게 삼매에서 얻어진 한두 잔의 차로 번뇌의 들끓음을 씻어내는 것, 이것은 스님이 차를 통하여 번뇌를 해소하는 방법이다. 별을 잠재운 하늘이 더욱 푸르듯이, 그윽한 다향으로 산창이 밝아지고 고요히 선정에 드는 스님의 맑은 시심이 그대로 드러난다.

차를 마시는 마음은 평상심으로 돌아가는 것이다. 차를 마시면 귀로는 골짜기의 냇물 소리와 솔바람 소리를 듣고, 코로는 아름다운 향기 맡으며, 혀로는 감로의 맛을 보고 눈은 나쁜 것을 보지 않으니, 마음은 저절로 사악함이 가시고 맑아진다. 선사들이 선열의 오롯한 시간을 잃지 않았던 것도 한 잔의 차가 있었기 때문일 것이다. 이러한 시적 사유는 다음의 시에서 한결 깊어진다.

봄비
산을 건너가고
춘란 꽃순
고개 숙일 쯤
토기 옹두리
어루만지다
또 할 일 없어

먼 하늘 구름결 헤다
내 생의 그 어느 경치
살살 어려 올 즈음
옥로차 한 잔
바위도 눈 뜨겠다

• 「옥로차」 전문

봄비가 그치고 산자락에 걸린 운무가 걷히면 산색 푸름이 한결 뚜렷
하고, 춘란 꽃순이 시들어 고개 숙인 한가로운 시간, 스님은 찻잎이 나올
무렵 차나무에 그늘을 만들어 싹이 햇빛을 덜 받게 재배하여 만든 옥로차
한 잔을 들고 마음을 맑힌다. 옥로차 한 잔으로 바위도 눈뜬다고 했으니
차를 마시며 선정에 드는 모습은 세속적인 얽힘과 인간적인 고뇌를 벗어
나 자성의 본질을 체득하는 법열과 여유를 보여 준다. 이처럼 차는 인간
에게 자연으로부터 오는 생명의 근본을 깨닫게 하는 내면 관조를 하게 하
며 심안을 열게 한다. 스님은 차를 마시며 담담하고 고요하게 자신을 우
주와의 합일 속에 맡김으로써 나와 우주, 우주와 나 사이의 틈이 없는 원
융세계를 획득하고 있다. 그야말로 모든 것을 잊고 난 뒤의 기쁨이다. 이
것이 스님이 산중에서 차를 마심으로 얻는 법열이다. 선을 왜 '줄 없는
거문고'라 했는가? 무한대의 소리에 이르려면 구분과 경계를 넘어서야 하
니 줄 없는 거문고야말로 궁극의 묘음에 이르는 악기이기 때문이다. 선의
세계는 이와 같이 언어와 인간의 이해를 뛰어넘어 깨달음에 이르는 것이
다. 묘길상妙吉祥 다향기가 그윽한 선실의 수행에서 배태되고 법향을 담은
스님의 시편들이 우리의 심금을 울리고 더없이 소중한 성찰과 '마음치유'
의 기회를 제공해 주는 것도 여기에 있다.
　요컨대 율승의 사표로서 성우스님은 깨달음을 얻어 가는 수행과정에

서 선다시로 마음을 맑히고 진여를 찾는다. 그래서 스님의 시에는 내려놓기와 걸림이 없고 무심한 삶의 관조의 세계가 선명하게 드러난다. 그러한 관조의 세계에서 영글어진 맑고 투명한 언어로 된 그의 시편들은 청량한 솔바람 같아 잃어버린 '참 나'를 뒤돌아보게 하고 때론 전광석화 같은 깨달음을 주기도 한다. 마음에 번거로운 옷을 걸치지 않고, 일심의 근원으로 돌아간 스님의 시심은 꾸밈이 없기에 담박하면서도 청신한 미적 서정을 낳는다.